唐浩明全集

唐　浩　明　全　集

唐浩明评点曾国藩奏折

精装典藏版

唐浩明　著

SPM 南方传媒｜广东人民出版社
·广州·

图书在版编目（CIP）数据

唐浩明评点曾国藩奏折 / 唐浩明著. — 广州：广东人民出版社，2024.4
（唐浩明全集）
ISBN 978-7-218-16751-0

Ⅰ. ①唐… Ⅱ. ①唐… Ⅲ. ①曾国藩（1811–1872）—奏议—研究 Ⅳ. ①K252.065

中国国家版本馆CIP数据核字（2023）第158925号

TANG HAOMING PINGDIAN ZENG GUOFAN ZOUZHE
唐浩明评点曾国藩奏折

唐浩明 著

出 版 人：肖风华

策　　划：肖风华　向继东
责任编辑：钱飞遥
责任技编：吴彦斌　马　健

出版发行：广东人民出版社
地　　址：广州市越秀区大沙头四马路10号（邮政编码：510199）
电　　话：（020）85716809（总编室）
传　　真：（020）83289585
网　　址：http://www.gdpph.com
印　　刷：北京通州皇家印刷厂
开　　本：960 毫米 × 650 毫米　1/16
印　　张：21　　字　数：262千
版　　次：2024年4月第1版
印　　次：2024年4月第1次印刷
定　　价：1680.00元（全17册）

售书热线：（020）87717307

总　序

二十世纪八十年代中期，我开始动笔创作历史小说。从那以后，写作便成为我生活中一个极为重要的内容，几乎占据业余时间的全部。不知不觉间，三十年就这么过去了，真有点杜甫所说的“丹青不知老将至”的味道。偶尔回头一望，过去的岁月，如同逝水飘烟，一片迷离，幸而有这些文字，仿佛能告诉自己这一路是如何走过来的。

三十年来，我的写作主要在两个领域：一是长篇历史小说，一是“评点曾国藩”系列。

三部历史长篇《曾国藩》《杨度》《张之洞》花费了整整十五年的时间。为什么要写历史小说？若要找源头，可以追溯到酷爱读书的少年时代，先是在书摊边租看《三国演义》连环画，后来是去图书馆借阅原著。在一段很长的时间里，我认为那是天底下最好的书。若干年后，当我无意间走进晚清，走进那个三千年一大变局中，内心有许多冲动，有许多话要说。当思考采用何种方式来表达时，便自然而然地想到《三国演义》，三部历史小说就这样产生了。历史有许多种表述方式，用文学方式来述说历史，依旧为今天的中国人所喜爱。这三部历史长篇多年来不断重印，说明的正是这个事实。

时光到了二十一世纪。伴随着新世纪的到来，中国文化界有一个很突出的亮点，那就是勃兴于民间的国学热。曾国藩被公认为中国传统文化的最后一位代表，他在新世纪被重视，应该是国学热中的必然现象。小说《曾国藩》得到持续的关注，曾氏这个人物，也引起全社会的浓厚兴趣。国内书店书摊上充斥着各色各样的关于曾氏的书籍。这些书良莠不齐。书越多，历史上的那个曾国藩反而变得越模糊。作为当代重提曾氏的“始作俑者”，我有一种正本清源的义务感。我决定放下历史小说的创作，一心研究曾国藩。值得庆幸的是，曾氏给后人留下一千多万文字，为今人深入研究他提供了丰富的第一手资料。我熟悉这些资料，想借助对这些资料的研究，让世人了解一个真实的曾国藩，也希望借助对这个传统文化标本的解剖，来帮助寻常百姓形象地感知我们的国学，于是就有了“评点曾国藩”系列。这件事情做下来，便又耗去十五年光阴。

从二〇一五年下半年起，我开始修订我的历史小说。现在交给广东人民出版社的《曾国藩》，便是这个修订本。这是该书问世二十多年来的第一次修订。这次修订主要在三个方面。一是在评点的过程中，我对这个历史人物有了更深刻的认识。基于这种认识，我对小说某些章节做了相应修改。二是增加了一些能生动体现曾氏性格的真实故事。三是文字上的提炼、加工与修缮等。受时间的限制，另外两部长篇这次来不及修订，仍以原貌再版。

在写历史小说与评点的空隙中，我也写过一些散文随笔，一部分是应报刊之约而写，一部分则是关于我的小说主人公的专题演讲稿。这次结集为《冷月孤灯·静远楼读史》，也是这些文章第一次结集出版。

感谢广东人民出版社，感谢老朋友向继东兄，没有他们的盛情，就不会有这套作品集，也不会有散篇文章的汇编成书。

是为序。

唐浩明

二〇一六年七月

于长沙静远楼

目　录

□ 清代奏折的传递

原折：授翰林院侍讲及四川正考官呈请代奏谢恩状

道光二十三年八月初四日

新补翰林院侍讲充四川正考官曾国藩为呈请代奏，恭谢天恩事。

八月初三日，接到知会转准吏部咨称七月十五日奉旨："曾国藩准其补授翰林院侍讲。"钦此。窃国藩楚省菲材，山乡下士。西清待漏，惭四术之多疏；东观校书，尤三长之有忝。本年三月初十日，廷试翰詹，猥以芜词，上邀藻鉴，列置优等，授翰林院侍讲。沐殊宠之逾恒，俾迁阶以不次。旋于六月二十二日，奉命充四川乡试正考官，温纶再捧，寸衷之惶悚弥深；使节初持，万里而驰驱未已。乃复荷高深之宠，俾真除侍从之班。愧屡沐夫鸿施，曾无坠露轻尘之报；惟勉勤乎蛾术，益凛临深履薄之思。所有国藩感激下忱，理合呈请代奏，叩谢天恩。谨呈。

译文：授翰林院侍讲及四川乡试正考官请为代奏谢恩状

新近补授翰林院侍讲充任四川乡试正考官曾国藩，为恭谢天恩之事请人代为呈递奏章。

八月初三日，接到转来的吏部咨文上说七月十五日奉旨："曾国藩准予补授翰林院侍讲。"钦此。暗思国藩不过是湖南省一个平庸之辈，偏僻山村里的下等士子而已，供职翰林院，惭愧学术疏浅；协修史书，在众史官中也只是叨陪末席。今年三月初十日，朝廷考试翰林院与詹事府官员，臣以粗劣的文词，获得皇上的赏识，列于优等，升翰林院侍讲。沐浴着破格的特殊恩宠，得以迁升不按常规。接着在六月二十二日，奉命充任四川乡试正考官。温馨的谕旨再次捧到，心中的惶恐更加深重；初次持节出使，此身已作好万里奔波的准备。又蒙受高厚的宠信，得以正式进入文学侍从序列。惭愧屡次获得宏大的恩赐，却没有给皇上以露珠尘埃似的报答；唯有勤奋学习，时时以临深履薄的心态对待职守。所有国藩的这种感激心情，按理应请人代为具折奏报，借以叩谢天恩。谨呈。

评点

在评点曾氏这道奏折之前，笔者先来对清代的奏折作点简单介绍。

在清代，官员们给皇帝的报告有两种。一种是报告例行公事，如财政的收入支出，军营的管理操练，等等。这种报告叫做题本。先送通政使司收取，由通政使司报往内阁，由内阁处理后再择要汇报给皇帝。例行公事之外的公私大事，则用奏折的形式直接向皇帝陈述。并不是所有的官员都可以向皇帝上奏，它有级别和职责的限制。清制规定：中央各部院的堂官及科道言官，地方上的文职总督、巡抚、布政使、按察使，武职将军、都统、提督有权上奏。由省里派出的管理数府州及负责督粮、盐法事务的高级行政长官道员，遇有要事，也可以专折上奏。此外，负有特殊使命的人，虽不在这个级别之内，也可以临时授予他单独上奏的权利。如曾氏后来带湘军出省打仗，他当时是一在籍守制的人，没有任何职务，但肩负的担子非一般，他向皇帝请求单独奏事的权利，皇帝同意了。

这两者之外，遇有非要向皇帝通信息不可的话，则只有请够资格的人代为呈递了。

题本、奏折分行到光绪二十七年时，朝廷实行“改题为奏”，即将题本改为奏折，也就是说废除了题本。从那以后，文武大员向皇帝报告情况，便只有单一的奏折了。

各衙门对呈递奏折一事极为看重，尤其是远离京师的地方大员更是视为神圣。各省题本，均由驿站按规矩一站一站地送往北京，通常需要一两个月才能到达通政使司。但奏折不同。它是由发折官员的侍从武弁专差护送到京，并且限定时刻到达。若是紧要公文，则用快递。当时的快递分为四百里、五百里、六百里、八百里等几个等级。若是四百里、五百里则逢站换马；若是六百里、八百里，则日夜兼行，逢站不但要换马，说不定还要换人。将奏折送出衙门外，有个专有名词叫做“拜折”。拜折时得举行隆重的仪式。这天一早，衙门警卫森严，卫兵严执刀枪站在甬道两边，僚属们则按品级列排于庭院中。大堂上设香案，将一个尺余见方的木箱供放在香案上，木箱由黄缎包着。一切准备就绪后，奏折的主衙官员穿戴得整整齐齐地走到庭院中，面对着大堂香案上的木箱。这时，辕门外放炮三声，随之鼓乐齐奏，主衙官员对着香火缭绕中的木箱行三跪九叩大礼。礼毕，走进大堂捧起木箱，然后庄严地交给一旁的送折武弁。折弁接住，将木箱双手捧过头顶，疾步下堂，通过庭院甬道走出辕门。此刻辕门再放炮三声，以示恭送。

有趣的是，这个看似神圣的黄缎木箱里其实是空的，奏折并没有放在这里。要等这个仪式结束，衙门内外完全安静下来后，奏折才由人包好，从衙门后门交给折弁带走。为什么要这样做？笔者揣测，可能是出于安全方面的考虑：热热闹闹中办的是“假的”，“真的”却是在悄没声息中进行。读者诸君不妨细细地去观察观察，便可以发现，世间许多事其实都是在这种形式下办成的。

奏折到了北京后，它又是通过怎样的途径到达皇帝的手里呢？原来，清廷有专门办理此事的机构，名曰奏事处。

奏事处分内外两个部分。外奏事处由御前侍卫大臣兼管，其办事官员系从军机处、内务府及各部院的中级官员中调充。内奏事处的办事人员全由太监充当。

徐珂编的《清稗类钞》中有一则关于内廷奏事的记载。这则记载上说，每天半夜十二点钟时，各部院派人将奏折带到东华门外。没多久，东华门开，这些人随外奏事官进入大内，来到景运门内的九卿朝房，将所带之奏折连同本衙门名片一同交给外奏事官。外奏事官将奏折登录于簿。过一会儿，乾清门打开了，外奏事官捧着所收的奏折进去，将它们交给内奏事官。内奏事官将奏折全部收集后，时间不会超过凌晨两点。乾清门外的石栏杆上搁置着一个白纱灯笼。当这个灯笼从栏杆上移到石阶上时，则表明皇帝对今天奏折的处置意见快要下达，于是各衙门送折者聚于门外候旨。不久，内奏事官捧着奏折出来，高呼“接事”。大家静听。内奏事官叫某衙门的名，该衙门送折者走上前去。内奏事官一边将奏折递回，一边传达皇帝的旨意，或是“依议”，或是“知道了”，或是“另有旨”。即便数十上百道奏折，内奏事官的传达都不会出错。

从这则记载来看，清代皇帝处置国事的效率之高，简直惊人：一道奏折凌晨递上去，天不亮便有了结果。这样的高效率，倒令人生疑了：一、皇帝每天半夜两点就得起床看奏折，这可能吗？二、如果这一天的奏折有一百多道，他在天亮之前看得完吗？不过，徐珂是清光绪年间的举人，他虽没亲自去过奏事处，但还是有机会听到过别人说起这类事的，故而这则记载也不可能是毫无根据的瞎说。姑录于此，供读者参考。

下面，就来说说这道奏折。

这是现存的曾国藩最早的一道奏折，作于道光二十三年八月。此时曾氏三十三岁，中进士点翰林已经五年了。在京师翰林院度过三年勤奋而清苦的岁月后，迎来了他仕宦生涯的第一个幸运期。

这年三月，道光皇帝亲自坐镇正大光明殿考试翰林院和詹事府的官员。翰、詹两个衙门的官员是皇帝的文学侍从，即为皇帝做文字方面的工作，如起草一些朝廷需要的应用文，为皇帝代笔做些诗文，整理史料档案等，工作清闲，亦无实绩可考，故而翰、詹的迁升，便主要依仗于诗文的考试。这是曾氏进翰苑后所遇到的第一次大考。考试的内容为一赋（题为“如石投水赋”）一文（题为“烹阿封即墨论”）一诗（题为“半窗残月有莺啼”）。曾氏的成绩为二等第一名。一等取五名，可知曾氏为此次考试的第六名。赋和诗都已无法找到，《烹阿封即墨论》这篇文章却被保留了下来，笔者将它附在《唐浩明评点曾国藩家书》中，此处便不再抄录了。

因为成绩优良，曾氏得以升级，由翰林院检讨升为翰林院侍讲，品级为从五品，还是属于低级官员的行列。

过了两个月，好运气又降临到曾氏头上。他在考差之试中获胜，被钦命为四川省的乡试正考官。京官薪俸薄，全靠年终的养廉费和外官的进贡而过舒服日子。翰林院事少权轻，养廉费最低，外官又几乎没有进贡的，故翰林院的官员一般都较清贫。翰林院的外快主要来自放差，最好的差使便是做乡试的主考官。做一次乡试的主考官，朝廷所发的程仪，外加该省再送的程仪及中式举人的谢银在内，可得一千五六百两至二千五六百两银子的额外收入，相当于翰苑中小官员四五年的俸禄的总和。四川路远人多，较之其他省的收入亦更多一些，故此次的乡试正主考，对于经济拮据的曾氏来说，正是从天而降的一笔大财富。曾氏从心底里感激皇家的天恩高厚，遂有这道谢恩折。因为官阶不够，得请别人代递，故有“呈请代奏”字样。

这类折子表达的是一种对皇上的感激之情，并没有实事，其核心乃一个“谢”字，若要简洁，只需几个字就行了：谢谢您给我升官放差。但作为一道奏折，便不能这样直白粗放地写，因为那将会显得没文化、没学问。这类折子最看重的是富有书卷气的典雅味。要造成这种氛味，主要的功夫便在营造文字上，即锻字炼句。汉魏南北朝时期，文人们创造了以四六相间为主的文体，十分讲究对仗、声律和藻饰。文章华美裔丽，读起来，又极富抑扬顿挫之感。这种文体被称为骈文，又叫四六文，在当时很受人喜欢，发展到后来，则成为专门在文字上做游戏，于内容反而不顾了，于是遭到有识之士的反对。唐代韩愈、柳宗元等人的古文运动，便是针对这种骈文而来的。从那以后，骈文被散体文所取代，不再成为主流文体了。但有些场合上的为文，本就没有多少内容可言，但又不能写得简短直接，于是这种专在文字上用功夫的骈文便派上用场了，如祝寿文，如庆贺文，如包括谢恩折在内的各种谢情的应酬文等等。这种文章要写好也很不容易，它需要肚子里藏着许多书卷，又需要文字功夫精深老到。

比如“西清待漏，惭四术之多疏；东观校书，尤三长之有忝”便是用典贴切、对仗工整的典型四六文。西清，是清代宫廷内南书房的代称。南书房在大内的西南角，为康熙皇帝的读书处。后来康熙招来一些学问优长的翰林来南书房当值，起草诏令，并为他代笔诗文。这间房子位置在内宫的西南，房子里的活计清闲高雅，故又称之为西清。古时以滴水计时，滴水器称之为漏壶。待漏，即等待时刻的到来，也即待命的意思。“西清待漏”，很贴切地表示了他的身份和工作性质。四术，指诗、书、礼、乐四种经术。东观，汉代宫中藏书之处，此处借指翰林院里的国史馆。曾氏在此之前做过国史馆协修官，即校书之事。“三长”，泛指国史馆里的官员。这两句骈文，说的是曾氏谦称自己学问不足，是个滥竽充数的翰林院官员。这个意思经过如此的文字加工，便显得很文雅，很有档次。下面的“温纶再捧，寸衷之惶悚弥深；使节初持，万里而驰驱未已”，两句也是典型的四六文。其中的

“之”“而”是虚词，可算一个字，也可不算一个字。

这种四六句式的骈文不可多用，但若在文章中偶尔用上一两句，只要工整贴切，便会给文章增加不少美感，让本来一篇平平淡淡的散文顿时闪烁亮光，即使是写给上级看的公文汇报也不例外。这便是这道谢恩折给今天读者的启示。

这道折子中有“蛾术”两个字，今人文章用得极少，稍微给大家解释下。这两个字出自《礼记·学记》：“蛾子时术之。”郑玄对此有一段注释。意思说，蛾就是蚍蜉，蛾子即蚍蜉之子，是很小的虫子。这种小虫也跟着蚍蜉时时学习它们的作为，日积月累，也可以垒起土堆。后人于是以“蛾术”比喻勤奋学习。

写作简析

以贴切之用典、工整之对仗抒格外感激之情，文字华丽而不绮靡。

要言妙道

愧屡沐夫鸿施，曾无坠露轻尘之报；惟勉勤乎蛾术，益凛临深履薄之思。

□ 人才的激励机制：转移、培养、考察

原折：应诏陈言疏

道光三十年三月初二日

奏为应诏陈言事。

二月初八日，奉皇上谕令，九卿科道有言事之责者，于用人、行政一切事宜，皆得据实直陈，封章密奏。仰见圣德谦冲，孜孜求治。臣窃维用人、行政，二者自古皆相提并论。独至我朝，则凡百庶政，

皆已著有成宪，既备既详，未可轻议。今日所当讲求者，惟在用人一端耳。方今人才不乏，欲作育而激扬之，端赖我皇上之妙用。大抵有转移之道，有培养之方，有考察之法，三者不可废一，请为我皇上陈之。

所谓转移之道，何也？我朝列圣为政，大抵因时俗之过而矫之使就于中。顺治之时，疮痍初复，民志未定，故圣祖继之以宽；康熙之末，久安而吏弛，刑措而民偷，故世宗救之以严；乾隆、嘉庆之际，人尚才华，士骛高远，故大行皇帝敛之以镇静，以变其浮夸之习。一时人才循循规矩准绳之中，无有敢才智自雄、锋芒自逞者。然有守者多，而有猷有为者渐觉其少。大率以畏葸为慎，以柔靡为恭。以臣观之，京官之办事通病有二：曰退缩，曰琐屑；外官之办事通病有二：曰敷衍，曰颟顸。退缩者，同官互推，不肯任怨，动辄请旨，不肯任咎是也。琐屑者，利析锱铢，不顾大体，察及秋毫，不见舆薪是也。敷衍者，装头盖面，但计目前，剜肉补疮，不问明日是也。颟顸者，外面完全，而中已溃烂，章奏粉饰，而语无归宿是也。有此四者，习俗相沿，但求苟安无过，不求振作有为，将来一有艰巨，国家必有乏才之患。我大行皇帝深知此中之消息，故亟思得一有用之才，以力挽颓风。去年京察人员，数月之内，擢臬司者三人，擢藩司者一人，盖亦欲破格超迁，整顿积弱之习也。无如风会所趋，势难骤变。今若遽求振作之才，又恐躁竞者因而幸进，转不足以收实效。臣愚以为，欲使有用之才不出范围之中，莫若使之从事于学术。汉臣诸葛亮曰："才须学，学须识。"盖至论也。然欲人才皆知好学，又必自我皇上以身作则，乃能操转移风化之本。臣考圣祖仁皇帝登极之后，勤学好问，儒臣逐日进讲，寒暑不辍；万寿圣节，不许间断；三藩用兵，亦不停止；召见廷臣，辄与之往复讨论。故当时人才济济，好学者多。至康熙末年，博学伟才，大半皆圣祖教谕而成就之。今皇上春秋鼎盛，正与圣祖讲学之年相似。臣之愚见，欲请俟二十七月后，举行逐日进讲之例。四海传播，人人响风。召见臣工，与之从容论难，见无才者，则勖之以学，以痛惩模棱罢软之习；见有才者，则愈勖之以学，以化其刚愎刻薄之偏。十年以后，人才必大有起色。一人典学于宫中，群英鼓舞于天下，其几在此，其效在彼，康熙年间之往事，昭昭可观也。以今日之委靡因循，而期之以振作；又虑他日更张偾事，而泽之以《诗》《书》。但期默运而潜移，不肯矫枉而过正。盖转移之道，其略如此。

所谓培养之方，何也？凡人才未登仕版者，姑不具论。其已登仕版者，如内阁、六部、翰林院最为荟萃之地，将来内而卿相，外而督抚，大约不出此八衙门。此八衙门者，人才数千，我皇上不能一一周知也。培养之权，不得不责成于堂官。所谓培养者，约有数端：曰教诲，曰甄别，曰保举，曰超擢。堂官之于司员，一言嘉奖，则感而图功；片语责惩，则畏而改过。此教诲之不可缓也。榛棘不除，则兰蕙减色；害马不去，则骐骥短气。此甄别之不可缓也。嘉庆四年、十八年，两次令部院各保司员，此保举之成案也。雍正年间，甘汝来以主事而赏人参，放知府；嘉庆年间，黄钺以主事而充翰林，入南斋，此超擢之成案也。盖尝论之，人才譬之禾稼，堂官之教诲，犹种植耘耔也，甄别则去其稂莠也，保举则犹灌溉也，皇上超擢，譬之甘雨时降、苗勃然兴也；堂官常到署，譬之农夫日日田间，乃能熟悉穑事也。今各衙门堂官，多内廷行走之员，或累月不克到署，与司员恒不相习，自掌印、主稿数人而外，大半不能识面，譬之嘉禾、稂莠，听其同生同落于畎亩之中，而农夫不问。教诲之法无闻，甄别之例亦废，近奉明诏保举，又但及外官，而不及京秩，培养之道，不尚有未尽者哉！自顷岁以来，六部人数日多，或二十年不得补缺，或终身不得主稿；内阁、翰林院员数，亦三倍于前，往往十年不得一差，不迁一秩，固已英才摧挫矣。而堂官又多在内廷，终岁不获一见，如吏部六堂，内廷四人；礼部六堂，内廷四人；户部六堂，皆直内廷；翰林两掌院，皆直内廷。在诸臣随侍御园，本难分身入署，而又或兼摄两部，或管理数处。为司员者，画稿则匆匆一面，白事则寥寥数语，纵使才德俱优，曾不能邀堂官之一顾，又焉能达天子之知哉！以若干之人才，近在眼前，不能加意培养，甚可惜也。臣之愚见，欲请皇上稍为酌量，每部须有三、四堂不入直内廷者，令其日日到署，以与司员相砥砺。翰林掌院，亦须有不直内廷者，令其与编、检相濡染。务使属官之性情、心术，长官一一周知。皇上不时询问，某也才，某也直，某也小知，某也大受，不特属官之优劣粲然毕呈，即长官之深浅亦可互见。旁考参稽，而八衙门之人才，同往来于圣主之胸中，彼司员者，但令姓名达于九重，不必升官迁秩，而已感激无地矣。然后保举之法，甄别之例，次第举行乎旧章。皇上偶有超擢，则梗楠一升，而草木之精神皆振。盖培养之方，其略如此。

所谓考察之法，何也？古者询事、考言，二者并重。近来各衙门办事，小者循例，大者请旨。本无才猷之可见，则莫若于言考之。而召对陈言，天威咫尺，又不宜喋喋便佞，则莫若于奏折考之矣。国家定例，内而九卿科道，外而督抚藩臬，皆有言事之责。各省道员，不许专折谢恩，而许专折言事。乃十余年间，九卿无一人陈时政之得失，司道无一折言地方之利病，相率缄默，一时之风气，有不解其所以然者；科道间有奏疏，而从无一言及主德之隆替，无一折弹大臣之过失，岂君为尧、舜之君，臣皆稷、契之臣乎？一时之风气，亦有不解其所以然者。臣考本朝以来，匡言主德者，孙嘉淦以自是规高宗，袁铣以寡欲规大行皇帝，皆蒙优旨嘉纳，至今传为美谈；纠弹大臣者，如李之芳参劾魏裔介，彭鹏参劾李光地，厥后四人，皆为名臣，亦至今传为美谈。自古直言不讳，未有盛于我朝者也。今皇上御极之初，又特诏求言，而褒答倭仁之谕，臣读之至于抃舞感泣，此诚太平之象。然臣犹有过虑者，诚见我皇上求言甚切，恐诸臣纷纷入奏，或者条陈庶政，颇多雷同之语，不免久而生厌；弹劾大臣，惧长攻讦之风，又不免久而生厌。臣之愚见，愿皇上坚持圣意，借奏折为考核人才之具，永不生厌斁之心。涉于雷同者，不必交议而已；过于攻讦者，不必发钞而已。此外则但见其有益，初不见其有损。人情狃于故常，大抵多所顾忌，如主德之隆替，大臣之过失，非皇上再三诱之使言，谁肯轻冒不韪？如藩臬之奏事，道员之具折，虽有定例，久不遵行，非皇上再三迫之使言，又谁肯立异以犯督抚之怒哉？臣亦知内外大小，群言并进，即浮伪之人，不能不杂出其中。然无本之言，其术可以一售，而不可以再试，朗鉴高悬，岂能终遁！方今考九卿之贤否，但凭召见之应对；考科道之贤否，但凭三年之京察；考司道之贤否，但凭督抚之考语。若使人人建言，参互质证，岂不更为核实乎？臣所谓考察之法，其略如此。三者相需为用，并行不悖。

臣本愚陋，顷以议礼一疏，荷蒙皇上天语褒嘉，感激思所以报。但憾识见浅薄，无补万一。伏求皇上怜其愚诚，俯赐训示，幸甚。谨奏。

译文：应谕旨命陈述意见疏

为响应诏命陈述个人意见之事而奏报。

二月初八日，奉皇上命令，各部门领导及负有监察献言之责的科道官员，都要对朝廷用人、行政诸方面的一切事宜，据实禀告，并以密件形式上报。从这道命令中可以看到皇上品德谦虚且励精图治。臣私下认为，用人与行政，这两者自古以来都是相提并论的，独独到了我们清朝，则各种政事，朝廷都有一定的规矩制度，既完备又详尽，不是可以随便议论的。故而今天我们应当仔细研究的，不在行政，而是在用人一个方面。当今人才并不缺乏，给这些人才以好的作育，并让他们脱颖而出，确实需要依靠皇上的巧妙运作。大抵说来，此中的机制为三点：一为转移，二为培养，三为考察。三者不可废一，请容臣来为皇上陈述。

所谓转移，是什么意思呢？我朝每代君王为政，大抵都是因为时俗出现了偏差，于是提出一些新的措施来纠偏归中。顺治时代，因战争创伤刚刚恢复，民心未定，故圣祖皇帝（康熙）以“宽和”为政策的基调。康熙末期，国家长久平安无事，故吏治松弛，刑罚少使用，故百姓偷懒，因而世宗皇帝（雍正）以严刑峻法来加以补救。乾隆、嘉庆的时候，社会风气崇尚才华，故读书人好高骛远，因而刚刚离开我们永远而去的皇帝（道光）以镇静来加以收敛，以求改变浮夸的不良风气。一时间，优秀人物皆墨守成规，不敢显露才智锋芒。于是守旧者多，而有抱负有作为者逐渐减少。大多视胆小退缩为谨慎，视柔顺附和为恭敬。以臣看来，在这种风气影响下，京城官员在办理公务上出现了两个通病：一为退缩，一为琐屑；地方官员在办理公务上也有两个通病：一为敷衍，一为颟顸。所谓退缩，就是共同办事的官员互相推诿，不愿多做一点事，动不动就请旨，把烦恼推给朝廷，生怕自己承担责任。所谓琐屑，就是斤斤计较，不识大体，眼睛只看细枝末节而不顾全局。所谓敷衍，就是只知道借改头换面应付眼前，而不管日后的长远利益。所谓颟顸，就是指表面上装模作样，而内里的政务实际上已一塌糊涂，给朝廷的奏章上尽是粉饰太平的文字，并无一句触及要害的话。这四个方面的毛病相沿已久成为习俗，大家都只求苟且偷安没有过错，不思振作有为，将来一旦遇到艰难的大事，国家必定有缺乏应对之才的忧患。逝去的皇帝深知官场的状况，因而极为急迫地寻求一些有用之才，用来整治颓唐的风气。去年在京察官员中，数月之内，提拔为臬司（即主管一省刑侦治安方面的副省长）的有三人，提拔为藩司（即主管一省财政方面的副省长）的有一人，也是想借破格提拔让人才脱颖而出，用来整顿疲沓的积习。无奈积重难返，颓唐的风气不可能很快地予以扭转。现在若一下子重用励精图治的人，又怕有些浮躁的人借此投机取巧，反不能收到实效。以臣的愚见，要想让那些有用的人才能在朝廷的法规中很好地发挥作用，不如使他们努力求取学问。

汉臣诸葛亮说："才干须从学问中来，学问须以见识为基础。"这是很精当的议论。但是，要想人才都知道好学，又必须皇上自己以身作则，才能掌握转移社会风气的根本。臣考察康熙皇帝在登极之后，勤学好问，对儒学有研究的大臣每日召他讲课，无论冬夏寒暑都不停顿，甚至在过生日、在平三藩之乱的战争时期也不停止。在召见臣侍时，也与他们反复探讨学问上的事。因而当时人才济济，爱好学术的人多。到了康熙末年，那些博学伟才者，大半都是圣祖所教谕而成的。皇上正当青春，与圣祖讲求学问时的年龄差不多，以臣的愚见，拟请在二十七个月（即所谓的三年守丧之期）后，恢复圣祖每日进讲的旧例。如此，则会传播于四海，人人闻风响应。皇上召见臣侍时，与他们从容讨论那些学问的疑难问题，遇有无才能者，则勉励他们向学，并严厉整治办事模棱糊涂疲惫拖沓的风气；遇见有才干者，则愈加勉励他向学，用以纠正他的刚愎自用、刻薄苛严的偏差。如此十年之后，于人才方面必定大有起色。一人倡导好学于皇宫，众多英才在全国各地受到鼓舞。它的发微在此，而收效则在其他地方。康熙年间的往事，于今天可以清晰地看到。鉴于当今的萎靡不振因循守旧，故而以振奋有所作为相期待。又考虑到今后或许会因此而张扬狂妄，于是又以《诗》《书》等经典来加以惠泽。只是为了在潜移默化中来纠偏，并不想矫枉过正。人才的转移之道，大致如此。

所谓培养之方是什么呢？凡人才未入官场者，姑且不论，其已入官场者，如内阁、六部、翰林院，这些部门最是人才聚集之地，将来内廷的卿相，地方上的督抚，大致不会出这八大衙门之外。此八大衙门中人才数千，皇上不可能一一都知道。培养这些人才的责任，不得不交给各衙门的堂官（即正副领导）。所谓培养的方法约有几点：一为教诲，一为甄别，一为保举，一为超升。堂官对于部属来说，一句话的嘉奖，都可以令他们感激图报；半句话的批评，他们都会畏惧而改正过错。这就是教诲的作用，不可轻视。荆棘不拔除，则兰蕙长不好；害马不去掉，则骐骥的志气就不会舒张。这就是甄别的作用，不可轻视。嘉庆四年、十八年，朝廷两次令各部院堂官推荐中下级官员。这就是保举的先例。雍正年间，甘汝来以一主事的身份而得到人参的赏赐，外放知府。嘉庆年间，黄钺则以主事的身份而充任翰林，入南书房当值。这就是超升的先例。可以这样说，人才譬如庄稼，部门领导的教诲好比栽植培育，而甄别则好比分别良莠，保举则好比灌溉，皇上的越级提拔则好比甘雨时降，禾苗得此而蓬勃生长。各部门堂官经常到机关办公，则好比农夫天天到田里去干活，才能对庄稼的成长情况很清楚。现在各部门的堂官，多为在内廷有职务的人，甚至接连几个月都不踏衙门的门，与部属们关系疏淡，除几位机要秘书外，大部分人连面都见不到。好比禾苗与稗草，听任它们自生自灭于田中，而农夫不闻不问。

教诲之法不再听说，甄别的例子也不再出现，近来奉到保举明令，又只说到地方上的官员，而不言及京官。那么，培养之道，不尚有欠缺吗？近几年来，六部人员愈来愈多，有的人二十年间都得不到实职，还有的甚至一辈子得不到执笔拟稿的机会。内阁、翰林院的官员数也是先前的三倍，往往十年间得不到一个差事，不能获一级迁升，这已经是让英才大受摧折了。而堂官们都多在内廷办事，年头到年尾见不到一面。比如吏部六个堂官，有四个在内廷当差；礼部六个堂官，也是有四个在内廷当差；户部六个堂官，都在内廷当差；翰林院两个掌院学士，也都在内廷当差。对于这些堂官而言，他们随侍在圆明园，本难分身去机关办事，何况还有的或兼署两个部，或管理几处。身为中下级官员者，只能与堂官在所拟文稿请签字时匆匆见上一面，或者汇报工作时对面简单说几句，即使是才德都优秀，也不能得到堂官与他好好谈谈话的机会，又怎么能指望让皇帝知道自己呢？不少人才，近在眼前，而不能受到着意培养，真是太可惜了。

臣建议，请皇上酌量考虑，每个部门必须有三至四个堂官不去内廷当差，命令他们每天都到衙门里办事，以便与部属们互相商办公务。翰林院掌院学士，也必须有不入内廷当差者，命令他与翰林院的编修、检讨等人打成一片。务必使属官的性情、心术，让主管官员知道得清清楚楚。皇上不时询问部门堂官，谁有才干，谁品性正直，谁可以做小事，谁可以担当大任。这样一来，不但各部门中下级官员的优劣情况都已知道，而且各部门堂官的深浅程度也可从中测试出来。从旁考核，相互稽查，于是八大衙门中的人才概况，便在皇上的胸中掌握了。那些中下级官员们，但使他们的姓名为皇上所知晓，不必升官晋级，他们已经感激莫名了。于是保举之法、甄别之事，便可以有条不紊地符合过去的成例举行。皇上偶尔越级提拔一两个，则优秀人才一获晋升，普通官员的精神都随之而振作。培养之方，大致如此。

所谓考察之法是什么呢？古代询问事务、考察言论二者并重。近来各衙门办事，小事则依循旧例，大事则请示皇上，其才干谋略如何已无法看出，不如从言论上来考察为好。而召对时的回答，面对着近在咫尺的天威，又不敢放开去议论，如此，则不如从奏折中去考察。国家有规定，京官中的各部门堂官及都察院的监察御史六部给事中，地方上的总督巡抚藩司臬司，皆有向皇上报告公事的职责。各省道员，不许专折谢恩，而许专折言事。但十多年来，各部门堂官，没有一个人指出时政方面的得失，地方上的两司及道员等官员，没有一道奏折言及当地政事上的利弊，大家都于此保持沉默。这样一种风气，真不理解它是如何形成的。御史给事中间或有人上奏，但也从无一人言及皇上品德上的长短，无一道折子弹劾大臣的过失。难道皇上就是尧、舜那样的圣君，臣工都是稷和契一类的贤臣吗？这样一种风气，也不理解它是如何形成的。

为臣的考察本朝以来纠正皇上品德方面的，有孙嘉淦规劝乾隆皇帝注意防止自以为是，袁铣规谏道光皇帝注意清心寡欲，都得到皇上的表扬。这两件事至今传为美谈。至纠弹大臣方面的，有李之芳参劾魏裔介，彭鹏参劾李光地，这四个人以后皆为名臣，至今也传为美谈。自古以来，在直言不讳上，没有再超过我们这一朝的。现在皇上刚刚登基，便特意颁发明令征求建言，而且对倭仁的言折予以褒奖。为臣的读了这些圣旨后非常感动，这是国家太平的景象。

然而，为臣的仍有过虑之处。因为皇上求言心很切，担心诸臣纷纷上奏，或是议论政务，有很多相同的话，看多了这类折子，皇上不免久而生厌。弹劾大臣，又担心助长攻讦的风气，也难免久而生厌。为臣的建议，唯愿皇上坚持定见，对借助奏折来考察人才的这一方法，永远不生厌烦心。对于那些相互雷同的折子，只是不交有关部门议论而已；涉于攻讦的折子，只是不公开而已。此外，则但看它好的一面，不必去计较它有害的一面。人之常情大抵多顾虑。如皇上品德上的长短，大臣的过失，若非皇上再三鼓励发表意见，谁愿意轻率冒犯？如藩司臬司的奏折事由，道员的专门奏折，虽有规定，但很久以来已不遵循，若非皇上再三强迫他们发表自己的看法，又有谁肯标新立异来招致总督巡抚的恼怒呢？为臣的也知道，中央地方大小官员都上书献言，不能排除有浮躁虚伪的人混杂在其中，然而无根据的建言，只可以说一次，不可能再三说。皇上英明如明镜高悬，岂能让那些作伪者逃遁。当今考察九卿之贤与不贤，只凭召见时的应对；考察御史给事中的贤与不贤，只凭三年一次的京察；考察藩司臬司道员的贤与不贤，只凭总督巡抚的评语。倘若让人人建言，相互参照，岂不更为核实吗？为臣的所谓考察之法，大致如此。转移、培养、考察三者互相配合，并行不悖。

为臣的本愚陋，早两天以《遵议大礼疏》而蒙皇上亲口表扬，心里非常感激，为报答圣恩而再上这道奏折，但遗憾的是见识浅薄，不能有补于万分之一，请求皇上怜恤为臣的愚诚之心而加以训示，则幸运之极。谨奏。

评点

为了更好地理解这道奏折，很有必要说说它的背景。

道光三十年正月十四日，道光皇帝旻宁在北京郊外圆明园去世，终年六十七岁。道光帝为爱新觉罗氏入主中原后的第六代皇帝，在位三十年。清王朝在道光年间进入了由盛转衰的重要历史时期。史学界通常以第一次鸦片战争爆发的那一年，作为中国近代史的开端，这一年为道光二十年。道光二十年之前，尽管康乾盛世早已过去，嘉庆一朝已暴露出弊病丛生、国势日弱的趋势，但清王朝这个病躯毕竟还有一层完整的外衣包裹着，一般民众特别是外国人尚不知其底细。待到鸦片战争一爆发，这件外衣便被无情地剥去，它内里的虚弱和腐败便在全世界暴露无遗。西方列强固然由此而大启贪婪之心，即便是普通国民，也看出了国家百孔千疮的现状。道光作为国家的最高领导人，自然负有不可推卸的重大责任。不过，在中国两千年帝制时期的历代帝王中，道光还不算一个昏庸无能者，或者还可以排个中等偏上的名次。早在做太子的时候，道光便在天理教攻打皇宫的突发事件中，显示出他应对危难的领袖气质和枪法娴熟的出众武功。在位的三十年中，他基本上是勤政的，尤其以节俭出名。当然，他的“节俭”是与那些奢靡的帝王相比较而言的，跟老百姓心中的“节俭”是两回事。但道光绝不是一个英明有为者，比他的祖先康熙、乾隆要差得远。他既无力扭转嘉庆以来国家江河日下的颓势，在国门被强行撞开以后，又缺乏走向世界的见识和胆魄。对待林则徐禁烟一事的处置态度，让当时及后世充分看到了这个软弱反复、不敢承担责任的皇帝的真实面目。

道光去世后，由皇四子奕詝继位，年号咸丰。道光生有九个阿哥，此时排在前面的三个阿哥都已不在了，按理说由第四子来继位是合情合理的。但野史上说，道光实际上是很想传位给第六子奕䜣的，因为奕䜣比奕詝器具开阔，更宜做皇帝，而最终奕䜣还是没有做成皇帝，其原因是奕詝的师傅高明。

奕詝的师傅杜受田深知自己的学生确实不如奕䜣，两兄弟若比学问才干，做哥哥的一定会输给弟弟。哥哥要想得到皇位，只能智取，不能力争。杜受田看出晚年的道光心肠变得较为柔软仁慈，抓住这一点，他为学生设计了一场戏。这年春天，遵奉“不忘骑射”的祖训，道光带着诸子外出打猎，傍晚收场的时候，各位阿哥都有所获。其中奕䜣猎物更多，道光将奕䜣着实表扬了一番。轮到奕詝了，他说自己发的都是空箭，一只鸟兽都没射中。道光奇怪，问这是为什么。奕詝按着老师早为他编好的台词答道：眼下正是春日鸟兽繁殖的兴盛时节，儿臣不忍心伤害母鸟母兽，让巢洞里的雏子失去了哺育。道光听了这话后大为感动，说这正是为君王者所应有的仁爱之心啊！谁继位之事，便因这段对话而定下了。

奕詝与奕䜣虽不是一个母亲所生，但奕詝的母亲死得早，童年时期由奕䜣的母亲照顾，故两兄弟常在一起玩耍读书，关系亲密。但就是因为继位一事，兄弟间埋下一道深深的裂痕。这道裂痕直到十一年后咸丰帝去世时仍未弥合，并且因此而对晚清政局产生了重大的影响。关于这些，我们将在后文相关部分再来细说。

咸丰帝登基时只有二十岁，正当血气方刚之时，面对着道光晚期疲沓的朝政和贫弱不振的国势，他也很想有一番作为。即位之初，便明降圣旨，命文武百官对政事发表自己的意见。这便是这道《应诏陈言疏》的来由。

曾氏这时身为礼部右侍郎兼刑部右侍郎，是一个肩负重任的朝廷大臣。他不是以做官食禄为人生目标的平庸官吏，而是有着“效法前贤澄清天下”的大志，故而对国家大事关注甚切，思考甚多。此时的他，尚不到四十，论仕途，前景正十分看好；论性情，也还处在意气风发的时候。他诚心希望咸丰做一个圣明君王，诚心希望国家能在咸丰手里大有起色；他也诚心希望借建言的机会，让新君看出他的忠心和才干，从而有更大的发达。于是，他在短短一两年内连上了好几道分量很重的奏疏。此为其中之一。

这道奏折谈的是用人一事。通过这道长达三千余言的奏疏，可以看出曾氏早期的人才思想。我们知道，曾氏在识人用人这方面，有非常的过人之处。他不仅对人才的重要性认识得十分透彻，而且在使用上有自己的独家之秘。历史已经证明，他在这方面的确是一个成功者。对于他的成功的人才学，今天一切想做团队头领的人，实在大有了解的必要。此折当属曾氏人才学的经典之作。

如何造就人才，如何让人才脱颖而出？曾氏向最高领导者提出三个办法：一为转移，二为培养，三为考察。

所谓转移，即由此而及彼的意见，用今天的话来说，就是通过领导者本身的表率作用而影响带动一大批人。

关于培养，曾氏提出四个措施。一为教诲，即领导者要对属下的所作所为随时作出反应，或肯定嘉奖，或批评惩处。一为甄别，即对于那些危害团体的不良分子，领导者要采取行政手段，或调离，或劝退，或开除。一为保举，即高层领导者要责令中层负责人随时对其所管辖的优秀属员予以推荐。一为超擢，即对那些杰出之才宜打破常规破格提拔。

关于考察，曾氏提出要鼓励下属积极建言献策，将此作为其人能与不能的一个重要评估内容，与当面召见和考语结合在一起来考察，这样能更加全面一些。

显然，曾氏该奏折中所提出这些具体意见，即使在今天也不失其借鉴作用，其中一部分做法仍可直接移植过来。除此之外，笔者还想特别指出的，是此折体现了曾氏的洞察力和预见力。

正如奏折中所说的，道光中末叶，朝政一片松垮萎靡，官员们只是为了自己的利益在生存着。不良者贪污受贿钻营拍马，略有良知者也只洁身自好明哲保身而已，这两者虽有个体人品和社会影响上的差别，但在失去公职人员责任这一点上，都是共同的，正如庄子“臧谷亡羊”中所说的：“二人者事业不同，其于亡羊均也。”国家这只“羊”，在道光后期，的确是丢失了牧者而处于“亡”的状态。长期这样，反倒见怪不怪麻木不仁，除开极少数者之外，绝大多数花着纳税人银子的官吏们，对国家所潜伏的严重灾难视而不见，习而不觉。

曾氏无疑是“极少数者”中的一个。他不但看到了国家管理机制上的隐患所在，而且用准确而精练的语言来予以概括，这就是折中所说的京官退缩、琐屑，外官敷衍、颟顸。弊端丛生，纷乱如麻，什么是其间最主要问题呢？能够将问题看出来，并且能看对，这便是一个管理者的洞察力的表现。如果我们从“京官”“外官”这种特定的字眼中跳出来，将视野扩大点，就会发现，上级领导和机关不负责任，怕担担子及处事只注意细末而不得要领，下级机关敷衍塞责，浑浑噩噩，只知奉命而不知用自己的头脑思考创新，诸如此类的现象，曾氏当时的官场是这样，一百余年来的官场又何尝不常见？并非历来的当政者不思改变，也不是后来的国是关心者就再没有一个有曾氏这样的眼力，而是生长于华夏文化土壤上的官场，有一种相沿两千年的十分顽固十分强大的制约力量，造就了这种积重难返的痼疾，要革除还真不容易！

这道奏折在当时最大的震撼性是它的预见力。曾氏说："将来一有艰巨，国家必有乏才之患。"对于清朝来说，这句不祥的预言很快便得到事实的验证。九个月后，也就是道光三十年十二月初十日，洪秀全、杨秀清率领的太平军起义于广西金田村。面临着这个突如其来的变故，清朝的国家管理体制完全丧失了它所应当具备的应变能力，无论是广西地方的行政官员和军队，还是捧着尚方宝剑的钦差大臣及国家精锐部队，都完全不是这批揭竿而起的起义者的对手。国家体制中没有应变之才！到了这个时候，上上下下方才看出这个严峻的现实。虽为期已晚，但人们也于此不得不佩服这个礼部侍郎的先见之明。

这道奏折得到了咸丰帝的重视，他在上面加了一段长长的朱批："礼部侍郎曾国藩奏陈用人之策，朕详加批览，剀切明辩，切中情事，深堪嘉纳。连日左副都御史文瑞、大理寺卿倭仁、通政使罗惇衍等备陈时事，朕四降旨褒嘉，其通政副使王庆云、鸿胪寺少卿刘良驹及科道等折分别准行交议。如该侍郎折内所请保举人才、广收直言，迭经降旨宣示，谅各大小臣工必能激发天良，弼予郅治。惟称日讲为求治之本，我圣祖仁皇帝登极之初，即命儒臣逐日进讲，寒暑无间。朕绍承丕业，夙夜孜孜，景仰前徽，勉思继述。着于百日后举行日讲。所有一切应行事宜，着各该衙门察例详议以闻。"

这时候的咸丰皇帝，确实还是想有所作为的。

写作简析

先端出总目，然后条分缕析，娓娓道来，引典援例，辞气生动，将一篇学术论文写得情词并茂，好看又经看。

要言妙道

以臣观之，京官之办事通病有二：曰退缩，曰琐屑；外官之办事通病有二：曰敷衍，曰颟顸……有此四者，习俗相沿，但求苟安无过，不求振作有为，将来一有艰巨，国家必有乏才之患。

□ 这道折子太出格了

原折：敬呈圣德三端预防流弊疏

咸丰元年四月二十六日

奏为敬陈圣德，仰赞高深事。

臣闻美德所在，常有一近似者为之淆。辨之不早，则流弊不可胜防。故孔门之告六言，必严去其六弊。臣窃观皇上生安之美德，约有三端。而三者之近似，亦各有其流弊，不可不预防其渐，请为我皇上陈之。

臣每于祭祀侍仪之顷，仰瞻皇上对越肃雍，跬步必谨，而寻常莅事，亦推求精到，此敬慎之美德也。而辨之不早，其流弊为琐碎，是不可不预防。人臣事君，礼仪固贵周详，然苟非朝祭大典，难保一无疏失。自去岁以来，步趋失检，广林以小节被参；道旁叩头，福济、麟魁以小节被参；内廷接驾，明训以微仪获咎；都统暂署，惠丰以微仪获咎，在皇上仅予谴罚，初无苛责之意。特恐臣下误会风旨，或谨于小而反忽于大，且有谨其所不必谨者。行礼有仪注，古今通用之字也。近来避皇上之嫌名，乃改为行礼礼节。朔望常服，既经臣部奏定矣，而去冬忽改为貂褂。御门常服挂珠，既经臣部奏定矣，而初次忽改为补褂。以此等为尊君，皆于小者谨其所不必谨，则于国家之大计必有疏漏而不暇深求者矣。夫所谓国家之大计，果安在哉？即如广西一事，其大者在位置人才，其次在审度地利，又其次在慎重军需。今发往广西人员不为不多，而位置之际未尽妥善。姚莹年近七十，曾立勋名，宜稍加以威望，令其参赞幕府，若泛泛差遣委用，则不能收其全力。严正基办理粮台，而位卑则难资弹压，权分则易致牵掣。夫知之而不用，与不知同；用之而不尽，与不用同。诸将既多，亦宜分为三路，各有专责：中路专办武昌大股，西路分办泗镇南太，东路分办七府一州。至于地利之说，则钦差大臣宜驻扎横州，乃可以策应三路。粮台宜专设梧州，银米由湖南往者，暂屯桂林，以次而输于梧；由广东往者，暂屯肇庆，以次而输于梧。则四方便于支应，而寇盗不能劫掠。今军兴一载，外间既未呈进地图，规划全势，而内府有康熙舆图、乾隆舆图，亦未闻枢臣请出与皇上熟视审计。至于军需之说，则捐输之局万不可开于两粤，捐生皆从军之人，捐资皆借凑之项，辗转挪移，仍于粮台乎取之。此三者皆就广西而言，今日之大计也。即使广西无事，而凡为臣子者，亦皆宜留心人材，亦皆讲求地利，亦皆宜筹划国计，图其远大，即不妨略其细微。汉之陈平，高祖不问以决狱；唐之房、杜，太宗惟责以求贤。诚使我皇上豁达远观，罔苛细节，则为大臣者不敢以小廉曲谨自恃，不敢以寻行数墨自取竭蹶，必且穆然深思，求所以宏济于艰难者。臣所谓防琐碎之风，其道如此。

又闻皇上万几之暇，颐情典籍；游艺之末亦法前贤，此好古之美德也。而辨之不细，其流弊徒尚文饰，亦不可不预防。自去岁求言以来，岂无一二嘉谟至计？究其归宿，大抵皆以“无庸议”三字了之。间有特被奖许者，手诏以褒倭仁，未几而疏之万里之外；优旨以答苏廷魁，未几而斥为乱道之流，是鲜察言之实意，徒饰纳谏之虚文。自道光中叶以来，朝士风气专尚浮华，小楷则工益求工，试律则巧益求巧。翰、詹最优之途，莫如两书房行走，而保荐之时，但求工于小楷者。阁部最优之途，莫如军机处行走，而保送之时，但取工于小楷者。衡文取士，大典也，而考差者亦但论小楷、试律，而不复计文义之浅深。故臣常谓欲人才振兴，必使士大夫考古来之成败，讨国朝之掌故，而力杜小楷、试律工巧之风，乃可以崇实而黜浮。去岁奏开日讲，意以人臣陈说古今于黼座之前，必不敢不研求实学，盖为此也。今皇上于军务倥偬之际，仍举斯典，正与康熙年三藩时相同。然非从容召见，令其反复辨说，恐亦徒饰虚文而无以考核人才。目前之时务虽不可妄议，本朝之成宪独不可称述乎！皇上于外官来京，屡次召见，详加考核。今日之翰、詹，即异日之督抚、司道也，甫脱乎小楷、试律之间，即与以兵、刑、钱、谷之任，又岂可但观其举止便捷、语言圆妙而不深究其深学真识乎？前者，臣工奏请刊布《御制诗文集》，业蒙允许。臣考高祖文集刊布之年，圣寿已二十有六；列圣文集刊布之年，皆在三十、四十以后；皇上春秋鼎盛，若稍迟数年再行刊刻，亦足以昭圣度之谦冲，且明示天下以敦崇实效、不尚虚文之意。风声所被，必有朴学兴起，为国家任栋梁之重。臣所谓杜文饰之风，其道如此。

臣又闻皇上娱神淡远，恭己自怡，旷然若有天下而不与焉者，此广大之美德也。然辨之不精，亦恐厌薄恒俗而长骄矜之气，尤不可以不防。去岁求言之诏，本以用人与行政并举。乃近来两次谕旨，皆曰黜陟大权，朕自持之。在皇上之意，以为中无纤毫之私，则一章一服，皆若奉天以命德，初非自执己见，岂容臣下更参末议，而不知天视自民视，天听自民听，国家设立科道，正民视民听之所寄也。皇上偶举一人，军机大臣以为当，左右皆曰贤，未可也；臣等九卿以为当，诸大夫皆曰贤，未可也；必科道百僚以为当，然后为国人皆曰贤。黜陟者，天子一人持之；是非者，天子与普天下人共之。宸衷无纤毫之私，可以谓之公，未可谓之明也。必国人皆曰贤，乃合天下之明以为明矣。古今人情不甚相远，大率戆直者少，缄默者多，皇上再三诱之使言，尚且顾忌濡忍，不敢轻发苟见；皇上一言拒之，谁复肯干犯天威。如禧恩之贪黩，曹履泰之污鄙，前闻物论纷纷，久之竟寂无弹章，安知非畏雷霆之威而莫敢先发以取罪哉！自古之重直臣，非特使彼成名而已。盖将借其药石，以折人主骄侈之萌，培其风骨，养其威棱，以备有事折冲之用，所谓疾风知劲草也。若不取此等，则必专取一种谐媚软熟之人，料其断不敢出一言以逆耳而拂心，而稍有锋芒者，必尽挫其劲节而销铄其刚气。一旦有事，则满庭皆疲苶沓泄，相与袖手，一筹莫展而后已。今日皇上之所以使赛尚阿视师者，岂不知千金之弩轻于一发哉，盖亦见在廷他无可恃之人也。夫平日不储刚正之士，以培其风骨而养其威棱，临事安所得人才而用之哉！目今军务警报，运筹于一人，取决于俄顷，皇上独任其劳，而臣等莫分其忧，使广西而不遽平，固中外所同虑也。然使广西遽平，而皇上意中或遂谓天下无难办之事，眼前无助我之人，此则一念骄矜之萌，尤微臣区区所大惧也。昔禹戒舜曰：“无若丹朱傲。”周公戒成王曰：“无若殷王受之迷乱。”舜与成王，何至如此！诚恐一念自矜，则直言日觉其可憎，佞谀日觉其可亲，流弊将靡所底止。臣之过虑，实类乎此。

此三者，辨之于早，只在几微之间；若待其弊既成而后挽之，则难为力矣。臣谬玷卿陪，幸逢圣明在上，何忍不竭愚忱，以仰裨万一。虽言之无当，然不敢激切以沽直声，亦不敢唯阿以取容悦。伏惟圣慈垂鉴。谨奏。

译文：敬呈皇上美德三项并预防所伴之流弊疏

为颂扬皇上高尚品德陈述一己之言事而奏。

为臣的听说凡具备某种美德，便常常有一种与此美德近似的弊病出来与之相混淆。如果不能及早辨别的话，则流弊不可胜防。故而孔子告学生六言，同时又指出它的六种弊病。（译者注：“六言”“六弊”出于《论语·阳货》：“子曰：由也，女闻众言，六弊矣乎……好仁不好学，其蔽也愚；好知不好学，其蔽也荡；好信不好学，其蔽也贼；好直不好学，其蔽也绞；好勇不好学，其蔽也乱；好刚不好学，其蔽也狂。”）臣私下观察皇上天生的美德约有三个，而与此相近似的弊端也有三个，不能不预防其日后之发展，请容臣下向皇上陈述。

臣每在侍奉祭祀的时候，看到皇上表情严肃庄重，对每一个小步伐都很谨慎，至于平时办事，也是每一个步骤都考虑得精细周到。这是皇上的敬慎美德。如果不能对之早加严辨的话，那么它的流弊将为琐碎，对此不能不预防。

臣工服务君王，礼仪固然以周详为贵，但若不是朝廷祭祀大典，难保就没有一点疏忽。自去年以来，因为步伐有失检点，广林就以这个小过失而被参劾；在道路旁叩头一事上，福济、麟魁也以小过错而被参劾；在内廷接驾一事上，明训以小仪式不周到而获咎；在都统暂时署理时，惠丰也以小仪式不周到而获咎。在皇上这一方，仅仅只予以谴责处罚，本无苛责的意思，但担心的是，臣下可能会误解了皇上的本意而予以附和，或者将在小事上谨慎而在大事上疏忽，而且会谨慎于本不该过于谨慎的地方。

行礼时有“仪注”。这两个字本是古今通用之字，近来为避皇上的名，而改为行礼“礼节”（译者注：咸丰帝名奕詝，与“仪注”谐音）。每月初一、十五穿的衣服，已经礼部奏定了，而去冬又忽然改穿貂褂。皇上御门听政穿的衣服戴的挂珠，已经礼部奏定了，而这次又改为补褂。用这些来表示对皇帝的尊敬，都是在小地方谨慎那些不该过于谨慎之处。如此，则将对于国家大计必有疏漏而无暇去深入研究了。那么国家大计在哪里呢？就拿广西兵事来说吧，它的大处首先在如何使用人才，其次在审度地理地形，再次在慎重地对待军需粮饷。现在，发往广西的人员不为不多，但安排上却未尽妥善。姚莹年近七十，曾立有功勋，宜给他以威望，令他在幕府做军事参谋，若随随便便地派他个差事，则不能发挥他的作用。严正基办理粮台，但地位低下难以服众，权力不集中又容易受牵制。对一个人，知道他有才干但不用他，与不知是一样的；用他而不放手让他做事，与不用是一样的。

派出的将领已经很多，也应该分为三路，各有专责：中路专门对付武昌大股敌军，西路专办泗城、镇安、南宁、太平四府，东路专办七府一州。至于利用地理地形方面，则钦差大臣宜驻扎横州，乃可以策应三路。粮台设在梧州。银钱粮食由湖南方面过来的，暂时屯集在桂林，以后再运往梧州；由广东方面过来的，暂时屯集肇庆，以后再运往梧州。这样，四面八方都便于支应，而敌人则不能劫掠。现在战争已打响一年了，外间既未有人进呈地图，作全局用兵的规划。朝廷内有康熙时期的地图、乾隆时期的地图，也未听说有中枢机构里的官员拿出来，与皇上一道仔细商讨。至于军需方面，则捐输局万万不可在广东广西开办。捐款的人便是从军的人，捐的款子都是借贷凑集而来的，东转西转腾挪移动，最后依旧取之于粮台。

这三个方面皆就广西而言，因为广西发生的事是当今国家的头号大事。即使广西无事，凡是作为臣子的，也应当留心人才，也应该讲求地利，也应当筹划国家的大计方针，为它的长远利益考虑，至于细枝末节，不妨略去不计。在汉代，高祖皇帝不以审案判刑的事问宰相陈平；在唐代，太宗皇帝对宰相房玄龄、杜如晦，只要求他们注意选拔贤才。假若皇上豁达大度，目光远大，不责细末，那么为大臣的，则不敢以小事上的廉谨为自恃，不敢以几步路几行字为追求的目标而不思进展，必然会把心思用于对大局的深远思考，以求得在宏观上有助于拯济艰难。为臣的所谓防止琐碎风气的兴起，其道理就在这里。

又听说皇上于日理万机的空暇，以读前代书籍为怡情养性；即使是平时的娱乐活动，也效法前贤，这是好古的美德。如果不仔细分辨的话，其流弊将会是徒尚文饰，也不可不预防。自去年征求大臣们建言以来，岂能没有一两条好的建议设想？但它们最后所得到的结局，大都以“无庸议”三字打发了。间或有被夸奖的，比如亲手下诏褒扬倭仁，没多久就将倭仁疏远于万里之外；又如降旨表扬苏廷魁，没多久又将他斥为乱道之流。这些都是少有察纳言论的真心，不过是作一点善于听取意见的姿态而已。自从道光中叶以来，朝廷内的文人风气只崇尚浮华，小楷字则端正了还要求端正，试卷上的律诗则机巧了还求机巧。翰林院、詹事府这两个部门的最好进身之途，莫过于在上书房及南书房任职，但保送进这两书房的人，只取那些工于作小楷字的。内阁各部的最好进身之途，莫过于在军机处供职，但保送的时候，也只取那些工于作楷字的。衡量文章录取士人，这是国家的大典，而主持考试者，也只是论小楷字的好坏和诗作的巧拙，而不去计较文章内容的深浅。故臣常常说，要想人才振兴，必须要士大夫们考察古来政事的成败，讨论本朝的历史，而着力杜绝讲究小楷字和试律诗的工巧风气。如此，方可推崇朴实而罢黜浮华。去年上奏举办日讲时，心里想，为人臣的在御前讲述古今，必定不敢不研求实在学问，就是为了这个目的。现在，皇上于军情紧张之际，仍举办这个典礼，正好与康熙年间三藩作乱时圣祖皇帝不废日讲相同。但是，不是从容不迫地让日讲官反复辩论，恐怕也只是一个形式而不能借以考核人才。目前的时事虽不可以妄加议论，本朝已往的法规制度，难道不可以说说吗？皇上对于来京的地方官员屡次召见，详细加以考核。今日翰林院、詹事府里的官员，就是将来的总督、巡抚、两司、道员，刚刚从小楷字、试律诗中走出来，即担任兵事、刑事、财赋、粮谷这些实务，又怎么可以只看他举止灵活、能说会道而不深究其学问有无真识呢？早一向，有官员上奏请求刊印《御制诗文集》，已得到允准。臣考查乾隆爷文集刊印的时候，已经二十六岁；历代皇爷文集刊印的时候，皆在三四十岁以后。皇上还很年轻，若稍迟几年再来刊刻，既能够表现皇上胸怀的谦抑，又可以向天下昭示推崇实效、不尚虚文的希望。风气影响开来，必定有朴学兴起，为国家担当栋梁重任。臣所谓杜绝文饰之风，其道理便在这里。

臣又听说皇上在精神上喜好淡静辽远，怡然自乐，胸襟旷阔，好像虽掌有天下但与自己并不相干似的，这是胸怀宽广的美德。但如果分辨不精细，也担心会产生厌弃世俗而滋骄矜之气，尤其不可不预防。去年征求建言的诏书上说的本是将用人与行政并举，但近来两次谕旨，都说的是升降大权由皇上独自掌握。至于皇上的本意，以为自己绝没一丝一毫的私心，那么每桩每件，都好比奉天行事，本不是自己的一己之见，岂能容许臣僚们参与议论？但是，皇上可能没有想到上天的眼睛来自于百姓的眼睛，上天的耳朵来自于百姓的耳朵，国家设立科道这种官职，正是让百姓的眼睛、百姓的耳朵有所寄托。皇上偶尔想举拔一人，军机大臣认为恰当，身边的人说此人贤能，还不能凭此而决定；像臣这样的各部门负责人认为恰当，朝廷中上级官员都说此人贤能，也还不能凭此而决定；必科道百官都以为恰当，然后老百姓都说此人贤能才行。

升降之权，皇上一人掌握；是与非，皇上与普天下百姓有共同的标准。皇上心中无丝毫的私念，可以称之为公，但还不能称之为明，必须全国百姓都说贤能，于是综合天下之明而为皇上的英明。古今人情相差不远，大抵戆直敢言者少，沉默不语者多。皇上再三鼓励叫他说话，尚且顾虑重重忍言不发，不敢轻易随便发言。倘若皇上一句话便拒绝了，谁还愿意触犯天威？比如禧恩的贪污渎职，曹履泰的污浊卑鄙，先前听说人言啧啧，久而久之竟然安安静静地并无参劾的奏章，说不定是畏惧皇上雷霆之威不敢率先举动而获罪哩！

自古以来重用直臣，并非仅只是使他成名而已，而是以他的言论为药方，用来消除君主骄奢淫侈的萌芽。培育他的风骨，滋养他的威棱，以备有事时将他作折冲之用。这正是所谓的“疾风知劲草”！若不拔取这种人，而专门拔取一种媚软圆滑的人，估计他断然不敢说一句逆耳拂心的话。那些稍有锋芒者，他的劲节刚硬之气，必定遭受挫折而被消磨掉。一旦有事，则满朝廷的人都只有疲沓披靡，袖手旁观，一筹莫展而已。今日皇上之所以使大学士赛尚阿亲自带兵，何尝不知这是将千金之弩再随便发射出去，只是因为朝廷之上再无别的可以依恃的人。平日不储备刚强正直之士，以培育他的风骨而滋养他的威棱，临事又怎能得到人才而供使用呢！眼下军情紧急，运筹决策这些由最高指挥官瞬间做的事，完全由皇上一人来做，满朝文武不敢分任其劳，使得广西兵事不能很快结束，诚然是中央和地方所共同忧虑的。然而，即使广西兵事很快结束，皇上心中产生天下没有难办的事，身边没有可以辅助我的人的念头，这一骄傲的念头若一旦萌生，尤其是微臣所最为恐惧的。过去大禹警戒舜王说："不要像丹朱那样骄傲。"周公警戒成王说："不要像殷王那样心性迷乱。"舜王与成王，哪里会像这样，只是大禹与周公担心他们一旦有自矜的念头产生，那么直言者就会觉得他们一天天变得可憎恶，而那些谄媚奸邪者就会觉得他们一天天变得可亲近，流弊便会不可遏止。臣的这种过于忧虑，实在与此相似。

这三种弊端若辨识得早，不过在细小轻微之间，若待到已成为弊病而后再来挽救，则便难为力了。臣作为九卿之一，有幸遭逢圣明的皇上，岂能不竭尽愚忠，用来报答皇家恩德于万一？虽然所说的可能不妥当，但绝不敢以激烈的言辞来博取"犯颜直谏"的虚名，也不敢以阿谀奉承来取悦圣意。此心只有请皇上明察。恭谨地呈奏。

评点

看完这道奏折的译文后，不知读者诸君是如何想的，笔者在翻译的过程中想的是：这个礼部侍郎怎么可以这样大胆，这样较真，这样冒犯？莫说那是个皇上神圣不可侵犯，他的一时恼怒就能让别人掉脑袋的封建时代，即便是当今民主意识昌行的年月，你对那些把控你的命运之权的上司也不能如此不敬呀！曾氏的这道折子实在是太出格了。

出格之一为指责过头。这道奏折名为“敬呈圣德三端预防流弊”，实际上“圣德三端”只寥寥数笔带过，而文章的绝大分量则落在“流弊”上。粗略地统计，在三个流弊的帽子下，曾氏列举了登基才一年零三个月的新皇帝，在用人行政上的失误多达十三处。既有关于一个大臣处置不当的闪失，更有眼下广西兵事办理不妥的大错。为了说明自己立论的正确，居然罗列君王的许多失误来衬托，岂不太过头了吗？

出格之二为小题大做。比如奏折所指的第三端，即“娱神淡远，恭己自怡，旷然若有天下而不与焉者，此广大之美德”，这本属咸丰个人的心性方面的特征，并不是什么大不了的毛病，但曾氏却要将它与“厌薄恒俗而长骄矜之气”联系起来，还要加上一句“尤不可以不防”！

出格之三为借题发挥。比如奏折所指的第二端，说的是咸丰帝好读古书，娱乐上也仿照古人。曾氏在肯定皇上的“好古美德”之后，笔锋一转，说这将导致“徒尚文饰”的流弊出来。“好古”怎么就会导致“尚文饰”呢？古人中提倡朴实的也大有人在嘛！曾氏无非是要皇上去掉注重形式而忽视实质的毛病罢了，无从切入，便只有从皇上“好古”来说起，颇有借题发挥之嫌。

出格之四为越职代言。咸丰才二十一岁，便要出诗文集，这说明他是一个好名的皇帝。古人把出书看得很重，不像今天只要有钱，什么年龄阶段的人都可以出书，只要有知名度，即便内容贫乏无聊、文句不通的书也会有人抢着买。既然著书立说是一件郑重的事，对于作者而言，晚一点的确比早一点好，但规谏此事者似应为皇上的师傅，即由皇上读书时的老师出面为宜，廷臣说这话，有越职代言之嫌。

出格之五为词锋峻利。通读这道奏折，给人总的感觉是言辞委婉温软者少，尖刻峻利者多。如“是鲜察言之实意，徒饰纳谏之虚文”，“平日不储刚正之士，以培其风骨而养其威棱，临事安所得人才而用之哉”等等，都有些咄咄之气。须知读此文者乃九五之尊的帝王，并非与此不相关的求学士子！在作者而言确实是文气旺盛，痛痛快快，但阅者心里会作何想，大概只有“痛”而不会有“快”了！

咸丰果然大为不快。据野史记载，咸丰在看到这道奏折后，对曾氏很恼怒，声言要将他撤职严办。大学士祁寯藻、左都御史季芝昌闻讯后立即上疏求情。他们说，曾氏奏折中的确有不少不当之处，但他的用心是好的，是爱护皇上的。古人讲，君圣臣直。君王圣明大度，才会有正直敢言的臣子。他之所以敢这样放肆，是因为他相信皇上是圣明宽厚，能知其忠心而谅其过失的。朝廷有这样的臣子，是君王圣明的表现，皇上应该高兴。再者，曾氏是应诏陈言的，若处罚他，今后再下诏书就没有人敢于应诏了。

咸丰接受祁、季的规劝，没有处分曾氏，但年轻气盛的皇帝还是写了一大段文字来为自己辩解。且让我们来读读这段有趣的文字：“曾国藩条陈一折，朕详加披览，意在陈善责难，预防流弊，虽迂腐欠通，意尚可取。朕自即位以来，凡大小臣工章奏，于国计民生用人行政诸大端有所补裨者，无不立见施行；即敷陈理道有益身心者，均着置左右，用备省览；其或窒碍难行，亦有驳斥者，亦有明白宣谕者，欲求献纳之实，非徒沽纳谏之名，岂遂以‘毋庸议’三字置之不论也！伊所奏，除广西地利兵机已查办外，余或语涉过激，未能持平；或仅见偏端，拘执太甚。念其意在进言，朕亦不加斥责。至所论人君一念自矜，必至喜谀恶直等语，颇为切要。自维藐躬德薄，夙夜孜孜，时存检身不及之念，若因一二过当之言不加节取，采纳不广，是即骄矜之萌。朕思为君之难，诸臣亦当思为臣之不易，交相咨儆，坐言起行，庶国家可收实效也。”

除开接受预防骄矜之萌这一点外，其他的一概给挡回去了。曾氏这道耗费了许多心血的三千言大疏算是白上了。想必在接到这道谕旨之前，他的心里一定做好了承担更大风险的准备，尽管没有出现那种局面，但如此批示大概也不是曾氏所愿意看到的。

曾氏将这道奏折誊抄了一份寄回湘乡老家，立即在家中引起恐慌。家人深为他的莽撞而担忧。其叔给他来信："所付回奏稿，再四细阅，未免戆直太过。"其父也在信中告诫："卿贰之职，不以直言显，以善辅君德为要。"这句话的意思是，作为副部长这样的大员，不应该以批评朝廷来表现自己，重要的是辅助君王行德政。细细体味这位老书生的话，的确是很有道理的。或许是碰了钉子后对咸丰有所失望，也或许是父、叔的信启发了他，从此以后，曾氏再没有上过这样的奏折。现存的两千余道奏折中，如此词锋尖刻、咄咄逼人直言君过的折子仅此一道。然而，有此一道，亦足以将曾氏与庸员俗吏区分开来。试想想，在"皇上圣明，臣罪该死"的封建专制时代里，谁会愿意冒撤职杀头的风险来做这种傻事！所以，存世的千千万万道奏折中，歌功颂德的文字堆如山积，批评君上的直言却屈指可数。我们只能对那些敢于披逆鳞者深表敬意，却不宜对唱颂歌者指责过多。

写作简析

借美德为引子，着重在指出流弊。弊病既看得准确，文字则更是明朗犀利，并不给至高无上的皇帝以情面。文风如作风。早期的曾氏便是这样一种黑白分明、疾恶如仇的性格。

要言妙道

臣谬玷卿陪，幸逢圣明在上，何忍不竭愚忱，以仰裨万一。虽言之无当，然不敢激切以沽直声，亦不敢唯阿以取容悦。

□ 道光末期中国百姓的三大苦难

原折：备陈民间疾苦疏

咸丰元年十二月十八日

奏为备陈民间疾苦，仰副圣主爱民之怀事。

臣窃闻国贫不足患，惟民心涣散，则为患甚大。自古莫富于隋文之季，而忽致乱亡，民心去也；莫贫于汉昭之初，而渐致乂安，能抚民也。我朝康熙元年至十六年，中间惟一年无河患，其余岁岁河决，而新庄高堰各案，为患极巨；其时又有三藩之变，骚动九省，用兵七载，天下财赋去其大半，府藏之空虚，殆有甚于今日。卒能金瓯无缺，寰宇清谧，盖圣祖爱民如伤，民心固结而不可解也。我皇上爱民之诚，足以远绍前徽。特外间守令，或玩视民瘼，致圣主之德意不能达于民，而民间之疾苦不能诉于上。臣敢一一缕陈之：

一曰银价太昂，钱粮难纳也。苏、松、常、镇、太钱粮之重，甲于天下。每田一亩，产米自一石五六斗至二石不等，除去佃户平分之数与抗欠之数，计业主所收，牵算不过八斗。而额征之粮已在二斗内外，兑之以漕斛，加之以帮费，又须各去米二斗。计每亩所收八斗，正供已输其六，业主只获其二耳。然使所输之六斗，皆以米相交纳，则小民犹为取之甚便。无如收本色者少，收折色者多。即使漕粮或收本色，而帮费必须折银，地丁必须纳银。小民力田之所得者米也，持米以售钱，则米价苦贱而民怨；持钱以易银，则银价苦昂而民怨。东南产米之区，大率石米买钱三千，自古迄今，不甚悬远。昔日两银换钱一千，则石米得银三两。今日两银换钱两千，则石米仅得银两五钱。昔日卖米三斗，输一亩之课而有余。今日卖米六斗，输一亩之课而不足。朝廷自守岁取之常，小民暗加一倍之赋。此外如房基，如坟地，均须另纳税课。准以银价，皆倍昔年。无力监追者，不可胜计。州县竭全力以催科，犹恐不给，往往委员佐之，吏役四出，昼夜追比，鞭朴满堂，血肉狼藉，岂皆酷吏之为哉！不如是，则考成不及七分，有参劾之惧；赔累动以巨万，有子孙之忧。故自道光十五年以前，江苏尚办全漕，自十六年至今，岁岁报歉，年年蠲缓，岂昔皆良而今皆刁？盖银价太昂，不独官民交困，国家亦受其害也。浙江正赋与江苏大略相似，而民愈抗延，官愈穷窘，于是有“截串”之法。“截串”者，上忙而预征下忙之税，今年而预截明年之串。小民不应，则稍减其价，招之使来。预截太多，缺分太亏，后任无可复征，使循吏亦无自全之法。则贪吏愈得借口鱼肉百姓，巧诛横索，悍然不顾。江西、湖广课额稍轻，然自银价昂贵以来，民之完纳愈苦，官之追呼亦愈酷。或本家不能完，则锁拿同族之殷实者而责之代纳。甚者或锁其亲戚，押其邻里。百姓怨愤，则抗拒而激成巨案。如湖广之耒阳、崇阳，江西之贵溪、抚州，此四案者，虽闾阎不无刁悍之风，亦由银价之倍增，官吏之浮收，差役之滥刑，真有日不聊生之势。臣所谓民间之疾苦，此其一也。

二曰盗贼太众，良民难安也。庐、凤、颍、亳一带，自古为群盗之薮。北达丰、沛、萧、砀，西接南、汝、光、固，此皆天下腹地，一有啸聚，患且不测。近闻盗风益炽，白日劫淫，捉人勒赎，民不得已而控官。官将往捕，先期出示，比至其地，牌保辄诡言盗遁。官吏则焚烧附近之民房，示威而后去；差役则讹索事主之财物，满载而后归，而盗实未遁也。或诡言盗死，毙他囚以抵此案，而盗实未死也。案不能雪，赃不能起，而事主之家已破矣。吞声饮泣，无力再控。即使再控，幸得发兵会捕，而兵役平日皆与盗通，临时卖放，泯然无迹；或反借盗名以恐吓村愚，要索重贿，否则，指为盗伙，火其居而械系之；又或责成族邻，勒令缚盗来献，直至缚解到县，又复索收押之费，索转解之资。故凡盗贼所在，不独事主焦头烂额，即最疏之戚，最远之邻，大者荡产，小者株系，比比然也。往者嘉庆川、陕之变，盗魁刘之协者，业就擒矣，太和县卖而纵之，遂成大乱。今日之劣兵蠹役，豢盗纵盗，所在皆是，每一念及，可为寒心。臣在刑部见疏防盗犯之稿，日或数十件，而行旅来京言被劫不报、报而不准者，尤不可胜计。南中会匪名目繁多，或十家之中，三家从贼，良民逼处其中，心知其非，亦姑且输金钱、备酒食以供盗贼之求而买旦夕之安。臣尝细询州县所以讳盗之故，彼亦有难焉者。盖初往踩缉，有拒捕之患。解犯晋省，有抢夺之患；层层勘转，道路数百里，有繁重之患；处处需索，解费数百金，有赔累之患；或报盗而不获，则按限而参之；或上司好粉饰，则目为多事而斥之。不如因循讳饰，反得晏然无事。以是愈酿愈多，盗贼横行，而良民更无安枕之日。臣所谓民间之疾苦，此又其一也。

三曰冤狱太多，民气难伸也。臣自署理刑部以来，见京控、上控之件，奏结者数十案，咨结者数百案，惟河南知府黄庆安一案、密云防御阿祥一案，皆审系原告得失，水落石出。此外各件，大率皆坐原告以虚诬之罪，而被告者反得脱然无事。其科原告之罪，援引例文，约有数条：或曰申诉不实，杖一百；或曰蓦越进京告重事不实，发边远军；或曰假以建言为由，挟制官府，发附近军；或曰挟嫌诬告本管官，发烟瘴军。又不敢竟从重办也，则曰怀疑误控，或曰诉出有因，于是有收赎之法，有减等之方，使原告不曲不直，难进难退，庶可免于翻案；而被告则巧为解脱，断不加罪。夫以部民而告官长，诚不可长其刁风矣。若夫告奸吏舞弊，告蠹役作赃，而谓案案皆诬，其谁信之乎？即平民相告，而谓原告皆曲，被告皆直，又谁信之乎？圣明在上，必难逃洞鉴矣。臣考定例所载，民人京控，有提取该省案卷来京核对质讯者，有交督抚审办者，有钦派大臣前往者。近来概交督抚审办，督抚发委首府，从无亲提之事；首府为同寅弥缝，不问事之轻重，一概磨折恫喝，必使原告认诬而后已。风气所趋，各省皆然。一家久讼，十家破产，一人沉冤，百人含痛，往往有纤小之案，累年不结，颠倒黑白，老死囹圄，令人闻之发指者。臣所谓民间之疾苦，此又其一也。

此三者皆目前之急务。其盗贼太众、冤狱太多二条，求皇上申谕外省，严饬督抚，务思所以更张之。其银价太昂一条，必须变通平价之法。臣谨胪管见，另拟银钱并用章程一折，续行入奏。国以民为本，百姓之颠连困苦，苟有纤毫不得上达，皆臣等之咎也。区区微诚，伏乞圣鉴。谨奏。

译文：详细陈述民间疾苦疏

为反映民间疾苦，以符合皇上爱民之心事而奏。

臣听说国家贫困不足以成为忧患，惟民心涣散，则为患甚大。自古来最富裕的时期是隋文帝末年，而忽然大乱亡国，那是因为民心离开的缘故；最贫困的时期是汉昭帝初年，而国家慢慢地安宁，是因为能安抚人心的缘故。我朝康熙元年至十六年，中间只有一年没有出现江河水灾，其余的年份是年年江河决堤，而新庄、高堰等水灾为患更为巨大。那时又有三藩之变，九个省遭受动乱，用兵长达七年，天下财富用掉大半，国库之空虚，超过了今天。终于国家没有被分裂，天下平静，都是因为圣祖如同怕自己受伤一样地爱护百姓，民心团结一致而不可分离的缘故。皇上爱护百姓的诚心，足以超过前代先贤，只是地方上的府县官员，或许不重视百姓的困苦，使得皇上的仁德不能传达到百姓之中，而民间的疾苦又不能上达于朝廷。臣斗胆将目前民间的主要疾苦一一陈述。

一为银子的价格太贵，粮食税收难以征纳。苏州、松江、常州、镇江、太仓一带粮食税收之重，天下第一。每亩田产稻米一石五六斗至二石不等，除去佃户平分及拒不交纳的数目外，田主所收的平均不过八斗。而按定额应征之粮已在二斗左右，再加上漕斛、帮运费又各去二斗，每亩所收的八斗，正规交纳给官府的便已到六斗，田主只能得到其中的二斗。若使所交纳的六斗全是米的话，那老百姓还算方便，只是收米者少，收折换成银钱的多。即便漕粮或者是收米，但帮费也必须折合成银子，地丁也必须交纳银子。老百姓种田所得者是米，卖米去获钱，则米价极贱而老百姓有怨恨；拿钱去换银子，则银价极高而老百姓又生怨恨。东南产米之区，大抵一石米可卖钱三千，自古至今，相差不大。以前一两银子换钱一千文，则一石米可换得三两银子，今日一两银子换钱两千，则一石米仅换一两五钱银子。以前卖掉三斗米，可抵一亩粮税还有余，今日卖掉六斗米，抵一亩粮税尚不足。朝廷自是保持着每年粮税收入的不变，老百姓却暗中增加了一倍的赋税。此外如房基地，如坟地，都须另外交纳税金。以银价来计算的话，都为先前的一倍，没有力量交纳者不可胜计。州县衙门竭尽全力来办收纳赋税之事，还担心办不好，常常得委任一批人来协助。办事人四面出击，不分日夜追索，公堂上用皮鞭抽打欠税者，打得他们血肉横飞。这都是酷吏所做的事呀！若不这样，州县所收的赋税尚不及七成，有被参劾的恐惧；补赔动辄数万银子，有殃及子孙的忧愁。故而道光十五年以前，江苏尚且办理全部漕运，自从十六年到今天，每年上报歉收，每年都减免且延期，难道先前都是良民而现在都是刁民？实在是银子价太昂贵，不独官府和百姓都困难，连国家也深受其害。

浙江的正规赋税与江苏大致差不多，但老百姓更加抵制拖欠，官府更为窘迫，于是有“截串”的做法出现。所谓“截串”，就是上半年预征下半年的粮税，今年预截明年的税款，老百姓不答应，则稍微减少一点税赋，以此将他们招来。预截太多，缺额太多，后任则无法再征收，即便是正直的官员也没有自我保全之法。如此，则贪官愈加有借口来鱼肉百姓，横征暴敛，悍然不顾。

江西、湖广一带赋税定额稍轻点，但自从银价昂贵以来，百姓交纳愈加困难，官府追索也更加残酷。有的本家不能按额交纳，则锁拿同族中家境较为宽裕者，责令他们代为交纳，甚至有锁拿亲戚、拘押邻居的。百姓怨愤，则因反抗而激变成大案。比如湖广之耒阳、崇阳，江西之贵溪、抚州，这四个案子，虽然当地有刁悍的民风，也是因为银价的倍增、官吏的多收、差役的滥用刑罚而引起。社会真有不能安生度日的趋势。臣所谓民间的疾苦，这是其中之一。

二为盗贼太多，安分守己的老百姓难以安生。庐州、凤阳、颍州、亳州一带，自古来便是群盗滋生之地。北到丰县、沛县、萧县、砀山，西接南阳、汝宁、光州、固始，这是天下腹心之地，一旦有强人啸聚，忧患将随时有可能出现。近来听说强盗之风越来越炽烈，大白天抢劫奸淫，抓人绑票，百姓不得已而投诉官府。官府将要派人去抓捕，先期贴出告示，到了该地，地方上的头领则欺骗说强盗已逃走。官吏则烧毁附近的民房，示威一番后走了。差役则讹诈原告的财物，满载而归，其实强盗并没有逃走。或欺骗说强盗已死，杀掉另外的囚犯来抵这个案子，而强盗其实并没有死。案子不能侦破，赃物不能起获，而遭事之家早已破产了。他们忍气吞声，将眼泪流进肚子里，没有力量再上诉了。即便再上诉，幸蒙官府发兵缉捕，但兵役平日都与盗贼相沟通，到时盗贼出钱打点兵役，兵役就将盗贼放了，彼此配合得无迹可寻；或者反借捕盗为名来恐吓平民百姓，要挟索取重贿。否则，便将无辜百姓诬为盗贼一伙，烧毁他们的房屋，将他们本人锁拿起来。又或者命令亲戚邻居捆绑盗贼来送给官府，一直要他们将盗贼押解到县，末了，还要向他们索取收监的费用，索取转到别处的盘费。故而凡有盗贼的地方，不独遭事之主焦头烂额，即便最疏远的亲戚邻居也跟着受灾，大的则倾家荡产，小的则受到株连。这种现象到处都是。

先前嘉庆时四川、陕西一带的动乱，盗贼头领刘之协已经抓起来了，太和县官府被人收买而将刘放了，结果造成大乱。今日那些恶劣兵役，养盗纵盗，所在皆是，每每想到此事，便令人寒心。臣在刑部，见疏于防守让盗犯逃走的材料，每天甚至多达数十件，而外地来北京遭抢劫不报告，或报而不获立案的，尤为不可胜计。南方会匪名目繁多，甚至十家里有三家是贼匪，良民被逼在其中，心里虽然知道这样做不对，也只能送金钱、备酒饭来满足盗匪的要求，用以换取暂时的安宁。臣曾经仔细询问州县之所以隐瞒盗匪的缘故，知道他们也有难处。原来，初去出事之地侦察缉捕，则有遇到盗匪反抗的危险；押解犯人进省城，则有半途遭打劫的顾虑；一层一层地转换调查，要走数百里的路途，有繁重的苦恼；处处遭遇勒索，押解的费用需要数百两银子，有赔钱办案的苦衷。有的因为报了案但未抓住犯人，则按照期限要被参劾；有的上司喜欢粉饰太平，则将底下的报案认为是多事，反而斥责。与其这样，不如照旧，隐瞒不报，反而安静无事。因此愈酿愈多，盗贼横行，而良民更无安宁之日。臣所谓民间的疾苦，这又是一桩。

三为冤狱太多，百姓的怨气难以发泄。自从代理刑部侍郎以来，见上诉到中央及上诉到省的案件，由禀奏皇上而结案的数十件，由会商而结案的数百件，只有河南知府黄庆安一案，密云防御阿祥一案，经过审查后水落石出，确定为原告有理。此外各件，大多数都判原告为诬告罪，被告反而脱身无事。判决原告诬告之罪所援引的条文，大约有这样几条：或者说申诉不实，打一百棍；或者说越级进京告状，与事实不合，发配边远地方充军；或者说借建言为由头，挟制官府，发配到附近地区充军；或者说挟嫌诬告本地主管官府，发配多瘴疫地区充军。有的不敢直接重新办案，于是说怀疑是误控，或者承认上诉有理由，但以收赎、减轻等手段来应付，使得原告处于不曲不直、难进难退的状态，有可能不再提出翻案；至于被告，则想方设法替他解脱，决不给他加重罪行。以部属、百姓的身份来状告主管长官、官府，这种刁风确实不能助长，但若是状告奸吏舞弊、状告坏的差役贪赃枉法，说是每桩案子都是诬告，谁又会相信呢？即便平民相互诉讼，说原告都理曲而被告皆理直，又有谁会相信呢？皇上在上，必难逃您的洞察。

臣考查法规案例，上面写着，对于老百姓上诉给中央的状子，有的责令该省提取卷宗进京接受质讯，有的交付该省督抚审办，有的则派遣钦差大臣前往该省会办。近期来，一概交付督抚审办，督抚又发下去委派首府（译者注：省会所在的府，称为首府）去审办，自己从不亲办；首府为同寅补救缺失，不问事情的轻重，一概恐吓折磨，务必使得原告承认是诬告为止。这种风气蔓延开来，各省都如此。一家若久缠官司，会牵累到十家破产；一人若蒙受冤屈，则会有一百人忍受痛苦，往往有很小的案子，多年不能了结，黑白被颠倒，直到老死牢狱中，令人闻之发指。臣所谓民间的疾苦，这又是一桩。

此三者皆是目前的急务。其中盗贼太众、冤狱太多两条，求皇上下圣旨给地方，责令督抚，务必想办法改变现状。其中银价太昂贵一条，必须变通平价之法。臣谨发表一管之见，另外拟一道关于银钱并用章程的奏折，随后上奏。国家以百姓为本，百姓的辛劳困苦，若有丝毫不能够让皇上知道，都是臣子们的咎失。区区微薄的诚心，请皇上鉴察。谨奏。

评点

反馈社情民意，让下情上达，历来是奏折所要承担的一个重要责任。皇帝一年到头活动的范围极其有限。就拿道光帝来说，他一生只在紫禁城、圆明园、承德避暑山庄等地住过。咸丰帝步其后尘，一辈子也只在这几个地方打转转。父子俩连南下巡幸的事都没干过，更谈不上微服私访了。皇帝所接触的人也极为有限，除了每天叫起时召见一些二品以上的大员外，整天伴着他的便是足不出大内门槛的后妃宫女太监。这些决定了皇帝信息闭塞、孤陋寡闻，然而就是如此，皇帝却要裁决天下大事，掌管百姓命运！稍有点头脑的皇帝都会知道自己所受的限制，故而要求文武大臣多向他传递下情。

然而，人性中有一个极大的弱点，便是喜听赞美词，厌听批评语。作为治理天下万民的皇帝来说，他当然希望国泰民安，人心拥戴。于是，许许多多担负反馈下情的官员便对皇上隐恶扬善，粉饰太平，报喜不报忧，说好不言坏。借此讨得皇上的欢喜，以利个人的仕途。只有少数的官员具有忧国忧民的良知，敢于冒着风险说实话。令人沮丧的是，纵观两千年的封建文明史，凡报喜不报忧的官员多获嘉赏，至少不会遭训斥，而敢于说实话的多不讨君王的喜欢，有的还遭不测之祸。曾氏此折，便属于那种少数的说实话的汇报之列。

曾氏向这位新皇帝报告眼下民间的三大问题，即银价太贵、盗贼太众、冤狱太多。这三个问题所涉及的是赋税、治安及司法三个方面。赋税沉重，百姓不堪重荷，基本生存难以保障，这就意味着国家从根本上将会失去稳定的基础。道光末年，银子为什么会突然昂贵起来，以至于为先前的两倍呢？这原因便是外国鸦片的入侵。鸦片贩子将大量的鸦片输往中国，不仅戕害中国人的身体，也让中国的白银滚滚外流。据统计，道光十三年前，中国出口的白银才三千七百万两，而道光十八年一年便流出白银一千万两。鸦片战争结束后所签订的《南京条约》，规定清政府向英国赔偿白银二千一百万两。这样，中国的白银大为枯竭，直接造成了银贵钱贱的社会现象，其结果自然是苦了百姓。百姓的生计发生困难，原本的平衡态势便会变化。大部分贫困者虽一时不会表现为行为上的反抗政府，但在心里会对执政者十分不满；而其中的少部分强悍者，便试图通过非法的手段来获取利益。盗贼蜂起的现象便由此产生，它往往是大乱的前兆。至于冤狱太多，则反映出司法的腐败。司法的腐败，又源于政治的腐败。司法是政府的一个主要职能，直接涉及平民百姓的切身利益。历史事实反复证明，司法的不公，是造成政府失去民心的一个最主要的原因。

曾氏虽只陈述民间的这三个疾苦，其实已向皇帝道出了当时危及政权的三个最重要的社会弊病。从曾氏的这道奏疏中，我们可以了解到道光后期中国社会已是百孔千疮，病势沉重。咸丰帝从父亲手里接过的王朝，实际上是一份危机四伏的家当。此时，洪秀全在永安建立太平天国，自称天王已经整整十个月了。为什么咸丰派出的大学士赛尚阿不是太平军的敌手，为什么太平军很快便将冲出广西进军东南，并在极短的时间里便大成气候？曾氏的这道奏疏实际上就是答案。

曾氏对大乱将至的国家局势已洞若观火。他怎么会有这样的洞察力？在笔者看来，这首要的原因是，曾氏来自穷困乡村，出身于社会的最底层。用我们今天的话来说，他熟知国情。曾氏虽然做了十一二年的京官，但近三十年的乡村岁月已为他一生的许多方面定了型，况且他在京师期间与家中联系密切，家乡的一切都在他的关注中，家乡的近况也通过家书和诸弟的来京面晤而得知。曾氏曾于一封给诸弟的信中，在列举好多位至亲的贫困处境后说："诸弟生我十年之后，见诸族戚家皆穷，而我家尚好，以为本分如此耳，而不知其初皆与我家同盛者。兄悉见其盛时气象，而今日零落如此，则大难为情矣。"他从自家戚族生存状况的前后对比中看到一个重大的社会现象，用我们现在习惯的语言来说，曾氏是善于解剖麻雀的人。一个负有指导全局责任的人，对全局的基本状况是否心中有数，是否具备发现带有普遍意义的典型事例的眼光，以及是否能把典型事例分析精当，从中找出影响全局的价值之所在，这是衡量其人领导水平高低的重要标尺。

曾氏对国家局势的清醒洞察，还源于他的职责心。曾氏写这道奏折时，已做了七个月的刑部左侍郎。清代尚左。左侍郎是排名右侍郎之前的，虽然一个部有两个满侍郎两个汉侍郎，但清末的满员在学问才干方面普遍不如汉员，所以，曾氏就成了事实上的刑部的常务副部长。刑部职掌国家的法律、刑狱事务。事情具体繁琐，且责任重大，不能容许草率马虎。《曾国藩年谱》上说他“兼摄刑曹，职务繁委，值班奏事，入署办公，盖无虚日”。可见刑部侍郎这个官职令他大为劳累。但是，也就是凭着这种敬业态度，让他深入看到了国家当前在治安和司法两方面的严峻现实。面对现状的求实态度和对皇家朝廷的忠诚之心，使他能暂时将一己的宠辱得失丢在一边，甘冒风险道出实情，为民请命。鲁迅在谈到中国人的脊梁时，曾特别举出“为民请命”的人，把他们列入“脊梁”之中。的确，以管理民众事务为职责的政府官员，“为民请命”是其分内之事，但是这话说起来正气凛然，做起来却困难重重。民之命运之所以要向最高当局恳请，一定是遇到了很大的麻烦。请命，也就意味着要与这些麻烦纠缠。有的麻烦来自法规制度，有的麻烦来自势力很强的敌对方。某些时候，这个敌对方还会千丝万缕地牵连到最高当局。于是，这些麻烦便不好对付，甚至有可能民之好命没有请到，请命者自己却丢了乌纱帽，丢了性命。所以，为民请命者历来受到民众的敬重，被历史所铭记。

认真地说，曾氏的这次为民请命冒有一些风险，但不至于很大。一则因为他所呈奏的是普遍的社会现象，不是针对某件具体事或某个集团、某个人。二则新皇帝登基不久，造成这些民间疾苦的过错，不是他本人而是他已死去的父亲，他也没有必要为亡父之过而背上拒谏的恶名。果然，此折呈上一个月后，曾氏又奉新命：兼署吏部左侍郎。这说明了咸丰帝及中枢领导机构对曾氏的信任。另外，清代官员的兼职是连带薪俸的，也就是说，曾氏又增加了一份侍郎的工资。曾氏为官清廉，且家庭负担重，这份增加的收入对他也是重要的。

从道光三十年到咸丰元年两年时间里，曾氏给咸丰帝呈上十一道奏折，其中除开一道谢恩疏、一道复命折为例行公事外，其他九道均为建言疏。这九疏中又有五疏非比寻常，除前面所评点的《应诏陈言疏》外，还有两篇为《议汰兵疏》和《平银价疏》。这五道奏疏都是针对时政而言，且切中时弊，并有相当的预见性。

我们知道，曾氏道光十八年中进士点翰林，从此脱去布衣，成为官场中的一员。做官做官，官有很多种做法。贪官坏官姑且不论，通常的官员都以政务无误迁升顺利为目标，少数官员也能在权力所及的范围内为当地民众做点好事，所谓“为官一任，造福一方”，这就是好官了。历朝历代都只有极少数的官员，把为官当做一番事业来看待，把做一个对人类社会的管理机制有所贡献的政治家，作为自己的人生目标。曾氏进京之初，便“毅然有效法前贤澄清天下之志”，可见他为自己所悬的为官目标，从一开始便起点很高。七年的翰林院生涯，为他在担当大任之前铺垫了厚实的基础。这个基础主要有两个方面，即学问和人格。

在学问上，他能从应试诗文中走出来，致力于经济实学，并能在对“盈虚消息”的领悟中感受天人合一的绝大智慧，实现求知领域中的质的飞跃。在人格上，他遵循“知行合一”的认识论，将所认识的道理运用在自身的培育修炼中，从而在人格的锻造上同样获得质的飞跃。道光二十九年，三十九岁的曾氏在出任礼部侍郎肩负重担时，已经完成了孟子所说的天降大任之前的诸多准备，接下来的应该是在国事管理中施展身手的时候了。实任礼部侍郎一年，兼署兵部侍郎四个月后，道光帝以六十七岁的帝王中之高龄升天，于是他对国是的一些思考便只能向咸丰帝来陈述了。因而便有了这一批内容扎实的奏疏。

这些奏疏，在道光末年以来万马齐喑的沉闷政坛上，的确有点石破天惊的味道，引起朝野内外的注目和议论。它的作用，更多的不在奏折本身所提出的问题与建议，而是让国是关心者感受到一股迥异以往的新气氛，看到朝廷中出现了一个可寄予希望的新人物。曾氏的奏疏抄件传到湖南后，被人广为传抄争阅。刘蓉为此赋诗："曾公当世一凤凰，五疏直上唱朝阳。"这是来自士林的尊敬。一年后，朝廷决定江南各省兴办团练，原太常寺卿唐鉴向咸丰帝力荐曾氏出任湖南团练大臣，并预言他一定可成事。唐为何这样相信他？除过去有学问上的接触外，这一批奏疏也无疑让这位阅世甚深的老牌官员看出了内中的机奥。这可以视为来自官场的器重。正是有着如此背景，才会有曾氏日后的故事。

熟谙史册长于思索的曾氏，说不定早就想到了这一层，这段时期之所以接连呈递奏疏，其背后深藏的目的，或许更主要的是在新主子和世人面前表现自己！

写作简析

从百姓众多苦难中拣出三个最大的苦难来上报，这既需要眼力，更需要胆量；至于能否打动人主之心，则还要看事例充足不充足，若要让他心惊肉跳，那便要依仗文笔了。关于这两点，此折都有值得我们借鉴之处。

要言妙道

国贫不足患，惟民心涣散，则为患甚大。

一家久讼，十家破产，一人沉冤，百人含痛，往往有纤小之案，累年不结，颠倒黑白，老死囹圄，令人闻之发指者。

□ 不惧恶名重典以锄强暴

原折：严办土匪以靖地方折

咸丰三年二月十二日

奏为严办土匪以靖地方，恭折奏闻，仰祈圣鉴事。

正月初九日，准湖南巡抚咨称，咸丰二年十二月三十日奉上谕："湖南筹办拨兵募勇各事宜，即着责成张亮基、潘铎会同在籍侍郎曾国藩妥为办理。"钦此。又于二月初一日，准署理湖南巡抚咨称，咸丰三年正月初三日奉上谕"朕思除莠即以安良，即有会匪地方，亦莠民少而良民多，封疆大吏，惟当剪除百恶，即可保卫善良。所有浏阳、攸县各处匪徒，即着该署督抚等认真查办，并着会同在籍侍郎曾国藩，体察地方情形，应如何设法团练以资保卫之处，悉心妥筹办理"等因。钦此。仰见我皇上南顾焦虑，无时或释。

去年臣初至省城，抚臣张亮基调拨湖南外营兵一千名，招募湘乡练勇一千名来省防御。至正月初间，粤匪东窜，武昌业已收复，长沙即可解严。署督臣张亮基、署抚臣潘铎皆与臣商，所有留省之云南、河南各兵，即行分别撤回，新旧招募之勇，亦即分别裁汰，共留兵勇三千余人，已足以资防守，即间有土匪窃发，亦足以资剿办。

至于团练一事，臣前折略陈大概，曾言捐钱敛费之难。近来博采舆论，体察民情，知乡团有多费钱文者，亦有不必多费钱文者。并村结寨，筑墙建碉，多制器械，广延教师，招募壮士，常操技艺。此多费钱文，民不乐从者也。不并村落，不立碉堡，居虽星散，闻声相救，不制旗帜，不募勇士，农夫牧竖，皆为健卒，耰锄竹木，皆为兵器。此不必多费钱文，民所乐从者也。多费钱文者，不免于扰累地方，然以之御粤匪，则仍不足；不必多费钱文者，虽未能大壮声势，然以之防土匪，则已有余。今粤匪全数东下，各县乡团专以查拿土匪为主。臣是以剀切晓谕，令其异居同心，互相联络，不多费钱，不甚劳力，以冀百姓之鼓舞而听从。

湖南会匪之多，人所共知。去年粤逆入楚，凡入天地会者，大半附之而去，然尚有余孽未尽。此外又有所谓串子会、红黑会、半边钱会、一股香会，名目繁多，往往成群结党，啸聚山谷，如东南之衡、永、郴、桂，西南之宝庆、靖州，万山丛薄，尤为匪徒卵育之区。盖缘近年有司亦深知会匪之不可遏，特不欲其祸自我而发，相与掩饰弥缝，以苟且一日之安，积数十年应办不办之案，而任其延宕；积数十年应杀不杀之人，而任其横行，遂以酿成目今之巨寇。今乡里无赖之民，嚣然而不靖，彼见夫往年命案、盗案之首犯逍遥于法外，又见夫近年粤匪、土匪之肆行皆猖獗而莫制，遂以为法律不足凭，官长不足畏也。平居造作谣言，煽惑人心，白日抢劫，毫无忌惮。若非严刑峻法，痛加诛戮，必无以折其不逞之志，而销其逆乱之萌。臣之愚见，欲纯用重典以锄强暴，但愿良民有安生之日，即臣身得残忍严酷之名亦不敢辞；但愿通省无不破之案，即剿办有棘手万难之处亦不敢辞。署督臣张亮基、署抚臣潘铎，皆思严厉整顿，力挽颓风，时时相与筹商，誓当尽除湖南大小各会匪，涤瑕去秽，扫荡廓清，不敢稍留余孽，以贻君父之忧。其匪徒较多之地，如东南之衡、永、郴、桂，臣当往衡州驻扎数月，就近查办。西南之宝、靖各属，臣当往宝庆驻扎数月，就近查办。所至常带兵勇数百、文武数员，以资剿捕之用。联络本地之乡团，使之多觅眼线，堵截要隘，以一方之善良，治一方之匪类，可期无巢不破无犯不擒。此臣拟办会匪之大概情形也，至于教匪、盗匪，与会匪事同一律。

三者之外，又有平日之痞匪，与近时新出之游匪。何谓游匪？逃兵、逃勇奔窜而返，无资可归，无营可投，沿途逗留，随处抢掠。此游匪之一种也。粤寇蹂躏之区，财物罄空，室庐焚毁，弱者则乞丐近地，强者则转徙他乡，或乃会聚丑类，随从劫掠。此游匪之一种也。大兵扎营之所，常有游手数千随之而行，或假充长夫，或假冒余丁，混杂于买卖街中，偷窃于支应局内，迨大营既远，辗转流落，到处滋扰。此游匪之又一种也。臣现在省城办理街团，于此三种游匪，尤认真查拿，遇有形迹可疑，曾经抢掠结盟者，即用巡抚令旗，恭请王命，立行正法。臣寓馆设审案局，派委妥员二人，拿获匪徒，立予严讯。即寻常痞匪，如奸胥、蠹役、讼师、光棍之类，亦加倍严惩，不复拘泥成例概以宽厚为心。当此有事之秋，强弱相吞，大小相侵，不诛锄其刁悍害民者，则善良终无聊生之日。不敢不威猛救时，以求于地方有益。

所有臣遵旨会商拨兵募勇各事宜，及现拟查办匪徒规模，谨陈大概，伏求皇上训示。至臣移驻衡、宝各郡，容俟长沙办有头绪，另行专折奏请，伏乞圣鉴。谨奏。

译文：严办土匪以安定社会秩序折

为严办土匪以安定社会秩序事，恭折奏报，请求鉴察。

正月初九日，从湖南巡抚的咨文里获知咸丰二年十二月三十日奉到谕旨："湖南筹办调拨兵马募集勇丁各项事情，当即责成张亮基、潘铎会同在籍侍郎曾国藩妥为办理。"钦此。又于二月初一日，从代理湖南巡抚的咨文里获知，咸丰三年正月初三日奉到谕旨："朕以为除掉莠草即为保护嘉禾，即使有会匪的地方，也是坏人少而良民多，封疆大吏只有铲除邪恶，才可以保卫善良。所有浏阳、攸县各地匪徒，即令该督抚等人认真查办，并令会同在籍侍郎曾国藩一道体察当地情形，应该如何想办法组织团练用来保卫等等，悉心妥善办理。"等等。钦此。可见我皇上对南方状态的顾虑焦急，无时无刻不在心里。

去年臣刚到省城，巡抚张亮基调拨湖南省外的绿营兵一千名，招募湘乡练勇一千名来省城防御。到正月初，长毛向东流窜，武昌已经收复，长沙很快就可解严。代理总督张亮基、代理巡抚潘铎都与臣商量，所有留在长沙的云南、河南各省的绿营兵，立即分别撤回；先前和近来所招募的勇丁，也即刻分别裁汰，共留绿营兵和团勇三千多人，已足够防守用，即便间或有土匪闹事，也足够用来出剿。

至于团练一事，臣在先前上的奏折中已大致作了汇报，曾说到捐钱与收费的难处。近来广泛采集舆论，体察民情，知道乡村团练有花费多的，也有花费不多的。合并村寨，筑墙建碉堡，添制许多器械，广为聘请教师，招募壮士，经常操练技艺。这些都要很多花费，百姓不乐意听从。不合并村寨，不立碉堡，居住虽然分散，但一听响声便互相救援，不做旗帜，不募勇士，普通农民放牧者，都可以为勇健士卒，锄头钉耙竹竿木棍，都可作为兵器。这些都不要多花费，百姓也乐意听从。多花费的团练，免不了要打扰连累地方，但若用来抵御长毛，则仍嫌不行；不必多花费的团练，虽然未能大壮声势，但用来对付土匪，则有余力。现在长毛已全部东下，各县乡村团练的专职，以拿获土匪为主要任务。臣于是详细恳切地告诉众人，令他们居住虽异但要团结同心，互相联络，不必多费钱，也不多劳民力，借以希望百姓得到鼓舞而听从。

湖南会匪之多，人所共知。去年长毛进入湖南，凡过去加入天地会的人，大半附和长毛并跟随而去，然而尚有余留下来的人未加以除尽。此外，又有所谓串子会、红黑会、半边钱会、一股香会，名目繁多，往往成群结党，聚集于山谷中，如东南边的衡州、永州、郴州、桂阳州，西南边的宝庆、靖州，群山连绵，尤其为匪徒众多之区。这是因为近年来有关部门也深知会匪不可遏制，只是不想祸患由我而发生，互相遮掩包庇，以求得一天天的苟且之安，堆积数十年应该办而不办的案子，听任它拖延；积留数十年来应该杀而不杀的人，听任他们横行霸道，于是酿成现在这样的巨寇。当今乡村市井中的无赖之民，气焰嚣张而不肯安分，是因为他们看见往年的命案盗案的首犯一直逍遥法外，又见到近年来长毛土匪肆意横行，一个个都很猖獗却无法制裁，于是以为法律不足以为依据，官长不值得畏惧，平日里造谣生事，煽惑人心，光天化日之下抢劫都毫无忌惮。若不用严刑峻法痛加杀戮，必然不可能打下他们自以为无人能治的气焰，从而消灭他们谋逆作乱的萌芽。臣的愚笨之见，是想完全用重法来诛锄强梁，但愿善良百姓有平安生活的日子，即使臣一身得残忍严酷之名也不敢推辞；但愿全省没有不破的案子，即使剿办有棘手万难之处也不敢推辞。代理总督张亮基、代理巡抚潘铎，都想严厉整顿，力挽颓风，时时与臣商量，发誓应该彻底根除湖南大大小小的各类会匪，荡涤瑕疵清去污秽，扫荡丑恶廓清四境，不敢稍存一点余孽，而将忧虑留给皇上。

那些匪徒较多的地方，如东南边的衡州、永州、郴州、桂阳州，臣打算到衡州府去驻扎几个月，就近查办。西南边的宝庆、靖州各属地，臣打算到宝庆府去驻扎几个月，就近查办。所去的地方则带兵勇数百名、文武官员数名，作为剿捕之用。联络本地的乡团，让他们多找一些知内情的人，并堵截重要口岸通道，以一方的善良之人来整治一方的土匪败类，可以期望无巢不破、无犯不擒。这就是臣打算办理会匪的大致情形，至于教匪、盗匪，与会匪的办理是一样的。

这三者之外，又有平时的痞匪与近来新冒出的游匪。什么叫做游匪？逃兵逃勇逃亡返回，但他们无钱可以回家，也无军营可投奔，沿途逗留，到处抢掠。这是游匪中的一种人。长毛践踏的地方，财物被掳掠一空，房屋被烧毁，弱者则在近地乞讨，强者则走到外地，或者纠集一批同类，跟着长毛劫掠。这是游匪中的一种。大兵扎营的地方，常常有数千游手好闲的人跟着走，或假充长夫，或假冒预备兵勇，在街市中生事为非，或到支应局里行窃，等到大营远去，则成为半途上的流浪者，于是到处扰乱。这是游匪中的又一种人。

臣现在省城里办理街市团练，对于这三种游匪，尤其认真查拿，遇有形迹可疑的曾经抢劫或结过团伙的，当即用巡抚令旗，以皇上的命令立行正法。臣住在审案局里，委派妥当的办事员二人，一旦拿获匪徒，立刻严加审讯。即便寻常痞匪，如奸诈的胥吏、贪财索贿的衙门跑腿人、专门招揽打官司告状的人、不安分守己专干非法事的人，也加倍严惩，不再拘守以宽厚为怀的成例。当此多事之秋，弱肉强食，小遭大侵，若不诛锄那些刁悍害民的人，则善良人终无安静过日子的时候。不敢不以威猛之法挽救时弊，是希望于地方有所裨益。

所有关于臣遵照谕旨会商拨兵募勇各项事宜，以及现在准备查办匪徒的构想，谨具折大致禀报，请求皇上训示。至于臣移驻衡阳、宝庆各府事，等到长沙办有头绪后，再专折奏报请示，恳请鉴察。谨奏。

评点

咸丰二年十二月下旬，曾氏经过反复思考权衡，又在湖南巡抚张亮基恳切请求及好友郭嵩焘劝说下，终于奉旨来到省城长沙，出任湖南帮办团练大臣。轰轰烈烈的曾氏后半生事业，便由此开始。

从今天的眼光来看，文与武是截然不同的两个领域，一个文官组团练勇，其身份无异于来了个一百八十度的大转变。其实，从中国传统学问的角度来看，这种转变并不难以理解。以儒学为主流的中国学问，所关照的是全方位的人类社会，也就是说，人类社会中的一切存在，都是它所要注意和研究的对象。所谓“一事不知，儒者之耻”，既体现了儒家子弟的胸襟之阔，也体现了他们的自信之强。《左传》上说“国之大事，惟祀与戎”，兵戎既然是国之大事，儒者岂能忽视！故而手无缚鸡之力的书生投笔从戎，甚至成为指挥千军万马的将帅，乃历史上屡见不鲜的现象。最著名的例子如诸葛亮，如谢安，如裴度，如王阳明，都是以书生身份领三军统帅。同时代人及后世读史者均不对此表示很大的惊诧。故而，曾氏很快便完成了从礼部侍郎到团练大臣的角色转变。

这是他角色转变后给朝廷所上的第二道奏折。第一道奏折题为《敬陈团练查匪大概规模折》，在这道折子中，曾氏提出“于省城立一大团，认真操练”的建议，这可视为湘军诞生的源起，或者也可认为这是曾氏筹建湘军的初步设想。经朝廷同意后，由罗泽南及其弟子王錱、李续宾兄弟为头领的三营一千余人的湘乡练勇开赴长沙，担负起全省范围内维持治安的责任。这批人马便是日后湘军中的“老兄弟”。此折后还有一个附片，题为《附陈办团稍有头绪即乞守制片》。附片，是附于奏折后而与奏折一道呈递的公文，它与奏折属于同一地位，只是主次上有点区别而已。通常奏折上讲的是这次禀报中的主要题目，附片上讲的是一个稍次的题目，颇类似寻常书信中的“又及”。曾氏在附片中向朝廷陈述，守制期未满，只能临时出来做点保护桑梓的事，不能再任职做官，故而待团练事宜办得稍有头绪，便请准许他回家继续守制。从这个附片中可以看出，对于办团练，曾氏最初的想法，不过是临时应付而已，并非愿意一直做下去。身为大臣，面对着严峻的局势，不宜抗旨而袖手旁观，稍尽点责任后，即居家读书课子，静待三年丧期满后再回京做官。这应是曾氏办团练之初时的设想。只是局势的发展越来越恶化，朝廷在曾氏之后又接连任命四十二个团练大臣以救危局，作为第一个受命者，朝廷既不可能答应他的请求，他自己也不好再提此事了。一句“尽忠即是尽孝”，便将一切礼制上的障碍和心理上的顾虑都给扫去了。曾氏一心一意改行后，便开始认真思考如何干好这一行了。这道奏折所说的就是他欲干好这一行的第一招。这一招，即他折中所说的“严刑峻法，痛加诛戮”八个字。“曾剃头”

之恶名，也便因此而得。过去斥责曾氏，这也是其中的一条大罪状。古人论史有“恩怨尽时论方定”的话。历史的车轮已驶进了二十一世纪，围绕曾氏的利益方面的恩怨固然早已消失，即便是情感方面的恩怨，也已日渐淡化，应该是“论方定”的时候了。

“严刑峻法，痛加诛戮”这八个字粗看起来，的确有点血淋淋的模样，细究则不能一概否定。成都武侯祠有一副著名的楹联，其中有一句为“不审势即宽严皆误”。这话的意思也可表述为：若审势，则无论是宽还是严都是对的。所以，宽也罢，严也罢，都只是手段、方式，无所谓绝对的对与错，关键是审势，也就是说看它用在什么时候、什么人的身上，所起的作用如何。

那是个什么时候?

广西的太平军声势浩大，一路攻城略地势如破竹，到武汉后已拥有水陆百万之众，沿江东下过程中，两岸重镇莫不望风披靡。就在曾氏上此折的前两天，太平军攻下南京，将太平天国定都于此。一个与朝廷作对的敌国俨然诞生了。

太平天国的得势，证明了清王朝东南各地方政权已完全丧失了捍卫自己镇压叛乱的能力，其权威在广大民众心目中扫地以尽，并因此而在不少地方形成了权力的真空。这一切的后果，只能导致管理无序、社会失控。史册上将这种状态称之为“乱世”。

乱世前，腐败的政府固然令人痛恨；乱世中，强梁横行，奸宄作恶，则更不是好现象。一个社会，无法无天的凶悍者毕竟是少数，绝大部分都是愿意奉公守法过日子的良民。故而，乱世之际得利者少、受害者多，不宜存在太久。

从曾氏的奏折中来看，在湖南乘机作乱的人主要有会党、教民、盗贼、地痞及逃兵逃勇等方面的人，除教民这一团体情况较特殊点外，其他团伙的人多为不良分子。一方面，会党虽不直接危害百姓，但它却是官府的死对头，曾氏作为官员，自然与之势不两立。另一方面，会党也并非是为百姓谋利益而存在的，何况会党与盗贼、痞子及逃兵逃勇等人有着天然的联系，又是他们的避难所、收容所，客观上纵容、助长了这些人的犯罪行为。打击这批人，并没有什么过错。

因为世道乱，不法分子就比平时更为嚣张；也因为世道乱，不法分子远比平日为多，所以，打击惩处必须从重从严，一来灭其嚣狂之气，二来杀一儆百，也起着威慑镇服的作用。

“乱世当用重典”，这原是历代相传的治乱有效成法，既不是曾氏所创，又何必独对曾氏苛责？笔者甚至很欣赏这样的话：“但愿良民有安生之日，即臣身得残忍严酷之名亦不敢辞；但愿通省无不破之案，即剿办有棘手万难之处亦不敢辞。”这是一个敢于负责勇于任事的人所说的话，这也是一个能以大局来委屈小我的人所说的话。中国古代官场，多圆滑世故不担担子之徒（即曾氏前面折中所说的“京官退缩琐屑，外官敷衍颟顸”），很少见有胆魄敢负责的血性人。两千年的封建社会官场之所以没有活力，萎靡不振，其源盖出于此。

面对危局，清朝的最高领导自然是极为欣赏曾氏这样的干员，遂对曾氏的做法坚决支持：“办理土匪，必须从严，务期根株净尽。”

写作简析

不辞艰难，不惧恶名，以靖地方安良民为己任。这是此折的内容主题。文章立意既高，其气势自然充沛。古人说“文以气为主”，韩愈的文章在这方面表现得最为突出。曾氏为文崇尚韩愈，从这道奏折中可见韩文对曾氏的影响。

要言妙道

臣之愚见，欲纯用重典以锄强暴，但愿良民有安生之日，即臣身得残忍严酷之名亦不敢辞；但愿通省无不破之案，即剿办有棘手万难之处亦不敢辞。

□ 参折的最大秘诀——辣

原折：特参长沙协副将清德折

咸丰三年六月十二日

奏为特参庸劣武员，请旨革职，以肃军政，而儆疲玩事。

窃维军兴以来，官兵之退怯迁延，望风先溃，胜不相让，败不相救，种种恶习，久在圣明洞察之中。推原其故，总由平日毫无训练，技艺生疏，心虚胆怯所致。湖南经去年贼匪围城，坚守八十余日之久。臣等惩前毖后，今年以来，谆饬各营将弁认真操练，三、八则臣等亲往校阅，余日则将弁自行操阅。惟长沙协副将清德，性耽安逸，不遵训饬，操演之期，该将从不一至，在署偷闲，养习花木。今春由岳州回省，旋至常、澧一带查办土匪，所过地方，虽经贼匪蹂躏之区，尚复需索供应，责令所属备弁，购买花盆，装载船头；一切营务武备，茫然不知，形同木偶。现值粤贼窜逼江西，楚省防堵吃紧之际，该将疲玩如此，何以督率士卒！相应请旨将长沙协副将清德革职，以励将士而振军威。谨会同湖广总督张亮基恭折参奏，伏乞皇上圣鉴训示。谨奏。

译文：特参长沙协副将清德折

为特参庸劣武员，请降旨革职，借以整肃军风惩罚疲玩事而奏。

战争爆发以来，官兵退怯延误，望风先逃，胜仗不谦让，败仗不救援。这种种恶习，早就在皇上洞察之中。分析此中缘故，总是因为平时没有一点训练，技艺生疏，心虚胆怯所造成。去年湖南也曾有过贼匪围城，坚守八十多天之久的经历。臣等人惩前毖后，今年以来谆谆告诫各营将领认真操练，逢三、八之日则臣等人亲自去校阅，其他日子则将领们自行操阅。但长沙协副将清德，生性耽于安逸，不遵命令，兵士操演时候，他从来没有去过一次，在衙门里偷养清闲，培习花木。今年春天由岳州回省城，接着到常德、澧县一带查办土匪，所过之处，即使遭受贼匪蹂躏的地方，也要勒索供应，责令所属为他安排随从，购买花盆，装满船头；至于所有的营务武备等事，则问之茫然不知，像问一个木头人。

现在正当长毛东窜逼近江西、湖南防堵吃紧的时候，该副将疲玩如此，怎么能督率士卒！故而请旨革去长沙协副将清德的职务，借以激励将士而振奋军威。谨会同湖广总督张亮基恭折参奏，请求皇上鉴察训示。谨奏。

评点

到上这道奏折的时候，曾氏已在长沙任团练大臣将近半年了。他的办公衙门取名为审案局，设在城中鱼塘口。这个地方位于现在的长沙市黄兴南路上。曾氏当时的职责是协助湖南地方文武保境安民。此时太平军的主力部队已离开了湖南，曾氏所面临的对手，便只有分散活动于湘省各地的政府敌对力量及不良分子，也就是曾氏前折中所说的会党、教匪、盗匪、痞匪、逃兵逃勇等，所采取的手段是“严刑峻法，痛加诛戮”。具体做法是：哪里出现匪情，他就叫驻扎在长沙的湘勇（即所谓大团）星夜赶赴弹压。又委派一批人编查保甲，严密基层组织，鼓励秘密检举揭发不法之徒。所抓捕的人一律押解审案局，曾氏当即审讯，就地正法，并悬头示众。平时，曾氏强令驻守在长沙的绿营兵与湘勇一道每日操练，每月逢三逢八日，曾氏本人亲自到操练场，向兵勇训话。五个多月下来，社会风气大为好转，长沙城内的秩序也逐渐走上正轨。但曾氏的这一系列行动，却得罪了湖南官场，文武两方面的官员大多对他不满意。

这是为什么？原因很多，主要有这么三点。

一、曾氏所处的湖南官场，与当时其他各省的官场一样，都是一架业已腐烂了的国家机器，早已不习惯正常的运转，更不堪超常运转之负荷，而曾氏却要异于侪辈，特立独行，强行令之超常运转，岂不大违常情，自我孤立？

二、曾氏无视地方司法机构，自行审案杀人；又越过提督衙门，强令绿营官兵出操练武。这种种做法，既是目无地方，又是越职侵权，岂能为被侵夺的衙门官员所容忍？

三、曾氏不过是一临时起用的前任侍郎现时布衣，没有钳制文武的实职实权，既不能为湖南官场所服，更不能令湖南官场所畏。

全国绿营分为十一个军区、六十六镇。镇的最高长官称总兵，下为协，其长官称副将；协下为营，其长官有参将、游击、都司、守备四个等级；营下为汛，其长官有千总、把总两个等级。在总兵之上另设有提督，用来节制同一军区内的各镇。至于一省的最高行政长官巡抚，若有提督兼衔的，则行使提督权；无此兼衔的，亦有监督之权。在提督、巡抚之上又设有总督，用来节制该军区内的提督、巡抚。总督为一军区内的最高军事长官。比如当时湖南、湖北两省为一军区，湖广总督为此军区的最高军事长官。两省共有四镇绿营，其中湖南省的两镇为镇筸镇及永州镇，这两镇归湖南提督管辖。长沙作为省垣，驻扎一协兵力。另外，湖南巡抚、湖南提督这两个衙门还有自己的军营，分别称之为抚标营、提标营。

当时湖南提督为鲍起豹，长沙协副将为清德。鲍是汉人，清是满人。鲍骄横粗野，清懒惰糊涂，遇到曾氏这样的人，其冲突自然是不可避免的。曾氏命驻守长沙的绿营每五日必须与湘勇会操一次。绿营懒散已成习惯，平时根本不上操，对于这个规定大为反感。其长官清德，本人既从不到操，又反对绿营与湘勇会操。鲍起豹支持清德。在鲍的眼里，湘勇乃乌合之众，与正规军绿营一道操练，是对绿营的侮辱。何况曾氏本就不应该插手绿营。清有鲍的支持，也就不把曾氏放在眼里了。很显然，鲍与清成了曾氏训练兵勇的拦路虎。不扫除它，便不能提高湖南军队的战斗力。

因为清德的职务稍低一点，又有把柄在手，曾氏先拿他开刀，于是便有了这道参折。曾氏一生上过不少参劾奏折，这是第一道。仅止于革职，尚不解恨，曾氏于正折之外，再附一片。除重申清德疲玩之过外，又特加清的一条罪状："去年九月十八日，贼匪开挖地道、轰陷南城、人心惊惶之时，该将自行摘去顶戴，藏匿民房，所带兵丁脱去号褂，抛弃满街，至今传为笑柄。"一个带兵将领，居然临阵脱去军装，躲进老百姓家里。这实际上是临阵脱逃，按军法当治罪，故曾氏建议将清"解交刑部，从重治罪"。为了敦促朝廷接受他的建议，曾氏在附片后写下了这样几句话："臣痛恨文臣取巧，武臣退缩，致酿今日之大变，是以为此激切之情。若臣稍怀私见，求皇上严密查出，治臣欺罔之罪。"

这几句话很厉害。奏折中的这等文字，时人称之为"辣"。"辣"是写好参折的一个最重要的秘诀。所谓"辣"，除厉害外，还有点狠毒的意思，又还有明知是狠毒也无可奈何的一层意思在内。这几句话一是将清德与时局之坏的根源联系起来。今日时局之坏的根源在于"文臣取巧，武臣退缩"。清德便是退缩的武臣。也就是说，时局是清德这样的人给弄坏的。其实，时局之坏的原因是多方面的，君王应该比文武诸臣所负的责任更大，但做皇帝的一向都把责任往下推。曾氏自然懂得这一点，有意识地迎合。这话背后的潜台词是：你皇上想不想扭转时局？若要扭转，则非惩办清德不可。这就将皇上逼到无退路的地步。二是将自己的前途拿来作抵押，表示出一种纯出于公心而毫无私见的坦荡胸襟，促使皇上消除顾虑，乐于接受其建议。

同一天，曾氏又上一道《保参将塔齐布千总诸殿元折》。为了让皇上接受他的保举，他同样使出了以自己的前途为抵押这一招："如该二人日后有临阵退缩之事，即将微臣一并治罪。"

若说参折中的治臣之罪云云，是对既往之事陈述客观性的担保，因可把握而风险不大的话，保折中的治臣之罪云云，则是对未来之事的预见担保，因难以把握而风险很大，这就要求保举者对被保人的深刻了解和对所从事工作的极度敬业心。这两者都不是一般人可做到的。

咸丰接受曾氏的这两个折子，撤去清德的职，交刑部审查，将署理参将塔齐布越级提拔为长沙协副将。后来，塔齐布果然成了曾氏的得力助手，最后病死于军中。

读者要问，曾氏此时已四十三岁，又在京师官场上混了十多年，他难道不知道官场是什么地方，为何要这样霸蛮地孤军苦斗呢？这是个极有意思的问题，笔者会在本书的相关评点中陆续接触到这个话题。现在只说一点。曾氏之所以敢于强硬，他是有所依恃的，这个依恃一是以咸丰为首的中央政府，二是湖南巡抚张亮基。

作为与湖南地方政府相隔四千里之遥的中央政府，是极少与湖南文武有个人之间的瓜葛牵连的，这中间的关系，只能是上对下、领导对被领导的态势。中央政府眼下最大的希冀便是尽快平叛止乱，对湖南地方政府的要求也是这个，至于采取什么手段，或者因手段的过激而伤害了别的官员，它是不会去计较的。所以，对于曾氏急于成事的种种要求和主张，以咸丰为首的朝廷都一概支持。湖南巡抚张亮基是一个能干事的廉洁官员，因为此而受林则徐的信任。他刚从署云贵总督任上调来湖南应急，与湖南文武也没有盘根错节的联系。曾氏是他敦请出山的，故而对于一心做事的曾氏也是支持的。张亮基代理湖广总督后，代理巡抚潘铎也与曾氏意见一致。正是因为有朝廷和巡抚的支持，又加之初与地方官府打交道缺乏经验，故而曾氏一改往日在京师的程朱理学之风，纯用申韩之术，重典苛法，雷厉风行，欲以霹雳般手段来显菩萨心肠。

不料事情很快便有了变化。没过多久，曾氏的支持者代理巡抚潘铎因病回籍，原湘抚圆滑老吏骆秉章重任旧职，云南布政使徐有壬平调来湘，原衡永郴桂道陶恩培升为按察使。一时间，省垣三大宪全部换人，曾氏在湖南的支持力量大为减弱。于是，他的较真、他的越职侵权所招致的反对力量便相应增强，矛盾冲突终于激化了。冲突首先在湘勇与绿营之间爆发。

清朝的经制兵即正规军队分为两个系统，一为八旗系统，一为绿营系统。八旗是清人入关之前所建立的军队，以满蒙人为主，也包括一些汉人。他们受朝廷的特别重视，享受较高待遇。八旗兵约二十万人，担负着卫戍京师和驻守各重要城镇的任务。绿营最初是清人入关后接收明朝各省降军建立起来的军队，以后一直保存下来，因为旗帜为绿色，故称绿营。绿营的兵皆汉人，军官有汉员，也有满员蒙员，但重要职务还是以蒙满人为主。绿营的兵额约为六十万。

写作简析

先揭出皇上所关注并痛恨的种种军营恶习，随后指出副将清德恰是造成此种恶习的罪魁祸首中之一员。这样一排列，清德的“副将”还保得住吗？不得不佩服行文的老辣。

要言妙道

臣痛恨文臣取巧，武臣退缩，致酿今日之大变。

□ 移衡的真正原因在折外

原折：移驻衡州折

咸丰三年八月十三日

奏为微臣移驻衡州，恭折具奏，仰祈圣鉴事。

窃臣奉命查办土匪，惟衡、永、郴、桂尤为匪徒聚集之薮，拟驻扎衡州，就近搜捕，曾于二月十二日奏明在案。数月之间，四属匪徒屡次滋扰，如常宁有白沙堡之案，衡山有草市之案，永兴有狮子寨之案，安仁有焚烧衙署之案，桂东有县城失守戕害把总之案，宜章、临武有广东匪徒滋扰之案，永明、江华有广西匪徒窜入戕害千总之案，均经次第扑灭，先后具奏。昨七月二十七日，又有广东土匪窜入兴宁县城，经候补县丞王鑫管带湘勇，于二十九日收复，立即扑灭，尚未查明具奏。此外，四属中聚众倡乱，抢劫拒捕，为案甚多，未及一一上渎圣聪。皆由上年粤匪经过衡、永、郴、桂一带，裹胁最众，或久授伪职，或饱掠潜归，以致莠民构煽，甘心从逆，动辄贴粤匪之伪示，张太平之逆旗。甚至乞儿偷盗，三五成群，亦敢倡言谋乱，毫无忌惮。若非痛加诛锄，随时整顿，则祸患将无了日。臣前与抚臣熟商，曾调三厅兵数百驻防永州一带，扎湘乡勇数百驻防郴、桂一带。臣拟即日移驻衡州，以便就近调遣。将现练之勇，酌带前往，逐日操演，一闻土匪蠢动，立即掩捕。扑灭愈速，则靡费愈少。即寻常痞匪劫盗，亦仍逐案惩办，以期根株净绝，四境安恬。

至省城防堵事宜，江西与湖南交界之区，共有四路相通：北为平江通义宁州之路，南为茶、攸通吉安府属之路，中间二路，一为浏阳通瑞州、上高，一为醴陵通袁州、萍乡。现在浏、醴二路已派兵勇防守隘口。北路去贼踪尚远。惟南路茶、攸一带，与吉安府属之安福、永新紧接。目下土匪窜扰吉安，茶、攸去长沙较远，去衡州甚近。臣到衡时，急宜设法堵御，以防土匪勾引，乘虚窜入。商之抚臣，意见相合。其省城守备，经抚臣等悉心筹划，尚属布置周妥，堪以仰慰宸廑。

所有微臣移驻衡州缘由，谨缮折由驿三百里具奏，伏乞皇上圣鉴。谨奏。

译文：转移驻扎衡州府折

为微臣转移驻扎衡州府事恭折具奏，请求鉴察。

臣奉命查办土匪，唯有衡州、永州、郴州、桂阳州尤其为匪徒聚集之地，打算驻扎衡州，就近搜捕，曾经在二月十二日奏报在案。近几个月期间，这四个府州的匪徒多次闹事，如常宁有白沙堡之案，衡山有草市之案，永兴有狮子寨之案，安仁有焚烧衙门之案，桂东有县城失守杀害把总之案，宜章、临武有广东匪徒扰乱之案，永明、江华有广西匪徒窜入军营并杀害千总之案，都已经一个个地扑灭，先后具奏。近期即七月二十七日，又有广东土匪窜入兴宁县城，经候补县丞王鑫带领湘勇，在二十九日收复，立即将土匪扑灭，此事尚未查明具奏。此外，这四个府州中聚众倡乱、抢劫拒捕等案件很多，未能一一上报。这都是因为去年长毛经衡、永、郴、桂一带，被胁迫的人很多，或担任伪职时间较长，或掳掠许多财物偷偷回家，以至于坏人借机煽动诱惑，许多人甘心从逆，动辄张贴长毛的告示，竖起太平军的旗帜。甚至乞丐小偷等，也三五成群，胆敢公开说谋反的话，毫无忌惮。若不痛加诛锄，时刻整顿，那么祸患将无终了之日。臣先前与巡抚仔细商量，曾调数百名三厅兵驻防永州一带，调湘乡勇丁数百名驻防郴州、桂阳州一带。臣打算近日即移驻衡州府，以便于就近调遣。将现在已经操练的勇丁，斟酌带一部分前去，每天操演，一听到土匪蠢动的消息，便立即捕捉。扑灭愈快，则花费愈少。即使普通痞匪盗窃之事，也依旧逐案惩办，以期望彻底根除，四境安静。

至于省城防堵事宜，江西与湖南交界之处共有四条路相通：北面为平江通义宁州之路，南面为茶陵、攸县通吉安府属之路，中间还有两条路，一为浏阳通往瑞州、上高，一为醴陵通往袁州、萍乡。现在浏阳、醴陵两条路，已派兵勇防守关口。北路离贼匪的踪迹尚远。只有南路茶陵、攸县一带，与吉安府属的安福、永新紧接。眼下土匪窜扰吉安，茶陵、攸县离长沙较远，离衡州很近。臣到衡州府后，急需设法堵御，以防止土匪勾引，乘虚而入。与巡抚商议，意见相同。至于省城的守备，经巡抚等人悉心筹划，尚属布置周到妥当，堪以宽慰皇上。

所有微臣转移驻扎衡州府的缘由，谨具折由驿站以日行三百里的速度送往京师奏报，请求皇上鉴察。谨奏。

评点

从文章本身来看，曾氏将驻扎地从长沙移到衡州，宗旨明确，道理充足，且规划已久。其实，真正的原因并不是折中所说的。真正的原因是什么呢？一言以蔽之曰：曾氏在长沙已待不下去了。

上次评点中谈道，曾氏在长沙办团练大行申韩之术，办匪严刑峻法，办事雷厉风行，虽收到立竿见影的效果，却也得罪了社会各界，尤其是官场文武。前折尽管参倒了清德，但清德的幕后支持者及其广泛基础还存在。清德的主要幕后支持者为提督鲍起豹，鲍的广泛基础为绿营将士。就这样，曾氏及湘勇便与鲍和绿营结下了仇。

这两个月里，发生了两桩大事。

第一桩事。在一次会操中，一个湘勇在试火枪时误伤了提督衙门绿营里的一名长夫（较为长期在军营中做杂事的人）。绿营本就看不起勇丁，提督衙门绿营兵仗着提督的势力更是轻视勇丁，遂借此事大做文章。绿营兵吹起号角，扛着旗帜，列队前去攻打肇事的湘勇营房。在城墙上执勤的绿营兵，也都为他们的战友摇旗呐喊。城里的老百姓不知出了什么事，皆惶惶不安。曾氏见绿营如此小题大做，心中虽然十分恼怒，但为了不酿成内斗，只得隐忍下来，将肇事者捆绑起来，抽打一百鞭，又命他向绿营兵下跪磕头认罪。这样才勉强将此事止住。

第二桩事。误伤长夫事不久，又爆出辰勇与永顺绿营兵械斗之事。辰勇即从辰州府招募的勇丁，其教练为塔齐布。永顺绿营隶属镇筸镇，是临时从永顺府抽调来长沙守城的正规部队。辰州府与永顺府毗邻，同属湘西。湘西地处偏远，山多田少，生计困难，只有强梁者才能过好日子，故当地民风强悍，逞勇好斗。辰勇与永顺兵为细故发生争吵，因双方有成见，遂越闹越大。提督衙门的绿营声援永顺绿营，再次吹号扛旗，列队攻打辰勇军营。曾氏对这种兵勇之间的私斗痛恨不已，决心从重处置，试图制止此风的蔓延。他将辰勇肇事者捆绑起来交提督衙门办理，并要提督衙门同样将绿营肇事者交由审案局处理。鲍起豹大怒，指使手下人将绿营肇事者送过去，看审案局如何办。绿营兵知道提督支持他们，遂聚集在城中闹事，又气势汹汹地围攻曾氏所住的房子。曾氏住宅在巡抚衙门射圃一角。曾氏原以为绿营兵不至于进来，依旧在屋子里批阅公文，不料士兵们闯了进来，拿刺刀逼着曾氏放人。卫士见势头不好，跑到巡抚衙门大堂搬救兵。巡抚骆秉章对绿营兵围曾宅事早已知道，他采取坐山观虎斗的态度。见卫士过来，不便再不出面了，便假装才知道这事，忙过来。骆一面安抚曾氏，一面反向绿营兵道歉，命令放掉捆送来的肇事士兵。对这些天闹事的提督衙门的绿营兵，他却并不过问。骆秉章的态度明显是袒护绿营，打压勇丁。长沙城里的所有官员一概站在巡抚一边，并认为这次闹事的缘故，完全是曾氏的过激行为所引起。曾氏身边的人皆愤慨莫名，纷纷劝曾氏将此事的原委上奏皇上。

王闿运在《湘军志》中叙述这段往事后，这样写道："国藩叹曰：'时事方亟，臣子既不能弭大乱，何敢以己事渎君父？吾宁避之耳。'即日移屯衡州。"

由此看来，并非曾氏主动要去衡州，而是长沙的官场不容曾氏，绿营不容湘勇，逼得他们不得不离开省垣，另求发展。

这道奏折的特点是：明明心存委屈，却不露半点情绪；明明是被挤兑出局，却说是主动开辟新战场，并将这个"主动"说得理由十足——不仅眼下敌情需要，而且早在半年前便已有安排。什么叫做"君子所取者远，则必有所待；所就者大，则必有所忍"（苏轼《贾谊论》）？曾氏移驻衡州便是一个很好的例子。

曾氏尽管隐忍不发，但他一辈子都没有忘记这个耻辱，并将它化为激励自己的动力。同治六年，已经功成名就的曾氏，在南京两江总督衙门里与心腹幕僚赵烈文畅谈往事时，说出了他的这段心路历程："起兵亦有激而成。初得旨为团练大臣，借居抚署，欲诛梗令数卒，全军鼓噪入署，几为所戕，因是发愤募勇万人，浸以成军。其时亦好胜而已。"

写作简析

道理充分，语言平实，将一个另有目的的军事大行动，说得令人信服而不会再去追究。于朴质中藏机巧，是此文的特色。

要言妙道

一闻土匪蠢动，立即掩捕。扑灭愈速，则靡费愈少。

□ 逼出了嫡系部队——湘军水师

原折：报东征起程日期折

咸丰四年二月初二日

奏为恭报微臣起程日期事。

窃臣于上年十一月二十三日奉旨援剿皖省，迄今已满两月。曾经具奏，一俟战船办齐，广炮解到，即行起程，两次奏明在案。兹于正月二十六日衡州船厂毕工，臣于二十八日自衡起程。湘潭分造之船厂尚未尽毕，臣到潭须耽搁数日，昼夜督办。到长沙时，支领军械数千余件，搬运子药二十余万，又须守催数日，即行趱程长征，驰赴下游。臣所办之船，拖罟一号、快蟹十号、长龙五十号、三板艇一百五十号，皆仿照广东战舰之式，又改造钓钩船一百二十号，雇载辎重船一百余号。所配之炮，借用广西者一百五十位，广东购办者，去年解到八十位，今年解到二百四十位，本省提用者一百余位。所募之勇，陆路五千余人，水师五千人。陆路各军编列字号，五百人为大营，不满五百者为小营。水路分为十营，前、后、左、右、中为五正营。正营之外，又分五副营。正营旗用纯色，副营旗用镶边。陆路操练已久，差觉可用；水路招集太骤，尚无可恃。所备之粮台，带米一万二千石，煤一万八千石，盐四万斤，油三万斤，军中应需之器物，应用之工匠，一概携带随行。合以陆路之长夫、随丁，水路之雇船水手，粮台之员弁、丁役，统计全军约一万七千人。

臣才智浅薄，素乏阅历，本不足统此大众。然当此时事艰难、人心涣散之秋，若非广为号召，大振声威，则未与贼遇之先，而士卒已消沮不前矣。是以与抚臣往返函商，竭力经营，图此一举。事之成败，不暇深思，饷之有无，亦不暇熟计，但期稍振人心而作士气，即臣区区效命之微诚也。

至臣前折称必待张敬修解炮到楚，乃可起行，顷专弁自粤归来，知张敬修为粤省奏留，不能赴楚；续购之炮，亦不能遽到。下游贼势急于星火，臣更不可少延矣。合并陈明。

所有微臣起程日期，恭折由驿五百里具奏。伏乞皇上圣鉴训示。谨奏。

译文：禀报东征起程日期折

此次奏折禀报的是关于微臣起程的事。

臣在上年十一月二十三日奉到援助安徽省的圣旨，至今已满两个月了。曾经上折禀报，一旦战船办齐，广东的火炮运到，即行起程。关于这点，已经两次奏明在案。正月二十六日，衡州船厂完工，臣于二十八日从衡阳起程。湘潭的船厂还没有完工，臣必须在湘潭停留几天，日夜督促船厂工程。到长沙时，支领军营器械数千多件，搬运子药二十多万箱，又必须守着催促几天。办好后立即兼程长途行军，迅速赶赴下游。臣所造的船，计有拖罟一艘、快蟹十艘、长龙五十艘、三板快艇一百五十只，全部仿照广东战船的式样。又改造钓钩船一百二十只，雇佣装辎重的船一百多只。所配的火炮，借用广西的为一百五十座，在广东购买的火炮去年运到的八十座，今年运到的二百四十座，提用湖南省的一百余座。所募的勇丁，陆军五千多人，水师五千人。陆路各军以字号编列，五百人的为大营，不满五百人的为小营。水路分为十营，其中五个正营，分别命名为前、后、左、右、中。正营之外，又分为五副营。正营的营旗用纯色，副营的营旗用另色镶边。陆军操练已久，勉强可用；水师招集时间太短，尚不可依恃。所筹建的粮台，随军携带米一万二千石、煤一万八千石、盐四万斤、油三万斤。军中应该需要的器物，应该要用的工匠，一概随军行动。将陆军的长夫、随丁，水师所雇之船上的水手，再加上粮台的员弁、丁役在内，总计全军约有一万七千人。

臣的才干和智虑都很浅薄，一向缺乏阅历，本不足统率这样多的人，但面对着现在时事艰难、人心涣散的时候，若非广泛加以号召，大大地振起声威，那么在未与敌军相遇之先，士卒便早已消极沮丧而不敢前进了。于是与巡抚往返信函商量，竭力经营来办这件大事。至于事情是成还是败，没有时间深思，军饷有还是没有，也没有时间多考虑，但愿能稍稍振奋人心、振作士气，即臣一点小小的为国效命的诚意。

臣在前折中曾说过必须等张敬修运炮到湖南方可起程，刚才专门办此事的人员从广东归来，得知张敬修已被广东奏请留下，不能来湖南。继续购买的火炮，也不能很快到达。下游贼势急如星火，我们已不能稍加拖延了。此事也并在折中一道说明。

所有关于臣起程日期等事宜，臣已恭敬拜折交由驿站以五百里快速奏报，恳请皇上审查指示。谨奏。

评点

《移驻衡州折》发出后没几天，曾氏就将他的大本营从长沙移到衡州府，到如今起程东征，不过五个多月的时间。这五个多月在通常人的手里，再怎么样也玩不出多大的名堂来，可曾氏却充分地利用它造出了一个翻天覆地的局面。古人说“塞翁失马，焉知非福”，曾氏移师衡州，当是近代史上关于人类这一认识智慧的又一个极有说服力的例子。

从折中可以看出，曾氏现今已拥有水陆两军二十营一万人马。光就人数而言，便是五个多月前的三四倍，更不要说器械装备、粮草供应及后勤人员的丰富了。用一句“鸟枪换炮”的俗话来比喻曾氏的今昔之别，当是再恰当不过了。这之间最为值得提出的，是曾氏在衡州创立水师一事。

太平军在打下岳州后，一大批洞庭湖的渔民投军，组建了太平军的水师部队。仗着这支水师，太平军顺利打下武汉，在武汉再次大扩水师，然后浮江东下，势如破竹，一举攻下南京。太平军的成事，水师发挥了重要的作用。此事引起了湖北巡抚常大淳的注意，他曾奏请加强水师力量，但因各种原因而未付诸实行。不久，常大淳本人也兵败自杀。曾氏在衡州招募陆勇的同时，亦想到了今后与太平军交战，船炮很重要，于是决定招募水勇，而衡州府城也为之提供了有利条件。

衡州府城处于湘水与蒸水的交汇处，自古以来，水运发达，船只和船民都较别处为多，普通民众亦多识水性。衡州府土地贫瘠，人口稠密，欲求生存，只能靠拼搏，故而兵源丰盈。在衡州招募水勇，比起长沙来更易于成军。

在筹建水师的时候，曾氏识拔两个人物。这两人日后皆成为水师的统领，系曾氏将领中的最为得力者。这两个水师统领，一为杨载福，乃水上排工出身，由一绿营兵受曾氏所器重，任命为水师营官。杨后来做到提督，又由武职提督转为文职总督。总督的地位权力远高于提督，而且由武职转文职极为罕见，故杨此迁当时被称为异数。另一个水师统领为衡州本籍人彭玉麟。彭玉麟以一落拓秀才，亦被曾氏任命为水师营官。彭文武兼资，德才俱备，后来做到兵部尚书，晚年奉命赴粤防守海疆，与两广总督张之洞一道部署对法作战事宜，为中外所服。

曾氏为水师配备了当时最为精良的装备：仿广东战舰式样新造大小战船二百余只，又在战船上配备新式火炮五百七十余座。这些硬件，为水师日后的建功立业奠定了坚实的基础。

对于曾氏来说，水师的组建，不仅为他增添了水上作战的军事力量，更重要的是为他建立了一支真正意义上的嫡系军队。尽管陆军十营也可以说是曾氏的嫡系，但因为种种原因，如有的是在原基础上扩充而成，有的因与绿营牵连较多，有的因移动频繁远离老营等等，故曾氏对于陆军的调动还谈不上十分顺手如意，而水师完全是由曾氏一手从无到有筹建的，它与军营之外的瓜葛牵绊甚少，且杨、彭二统领皆感激曾氏识他们于微末的知遇之恩，终生以师礼侍奉之。曾氏对水师的指挥得心应手，水师是曾氏力量的真正所在。在后来的战争中，曾氏对水师极为信赖，指挥部常设在水师。南京打下后，湘军之陆军十裁其九，而水师几乎全保留下来，转为国家的正规部队。于此可见曾氏对水师的倚重。

这道奏折的重心其实在下半部分。它是曾氏借报告起程日期来向皇上表示自己的态度：明知能力不济，也要临危受命，也要大造声威，眼下且倾尽全力去做，至于以后的成败难易，则顾不得这么多。这里所传达的是一种精神、一种气概，或者也可说是曾氏常念叨的一种“血性”。它使我们想起诸葛亮《后出师表》中的名句：“臣鞠躬尽力，死而后已，至于成败利钝，非臣之明所能逆睹也。”

曾氏所说的“大振声威”，是指他在衡州誓师北上时所发布的《讨粤匪檄》。这篇檄文在申明自己为捍卫名教而起兵之后有这样一段话：“本部堂奉天子命，统师二万，水陆并进，誓将卧薪尝胆，殄此凶逆；救我被掳之船只，拔出被胁之民人。不特纾君父宵旰之勤劳，而且慰孔孟人伦之隐痛；不特为百万生灵报枉杀之仇，而且为上下神祇雪被辱之憾。是用传檄远近，咸使闻知。”

曾氏将这篇檄文誊抄了数百份，通衢码头、市井馆舍广为张贴，引起了很大的反响。在曾氏的本意，无非是大力渲染湘军出师之声势，但文中的“统师二万”，有夸大虚报之嫌，“不特”“而且”云云，有矜己自负之炫，况且这种出师颁檄文的做法，多少年来未有人行过，也有可能会招来讥讽嘲笑。于是曾氏借上折的机会向最高领导者说明：“若非广为号召”，则士卒将“消沮不前”。这实际上就是我们今天所熟知的两个字——宣传；或者说得更时髦点，即炒作。

然而曾氏没料到，这篇炒作文章，其中夸大自负之类的文字倒是没有给他带来多大的麻烦，为他日后增添很大麻烦的，却是那些“凡读书识字者又乌可袖手安坐不思一为之”等慷慨激昂的卫道之句（详见《唐浩明评点曾国藩家书》）。这是曾氏始料所不及的。

写作简析

借事明志，有诸葛亮《出师表》之遗风。

要言妙道

……竭力经营，图此一举。事之成败，不暇深思，饷之有无，亦不暇熟计，但期稍振人心而作士气，即臣区区效命之微诚也。

□ 湘军早期建设的一个极重要决策

原折：留胡林翼黔勇会剿片

咸丰四年二月十五日

再，贵州黎平府知府升用道胡林翼，前经督臣吴文镕奏调湖北差遣。该员自带练勇六百名，由黔赴鄂，于正月下旬驰抵金口，适值黄州师溃，贼踪上窜，该员所募黔勇系山民，不习水战，又兼无饷、无夫、无火药锅帐，不能前进。迭据该员具禀南抚臣及臣行营，请支给口粮军械在案。臣与抚臣函商，派员解送火药、帐棚，拨银二千两往资接济。臣拟先遣陆勇与该员会合援鄂，又值贼匪窜扰岳州、湘阴，道路阻隔，委员仍行折回。臣思岳州一带既被贼扰，自当先攻克岳州，不使南北梗塞，方能全师东下。现拟札饬该员暂驻岳州附近地方，臣迅即东下，与该员督勇先行会剿。理合附陈。谨奏。

译文：请将胡林翼及黔勇留在湖南会剿片

另有一件事。贵州黎平府知府升用道胡林翼，前不久经湖广总督吴文镕奏请同意调来湖北以供差遣。胡自带所训练的勇丁六百名，由贵州奔赴湖北，本年正月下旬抵达湖北武昌县金口镇，恰遇黄州部队溃逃，敌军向上游流窜。胡所募的贵州勇丁系山民，不习惯水上作战，又加上无饷银、无夫役、无火药、锅子、帐篷等军需，不能前进。胡多次向湖南巡抚及臣具文禀告了这个情况，请支给口粮军械。臣与巡抚函商，派人运送火药、帐篷及二千两银子接济胡。臣原打算先派遣陆勇与胡会合援救湖北，又值敌军窜扰岳州、湘阴，道路被阻隔，所派遣的人中途折回。臣想岳州一带既然已被敌军骚扰，自应当先攻克岳州，不使南北梗塞，才能全军东下。现在打算令胡暂时驻扎在岳州城附近，臣迅速东下，与胡一道督促勇丁先行会剿岳州敌军。此事按理应该以附片陈述。谨奏。

评点

将胡林翼留在湖南，是曾氏早期对湘军建设所作出的一个重要决策，联系到日后胡对湘军事业的重大贡献，甚至可以说，此事是曾氏一生中最富有卓识的几个决策之一。

关于胡林翼，笔者在评点曾氏家书中曾作过简单介绍。同为三湘名人，胡自然与曾氏有较多的交往。胡为益阳人，比曾氏小一岁，然发迹比曾氏早。胡二十五岁中进士点翰林，那时他的探花出身的父亲胡达源已官居詹事府少詹事。胡中试的这一科，曾氏也参加了。曾氏先一年已考过一次，本科再次告罢。对这两位科场顺遂的同乡父子，渴望功名的农家子弟曾氏必定心存钦敬。至少在这一年，曾氏便与胡相识。当时的地位是胡上曾下。但胡仕途不畅，当曾氏已是二品大员的时候，胡还只是偏远之省贵州的知府。然而正是贵州锻炼了胡的军事才干，使得他成为远近闻名的知兵官员。当太平军席卷江南，各地文武望风披靡的时候，胡的这种才能恰好为时所需，也为时所缺。这正是时势造英雄，战争为胡搭起了充分施展技能的舞台。

先是署理湖南巡抚张亮基请胡回湘襄办军务。接下来，曾氏一旦决定出山，便立即致函胡："无日不以振刷相勖，亦无日不屡称台端鸿才伟抱足以救今日之滔滔，而恨不能会合，以并纾桑梓兵后之余虑。"不久，湖广总督吴文镕又奏调胡率黔勇入鄂赴援。不料走到离武昌仅只百来里的金口，便得到吴文镕在鄂州兵败自杀的消息。驻湖北则失去了依傍，回贵州又无盘缠，待在金口又无粮无饷，胡陷于进退皆难的地步。就在这时，曾氏请湖南巡抚骆秉章资助胡，又上奏请朝廷批准胡留在湖南，名正言顺地参与湖南的军事行动。

曾氏之所以留胡在湖南，首先的一点自然是看重胡的军事才能。曾氏此时刚从书斋官衙里走出，毫无兵戎知识，亟盼有一个具备相当身份的知兵者来帮助他。胡正是他理想中的人选。此外，曾胡相交十多年，有着较深的友谊。这种共事关系，自然远胜与陌生人的相聚共处。除开这两点外，还因为胡在湖南有着很高的声望和广泛的人脉。胡氏家族，乃湖南望族大家，两代人的不凡功名，令三湘士林仰佩，在社会上有着很大的号召力和影响力。胡与左宗棠是姻亲（胡的夫人为左之女婿的亲姐），与江忠源交情深厚，又与郭嵩焘兄弟、孙鼎臣兄弟、罗泽南师生关系密切，举凡湘中巨室名宦，莫不与胡家父子有过往来。将胡招回家乡，纳入湘军体系，实在是一件非同小可的事情。

正因为此，这道折子特别指明与胡会攻岳州是眼下的头等大事，迫使朝廷不得不接受留胡在湖南的建议。

过几天，曾氏又特为此事再次上折，力荐胡，称"胡林翼之才，胜臣十倍”。可见曾氏留胡在湖南的急迫心情，也可见曾氏对胡的真心赏识。曾氏识才用才的领袖才干，在此再一次体现出来。可惜，曾氏此折已被佚失，令我们不得见全貌。咸丰十一年，胡病逝后，曾氏为之上了一道《沥陈前湖北抚臣胡林翼忠勤勋绩折》。折中有这样的话：“臣与该故抚共事日久，相知颇深，咸丰四年，曾奏推胡林翼之才胜臣十倍。”可见实有其事。

写作简析

借助读者最感兴趣的事情来吊其胃口，以便顺利达到自己的目的。

要言妙道

先攻克岳州，不使南北梗塞，方能全师东下。现拟札饬该员暂驻岳州附近地方，臣迅即东下，与该员督勇先行会剿。

□ 出师未捷身欲死

原折：靖港败溃后未发之遗折

咸丰四年四月十二日

为臣力已竭，谨以身殉，恭具遗折，仰祈圣鉴事。

臣自岳州战败后，即将战船于十四日调往长沙。十五、十六贼匪水陆大队全数上犯。水路贼舟湾泊离省城数十里之靖港、乔口、樟树港一带。陆路之贼于二十五辰刻陷宁乡。臣派往宁乡防堵之勇千八百人在东门外鏖战，自辰至未，杀贼甚多。而贼匪愈聚愈众，多至二万余人，将臣之勇环围数重，死伤极多，余众溃围而出。

二十七日，贼匪即破湘潭。分股至涟江之易俗河及湘水之上游掳船数百号。臣派副将塔齐布、都司李辅朝、千总周凤山等由陆路往剿；

又派候选知府褚汝航、候补知县夏銮、千总杨载福、文生彭玉麟、邹世琦等营由水路往剿。自二十八日至初二日，塔齐布五获胜仗，前者杀死长发贼四千余人，踏破贼营数座，烧毁木城一座，实为第一战功。水师褚汝航等烧毁贼船至五百余号之多，亦为近年所仅见。此二案均由抚臣另行详细奏报。

臣于初二日自带舟师五营千余人、陆勇八百人，前往靖江〔港〕攻剿贼巢。不料陆路之勇与贼战半时之久，即行崩溃；而水师之勇见陆路既溃，亦纷纷上岸奔窜。大小战船有自行焚烧者，有被贼抢去者，有尚扎省河者。水勇竟至溃散一半，船炮亦失去三分之一。臣愧愤之至，不特不能肃清下游江面，而且在本省屡次丧师失律，获罪甚重，无以对我君父。谨北向九叩首，恭折阙廷，即于某日殉难。

臣读书有年，窃慕古人忠愤激烈之流。惟才智浅薄，过不自量，知小谋大，力小任重。前年奉命帮办团防，不能在籍守制、恭疏辞谢。臣以墨绖出外莅事，是臣之不孝也。去年奉命援鄂援皖，不自度其才之不堪，不能恭疏辞谢，辄以讨贼自任，以至一出偾事，是臣之不明也。臣受先皇帝知遇之恩，通籍十年，洊跻卿贰。圣主即位，臣因事陈言，常蒙褒纳；间有戆激之语，亦荷优容；寸心感激，思竭涓埃以报万一。何图志有余而力不足，忠愤填胸，而丝毫不能展布。上负圣主重任之意，下负两湖士民水火倒悬之望。臣之父，今年六十有五。自臣奉命剿贼，日日以家书勉臣尽心王事，无以身家为念。凡贮备干粮，制造军械，臣父亦亲自经理，今臣曾未出境，自取覆败，尤大负臣父荩忠之责。此数者，皆臣愧恨之端。

论臣贻误之事，则一死不足蔽辜；究臣未伸之志，则万古不肯瞑目。所有微臣力竭殉难，谨具遗折哀禀于圣主之前，伏乞圣慈垂鉴。谨奏。

译文：靖港失败后未曾发出的遗折

做臣子的气力已竭，谨将生命献给朝廷，恭敬具此遗折，请求皇上鉴察。

臣自从岳州失败后，即在十四日将战船调往长沙江面。十五、十六敌军水陆两路全军侵犯上游。其水路，则将船停泊在离省城数十里外的靖港、乔口、樟树港一带。其陆路人马，则于二十五日辰刻攻陷宁乡。臣派往宁乡防堵的勇丁一千八百人在东门外鏖战，自辰刻至未刻，杀敌甚多。而敌军越聚越多，达到两万多人，将臣的勇丁环绕数重围攻，死伤极多，剩余的人冲破围困逃出。

二十七日，敌军攻破湘潭，其中一部分到涟江的易俗河及湘江的上游，掳船数百只，臣派副将塔齐布、都司李辅朝、千总周凤山等人由陆路前往追剿；又派候选知府褚汝航、候补知县夏銮、千总杨载福、文生彭玉麟、邹世琦等营由水路前往追剿。从二十八日至初二日，塔齐布五次获得胜仗，杀死长发敌人四千多人，踏破贼营数座，烧毁木城一座，实在可称之为第一战功。水师方面，褚汝航等烧毁敌船达五百多只，也是近年来所罕见的。这两桩事都已由巡抚另外具折详细禀报了。

臣在初二日自己带领水师五营一千多人、陆勇八百人，前往靖港攻剿敌军驻地。不料，陆勇与敌军交战半个时辰，即行崩溃；水勇见陆勇溃逃，也纷纷上岸逃窜。大大小小的战船，有的被自己放火烧掉，有的被敌人抢去，有的现停泊在省城河面上。水勇竟然逃走一半人，船炮也失去了三分之一。臣惭愧愤恨之极，不但不能肃清下游江面，而且在本省屡次打败仗，获罪甚重，无颜面对皇上。谨朝着北方九次叩头，恭恭敬敬地向朝廷拜发这道折子，即将于某日殉难。

臣多年读书，私心仰慕古代那些忠愤激烈的人。只是才智浅薄，太不自量，智慧小而所谋求的目标大，力量小而所担负的任务重。前年奉命帮办团防，不能上疏辞谢朝命在家守丧，以戴孝出外办公事，这是臣的不孝。去年奉命援救湖北安徽，不自度自己的才干不堪此任，没有上疏辞谢，而是以讨贼为己任，以至于一出兵便坏了事，这是臣的不明。臣受先皇帝的知遇之恩，为官十年，逐渐升到副部长。皇上即位，臣因事建言，常常得蒙褒奖采纳，间有直爽过激的话，亦得到特别容忍，存此感激之心，想以自己的微薄之力来报答皇恩之万一。没有料到心有余而力不足，虽有一腔忠愤，却丝毫不能展布。上负皇上重任之意，下负两湖民众企盼解救于水火中的愿望。

臣的父亲，今年六十五岁，自臣奉命办理军务以来，常常以家书勉励臣尽心于王事，不要以身家为挂念。凡贮备粮草、制造军械等事，臣父也亲自经理。现在臣还没有出湖南省，便自取惨败，尤其大大地辜负了臣父望臣尽忠之训责。这几点，都是臣所愧恨的几个方面。

从臣贻误军务这点来说，臣一身之死不足以抵偿对皇上的辜负；从臣的志向未予伸展这点来说，则永远死不瞑目。所有关于臣力竭殉难之事，谨具这道遗折以悲哀之情禀于皇上面前，恳求皇上鉴察。谨奏。

评点

大臣在临终前口述一番话，向皇上作最后一次汇报，由幕僚记录整理成文，在该大臣去世后托人递呈上去。这样的报告，便叫做遗折，是很常见的一种奏折。但拟好这样的遗折后，其人并没有死，依旧在做原来的事情，且能绝处逢生，走出事业的死境，这种情况却不多见。尤其是这种“遗折”还保存着，让后人看到，更是少而又少。这道遗折便是“少而又少”中的一道，故而十分珍贵，值得欣赏。

这道遗折其实没有拜发，且不是真正的“遗”，故而曾氏死后所刊刻的《曾文正公全集》中没有收录。它保存在曾氏老家富厚堂里，一九四九年后，由曾氏的第四代嫡孙曾宝荪、曾约农姐弟辗转带到台湾。姐弟俩不婚不娶，无直系后人可继续保管，故而在他们晚年时，将当年带出的先辈手泽及其他一些重要文献，一并捐给台北故宫博物院。一九六四年，台湾学生书局将这批材料以《湘乡曾氏文献》为题影印出版。这道遗折及其附片便收在此书中。

曾氏为何要拟这道遗折呢？

在请留胡林翼的奏折中，曾氏说到他将与胡会合一道攻打被太平军占领的岳州城。但没过几天，太平军便主动撤出岳州城。三月初二日，曾氏自率水师来到岳州，在此之前，另有三营湘勇陆军已奉命先到了。这时，胡林翼在湖北通城遭遇太平军，请求湘军援助。曾氏拟在岳州搜寻洞庭湖内的太平军余部，就近打击通城、崇阳一带的太平军。初五日，湘军搜寻部队在洞庭湖遭遇太平军的袭击。初七日，洞庭湖北风大作，水师泊在湖内的战船，漂沉二十四只，互相撞损数十只，上百名水勇掉进湖内淹死。紧接着，援助武汉的先头部队王鑫营在羊楼司遭受太平军的重创。太平军乘胜追击，曾国葆等陆军三营不是对手，也纷纷逃入岳州城。太平军将岳州城团团围住。幸而水师炮船杀开一条血路，将城中人马救出，曾氏兄弟等一行人马乘船，一直从岳州逃到长沙江面上，才把心安定下来。

曾氏一个多月前，在衡州誓师北上，并发布讨伐檄文，宣称“奉天子命”“殄此凶逆”。不料第一次与太平军交手，便惨遭失败，一逃就是几百里。此刻的曾氏，其羞愤之状可想而知，更令他难堪的是长沙城将这支败军拒之于门外。曾氏含恨在船上给皇上拟了一道《岳州战败自请治罪折》。

曾氏急于打胜仗，以洗战败之羞。四月初二日，他亲自率领水勇千人、战船四十只、陆勇八百名，进攻驻扎在北距长沙城八九十里的靖港太平军。谁知交战不到一顿饭的工夫，湘军水陆两军便大败，勇丁纷纷逃窜。曾氏手执利剑，亲手砍杀几个逃勇，都不能制止溃逃的大势。无奈何，他只得狼狈上船逃命。曾氏在船上羞愧万分，既恨自己能力太差，又恨勇丁临阵胆怯。一败再败，看来是没有前途了。他无面目见世人，更害怕面临长沙官场的奚落辱骂，遂跳出船舱自杀。同船的马弁章寿麟赶紧下水将他救起。救起后的曾氏仍未从绝望中走出，自己草拟了这道遗折，又在折后再附一片，然后再次投水，又被护兵救起。就在这时，攻打湘潭的水陆两军大获全胜。曾氏于胜利中看到了希望，重新振作，故而这道遗折连同附片便都没有发出。

按理说，这两件报告记载的是曾氏一段不光彩的经历，他后来完全可以将它毁掉，不让它被子孙看到，尤其是不能为社会所知，但曾氏没有这样做。他也许是有意保存着，让子孙后人知道他创业时的艰难屈辱；也许是觉得既然是历史，便无须作掩藏、修改，就让它原模原样地留着。不管他出于何种意图，不毁掉总是对的。说到底，它毕竟是曾经发生过的一段往事。如此说来，掩藏、修改只能是一时的欺蒙，真相才是它的永恒存在。所以，笔者赞成这种“不毁”的做法。

附于折后的片，主要说的两件事：一是将《讨粤匪檄》进呈御览，“一以明臣区区之志，一以冀激发士民之心”；二是推荐塔齐布统带湘勇陆军，至于水师，目前尚无统领全局之人，望速简贤员出任此职。

写作简析

于最悲痛之时，仍不失桀骜之气，故文章写得愤而不怨，愧而不悔。

要言妙道

论臣贻误之事，则一死不足蔽辜；究臣未伸之志，则万古不肯瞑目。

□ 异于常规的激情报告

原折：缕陈鄂省前任督抚优劣折

咸丰四年九月二十七日

奏为博采公论，缕陈鄂省前任督抚优劣，恭折奏闻，仰祈圣鉴事。

窃臣国藩自入鄂城以来，抚恤遗黎，采访舆论。据官吏、将弁、绅庶佥谓：武汉所以再陷之由，实因崇纶、台涌办理不善，多方贻误，百姓恨之刺骨；而极称前督臣吴文镕忠勤忧国，殉难甚烈，官民至今思之。即于前抚臣青麟亦尚多哀怜之语，无怨恨之辞。

盖缘吴文镕于上年九月十五日到鄂，卯刻接印，未刻即闻田家镇兵败之信。阖城逃徙一空，官弁仓皇无计，众心涣散。吴文镕传集僚属，誓以死守。即日移居保安门城楼，随身仅一仆一马，无书吏幕宾，无亲兵夫役，昼夜手治文卷、衣不解带者两月。由是人心稍定，溃兵稍集，贼兵仍退下游，不敢径犯鄂垣。若坚守不懈，未始不可转危而为安。乃崇纶因偶怀私怨，辄劾吴文镕安坐衙斋，闭城株守。其实该前督日夜住宿城楼，并未在衙斋少住片刻也。贼匪所恃以骇人者，全凭船只之多，万帆飙忽，千炮雷轰。官军若无舟师，虽有陆兵数万，亦熟视而无可如何。

自上年田家镇失防以后，吴文镕、江忠源二人与臣往来书函，皆以筹办水师为第一要务。臣在衡州试造战船，吴文镕屡函熟商，言造船、配炮、选将、习战之法，精思研究，每函千余字，忠荩之忱溢于行间。臣愚，窃叹以为不可及。其言湖北现仅雇小划、摆江之类，不堪战阵，必待臣处舟师办就，驶至鄂中，始克会同进剿，亦系实在情形。乃崇纶茫焉不察，动称船炮已齐，讥督臣畏葸不出。吴文镕素性刚介，深以畏葸为耻，遂发愤出征，以屡溃杂收之兵勇，新募未习之小划，半月不给之饷项，仓皇赴敌。又居者与出者不和，事事掣肘，遂使堵城之役全军溃败，湖北府县相继沦陷，未始非崇纶参劾、倾陷有以致之也。尤可异者，当参劾之后，吴文镕毅然出征，崇纶复率僚属力阻其行。我皇上曾严饬自相矛盾。迨堵城既败，吴文镕殉难，阖省军民人人皆知，而崇纶以不知下落入奏，不惟排挤于生前，更复中伤于死后。正月十九日，崇纶遣守备熊正喜至衡州一带，催臣赴鄂救援，伪造吴文镕之咨文，借用布政司之印信，咨内但称黄州贼势猖獗，并不言堵城已败，督臣已死。种种诈伪，故作疑似之词，无非谓吴文镕未能殉难，诬人大节，始终妒害，诚不知其是何肺肠！

臣国藩于九月二十一日至黄州，二十二日躬诣堵城察看当日营盘地势，并祭吴文镕之灵，细询该处居民，言：吴总督自到营以来，雨泥深数尺，日日巡行各营，激厉士卒。正月十五日见贼踏营盘四座，知事不可为，乃于雪泥之中北向九叩首，痛哭大呼曰无以仰对圣朝，遂自投塘水而死。其塘去营门不过六七丈。土人言其平日之勤苦，临终之忠愤，至今有流涕者，亦可见公道之不泯也。

吴文镕受三朝恩遇，为督抚二十年，前此海塘溃决，尚且慷慨激烈，投海捐躯，岂有全军覆没，反肯濡忍偷生之理？幸赖圣明鉴照，优加恤典，赐予美谥。吴文镕得雪斯耻，永衔感于九泉。否则名节诬堕，虽死犹有余愤矣。

吴文镕既没，青麟帮办军务。崇纶又与之百端龃龉，求弁兵以护卫而不与，请银两以制械而不与，或军务不使闻知，或累旬不相往还。青麟在长沙时，与臣言及崇纶之多方掣肘，台涌之坐视不救，辄为之椎胸痛恨，怒眦欲裂，未知曾否入奏。大抵治军譬如治家，兄弟不和则家必败，将帅不和则军必败。一人而怨詈众兄弟者，必非令子；一人而排挤众将帅者，必非良臣。上年张亮基欲以全力防田家镇，崇纶既阻挠而不合，继又倾挤吴文镕，旋又忌害青麟，皆使衔恨于地下。平心而论，鄂省前后溃败、决裂之由，不能不太息痛恨于崇纶也。自贼踞汉阳、汉口为老巢，由是西至宜昌，北至德安，南犯湘省，三次攻陷岳、常、澧州，纵横百余州县，蹂躏殆遍，庐舍荡然，寸草不留。崇纶闭坐一城，置罔闻知，土匪掳掠亦置不问，所失国家土地并不一一详奏。百姓之言皆曰：青巡抚在此，尚有兵勇驱贼之掳掠，尚有告示怜民之疾苦；崇巡抚并告示而无之，全不恤我等为大清之赤子矣！积怨如此。

我皇上优容臣下，仅予革职。崇纶稍有天良，亦当以一死图报。乃六月初二日武昌城陷，崇纶随众军逃出，展转偷生。反称革职回京，已于前一日先出鄂城，呈请转奏。身为封疆大臣，无论在官去官，死难是其本分，即不死亦不妨明言，何必倒填日月，讳其城破逃生之罪？劾人则虽死而犹诬之，处己则苟活而故讳之，岂非无耻之尤者哉！

臣入湖北境内以来，目击疮痍，博访舆论，莫不归罪于崇纶。以年余之成败始末，关系东南大局，不敢不据实缕陈。其应如何声罪严究，圣主自有一定之权衡，微臣不敢拟议。所有博采公论，缕陈鄂省前任督、抚优劣情由，恭折附驿奏闻，伏乞皇上圣断施行。谨奏。

译文：陈述湖北前任总督巡抚的优劣情形折

为广泛搜集公论，细细陈述湖北省前任总督、巡抚的优劣之事，恭谨具折报告，请求皇上鉴察。

臣曾国藩自进入湖北省城以来，抚恤战火后幸存的百姓，采集访问舆论，官吏、将弁、绅士、百姓一致认为，武汉之所以再次沦陷，其原因实在是因为崇纶、台涌办理不妥善，多方面贻误军情，百姓恨之入骨，而极为称赞前任总督吴文镕忠勤忧国，殉难甚为壮烈，官吏、民众至今怀念他。即使对于前任巡抚青麟，也是哀怜之语多，没有怨恨之辞。

吴文镕在上年九月十五日到达湖北，卯刻接印，未刻即闻田家镇兵败的消息，全城人都逃空了，文武官员皆仓皇无计，大家的心都已涣散。吴文镕召集同僚下属，发誓以死守住城池，当天便搬到保安门城楼上去住。身边仅一个仆人一匹马，并无办事人员及幕僚等，也无卫士及做杂事的人，日夜书写文卷，夜晚睡觉不脱衣。如此两个月后，人心才得以稍稍安定，逃散的士兵才稍稍聚集。敌军依旧退到下游，不敢轻易进犯省城。若坚守城池不松懈，未尝不可以做到转危为安。但是崇纶却心怀私怨，弹劾吴文镕这样做是安坐衙门书斋，闭城死守。其实该前任总督日夜住在城楼上，并没有在衙门书房里住过片刻。敌军用来恐骇别人的，全是凭借着船只多，上万只船在江面漂来漂去，上千门炮雷鸣般地轰击。官军若无战船，虽有陆军数万人，亦只能是眼睁睁望着而无可奈何。

自从上年田家镇防守失去以后，吴文镕、江忠源二人与臣往来书信，皆以筹办水师作为第一紧要的事情。臣在衡州试造战船，吴文镕多次来信与臣仔细商量，探讨制造船只、装配火炮、选择将领、操习战技的方法，精思研究，每封信都长达千多字，忠诚尽职之情溢于字里行间。臣愚笨，私下常叹息自己不及他。他说湖北现在雇的仅只小划子、摆渡一类的小船，不能列阵应战，必待臣这里水师办成，驶进湖北，才能够会合一道出击敌人。这确实是实在情形。但崇纶茫茫然不察事理，动不动就说船炮已齐备，讥笑总督胆怯不敢出兵。吴文镕素来性格刚直耿介，深以胆怯为耻，于是发愤出兵，用那些屡次溃败后杂乱收集的兵勇，及新近募集未加操习的小划子，再加上未发饷银已超过半个月，仓皇赴向敌军。更加之住在城里的与外出作战的彼此之间不和睦，事事掣肘，就这样使得堵城之役全军溃败，湖北省的一些府县相继沦陷。这些，未必就不是崇纶参劾、倾陷而招致的结果。

尤其令人奇怪的是，在参劾之后，吴文镕毅然出征，崇纶又率领下属竭力阻止他。皇上曾严旨批评崇纶此举是自相矛盾。到了堵城战败后，吴文镕殉难，全省军民人人皆知，而崇纶却以吴文镕“不知下落”向朝廷奏报。不但在生前对吴予以排挤，在吴死后还要加以恶意中伤。正月十九日，崇纶遣守备熊正喜到衡州府一带，催促臣赴湖北救援，假造吴文镕的咨文，借用布政使衙门的印信。咨文内只说黄州敌军势力猖獗，并不提到堵城兵事已失败，总督已死。这种种欺骗，故意用“疑似”的字眼来表述，无非是说吴文镕没有能够殉难。诬蔑别人的大节，始终一贯的嫉妒陷害，真的不知道此人生的是一副什么心肠！

臣曾国藩九月二十一日到达黄州，二十二日亲自到堵城查看当时的营盘地势，并祭奠吴文镕之灵，细细询问当地居民，都说吴总督自从到营地以来，雨泥深达数尺，每天巡行各营，激励士卒。正月十五日，见敌军踏破营盘四座，知道事情已不可为了，于是在雪水污泥中朝着北边叩了九个头，痛哭大呼，说无颜面对圣明的朝廷，于是投塘自尽。这口塘离营门不过六七丈远。当地老百姓说到他平日的勤苦和临终时的忠愤，至今尚有流泪的，于此也可见公道的不可泯灭。

吴文镕受到三朝的恩遇，为总督、巡抚二十年。在这之前的海塘堤防溃决，尚且慷慨激烈，以至于投海捐躯，岂会有全军覆没反而愿意忍辱偷生的道理？幸而皇上明察秋毫，给吴优加恤典，赐给他美好的谥号。吴文镕得以洗刷这个耻辱，于九泉之下永怀感激。否则，名声气节尽被诬陷堕落，虽死依然有余愤。

吴文镕死后，青麟帮办军务，崇纶又与他处处不和。求派弁兵作护卫，不派，请给银子制造军械，不给；或者是有关军务不让他知道，或者是一二十天不相往来。青麟在长沙时，与臣每说到崇纶的多方掣肘、台涌的坐视不救，辄为此椎胸痛恨，愤怒得眼眶都要裂开，不知他有没有将这些事上奏。

大致说来，治理军队好比治理家庭，兄弟不和，家一定破败；将帅不和，军队则必打败仗。一个人怨恨责骂众兄弟，那么此人必不是好儿子；一个人排挤打击众将帅，则此人必非良臣。上年，张亮基想以全力防守田家镇，崇纶既阻止，又不配合，接下来又倾轧排挤吴文镕，紧接着又忌害青麟，都使得他们含恨于地下。平心而论，分析湖北省前后溃败以至于决裂的根由，不能不令人叹息而痛恨崇纶。自从敌人占据汉阳、汉口，将它作为指挥部，由此西到宜昌，北到德安，往南边侵犯湖南省，三次攻陷岳州、常德、澧州，纵横百多个州县，全都践踏到了，房屋里的财物搜刮一空，寸草不留。崇纶闭门坐在城里，置若罔闻，土匪掳掠，也置之不问，所丢失的国家土地，也不一一详告朝廷。百姓都说，青巡抚在这里，尚且有兵勇驱赶敌人的抢掠，尚有安民告示；崇巡抚连告示都没有一张，完全不怜恤我们这些人还是清朝的忠诚子民哩！这便是百姓的积怨。

皇上对臣下特别宽容，仅仅只予以革职。崇纶若稍有点天良，也应当以一死来图报。但当六月初二日武昌城陷落时，崇纶却随兵士们逃出，辗转各处偷生求活，反而称自己是革职后回京，已于城陷先一天离开省城，请人将这一情况禀报朝廷。身为封疆大臣，无论是在职还是离职，死于危难是他的本分，即使不死，也不妨明白告知，何必要倒填日期，隐瞒其城破逃生的罪责呢？弹劾别人，则其人虽死还要诬陷；对待自己，则苟且偷生还要故意隐瞒，难道不是无耻之尤吗？

臣进入湖北境内以来，眼睛所看到的创伤，广泛采集的舆论，莫不皆归罪于崇纶。因为这一年多来湖北的成败过程，关系到国家东南的大局，不敢不据实情细细陈述。至于该如何定罪严惩，皇上自有权衡，臣不敢自作主张。所有关于广泛搜集公论，细述湖北省前任总督、巡抚优劣情形，恭敬具折由驿递上奏，请皇上裁决执行。谨奏。

评点

华中重镇武汉，在清廷与太平军的早期交战过程中，处在一个非常特殊的位置上。这个“特殊”，有着多方面的体现。

首先，作为九省通衢的枢纽、长江中游的最大码头，武汉的军事地位极为重要。太平军正是因为打下了武汉，才算得上真正地走出了边隅之地，成为影响中国全局的一支起义力量；也正是扼控了武汉，才有百万大军沿江东下，出现此后势如破竹的局面，并一举拿下南京，奠定了国中之国的基础。同样地作为一个省的团练，湘军在朝野各界的眼中本来很轻微，就是因为同一天打下武昌、汉阳，才一夜成名，令天下刮目相看，正式担负起原本只有正规军才有资格做的平叛重任。

其次，双方对武汉的争夺十分激烈，都有过三次易手的经历。第一次：咸丰二年二月四日，太平军第一次打下武汉。守城的清廷湖北巡抚常大淳及其全家自杀，署理湖广总督徐广缙被革职抄家。太平军在武汉只停留了一个月，然后弃城东进。第二次：咸丰四年六月初二，太平军西征军再次打下武昌。署理湖广总督吴文镕自杀，署理湖北巡抚青麟弃城南逃。同年八月二十三日，曾国藩率湘军从太平军手中收回武汉。第三次：咸丰五年二月十七日，太平军西征军第三次打下武汉，湖北巡抚陶恩培自杀。咸丰六年十一月二十二日，湖北巡抚胡林翼率部将武汉第三次从太平军手中夺回。一座城池双方失而复得、得而复失达三次之多，这在那个时期的军事史上是唯一的。

最后，太平军自从咸丰六年十一月丢失武汉后，其军事势力再也没有在两湖一带起主要作用了。从那以后，两湖便成了湘军的稳定后方，源源不断地为其提供兵力、饷银和粮草等资源。这正是胡林翼所说的：“平吴之策，必先保鄂。”

这道奏折讲的是武汉第二次易手前夕，湖北省几个最高领导者的表现，它为我们提供了一个难得的历史资料。这份资料告诉我们：当年清廷的地方大吏，在大难当头时彼此之间是如何冲突倾轧的，又是如何因此而丢失一座大城市的。

曾氏在这道折子中说到了四个高级官员，他们分别是署理湖广总督吴文镕、湖北省前任巡抚崇纶、后任巡抚青麟及荆州将军台涌。这四个人除吴外，其他三人均为满人。

最初是崇纶与吴文镕，在武汉战守之选中意见不合。崇纶主张移营城外作战，按《清史稿》本传中所说，崇纶这个主张藏有“为自脱计”，即遇有机会则逃走。因为若在武昌城内的话，便只有“城在人在，城破人亡”了。崇纶知武昌守不住，城既不可在，人当然不可在，若城破逃走，则太过显形，故他提出城外作战的意见。吴文镕主张死守待援。他的援军一是胡林翼的黔勇，一是曾国藩的水师。吴死守武昌城二十多天，太平军暂时撤退。按理说，吴的主张已得到证明，是可行的。但是崇纶却上奏弹劾吴，说吴胆小怕打仗，理应带兵出城收复黄州。崇纶的算盘是：若吴收复了黄州，武昌确保了，他可以在城里高枕无忧；若吴失败了，他便率部出城，借机脱身。

坐在京师的咸丰自然听得进“战”，而不太喜欢“守”，于是严诏命吴出战。吴被迫前往黄州。出兵前夕，吴有一信给曾氏。信上说：“吾意坚守，待君东下，自是正办。今为人所逼，以一死报国，无复他望。君所练水陆各军，必俟稍有把握而后可以出而应敌，不可以吾故率尔东下。东南大局恃君一人，务以持重为意，恐此后无有继者。吾与君所处，固不同也。”吴是现任的总督，领兵打仗是他的本职，一旦接到朝廷的命令，硬着头皮也得出兵。但曾只是在籍侍郎，且训练的是民兵，打不打大仗，早打迟打，有较大的机动余地。这便是两人的不同之处。“东南大局恃君一人”，从这句话里也可见吴的料事之准与知人之明。

《清史稿》上说：“文镕率师薄黄州，崇纶运输饷械不以时，惟催速战。”显然，吴后来投水自杀，崇纶有不可推卸的责任。

本来，大战在即，作为封疆大吏的总督、巡抚，应该捐弃嫌隙、和衷共济、同心同德才是。崇纶却为了便于自己逃生，不惜陷害别人，其品性之差令人切齿。咸丰不明就里，偏听偏信，其责也不可逃。其实，前方打仗，情况复杂瞬息万变，远在几千里外的皇帝，又没有今天的发达通讯，怎么能够指挥调度呢？咸丰年轻不懂事，军机处有那么多的老练官吏，他们难道也不懂事吗？为什么还要把这种指挥大权牢牢掌握在中央的手里呢？看来，这牵涉到对制度和权力方面的思考，确实是自古以来政治学中的老大难问题，姑且不去说它罢！

吴文镕死后，朝廷调荆州将军台涌署理湖广总督。不久，崇纶丁忧，湖北学政青麟出任鄂抚，仍命崇纶留在湖北协防军务。崇纶本以为这是个脱身的好机会，不料还是不能离开湖北，便上疏说自己生病请求免去这个差使。这下惹怒咸丰，不但不允准，而且连他的二品官衔也给剥夺了。青麟刚上任，太平军便再次发起对武昌的围攻，他急向台涌求援，但台涌却在随州按兵不动。结果，武昌城在青麟手里给丢了。青麟被逃散的部属挟持到了长沙，请湖南发兵代他收回武昌，希图以此减免罪责。武昌城破而青麟不死，已让朝廷恼怒，又加之离开湖北省出走长沙，更令朝廷愤恨，于是传旨给接任台涌的荆州将军官文，令他拘捕青麟，就地正法。

这时，崇纶也已从武昌逃出，辗转到了陕西。他以为从此脱离了虎口，不料曾氏这道奏折递上去后，朝廷立时罢去了台涌的署理湖广总督一职，任命杨霈为总督，又命陕西方面逮捕崇纶。崇纶得讯后服毒自杀。陕西方面顾全他的面子，以“病死”上报朝廷。

太平军再次打下武汉后，就这样给湖北的四个方面大员造成了三死一罢的结局。晚清官场的溃烂到了何种地步，于此可见一斑。

曾氏这道奏折无疑是份材料扎实、观点鲜明的报告，故而得到朝廷的充分重视，完全达到了报告想要达到的效果。但是我们细读报告全文，可以明显地感受到这份报告强烈的感情色彩：敬吴、悯青、贬台、恨崇。这四种迥然不同的态度，毫不掩饰地流露在全篇报告的字里行间。尤其是恨崇的一些文字，如“诚不知其是何肺肠”“岂非无耻之尤者哉”等，这种文学气息浓烈的语言通常不宜出现在奏折中。曾氏异于常规地反复使用，不仅很好地表达了他欲遏不止的情感取向，也使得这道奏折具有很强的感染力。

为什么会这样？除开曾氏的义愤公心外，此中还藏有曾氏的一片私情。原来，吴文镕是曾氏的恩师。

道光十八年，曾氏入京参加第三次会试。这科会试的总裁为大学士穆彰阿及侍郎吴文镕、廖鸿荃等人。按当时的习惯，凡这科录取的进士皆称他们为座师。另有数十位阅卷官，这些阅卷官分成若干组。每一组阅若干份试卷，然后从中选出优胜卷来。各组所推选出的试卷汇合在一起，最后综合平衡，定出该科中式名单。能不能从组内脱颖而出，是一个关键，所以，当时中式的进士除感激座师外，还特别感谢那些推选他们出来的老师。当时“组”的名称叫做“房”，这种老师便称之为房师。曾氏当年的房师为翰林院编修季芝昌。一般来说，房师与学生的关系更为亲密。曾氏与季芝昌就很亲密，其文集中收有好几篇关于季的文章。

因为一科中式的人多，相对地说，座师与学生的关系稍疏一些，但这也要看人而言。做京官的学生，因同处京师，联系较多，座师会与他们关系密一些；官运好、迁升快的学生，座师为自己挣脸面，或者考虑到日后要借重学生的力量，师生之间也会关系亲密。曾氏是个十年七迁的亨通之官，座师们自然乐于跟他交往。到了后来，吴文镕到武昌做战时的湖广总督，命运将他与曾氏联在一起，师生之间的情谊自然更大为加深。从前引吴给曾氏的一段信中，可看出老师对学生的期盼之切、关爱之殷。

这样的恩师却遭人忌害而死，作为收复失地的胜利之师的主帅，曾氏自然要为老师申雪冤屈、彰显忠义，自然要对置老师于死地的仇人恨之入骨。笔者注意到曾氏奏折中说崇纶是武昌城破后随军逃出，指责他自称城破先一日出走的话是谎言，并下这样的断词：“身为封疆大臣，无论在官去官，死难是其本分，即不死亦不妨明言，何必倒填日月，讳其城破逃生之罪？”但是，《清史稿》崇纶本传则说他是“六月武昌陷，崇纶先一日出走，经往陕西”。《清史稿》不取曾氏奏折中所说的话，而用崇纶的“谎言”。是《清史稿》的作者掌握了确凿的史料，证明崇纶自己所说的是事实呢，还是鉴于曾氏此折的强烈仇崇的感情色彩，而不相信他的所言呢？但不管后人如何看，在当时，曾氏这道奏折的目的是达到了：崇纶的确死于此折。

写作简析

以偶尔一次超出常规的表达方式，来换取特别的收获。

要言妙道

大抵治军譬如治家，兄弟不和则家必败，将帅不和则军必败。一人而怨詈众兄弟者，必非令子；一人而排挤众将帅者，必非良臣。

劾人则虽死而犹诬之，处己则苟活而故讳之，岂非无耻之尤者哉！

□ 参倒了现任巡抚

原折：奏参江西巡抚陈启迈折

咸丰五年六月十二日

奏为江西巡抚陈启迈劣迹较多，恐误大局，恭折奏闻，仰祈圣鉴事。

窃惟东南数省，贼势蔓延，全赖督抚得人，庶几维持补救，转危为安。臣至江西数月，细观陈启迈之居心行事，证以舆论，实恐其贻误江省，并误全局，有不得不缕陈于圣主之前者。

已革总兵赵如胜，系奉旨发往新疆之员。上年奏留江省效用，陈启迈派令管带战船百余号、水勇四千余人、大小炮位七百余尊。十一月初五扎泊吴城镇，一闻贼至，赵如胜首先逃奔，各兵勇纷纷兽散，全军覆没，船只炮械尽为贼有。其实贼匪无多，民间至今相传仅长发九十余人耳。闻风先逃，殊可痛憾。乃陈启迈入奏之词，则曰赵如胜奋不顾身，力战终日，其所失船数百余、炮数七百，并不一一奏明，含糊欺饰，罔恤人言。又派赵如胜防堵饶州等处，正月间败逃三次。贼破饶州，陈启迈含混入奏，不惟不加赵如胜之罪，并其原定新疆罪名，亦曾不议及，始终怙非袒庇，置赏罚纲纪于不问。

已革守备吴锡光，系被和春参劾、奉旨正法之员。吴锡光投奔江西，吁求救全。陈启迈奏留江西效用，倒填月日，谓留用之奏在前，正法之旨在后，多方徇庇，虚报战功，既奏请开脱罪名，又奏保屡次超升，又奏请赏给勇号。吴锡光气质强悍，驾驭而用之，尚不失为偏裨能战之才。至其贪婪好淫，纵兵扰民，在南康时，军中妇女至百余之多；过樵舍时，将市肆抢掠一空，实为远近绅民所同恶。而陈启迈一力袒庇，颠倒是非。正月二十九日，吴锡光纵其麾下贵州勇无故杀死龙泉勇一百八十七名，合省军民为之不平。陈启迈既不奏闻，又不惩办，乃于武宁县囚内取他勇之曾经犯案者，假称贵勇，缚而杀之，以掩众人之耳目。而众人愈积愤于吴锡光，道路以目矣。饶州之贼屯聚于四十里街，三月二十八日，吴锡光攻剿饶州，仅杀贼数十人，此绅庶所共见共闻。而陈启迈张皇入奏，谓克复饶郡，杀贼三千，焚船百余，吴锡光与其子侄，均保奏超升；即素在巡抚署内管帐之胡应奎亦随折保奏。义宁州之陷，实系兴国、崇、通等处土匪居多，长发尚少，吴锡光骄矜散漫，仓卒败亡，并非有大股悍贼与之交锋也。乃陈启迈粉饰入奏，则曰鏖战竟日，杀贼千余。吴锡光薪水、口粮，较别营独多，且带勇七百，支领八百人之饷，此陈启迈所面嘱司道总局者。乃入奏则曰，系自备资斧。种种欺饰，实出情理之外。

自军兴以来，各路奏报，饰胜讳败，多有不实不尽之处，久为圣明所洞鉴，然未有如陈启迈之奏报军情，几无一字之不虚者。兹风不改，则九重之上，竟不得知外间之虚实安危，此尤可虑之大者也。

臣等一军，自入江西境以来，于大局则惭愧无补，于江西则不为无功。塔齐布驻九江，防陆路之大股；臣国藩驻南康，防水中之悍贼；罗泽南克复一府两县，保全东路。此军何负于江西？而陈启迈多方掣肘，动以不肯给饷为词。臣军前后所支者，用侍郎黄赞汤炮船捐输银四十余万两、奏准漕折银数万，皆臣军本分应得之饷，并非多支藩库银两。即使尽取之江西库款，凡饷项丝毫，皆天家之饷也，又岂陈启迈所得而私乎？乃陈启迈借此挟制，三次咨文，迭次信函，皆云不肯给饷，以此掣人之肘而市己之恩。臣既恐无饷而兵溃，又恐不和而误事，不得不委曲顺从。罗泽南克复广信以后，臣本欲调之折回饶州、都昌，以便与水师会攻湖口。陈启迈则调之防景德镇，又调之保护省城，臣均已曲从之矣。旋又调之西剿义宁，臣方复函允从，而陈启迈忽有调往湖口之信；臣又复函允从，陈启迈忽有仍调往义宁之信。朝令夕更，反复无常，虽欲迁就曲从而有所不能。

二月间，臣与陈启迈面商江西亦须重办水师，造船数十号，招勇千余人，以固本省鄱湖之门户，以作楚军后路之声援，庶与该抚正月之奏案相符。陈启迈深以为然，与臣会衔札委河南候补知府刘于淳董其事。业已兴工造办，忽接陈启迈咨称，江西本省毋庸设立水师，停止造船等因。臣既顺而从之矣，因另札刘于淳在市汉设立船厂，专供臣军之用。忽又接陈启迈咨称，欲取厂内船只，交吴锡光新募之水军；又饬令厂内续造十五号。船厂委员亦遵从之矣。迨船既造成，陈启迈又批饬不复需用。倏要船倏不要船，倏立水军倏不立水军，无三日不改之号令，无前后相符之咨札。不特臣办军务难与共事，即为属员者亦纷然无所适从。

数年以来，皇上谕旨谆谆，饬各省举行团练，类皆有虚名而鲜实效。臣所见者，惟湖南之平江县、江西之义宁州办团各有成效，两省奏牍亦常言之。以本地之捐款练本地之壮丁，屡与粤贼接仗，歼毙匪党甚多，故该二州县为贼所深恨，亦为贼所甚畏也。去年义宁州屡获胜仗，捐款甚巨，事后论功，陈启迈开单保奏，出力者不得保，捐资者不得保，所保者，多各署官亲幕友。陈启迈署中幕友陈心斋，亦得保升知县。义宁州绅民怨声沸腾，在省城张贴揭帖，谓保举不公，团练解体；贼若再来，该州民断不捐钱，亦不堵贼等语。陈启迈不知悛悔，悍然罔顾。迨四月间贼匪攻围州城，该州牧叶济英迭次禀请救援，陈启迈亦不拨兵往救。困守二十余日，州城果陷，逆匪素恨团练，杀戮至数万之多，百姓皆切齿于巡抚保举之不公，致团散而罹此惨祸也。

去年四月，塔齐布在湘潭大战获胜，余贼由靖港下窜岳州，其败残零匪由醴陵窜至江西，萍乡、万载等县并皆失守。万载县知县李皓弃城逃走，乡民彭才三等或以马送贼，或以米馈贼，冀得免其劫掠。贼过之后，举人彭寿颐倡首团练，纠集六区合为一团，刊刻条规，呈明县令李皓批准照办。乃彭才三愚而多诈，谓馈贼可以免祸，谓练团反以忤贼，抗不入团，亦不捐资，遂将团局搅散，反诬告彭寿颐一家豺狼，恐酿逆案等语。县令李皓受彭才三之贿，亦袒庇彭才三而诬陷彭寿颐，朦混通禀。该举人彭寿颐恨己以刚正而遭诬，以办团而获咎，遂发愤讦告李皓弃城逃走、彭才三馈贼阻团，控诉各衙门。袁州府知府绍德，深以彭寿颐之练团为是，彭才三之馈贼为非，严批将李皓申饬。巡抚陈启迈批词含糊，不剖是非，兴讼半年，案悬未结。今年正月，臣至江西省城，彭寿颐前来告状。臣以军务重大，不暇兼理词讼，置不批发；而观其所刊团练章程，条理精密，切实可行，传见其人，才识卓越，慷慨有杀贼之志。因与陈启迈面商，言彭寿颐之才可用，其讼事无关紧要，拟即带至军营效用。两次咨商，陈启迈坚僻不悟。不特不为彭寿颐伸理冤屈，反以其办团为咎；不特以其办团为咎，又欲消弭县令弃城逃走之案，而坐彭寿颐以诬告之罪，颠倒黑白，令人发指。自粤匪肆逆，所过残破，府县城池，动辄沦陷，守土官不能申明大义，与城存亡，按律治罪，原无可宽。各省督抚因失守地方太多，通融办理，宽减处分，亦常邀谕旨允准。即以本年江西而论，饶州、广信两府失守，鄱阳、兴安等县失守，陈启迈通融入奏，宽减府县各守令之处分，均蒙谕旨允准。此系一时权宜之计，朝廷法外之仁，并非谓守土者无以身殉城之责也。该县令李皓弃城逃走，陈启迈能奏参治罪，固属正办；即欲宽减其处分，亦未始不可通融入奏。乃存一见好属员之心，多方徇庇，反欲坐彭寿颐诬告之罪，此则纪纲大坏，臣国藩所为反复思之而不能平也。

乡民怯于粤匪之凶威，或不敢剃发，或不敢练团，或馈送财物，求免掳掠，名曰纳贡，此亦各省各乡所常有。其甘心从贼者，重办可也；其愚懦无知者，轻办可也，不办亦可也。彭才三以财物馈贼，既经告发，陈启迈自应酌量惩治，何得反坐彭寿颐以诬告之罪，使奸民得志，烈士灰心。顷于五月二十九日，陈启迈饬令臬司恽光宸严讯，勒令举人彭寿颐出具诬告悔结。该举人不从，严加刑责，酷暑入狱，百端凌虐，并将褫革参办。在陈启迈之心，不过为属员李皓免失守之处分耳。至于酿成冤狱，刑虐绅士，大拂舆情，即陈启迈之初意，亦不自知其至此。臬司恽光宸不问事之曲直，横责办团之缙绅，以伺奉上司之喜怒，亦属谄媚无耻。方今贼氛犹炽，全赖团练一法，以绅辅官，以民杀贼，庶可佐兵之不足。今义宁之团既以保举不公而毁之，万载之团又以讼狱颠倒而毁之，江西团练安得再有起色？至于残破府县，纵不能督办团练，亦须有守令莅任，以抚恤难民而清查土匪。乃臣驻扎南康两月，陈启迈并不派员来城署理南康府、县之任，斯亦纪纲废弛之一端也。

臣与陈启迈同乡、同年、同官翰林，向无嫌隙，在京师时见其供职勤慎，自共事数月，观其颠倒错谬，迥改平日之常度，以致军务纷乱，物论沸腾，实非微臣意料之所及。目下东南贼势，江西、湖南最为吃重，封疆大吏关系非轻。臣既确有所见，深恐贻误全局，不敢不琐叙诸事，渎陈于圣主之前，伏惟宸衷独断，权衡至当，非臣下所敢妄测。所有江西巡抚臣陈启迈劣迹较多，恐误大局缘由，恭折缕晰具奏，伏乞皇上圣鉴，训示施行。谨奏。

译文：参劾江西巡抚陈启迈折

为江西巡抚陈启迈劣迹较多，担心贻误大局，恭敬具折上奏事，请求皇上鉴察。

臣私下认为方今东南数省敌人势力蔓延，全依赖总督、巡抚人选妥当，或许能维持补救，转危为安。臣到江西已经几个月了，细观陈启迈的居心行事，再以舆论相佐证，实在是担心他贻误江西省，并贻误整个大局，不得不将有关情事向皇上细细陈述。

已革总兵赵如胜是奉旨发往新疆的人，去年经奏请留在江西省效力，陈启迈委派他管带战船百多只，水勇四千多人，大小炮位七百多座。十一月初五日驻扎在吴城镇，一听到敌军来的消息，赵如胜首先逃命，各队兵勇纷纷作鸟兽散，全军覆没，所有的船只、火炮、军械等全被敌军占有。其实，来的敌人并不多，民间至今相传不过长发者九十多人而已。闻风先逃，已经是非常令人痛恨了，但陈启迈在上奏的折子中，竟然说赵如胜奋不顾身努力战斗一整天。他所丢失的几百只战船、七百多座大炮，并不一一说清楚，含含糊糊地加以掩饰欺骗，完全不顾别人是怎么说的。又派赵如胜防堵饶州等地方，正月间败逃过三次。敌军攻破饶州城，陈启迈含含混混上奏，不但不加赵如胜的罪责，而且连他原定发往新疆的罪名也不曾提起，始终袒护包庇，置赏罚制度于不顾。

已革守备吴锡光是被和春参劾奉旨正法的人。吴锡光投奔江西，请求保全他的性命。陈启迈奏请留在江西效力，将日期倒填，说请留用的奏折在前，正法的圣旨在后，多方徇私庇护，虚报战功，既上奏为他请求开脱罪责，又上奏保举他屡次越级晋升，又奏请赏给他勇号。吴锡光为人强悍，若驾驭得法而使用，尚不失为一个能打仗的副职将领。至于他的贪婪淫乱，纵容兵丁骚扰民众这一点，如在南康时，军中的妇女有一百多人；过樵舍时，将街市上的货物抢掠一空，实在为远远近近的士绅民众所痛恶。但陈启迈却一味袒护包庇，颠倒是非。正月二十九日，吴锡光纵容他的部下贵州省籍勇丁，无缘无故杀死龙泉籍勇丁一百八十七名，全省军民都为之抱不平。陈启迈既不将此事上奏，又不惩办贵州勇丁，而在武宁县监狱中提取因他事犯案的勇丁，假冒贵州勇丁，捆绑杀头，以掩盖众人的耳目。而众人更加对吴锡光蓄积愤怨，见他皆以冷眼注视，恨不得杀掉他而后快。

饶州的敌人聚集在四十里街。三月二十八日，吴锡光攻打饶州，仅杀敌军数十人，这是士绅百姓所共见共闻的。但陈启迈却夸大战果上奏，说吴克复饶州，杀敌军三千人，烧毁船百多号。吴锡光与他的儿子、侄子，都得到保举而越级晋升，即使平时在巡抚衙门里管账的胡应奎，也跟随着得到保举。

义宁州的陷落，实在是兴国、崇阳、通城等地土匪居多，长毛为少数，吴锡光骄傲散漫，没有防备，仓促之间便败亡了，并非是有大股强悍敌军与他交锋的原因。但陈启迈却对此仗加以粉饰而上奏，说激战一整天，杀死敌军千多人。吴锡光的薪水、口粮独比别的军营为多，况且带勇只有七百人，却支领八百人的饷银。这是陈启迈当面叮嘱主管后勤的司道官员的，但奏折中则说，吴是自备粮饷。种种欺蒙，实在是出于情理之外。

自从战争爆发以来，各路奏折中夸大胜仗隐瞒败仗，不确实不完全之处很多，这些很早便已为皇上所察识，但还没有像陈启迈的军情报告，几乎没有一个字不是虚伪的。这种风气若不改，则朝廷会完全不知外间的虚实安危等真实情况。这尤其为最大的忧虑。

臣与部属所率领的军队，自从进入江西省以来，对于大局而言，则可谓惭愧，无所补益，对于江西而言，则不能说没有功劳。塔齐布驻扎九江，防堵陆路上的大股敌军。臣曾国藩驻扎南康，防堵水路上的大股敌军。罗泽南克复一府两县，保全了东路。我们这支军队什么地方辜负了江西？但陈启迈多方面予以掣肘，动不动就以不给饷银来威胁。臣前后所支领的军饷，用的是侍郎黄赞汤捐赠买船炮的银子四十多万两及经奏准的漕粮折银数万两，这都是臣的军队本分应得的饷银，并没有多支藩库里的银子。即便是完全从江西藩库里支取军饷，凡军饷中的一丝一毫，都是朝廷的银子，又哪里是陈启迈的私银呢？而陈启迈借军饷来挟制，三次公文，每次信函，都说不肯给饷。用这种方法，一方面来掣肘别人，一方面又在显示自己的私人恩惠。臣既担心没有军饷而造成军队溃散，又担心与陈启迈不和而误事，不得不委屈自己顺从陈启迈。

罗泽南克复广信府城后，臣本想调他折转回饶州、都昌，以便与水师会合攻打湖口。陈启迈则调罗防守景德镇，又调他保护省城，臣都曲意顺从了。接着又调他往西边攻打义宁，臣正要回信同意，而陈启迈忽然又有调罗去湖口的信函来，臣又回信表示同意，陈启迈忽然又有调罗往义宁的信。朝令夕改，反复无常，即使愿意迁就屈从，也不可能做到。

二月间，臣与陈启迈当面商量，认为江西也应当注重办理水师，要造几十只战船，招水勇千多人，以巩固本省的门户鄱阳湖，同时也可以作为楚军后路的声援，这样也好与该巡抚正月间的奏折所言相符合。陈启迈深以为然，与臣会衔，下命令委任河南候补知府刘于淳经理这桩事。已经兴工开办了，忽然接到陈启迈的公文，说江西本省不须设立水师，停止造船等等。臣顺从陈的意思，另委任刘于淳在市汉建立造船厂，专门为臣的水师服务。忽然又接到陈启迈的公文，声称要将船厂里的船只调取交吴锡光新招募的水军用，又命令船厂继续造船十五只。船厂的办事人员已经遵照服从了，等到船造好后，陈启迈又说不要了。一会儿要船一会儿不要船，一会儿要建水师一会儿又不要建水师，没有三天不改的号令，没有前后相符合的公文。不但臣在军务上难以与他共事，即便他的属员也都无所适从。

近几年来，皇上在谕旨里谆谆告诫并命各省举办团练，但大多只有虚名而少见实效。臣所见到的，只有湖南的平江县、江西的义宁州办理团练各有成效。这两省的奏折、书牍中也常说到这件事。用本地的捐款来训练本地的壮丁，屡次与敌军交战，击毙敌军团伙很多，故而这两州县为敌人所深切痛恨，也为敌人所最害怕。

去年义宁州屡获胜仗，捐款数目很大。事后论功，陈启迈向朝廷开保举单，出力的人没有得到保举，捐款的人没有得到保举，所保的，多数为各衙门中的官员亲戚及幕僚。陈启迈衙门里的陈心斋，也得到保举升为知县。义宁州绅民怨声载道，在省城里张贴广告，说保举不公平，团练解散，敌人若再来，该州民众绝不再捐款，亦不堵守敌军等。陈启迈并不认错改悔，悍然不顾舆情。到四月间敌军围攻州城，该州知州叶济英多次禀请救援，陈启迈也不发兵前去。困守二十多天，州城果然陷落。敌人一向痛恨团练，杀戮达几万人之多，百姓都咬牙切齿恨巡抚保举的不公平，导致团练解散而遭此惨祸。

去年四月，塔齐布在湘潭大战中获胜，逃走的贼军由靖港往下游窜到岳州，另外一些零散败兵由醴陵窜到江西省，萍乡、万载等县都失守。万载县知县李皓放弃县城逃命，乡民彭才三等人，有的以马送贼人，有的以米送贼人，希望能避免贼人的劫掠。贼军退走后，举人彭寿颐为首倡议组织团练，集合六个区为一个团，刊刻团练的规章制度，送交李皓批准照办。但彭才三愚蠢又狡诈，说送东西给贼军可以免祸，办团练反而是与贼军作对，故而抗拒不入团练，也不捐款，于是将团练解散，反而诬告彭寿颐一家人是豺狼，担心会造反等等。县令李皓受彭才三的贿赂，也袒护包庇彭才三而诬陷彭寿颐，蒙混通过。举人彭寿颐恨自己因刚正而遭受诬陷，因办团练而获咎，于是下决心检举李皓弃城逃命、彭才三给贼军送东西阻止办团等事，并到各衙门告状。袁州知府绍德能明辨是非，肯定彭寿颐办团练，反对彭才三送东西给贼军的做法，严词批评李皓。巡抚陈启迈的批词却含含糊糊，不判断谁是谁非，官司打了半年，案子一直悬着未结。

今年正月，臣到江西省城南昌，彭寿颐前来告状。臣因为军务繁忙，没有空闲兼管民事诉讼，搁置未予处理，但是细看他所刊发的团练章程，条理精密，切实可行，于是传令召见本人，知道是一个才能卓越、有慷慨杀敌志向的人。因而与陈启迈当面商议，说彭的才干可用，他的官司无关紧要，打算带他到军营效力。两次与陈以公文相商，陈却始终不领悟，不但不为彭申理冤屈，反而认为他办团是错误的；不但以他办团为错，还想消除县令弃城逃命的案子，而反坐彭的诬告之罪。颠倒黑白，到了令人发指的地步。

自从广东贼军造反，所过之地变为残破，府县城池动不动就遭沦陷，守土之官不能以大义为重，与城池共存亡，按照律例治罪，原本就不能宽恕。各省的总督、巡抚因失守的地方太多，于是采取通融办理的方法，处分从宽，也常得到谕旨的允准。就以今年江西而论，饶州、广信两个府的失守，鄱阳、兴安等县的失守，陈启迈采取变通之法上奏，请减免府县官员的处分，都得到谕旨的允准。这是一时的权宜之计，是朝廷于法律外所施的仁政，并不是说守土者没有以身殉城的责任。万载县令李峼弃城逃命，陈启迈若能上折参劾，固然是属于正常办理；即使想减免他的处分，也未尝不可以变通上奏，但是存一个讨好下属的心，多方予以徇私庇护，还反坐彭的诬告之罪，这就是纪纲大坏。臣曾国藩为此事反复思考而心绪不能平顺。

乡民被敌军的凶狠所震慑，或者不敢剃头发，或者不敢参加团练，或者送东西给贼人以求得免予掳掠，这叫做纳贡，也为各省各乡所常有的事。对于那些甘心投敌的，可以重办；对那些愚昧无知的，可以轻办，甚至不办也可以。彭才三送东西给贼人，既被人告发，陈启迈自应当视情况惩办，怎么能反坐彭寿颐的诬告罪，使得奸民得志，而烈士灰心呢？就在五月二十九日，陈命令臬司恽光宸严厉讯问，勒令彭写出自己存心诬告的书面材料。该举人不顺从，严刑拷打，酷暑天送进监狱，千方百计加以虐待，并将他的举人功名革去。在陈的心思里，不过是为他的属员李峼免去失守的处分罢了，至于酿成冤案，严刑虐待绅士，大违舆论，即便陈的本意，也没有料到会这样。臬司恽光宸不问是非，横加指责办团的士绅，借以讨好上司，也属于谄媚无耻之流。

当今贼军势力盛大，全靠用团练这唯一的办法，用士绅的才干来辅助官府，借乡民的力量来杀敌人，或者可以弥补兵营的不足。现在义宁的团练既因保举不公而散伙，万载的团练又因官司颠倒而散伙，江西团练怎么能再有起色？至于遭受侵犯而残破的府县，纵使不能督办团练，也必须有知府县令在任，借以抚恤难民，清查土匪。但是，臣驻扎南康两个月，陈并不派官员来府城代理知府县令职务，这也是纪纲废弛的一个例子。

臣与陈启迈是同乡同年，又同在翰林院做过官，一向无嫌隙。在京师时，见他供职勤勉谨慎，自从共事江西以来，看到他颠倒错谬，完全改变平日的常态，以致于军务混乱，议论很多，确实不是臣意料所及的。当前东南的军事情形，以江西、湖南最为吃紧，封疆大吏，关系不轻。臣既然确实有所亲见，担心贻误全局，不能不琐琐碎碎地叙述这些事情，报告给皇上，请求皇上内心作出自己的判断，如何权衡才是最恰当，不是臣所能妄自猜测的。所有关于江西巡抚陈启迈劣迹较多，担心贻误大局的情事，恭敬具折上奏，请皇上鉴察，指示有关部门执行。谨奏。

评点

曾氏一生，保举了不少人，也参劾了不少人。仅笔者所选的本书数十道奏折中，这便是第三道参折了。

第一道参的是一个副将，副将的品衔为从二品。品衔虽高，但清朝重文抑武，副将的实际地位并不高，故而这道参折的对象分量尚不太重。第二道参的是一个巡抚，外加一个将军。巡抚的品衔也为从二品，但身为方面大员，实际上的社会地位远比副将为高。将军为从一品，与文职的协办大学士、各部尚书平级，虽武比文低，但作为代表朝廷镇守战略要地的地方八旗最高军事首领，其地位也不低了，何况这个将军后来又署理湖广总督。不过，无论巡抚也好，将军总督也好，他们丢城失地，已成为罪臣，好比已死的虎，已倒的墙，参劾他们，无风险可言。

这第三道参折，参的是一个现任巡抚，情形就大不相同了。作为一省之主，曾氏向陈启迈挑战，从某种意义上来说，实际上是向整个江西官场挑战。奏折中提到臬司恽光宸，提到饶州、广信两州的失守，提到万载县令，牵涉面较广。因为这道奏折，曾氏将面临得罪整个江西官场的严重后果。另一方面，对于江西来说，曾氏不过是客居而已。作为客人，几乎各个方面都要仰仗主人的关照、支持和帮助，把主人惹怒了，做客人的有什么好处？此外，江西于曾氏，还有一层有恩于先的经历。咸丰三年，曾氏奉旨出任江西乡试正主考。途经安徽太湖县时，忽接母丧讣告，曾氏立即改道回家。主考自然是做不成了，因主考而可得的一笔收入也泡汤了。曾氏此刻急需银子，家中并无积蓄；即便有点积蓄，一时间也到不了手上。母亲死在这个时候，真的让曾氏为难极了！就在此刻，江西官场雪中送炭送来了一千两奠分银。虽是公款，也需要有人来为头办，也需要没有多人的反对，否则，公款也不会自动到达他的手里。江西官场对曾氏的情谊，他应该是深知的。

但是，就是这个受恩者，三年后以客人的身份来到江西，居然要弹劾江西之主，要向江西官场宣战！这种做法，真有点“异类”。然而，曾氏此举，实在有他不得不“举”的原因。

咸丰四年十一月，曾氏率湘军水陆两支人马进驻江西，到上此参折时，已在江西待了七个月。七个月来，军事连连受挫，处境很不顺利，重镇九江屡攻不下，水师又被太平军在鄱阳湖口切断。从此，本来完整的水师被分割成外江、内湖两支，战斗力大为削弱。接下来，太平军夜袭外江水师，焚烧战船十多只，连曾氏的座船也被抢去，船上所有的文卷书牍连同皇上的赏赐品一概丢失，曾氏若不是跑得快点，那一夜便没命了。在湖北连战连捷意气发舒，在江西却屡遭挫折坐困不前，两相比较，曾氏及湘军头领们的心情沮丧是可想而知的。与此相应的是，江西官场对湖南过来的这支客军的冷淡。因为军事不利，江西官场普遍不相信湘军的作战能力。加之湖南的协饷要供养胡林翼的军队，曾氏所请的浙江、福建两省的协饷又无着落，于是供养来赣湘军的重担便落在江西的身上。江西与湖南一样是个穷省，养几万军队，的确不堪负荷。在饷银一事上，曾氏与以陈启迈为首的江西官场时常爆发争执。按照朝廷的命令，曾氏在江西有节制带兵的臬司恽光宸和总兵赵如胜的权力，但陈启迈也时常插手军务。在恽光宸和赵如胜的眼中，陈才是当然的上司，对曾氏却是表面应付着，内心并不买账。曾氏在饷银与军事调遣上，一直对陈启迈窝着火。将这团火引发的导火线，便是彭寿颐一案。

彭寿颐是万载县的举人。在一个县里，举人有很高的社会地位。彭为人强悍也有才干，在万载县拉起一支团练，自为头领，与万载县令李皓闹起了矛盾。李皓说彭有野心，彭便控告李有弃城逃命之罪。双方互不相让，打起官司来。彭信赖曾氏，跑到湘军指挥部找曾氏帮忙。曾氏见彭有才气，便下委任状，调他来军营办事。彭投靠曾氏，令陈启迈恼怒，便将彭抓起来关在牢房里。彭的被抓，将曾氏与江西士绅界的联系给切断了。江西的士绅都畏惧陈启迈的威风，不敢跟曾氏接触。曾氏希图依靠士绅为湘军筹粮筹饷的愿望也破灭了。

缺粮缺饷缺信息来源，江西地方的军队又不听调遣，使得曾氏在江西的军事计划大受挫折，几无进展；反过来，这种军事无进展的状态，又使得湘军更缺粮饷，更失去友军的配合。局面进入了恶性循环之中。曾氏将此状态归罪于江西官场与他的离心离德，而江西官场的总头目是巡抚陈启迈。要改变江西官场的态度，必须扳倒陈启迈。所以，尽管明知风险较大，曾氏也要拼力一搏。

细究这道参折，我们可以看到曾氏为获取弹劾的胜利，是煞费了苦心的。

先看他为陈列举的几条罪状：粉饰欺蒙，保举徇私，颠倒是非，政令多更。陈的这些过失，恰恰都是战争爆发后，发生在各地带有普遍性的问题，都是咸丰极为痛恨力求整顿的地方官场的弊病。

在“粉饰欺蒙”这一条里，他列举了总兵赵如胜和守备吴锡光两个例子。这的确是两个令最高当局极为痛恨的典型事例。为了加重这一条的分量，曾氏将陈启迈的军事报告作了颇带夸张性的概括："陈启迈之奏报军情，几无一字之不虚。""几无一字之不虚"，这七个字真可让阅奏者怒火中烧。凡当领导的，最忌讳的就是下属欺骗他。因为领导者绝不可能事事躬亲，摊子越大，相距越远，越不可能去躬自参与。他对所领导的对象的掌握，靠的是什么？主要便是靠下属的汇报。下属汇报上来的情况，成了他对全局了解的重要基础，决策的重要依据。正因为领导者不能躬亲，故而下属为了自身的利害，常常敢于不将真实的情况汇报。如此，"欺蒙"便几乎成了人类社会管理机制中，一个难以治愈的痼疾沉疴。

在中国古代官场中，这个现象更为普遍。所谓"天高皇帝远"，皇帝于是成了最好欺蒙的人。他所遭受的欺蒙，大概也是最多的了。到了战争爆发后，隐瞒败仗，夸大小胜，便成了南方各省的通病；因为败与革职惩罚、胜与奖赏升官是密切联系在一起的。凡可欺蒙的，都欺蒙，实在不能欺蒙的，则推卸责任。当时的官场几乎都如此。太平军的迅速崛起，就得益于清廷官场的这种风气。倘若洪秀全、杨秀清他们早期的活动，就得到当地官府及时而真实的逐级汇报，并采取强硬措施的话，何来日后的蔓延半个中国？咸丰皇帝当然也最恨欺骗他的人了，想必在读完这一条后，陈启迈的顶戴在他心里便已被摘掉了。

另一条置陈启迈于绝境的罪状，则要数"颠倒是非"一条了。县令弃城逃命，这是朝廷最恨的事，陈启迈为之掩饰；办团练，这是朝廷提倡的事，陈启迈则加以破坏。这两桩事叠在一起，一个不与朝廷保持一致的巡抚形象便凸显了出来。当然，这样的巡抚，不是朝廷所希望的封疆大吏。

为了说明参陈纯是为公而没有私见，曾氏在参折末段特别指出他与陈乃"同乡同年同官翰林"，而且过去一直没有成见。曾氏与陈过去的确关系不错，这点我们可以在曾氏写给家人的书信中看得出来。道光二十五年五月，曾氏在给诸弟信中说到近日散馆时，特别提到“陈启迈取二等第三名”。道光二十九年二月给诸弟信中又说到近日京察，陈启迈为京察一等，估计他会外放府道。果然，两个月后，陈放广西右江道。曾氏原本想请他带东西回湖南，只是要带的东西没有准备好，陈未带成。陈散馆不过四年，便外放道员，成为正四品衔官员，也算是升得快了，于此可证曾氏折中“供职勤慎”的话。陈以后官运亨通，先后做过江西按察使、直隶按察使、江宁布政使、江苏布政使，直到江西巡抚。由正四品到从二品，只不过用了六年而已。读者切勿淡看了“同乡同年同官翰林”这“三同”，在当时的官场上，这可是彼此信任、互相利用、相互关照的三个坚实基础。通常情况下，两人可成为“有事好说”的铁哥儿们，但居然就闹崩了，可见不是私嫌，而是公事。

估计咸丰读到这里，心中一定想：若不是实在合不拢了，曾国藩怎么会走这一步！于是他在折尾亲笔批道：“陈启迈着即革职，听候新任巡抚文俊查办。该抚到任后，着即将曾所参各情，逐款严查具奏。”随后又下达一道长达五百字的上谕。上谕将曾氏的参折加以浓缩后予以重述。这种重述，实际上意味着皇上已认同了参劾内容，故而接下来便下了一个判断：“似此颠倒错谬，坚僻自是，实属辜恩溺职。”参折中所附带的恽光宸，也跟着倒了大霉。上谕也给恽光宸定了性：“江西按察使恽光宸，于彭寿颐一案，不问曲直，将该举人严刑凌虐，亦属有意逢迎。”最后，上谕以严厉的措辞表示了朝廷对曾氏一边倒的态度：“陈启迈着即革职，恽光宸着先行撤任，均听候新任巡抚文俊查办。该抚到任后，着即将曾国藩所参各情节逐款严查，据实具奏，不得稍有徇隐。”

一个省的一把手、三把手，凭一道参折便立即丢了乌纱帽，这在今天看来，有轻率之嫌，即使在一两百年前的承平时代，也不会这样的。朝廷也还得派人调查调查，听一听相关人士的意见，然后再作决定。之所以如此立竿见影，是因为那是特殊时刻的特殊省份。特殊时刻，是指当时乃战争期间；特殊省份，是指江西当时乃朝廷与太平军较量的主要战场所在地。特事特办，便有了“折到人倒”的现象出现。当然，这种特事特办，也要看是谁的事。自从同日打下武昌、汉阳之后，曾氏及其所领导的湘军便受到朝廷的特别重视，朝廷将平定太平天国收复东南的重任寄托在曾氏的身上，故而对于曾氏所参劾的直接影响战争进展的文武官员，朝廷自然是有参必准。

曾氏眼下无疑是舒心畅气了，但他没料到，他与江西官场的嫌隙却因此而更加深了。后来的军事形势并没有因陈启迈的离去而好转，曾氏与江西的关系也并没有因班子的改变而有所缓和。随着战场失利的加剧，曾氏后来在江西直有“通国不容”的感叹。这些，导致了曾氏在咸丰七、八年之间的深刻反省，在大悔大悟之后走进了事业和人生的新境界。当然，这是后话，将放在后面的评点中再说。

写作简析

以最扎实的材料为武器，以最铁的私交为反衬，将所参的人一纸扳倒。

要言妙道

自军兴以来，各路奏报，饰胜讳败，多有不实不尽之处，久为圣明所洞鉴，然未有如陈启迈之奏报军情，几无一字之不虚者。兹风不改，则九重之上，竟不得知外间之虚实安危。此尤可虑之大者也。

目下东南贼势，江西、湖南最为吃重，封疆大吏关系非轻。臣既确有所见，深恐贻误全局，不敢不琐叙诸事，渎陈于圣主之前。

□ 狼狈回籍守父丧

原折：报丁父忧折

咸丰七年二月十六日

奏为微臣现丁父忧，恭折驰报，仰祈圣鉴事。

窃臣于正月十七日，自省河拜折后，即驰至奉新，督带候补知府吴坤修一军。同赴瑞州，四面合围，开掘长壕，断贼接济。二月初四日回省一次，与西安将军臣福兴、巡抚臣文俊晤商大局。初九仍来瑞州。十一日接到家信，臣父诰封光禄大夫曾麟书于二月初四日病故。臣系属长子，例应开缺丁忧。溯查臣自咸丰二年奉命典试江西，奏蒙恩准假归省亲，行至太湖县闻讣丁母忧。即由九江奔丧回籍，甫经百日，奉旨饬办团练。时值武昌失守，数省震动。臣出而襄事折内声明，俟大局稍转，即当回籍终制，具奏在案。咸丰三年冬间，迭奉援鄂援皖肃清江西之命。四年八月折内声明，臣系丁忧人员，如稍立战绩，无论何项褒荣，何项议叙，微臣概不敢受；办理稍有起色，即当奏明回籍，补行心丧等因，具奏亦在案。五年九月蒙恩补授兵部右侍郎。维时虽已服阕，而臣之私心常以未得在家守制为隐憾。今又遽丁父忧，计微臣服官二十年，未得一日侍养亲闱。前此母丧未能妥办葬事，今兹父丧未能躬视含殓，而军营数载又过多而功寡。在国为一毫无补之人，在家有百身莫赎之罪。椎胸自责，抱痛何极！瑞州去臣家不过十日程途，即日遵制丁忧，奔丧回籍。一面由驿驰奏，恭候谕旨。

臣之胞弟曾国华出继叔父为嗣，现在瑞州军营，即日交卸回里，丁本生降服忧。胞弟曾国荃，现在吉安军营，亦应奔丧回籍。惟抚、建大股贼匪二万余人赴援吉安，连日与官军大战。虽迭获胜仗，而我军亦有伤亡，国荃之能否遄归，尚未可知。

伏查微臣经手事件，以水师为一大端。署提督杨载福驻扎九江，所统外江水师十五营；道员彭玉麟驻扎吴城，所统内湖水师八营。合计船只五百余号，炮位至二千余尊之多。此非臣一人所能为力。臣在衡州时，仅奏明造船百六十号，岳州以下虽陆续增添，而九江败挫之后，则水师中衰。其时回援湖北者仅船百余号，赖彭玉麟力支危局，胡林翼、杨载福重廓规模，而又有广东督臣购运洋炮，湖南抚臣督率官绅广置船只、子药，于是外江之水师始振。陷入鄱湖者亦仅船百余号。赖江西抚臣及总局司道竭力维持，增修船炮，筹备子药，于是内湖之水师亦振。合四省之物力、各督抚之经营、杨载福等数年之战功，乃克成此一支水军。臣不过因人成事，岂敢无其实而居其名。惟臣因事离营，内外水军或分歧而不定，相应奏明，请旨特派署提督臣杨载福总统外江内湖水师事务，惠潮嘉道彭玉麟协理外江内湖水师事务，庶几号令归一，名实相符。杨载福战功最伟，才识远胜于臣。彭玉麟备历险艰，有烈士之风。伏乞圣恩时加训励，该二人必能了肃清江面之局。仍请旨饬下湖北抚臣胡林翼月筹银三万两，江西抚臣文俊月筹银二万两，解交杨载福、彭玉麟水营，俾此军不以饥疲致溃。则不特为攻剿九江、湖口所必需，即将来围攻金陵、巡防长江，亦必多所裨益。此臣经手事件之大端也。

自水师而外，惟湘勇系同县之人，宝勇系久从之卒，于臣略有关系。现在李续宾之湘勇驻扎九江，精劲朴实，隐然巨镇，久在圣明洞鉴之中。刘腾鸿之湘勇，普承尧之宝勇，驻扎瑞州，严明勤谨，足当大敌。但使饷项稍敷，必能树立功绩。臣在军中亦无所益，即不在军中亦无所损。此外，江西水陆诸军，及各省援师，自去岁以来，皆由抚臣文俊与臣会商调遣。今臣丁忧开缺，应由西安将军福兴与抚臣会商办理。近日洪、杨内乱，武、汉肃清，袁州、奉新等处克复数城，江西局势似有旋转之机。惟臣猝遭父丧，苫块昏迷，不复能料理营务。合无吁恳天恩，准臣在籍守制，稍尽人子之心，而广教孝之典，全家感戴皇仁，实无既极；抑或赏假数月，仍赴军营效力之处，听候谕旨遵行。现在函商将军福兴、巡抚文俊两臣，酌请一人前来瑞州，抚循各营将士。臣拜折后，即由瑞州奔丧回里。除俟抵家后再行呈报外，所有微臣丁忧开缺缘由，理合由驿六百里驰奏。伏乞皇上圣鉴，训示施行。谨奏。

译文：父亲病故请回籍守丧折

臣父亲病故，现处守丧期，恭敬具此折报告，请求皇上鉴察。

臣于正月十七日，自南昌河面上拜发奏折后，立即奔赴奉新县，带领候补知府吴坤修的军队，一同赶到瑞州，展开四面包围，并开挖长壕，将城内贼军的接济截断。二月初四日回过南昌一次，与西安将军福兴、巡抚文俊面商大局之事。初九日依旧来到瑞州。十一日接到家信，臣的父亲诰封光禄大夫曾麟书于二月初四日病故。臣是长子，照例应开去公职在家守丧。

咸丰二年，臣奉命主考江西乡试，曾经蒙恩批准一个月的假期回家省亲。走到安徽太湖县，得到母亲去世的讣闻，即刻由九江转道回籍奔丧。刚刚过百天，便奉到圣命，令办理团练事务。那时正值武昌失守，附近几个省都震动了，臣在出山协助办事的折子中声明，等到大局稍微有所好转，即应当回家将丧期守完。这些都是写在奏折中的文字。咸丰三年冬天，接连奉到援救湖北、安徽及肃清江西的命令。咸丰四年八月奏折中声明，臣是丁忧人员，如稍稍立有战功，无论哪种褒扬荣誉，哪种奖励迁升，臣一概不敢接受，事情办理得稍有起色，即当奏请回籍，在心里将丧仪补齐等等，一并奏明，也都存在档案中。

咸丰五年九月，蒙恩补授兵部右侍郎，那时虽是丧期已满，但臣的心里常常以未能在家中守丧而为遗憾。今又忽然间要为父亲守丧。

算起来臣做官二十年，没有一天在家侍候父母。先前母丧时没能妥善办理丧事，现在父亲病故又没有亲自在家料理大殓，至于在军营几年，又过失多而功劳少，对国家而言是一个毫无补益的人，对于家庭而言却有着百个身子都不能替赎的罪过。捶打胸膛自我责备，内心痛苦极了。瑞州离臣的家不过十天的路程，就在今天遵守礼制服父丧，回家办理丧事，一面由驿站快速递送奏折，恭候圣旨。

臣的胞弟曾国华出继给叔父为儿子，现在瑞州军营，也在今天交代公务后回家，为生父守丧。胞弟曾国荃现在吉安军中，也应该奔丧回籍。只因抚州、建州大批贼军两万多人赶赴援救吉安，连日与官军大战，虽多次获胜，但我军也有伤亡。国荃能否立即回家，尚未可知。

臣所经手的事情，以水师为一桩大事。署理提督杨载福驻扎在九江，所统领的外江水师为十五个营。道员彭玉麟驻扎在吴城，所统领的内湖水师为八个营。两支水师合计船只五百多只，炮位达两千多座。这并不是臣一人的能力所办到的。

臣在衡州时，只奏明造船一百六十只，到达岳州以后虽然陆续增添，但九江失败受挫后，水师开始衰弱。那时回援湖北的仅百多只船，靠着彭玉麟支撑危局，胡林翼、杨载福重新扩展规模，又加之两广总督购运洋炮，湖南巡抚领导官绅广为制造船只、炸药，于是外江水师重新振兴。陷入鄱阳湖的船只仅百多只，靠江西巡抚及总局官员们竭力维持，增加与修缮船只大炮，筹备炸药，于是内湖水师也得到振兴。综合四省的物力、各位总督巡抚的经营以及杨载福等人数年的战功，才能成就这一支水师，臣不过是因别人而成事，哪敢无其实而居其名。

只是臣因事要离开军营，内外两支水师或许有些分歧而不能明确职责区分，故而奏明皇上，请下旨特派署理提督杨载福总管外江内湖全体水师事务，派惠潮嘉道彭玉麟协助管理外江内湖全体水师事务。这样方可使号令归一，名实相符。杨载福的战功最大，才和识都要远胜过臣。彭玉麟经历过艰险，有壮烈勇士之风。请求皇上经常加以训诫鼓励，这两人必定能完成肃清江面上的任务。依旧恳请下达命令，要湖北巡抚胡林翼每月筹银三万两，江西巡抚文俊每月筹银二万两，解来交给杨载福、彭玉麟水营，好让这支军队不因饥饿而溃散。这支水师不但是为攻九江、湖口之所必需，即便将来围攻南京，巡防长江，也一定有很多益处。这是臣所经手事情中的最主要的一件。

除水师外，只有湘乡勇丁是同县的人，宝庆勇丁是相从已久的团练，与臣略有些关系。现在，李续宾的湘勇驻扎在九江，锐意进取而又朴实，似乎是一支劲旅，早就在皇上的洞察中。刘腾鸿的湘乡勇丁，普承尧的宝庆勇丁驻扎瑞州，严明勤谨，是可以抵挡大敌的。只要饷银稍多一些，必定能建立功绩。臣在军中也无所补益，即使不在军中也无所损失。此外，江西水陆诸军以及各省的援军，从去年来，都由巡抚文俊与臣会同商量后再调遣。眼下臣开去公职守丧，应当由西安将军福兴与巡抚会同商量后办理。

近日洪秀全、杨秀清内讧，武汉肃清，袁州、奉新等地收复了几座城池，江西局势似出现扭转的机遇。只是臣突然间遭遇父亲病故，守丧期间神志昏迷，不能料理营中事务。是否可以恳切请求皇上恩准臣在家守制，稍稍尽点做人子的心意，而推广以孝治国的教化，臣的全家感激皇上的仁爱，实在是没有止境的；或者是赏给假期几个月，然后依旧回到军营效劳。这些都听皇上的命令，臣将遵照执行。现在，臣已去信与将军福兴、巡抚文俊两人，请他们中来一人到瑞州，安抚各营将士。臣拜发奏折后，便由瑞州直接奔丧回家。除到家后再行禀报外，所有关于臣开缺回籍守丧的缘由，理应由驿站用六百里的快递奏报，请求皇上鉴察，训诫指示，由臣执行。谨奏。

评点

咸丰七年二月初四日，曾氏父亲曾麟书病逝于家，时年六十八岁。五年前，曾氏母亲病逝时也是六十八岁。两夫妻年龄相差五岁，都在六十八岁这年结束生命。另，曾氏后来也是二月初四日病逝的，那是在十五年后的同治十一年。这两件事，可视为曾氏家族在丧事上的偶合。

如果说五年前，曾氏母亲死得极不是时候的话，那么，五年后的父亲之死，却是死当其时。这话怎么说呢？原来，此刻的曾氏已处在很不利的状况下，他巴不得有一个契机让他脱离苦海。父亲的死，正好给了他一个光明正大的理由。

在前一道折子的评点中，笔者说过曾氏在江西处境不顺。现在，一年零八个月过去了，江西之主由陈启迈换成文俊，但江西的战局，并没有因这项人事的变动而有多大的好转。当时太平军在江西战场上的统帅是石达开，驻守九江城的是林启容，驻守湖口城的是罗大纲，这几个人都是太平军中最有才干也最为忠诚的将领。他们成功地配合着，在赣中赣北一带，与曾氏亲自督率的湘军水陆两支人马斗智斗勇，前后达三四年之久，谱写了太平军中期军事史上极富亮色的一章。曾氏在江西，遇到了军兴以来最为厉害的劲敌。咸丰五年下半年到咸丰六年七八月，这段时间里，湘军在江西的处境进入最低谷。

咸丰五年七月，湘军陆军统领湖南提督塔齐布，因师久无功，愤懑呕血而死于九江城外军营，年仅三十九岁。塔齐布是曾氏一手提拔上来的将领，他虽是满人，却因感激曾氏的知遇之恩而忠于他，又有带兵打仗的实战之才，是湘军一个难得的统兵大员。塔的病死，对困境中的曾氏是一个极大的打击，接替塔的副将周凤山，远不能与之相比。接下来，湘军的创始人之一罗泽南又离开江西增援武汉，江西的军事力量减弱。不久，罗泽南在武昌城下被炮子打死。罗泽南之死，是曾氏及湘军集团的一个重创。这期间，石达开率部连克新昌、瑞州、临江、吉安、樟树镇，南昌人心惶惶，城内居民纷纷夺门外逃，踩死者无数。曾氏率军忙进入南昌死守。此时，江西十三府中的八府五十余县都已落于太平军之手。曾氏这期间给朝廷的奏报，声调一片悲哀，请“救岌岌将殆之江西”，江西“疆土日狭，饷源日竭，省会成坐困之势”，湘军“饥疲溃败，大局决裂”，这样的文字随处可见。坐困南昌的曾氏，与外面的联系也给切断了。他用重金雇来敢死者，将信用隐语写好，封在蜡丸中，穿过太平军的重重封锁送出去。即便这样，十之八九的信使也给逮住被杀。他在咸丰六年五月份一次给朝廷的奏片中写道：“道途久梗，呼救无从，中宵念此，魂梦屡惊。”

江西的战局愈来愈糟，朝廷对此又急又恼，多次严旨训饬曾氏。这年十月，咸丰甚至板起脸孔指责：“若徒事迁延，劳师糜饷，日久无功，朕即不遽加该侍郎等以贻误之罪，该侍郎等何颜对江西士民耶！”

是的，不争气的军事形势，不仅使曾氏愧对朝廷，也的确令他愧对江西士民。江西财政向不宽裕，陈启迈在饷银上对曾氏的“掣肘”，其中一个最主要的原因也是因为银子难以挤出。陈启迈因此得罪曾氏被迫下了台，继任的文俊自然吸取这个教训，想尽办法四处腾挪，尽量满足湘军的饷需。江西省的厘卡，就是在湘军进入赣省后设立的。

所谓厘卡，便是抽厘金的卡哨。湘军和江西省各级衙门在水陆各关卡要隘设立哨所，对来往商人抽税，用来敛取军饷。最初的规矩是值百抽一。一两的百分之一为一厘，故称厘金。但实际上普遍抽的是百分之四五，有的甚至高达百分之十、二十的。此举招致百姓的强烈反对，但在高压下只得忍气吞声。厘金成了湘军的重要饷源。这就意味着江西和其他东南各省事实上成了包括湘军在内的朝廷所有作战部队的直接主要供养人。江西百姓榨尽身上的血汗供养着湘军，同样，湖南百姓这几年也为东征湘军提供了近三百万两饷银。但湘军却屡战屡败，打了三四年，大部分城池仍在太平军手中。作为湘军的主要负责人，曾氏真是既愧对江西士民，又愧对三湘父老。他实在是不想再干下去了，但他没有由头可以抽身。现在，一个名正言顺的理由来了：父亲死了，要回家守制。

这的确是一个堂堂皇皇的借口，因为朝廷规定所有文武官员都要为父母之丧，离开公职回家守制三年。但是，与世间所有的制度都有通融之处一样，守制一事也有通融之处。朝廷同样也规定，若该官员负有特殊使命，不可离职的话，朝廷可以令他“夺情”。所谓“夺情”，就是说改变原有的感情表达方式，也就是指不离职，穿孝服办公事。

曾氏此时最担心的便是朝廷叫他“夺情”。于是在奏折的前部分以大段文字，陈明他此番非回家不可。其理由为：一，当年母亲去世时，没有守完丧就出来办团练了，也就是说已夺情了一次。那时已经声明随时回籍，后来因为战争的进展而未能兑现，心里一直有隐憾。二，此次父丧，便不能再夺情了，不然心里的隐憾将更加沉重。三，几年军务没办好，留在江西亦无补益。

曾氏决心要回家，所以，奏折的后半部分便向朝廷交代他所经手的事，即他离营后的安排。一是人事上：水师以杨载福为主，以彭玉麟为副。为了让朝廷接受这种人事安排，他竭力标举杨、彭二人对水师的重大贡献和别人不可取代的地位。如“赖彭玉麟力支危局，胡林翼、杨载福重廓规模”，“杨载福战功最伟，才识远胜于臣。彭玉麟备历险艰，有烈士之风”。杨、彭均是曾氏识拔于微末之中并予以重任的人，理应是他们靠着曾氏才成事的，但曾氏却反过来说：“臣不过因人成事，岂敢无其实而居其名。”这种屈抑自己而高标部下功劳的领导实在罕见，怪不得杨、彭心甘情愿为曾氏效死力。在守制期间，别人调他们不动，曾氏远在家乡，却能凭一纸信函让他们“为之千里驱驰”。二是供给上：饷银按月确保。三是他的嫡系陆军，即湘勇、宝勇，要继续予以信赖。四是江西全局的军事调遣，由西安将军福兴代替他与文俊会商。这几件事都是有关湘军和江西战局的大事。曾氏的这些思考，体现他一贯的处变不惊和虑事周密的性格。

写作简析

以悲情打动皇上，以屈己荐举部下，文章以诚取胜。

要言妙道

前此母丧未能妥办葬事，今兹父丧未能躬视含殓，而军营数载又过多而功寡。在国为一毫无补之人，在家有百身莫赎之罪。椎胸自责，抱痛何极！

合四省之物力、各督抚之经营、杨载福等数年之战功，乃克成此一支水军。臣不过因人成事，岂敢无其实而居其名。

□ 不合时宜的讨价还价

原折：沥陈办事艰难仍吁恳在籍守制折

咸丰七年六月初六日

奏为沥陈微臣办事艰难竭蹶，终恐贻误，吁恳在籍守制，恭折奏祈圣鉴事。

窃臣谬厕戎行，与闻军事。仰蒙圣慈垂注，帱载恩深。凡有奏请，多蒙俞允；即有过失，常荷宥原。遭逢圣明，得行其志，较之古来疆场之臣掣肘万端者，何止霄壤之别。惟以臣之愚，处臣之位，历年所值之时势，亦殊有艰难情状无以自申者，不得不略陈于圣主之前。

定例军营出缺，先尽在军人员拔补，给予札付。臣处一军，概系募勇，不特参、游、都、守以上无缺可补，即千、把、外委亦终不能得缺。武弁相从数年，虽保举至二三品，而充哨长者，仍领哨长额饷。充队目者，仍领队目额饷。一日告假，即时开除，终不得照绿营廉俸之例，长远支领。弁勇互生猜疑，徒有保举之名，永无履任之实。或与巡抚、提督共事一方，隶人衙门，则挑补实缺；隶臣麾下，则长生觖望。臣未奉有统兵之旨，历年在外，不敢奏调满汉各营官兵。实缺之将领太少，大小不足以相维，权位不足以相辖。去年会筹江西军务，偶欲补一千、把之缺，必婉商巡抚，请其酌补。其隶九江镇标者，犹须商之总兵，令其给予札付。虽居兵部堂官之位，而事权反不如提镇，此办事艰难之一端也。

国家定制，各省文武黜陟之权，责成督抚。相沿日久，积威有渐。督抚之喜怒，州县之荣辱进退系焉。州县之敬畏督抚，盖出于势之不得已。其奉承意旨，常探乎心之所未言。臣办理军务，处处与地方官相交涉。文武僚属，大率视臣为客，视本管上司为主。宾主既已歧视，呼应断难灵通。防剿之事，不必尽谋之地方官矣。至于筹饷之事，如地丁、漕折、劝捐、抽厘，何一不经由州县之人？或臣营抽厘之处而州县故为阻挠，或臣营已捐之户而州县另行逼勒，欲听之，则深虑事势之窒碍；欲惩之，则恐与大吏相龃龉。钱漕一事，小民平日本以浮收为苦，近年又处积困之余。自甲寅冬间，两路悍贼窜入江西，所在劫掠，民不聊生。今欲于未经克复之州县征收钱漕，劝谕捐输，则必有劲旅屯驻，以庇民之室室，而又或择良吏，以恤民隐。或广学额，以振士气。或永减向日之浮收，或奏豁一年之正课，使民感惠于前，幸泽于后。庶几屡捐而不怨，竭脂膏奉公上而不以为苦。然此数者，皆巡抚之专政。臣身为客官，职在军旅，于劝捐扰民之事，则职分所得为。于吏治、学额、减漕、豁免诸务，则不敢越俎代谋。纵欲出一恺恻详明之告示，以儆官邪而慰民望，而身非地方大吏，州县未必奉行，百姓亦终难见信。此办事艰难之一端也。

臣帮办团练之始，仿照通例，镌刻木质关防，其文曰：钦命帮办团防查匪事务前任礼部右侍郎之关防。咸丰四年八月，臣剿贼出境，湖南抚臣咨送木印一颗，其文曰：钦命办理军务前任礼部侍郎关防。九江败后，五年正月换刻：钦差兵部侍郎衔前礼部侍郎关防。是年秋间补缺，又换刻：钦差兵部右侍郎之关防。臣前后所奉援鄂、援皖，筹备船炮，肃清江面诸谕，皆系接奉廷寄，未经明降谕旨，外间时有讥议。或谓臣系自请出征，不应支领官饷；或谓臣未奉明诏，不应称钦差字样；或谓臣曾经革职，不应专折奏事。臣低首茹叹，但求集事，虽被侮辱而不辞。迄今岁月太久，关防之更换太多，往往疑为伪造，酿成事端。如李成谋战功卓著，已保至参将矣，被刑辱于芷江县，出示以臣印札而不见信；周凤山备历艰辛，已保至副将矣，被羁押于长汀县，亦出示以臣印札而不见信。前福建巡抚吕佺孙，曾专函驰询臣印不符之故。甚至捐生领臣处之实收，每为州县猜疑，加之鞫讯。或以为不足据，而勒令续捐。今若再赴军营，又须另刻关防，歧舛愈多，凭信愈难。臣驻扎之省，营次无定，间有部颁紧要之件，亦不径交臣营。四年所请部照，因久稽而重请。六年所请实官执照，至今尚无交到确耗。此外文员之凭、武官之札，皆由督抚转交，臣营常迟久而不到。军中之事，贵取信如金石，迅速如风霆，而臣则势有所不能。斯又办事艰难之一端也。

兹三者其端甚微，关系甚巨。以臣细察今日局势，非位任巡抚有察吏之权者，决不能以治军。纵能治军，决不能兼及筹饷。臣处客寄虚悬之位，又无圆通济变之才，恐终不免于贻误大局。凡有领军之责者，军覆则死之；有守城之责者，城破则死之。此天地之常经，古今之通义。微臣讲求颇熟，不敢逾闲。今楚军断无覆败之患，省城亦无意外之虞。臣赴江西，无所容其规避，特以所陈三端艰难情形既如此，而夺情两次，得罪名教又如彼。斯则宛转萦思，不得不泣陈于圣主之前者也。臣冒昧之见，如果贼势猖狂，江西危迫，臣当专折驰奏，请赴军营，以明不敢避难之义。若犹是目下平安之状，则由将军、巡抚会办，事权较专，提挈较捷。臣仍吁恳天恩在籍终制，多守数月，尽数月之心；多守一年，尽一年之心，出自圣主逾格鸿慈，不胜惶恐待命之至。所有沥陈办事艰难，仍吁恳终制缘由，恭折驰奏，伏乞皇上圣鉴，训示施行。谨奏。

译文：详述办事艰难再次恳求在家守制折

为点点滴滴陈述臣办事艰难困苦，担心最终贻误大局，恳切请求在家守制事，恭敬具折，仰望皇上鉴察。

臣以不才厕身军营，与闻军事，蒙皇上殷殷关注，恩德之深如天覆地载。凡有所请求，多蒙允准；即便有所过失，也常常得到宽宥原谅。遇到圣明之君，能够施行自己的意愿，与自古来那些多方受掣肘的带兵将领相比，何止天地之别。只是以臣的愚陋，处在臣的位置上，历年来所值的时代形势，也很有艰难情形难以自己申说的，不得不略为在皇上面前说一说。

按定例，军营中出现职位空缺，首先应在从军人员中提拔补缺，下达任命书。臣这里的一支军队，一概是招募的勇丁，不但参将、游击、都司、守备以上的职位无缺可补，即使千总、把总、外委这些低级职位也始终得不到缺。军中头目跟随多年，虽然保举到二三品，若实际上只做哨长的，依旧领哨长的定额饷；若实际上只做队长的，依旧领队长的定额饷。一旦告假，立刻便开去职务，始终不能按照绿营之例，长远支领养廉费及俸薪。头目与勇丁之间互生猜疑，空有保举之名，永远没有履行职务之实。如果与巡抚、提督在一起做事，属于人家衙门的，则可以挑选出来替补实缺；若是属于臣帐下的，则只能永久地抱着这个遗憾。臣没有奉到统领军队的圣旨，历年在外打仗，不敢奏请调拨八旗与绿营的官兵。有实际职务的将领太少了，大与小之间不足以相互维系，权与位之间不足以互相管辖。去年共同筹办江西军务，偶尔欲补一个千总、把总的缺，必定要婉转与巡抚商量，请他酌情拔补。那些隶属九江镇所辖的营哨，还必须与总兵商量，叫他下达任命书。虽然居于兵部侍郎的位置，而办事的权力反而不如提督、总兵。这是办事艰难的一个方面。

按国家的定制，各省文武官员的升降之权，由总督、巡抚掌管。这个定制相沿已久，督抚的威望逐渐由此建立。督抚的或喜或怒，直接关系到州县官员的荣辱进退。州县官员敬督抚，是因为权势所造成的，不得不如此。他们奉承督抚的意旨，常常是到了只需揣摩其心思而并不需要其言语表达的程度。臣办理军务，处处要与地方官员打交道。臣的文武部下，大体上将臣当客人看待，而视他的本管上司为主人。宾主之间的位置既已混乱，呼应自然很难畅通。

防守剿战这类事，不一定都要和地方官商量，至于筹饷的事，如地丁税、漕粮折换的银钱、劝士绅捐赠的款项、抽取厘金等等，哪样不由州县官员经手？或者是臣的军营设厘卡的地方，而州县有意阻挠；或者是已向臣的军营捐了款的人家，而州县又再去催逼勒索。如果听之任之，则实在对事情遭此妨碍窒息而忧虑；如果加以惩罚，则又担心与地方上的主要官员不和睦。征收钱粮这件事，老百姓平素就苦于官府的多收，近年来又处在长久的贫困中。自从甲寅年冬季，两支强悍的贼军窜进江西，所过之处尽皆抢劫掠夺，民不聊生。现在若要在没有收回的州县征收钱粮，劝说捐赠款项，则必须有劲旅驻扎，以保护百姓的室家，又得选择品性好的办事人员，能体恤百姓的苦楚。或者是增加进学者的名额，以振奋读书人的精神，或者是永久减去过去的多收之钱粮，或者是奏请免去一年的正规税收，使百姓感激已得的实惠，并庆幸日后能享受到的恩泽。这样做或许多派几次捐款而无埋怨，竭尽血汗奉献给官府公事而不以为苦。但这些方面，皆巡抚的专职权利。

臣身为做客的官员，任职又在军营，于劝捐扰民的事，都是职责所做的事，对于吏治、学额、减漕、豁免这些事，又不敢越俎代庖。即使想刊出一个详详细细说清楚的告示，用来警告官场上的歪风邪气而抚慰百姓的企盼，但身不为地方大吏，州县各级衙门未必会执行照办，百姓也不可能相信。这是办事艰难的又一方面。

臣帮助办理团练的初期，依照惯例，刻了一个木头印信，上面的文字为：钦命帮办团防查匪事务前任礼部右侍郎之关防。咸丰四年八月，臣出省剿办贼匪，湖南巡抚寄来一颗木印，上面的文字为：钦命办理军务前任礼部侍郎关防。九江战役失败后，五年正月，又换了一颗，刻的文字为：钦差兵部侍郎衔前礼部侍郎关防。这年秋天补了实缺，又换了一颗，刻的文字为：钦差兵部右侍郎之关防。臣前后所奉的援救湖北、安徽，筹备船炮肃清江面等谕旨，都是接奉来自内阁的廷寄，未见直接下达的谕旨，外间时有讥讽的议论。有的说臣是自己请求出征，不应当领取官府的饷银；有的说臣未奉有直接下达的圣旨，不应称“钦差”字样；有的说臣曾经革过职，不应当专折奏事。臣只有低头叹息，但求把这桩事做好，虽被侮辱也不辞去使命。到现在时间太久，关防的更换太多，往往被怀疑为伪造，以至于酿成事端。如李成谋战功卓著，已保举到参将了，却在芷江县遭受刑罚的耻辱，出示盖有臣印信的任命书，也不被人相信。周凤山历经艰辛，已保举到副将了，在长汀县被拘押，出示盖有臣印信的任命书也不被相信。前福建巡抚吕佺孙，曾经专门写信问臣的印信前后不符的缘故。甚至有捐款的生员，领到臣军营所发的收据单，也每每为州县所猜疑，对捐生加以审讯。或者认为收据单不足以作为凭据，勒令继续捐款。现在如果再回到军营，又需另刻一个关防。前后不合的关防越多，要想作为凭信就更难。

臣所驻扎的省份，因臣住的军营不固定，间或有兵部颁发的紧要文件，有的不直接交到臣所在的军营。咸丰四年，所请的部照，因为滞留太久而重请。咸丰六年，所请的实官执照，至今尚没有交到的确凿消息。此外文官的凭单、武官的委札都由总督巡抚转交，臣的军营常常延迟太久而收不到。军中的事情，贵在信任如金石般坚定，迅速如风驰电掣般快捷，而臣则因情势所故而不能做到。这又是办事艰难的一个方面。

这三个方面，就其具体事情来说都是小事，但影响却很巨大。以臣对今日局势的仔细观察，若没有巡抚的职务具备督察官吏的权力的人，决不能够治理军队。纵使能够治理军队，也决不能兼及筹饷事。臣处于客寄虚悬的位置上，又没有圆通济变之才，担心最终免不了会贻误大局。凡有带领军队之责的人，军队覆没则本人应该以死殉职；有把守城池之责的人，城池被攻破则本人也应该以死殉职。这是天经地义、古今不变的道理。臣领会深刻，不敢越过。现在楚军绝对没有覆没的忧患，省城也没有意外的危险。臣赴江西一事，没有丝毫理由逃避，只是所说办事艰难的三个方面的确如此，加上两次夺情，又确实得罪了名教。于是想来想去，不得不流泪陈述于皇上面前。臣冒昧地提出，如果贼军很猖狂，江西危急紧迫，臣自当专门上一奏折，请求奔赴军营，以表明不逃避危难的心迹。若还是眼下平安的状态，则由将军、巡抚去共同办理，事情和权力比较集中，指挥便当，臣依然请求皇上施恩，让臣在家终制。多守几个月，则是尽几个月的孝心，多守一年，则是尽一年的孝心，这都由皇上格外照顾，臣不胜惶恐等待命令。所有关于细陈办事艰难，再次请求在家终制的缘由，恭敬具折上奏，求皇上鉴察，教训指示，以便执行。谨奏。

评点

咸丰七年二月十六日，曾氏在得知父亲去世的第五天，上了前面所选的那道《报丁父忧折》。照规矩，他应该在接到朝廷的批文后才能离开军营回家，但曾氏没有这样做。据年谱记载，二十一日，也就是说五天后，他就和六弟国华一道匆匆离开了瑞州军营。这期间，他与江西巡抚文俊委派的督粮道李桓见了面，可算作与江西地方政府的交割。接替罗泽南任湘勇统领的李续宾遣弟李续宜来瑞州吊唁。曾氏与李续宜见了面，可视为他对湘勇作了交代。他此次离营，不是十天半个月，也不只三五个月，作为一个全军统帅，他对整个湘军都要有一个较为长久的安排，至少要与他十分牵挂的水师头领杨载福、彭玉麟及与他奏折中提到的刘腾鸿、普承尧等人见见面，当面谈一谈军中的重要事务。但曾氏都没有这样做。一不等圣旨，二不与重要部下见面，就扔下这一大摊子不管，自个儿回家。这既不符合国家的规章制度，也不合曾氏一贯的办事态度。这一出乎常情的举动，引起了社会的强烈反响。曾氏的好朋友欧阳兆熊在《小窗春呓》中说他："咸丰七年，在江西军中丁外艰，闻讣，奏报后即奔丧回籍，朝议颇不谓然。左恪靖在骆文忠幕中肆口诋毁，一时哗然和之。文正亦内疚于心，得不眠之疾。"

左恪靖即左宗棠，那时尚是湖南巡抚骆秉章（文忠）的幕僚。他对曾氏的这种不负责任的行为极为不满，破口大骂，湘赣两省官场也纷纷指责曾氏。在朝廷上，也有不少人对曾氏有意见。

上下交错的指责，表面上看来是因为曾氏不守纪律的缘故，其实最主要的还是仗没打好。先前，曾氏将他在江西的不顺归咎于陈启迈的掣肘，后来陈启迈被撤职，连他的帮手臬司恽光宸也一道下了台，江西的领导班子大换血，但还是不顺，甚至局面还更糟了。这就说明，不是别人的掣肘，而是你自己的无能。这种指责有它的说服力，官场士林的“哗然和之”，不是没有道理的。在家守制的曾氏内心十分痛楚。他有很多难处苦处委屈处，外界并不知道，他也无从发泄。他在给一位朋友的信中这样说过：“虹贯荆卿之心，见者以为淫氛而薄之；碧化苌弘之血，览者以为顽石而弃之。”他所感受到的委屈之大，已是无人可比的了。在这种内忧外困的打击下，曾氏病倒了。他得的是“怔忧”之症，也就是高度神经衰弱。

不久，由湖南巡抚骆秉章出面奏报曾氏丁父忧。咸丰在骆的奏折上批道：赏曾国藩三个月的假期及四百两丧银。假满之后再赴江西督办军务。三月初一，曾氏奉到对他的丁忧折的批复上谕。上谕同意水师由杨载福、彭玉麟统领，责令官文、胡林翼、文俊等人提供饷银，并重申三个月假满后仍回江西军营。

五月二十二日，曾氏上奏，说假期将满，恳请在家终制，并引大学士贾桢为例，求皇上恩准。很快，曾氏收到朝廷对此折的答复：曾国藩身膺督兵重任，非贾桢可比。假满后即赴江西，以署理兵部侍郎的身份统率军队，待九江克复江西肃清后再回籍补假。

就在接到这份答复后几天，曾氏上了这道“沥陈办事艰难”的奏折。他借此向皇上实际上也是向朝廷上下士绅各界吐一吐腹中的苦水，宣泄久蓄于心的怨愤。他的三条艰难：一是不能给部属以实职提拔，即军营中最主要的激励机制，他无权掌握；二是无地方实权，不能就地筹饷抽税；三是关防多变，而朝廷的委任状又未抄寄相关部门，不能取信于社会。

笔者想，大约一切有点办事经历的人读到此处，都会深有同感，都会对曾氏的艰难处境抱有同情。读者不妨设身处地想一想，如果将曾氏换作你，在这种状态下，你能办得成事吗？

我们可以通过这道奏折看到，以咸丰为首的清朝廷完全是在把湘军当作工具，当作炮灰在使用，想到的只是叫他们如何去卖命，至于把命卖好卖情愿的必要条件，他们却没有真正去想。对曾氏这种种不公平的待遇，其深处的原因，乃是出于对湘军的轻视、歧视和防患。朝廷决策层中并不乏老于世事的官僚，与其说他们没有想到这些，还不如说他们根本就不愿意把给八旗绿营的待遇送给湘军。在他们的眼里，湘军不过是一伙临时穿上制服拿起刀枪的农民而已；眼下是急难时刻，召来打仗，打死的是自己命不好，没打死的就抢点偷点战利品回家去依旧做富裕农民土财主算了，当官出人头地这些事，就不要去多想了。防患的心理也是很显然的。中枢的决策者们，对这支体制外的军队，可以说从它出省作战的第一天起，就是“利用”和“防患”双管齐下的。不让它取得和八旗绿营的同样待遇，这种有意识的打压，其中很重要的原因就是不能给湘军造成坐大的机会，以便今后随时都可以裁撤而不至于酿成气候。

从湘军这边来说，自然有很大的压抑感和委屈感，从朝廷那边来说，它也不是没有一点道理的。让一支完全自招自募的军事团体，拥有与国家正规军队一样的地位和待遇，也并非一件好事，何况这个政权是满洲人的家业，怎能不对全是汉人的湘军存戒备之心？

所以，曾氏这道煞费苦心，不知反反复复修改了多少遍的奏折，基本上没有起到什么作用。批复的上谕很快下达：“曾国藩以督兵大员，正当江西吃紧之际，原不应遽请息肩。惟据一再陈请，情词恳切，朕素知该侍郎并非畏难苟安之人，着照所请，准其先开兵部侍郎之缺，暂行在籍守制。江西如有缓急，即行前赴军营，以资督率。此外各路军营，设有需才之处，经朕特旨派出，该侍郎不得再行渎请，致辜委任。”

想必当年曾氏奉到这道上谕时，心里凉了大半截。他绝对不愿意看到这样的上谕。细揣曾氏的内心深处，其实是在跟朝廷讨价还价。

他回到家里已经三个多月了，一肚子苦水早就想向朝廷倒了，但他一直没有吐出，而是等到朝廷一连三次上谕中反复说到三个月假满后即回江西督办军务之后，才奏了这道“沥陈办事艰难”折。曾氏在心里掂量着：江西军务缺不了我，朝廷也缺不了我，何不趁此机会将这些年的艰难之处说一说，既借以澄清外界的指责，又为自己和湘军挣来些应有的权益。

曾氏的算盘打得还不太精细。他只从自己这一边思考，却没有易地而处，站在朝廷的角度来想一想。在朝廷那边，并不把他的三部苦经看得太重。对湘军既利用又防患，是朝廷的既定方针，不可能改变。即便是后来曾氏大权在握，湘军依旧是得高品虚衔的很多，而补实缺的很少。湘军将士有许多不满和牢骚，实缺极少是其中的一个主要原因。至于曾氏本人没有地方实权，则是朝廷对他还信任不够。这中间有别人的猜忌，也有他自己的过露锋芒。关于猜忌，薛福成的《庸庵全集》记载了一则极有意味的故事。

咸丰四年八月，湘军打下武昌汉阳后，咸丰很高兴，立即任命曾氏为湖北署理巡抚。某军机大臣得知后对咸丰说，曾氏目前只是个在籍侍郎，在籍侍郎好比匹夫，匹夫居闾里而一呼百应，不是好事。这几句话提醒了咸丰，他立即再下一道圣旨，收回任命。曾氏只做了七天的代理湖北省省长，便丢了乌纱帽。

他的过露锋芒则更多，主要的有两点：一是《讨粤匪檄》。不少人说他太张扬，有的还吹毛求疵，说他的湘军只是卫道之师而非勤王之师，咸丰听了不高兴。二是参劾陈启迈。陈的下台招来一些人的同情，都说曾氏太跋扈，难与共事。

至于曾氏沥陈的第三点，即官印常改变，这是客观情势使然，责任不在朝廷。说到用廷寄（即由军机处抄寄的圣旨）而不用明降谕旨之事，这也是因为事关档次和级别的问题，不好随便更动。其责任也不应由朝廷负。

曾氏的这道折子，不仅没有起到讨价还价的作用，反而让一些对他有成见的决策者们心生反感，不仅顺水推舟，开去了他的兵部侍郎之缺，让他在家待着，而且明确告诉他今后不得干预军营之事。

这道上谕如一桶雪水灌脖，令曾氏凛冽心寒。他陷入了更大的痛苦，病也更重了。曾纪芬的自订年谱中，在“咸丰七年”一节中记载：“时文正丁艰家居，心殊忧郁。”他自己说他的眼睛连寸大的字都看不清楚。那时他不过四十六岁，目光如此昏花，当然是心力极度衰弱的表征。

但是，世上的事情常常是这样的：当它走到极端时，往往又是另一端的开始。佛家说“烦恼即菩提”，便是把两端连在一起说了。这的确是很智慧的领悟。

在远离喧嚣的寂寞山村，在守丧家居的空闲岁月，出山五年来，创造过辉煌但却更多遭受挫折的曾氏，一颗心慢慢宁静下来。他开始把痛苦换成总结，把委屈化为思索，在朋友们的启迪下，通过内心反反复复地检讨，终于借助老庄之学，将自己从困境中解脱出来。一年多的守制日子，让他完成了一个认识上的升华，从而在文化意识和政治操作两个层面上都进入了一个更高的境界，为他后来人生的完善和事业的成功做好了充足的准备。

写作简析

以退为进——其意本在前行，为文却似在后退。

要言妙道

以臣细察今日局势，非位任巡抚有察吏之权者，决不能以治军。纵能治军，决不能兼及筹饷。臣处客寄虚悬之位，又无圆通济变之才，恐终不免于贻误大局。

□ 从大悔大悟到盼望复出

原折：恭报起程日期折

咸丰八年六月十七日

奏为恭报起程日期，仰祈圣鉴事。

窃臣于六月初三日，准湖南巡抚咨称承准军机大臣字寄，五月二十一日内阁奉上谕：

前因江西贼匪窜入浙江之常山、开化，围逼衢州府城，迭由江南、徽州等处调拨援师，驰往救援。恐官军无所统属，特加漳州镇总兵周天受提督衔，督办浙江防剿事宜。嗣因处州失守，并攻陷金华所属之永康、武义二县，恐周天受资望较浅，未能统率众军，复谕和春前往督办。兹据和春奏，现在患病未痊，刻难就道。东南大局攸关，必须声威素著之大员，督率各军，方能措置裕如。曾国藩开缺回籍，计将服阕。现在江西抚、建均经克复，止余吉安一府，有曾国荃、刘腾鹤等兵勇，足敷剿办。前谕耆龄饬令萧启江、张运兰、王开化等驰援浙江。该员等皆系曾国藩旧部，所带勇丁，得曾国藩调遣，可期得力。本日已明降谕旨，令曾国藩驰驿前往浙江，办理军务。着骆秉章即传旨令该侍郎迅赴江西，督率萧启江等星驰赴援浙境，与周天受等各军力图扫荡。该侍郎前此墨绖从戎，不辞劳瘁，朕所深悉。现当浙省军务吃紧之时，谅能仰体朕意，毋负委任。何日起程？并着迅速奏闻，以慰廑念。将此由六百里各谕令知之。钦此。

伏念浙江完富之区，关系东南大局。贼势方张，亟应迅筹援剿。遵即于初七日自家起程。十二日抵长沙，与抚臣骆秉章会商。并一面飞饬萧启江、张运兰、王开化等，由抚、建拔营进驻铅山县之河口镇。

臣拟由水路至九江登陆，遄抵河口大营，即便督率，星驰赴浙。盖由湖南、江西陆路赴浙，与假道湖北，程途远近相同。而夏令南风，顺水舟行较速。且臣军后路饷需转运一切，亦须与湖北督抚臣面相商榷，庶期无误师行。臣才质凡陋，频年饱历忧虞，待罪行间，过多功寡，伏蒙皇上鸿慈，曲加矜宥，惟有殚竭愚忱，慎勉襄事，以求稍纾宵旰忧勤。所有军务一切，俟行抵河口后，再行详悉陈奏。理合将微臣起程日期，恭折由驿复奏，伏乞皇上圣鉴，训示施行。谨奏。

译文：报告起程赴江西救援日期折

为报告起程日期事上奏，请皇上鉴察。

臣在六月初三日，收到湖南巡抚的咨文，称接到军机大臣的廷寄。廷寄中说五月二十一日内阁奉到上谕："先前因为江西的贼匪窜入浙江的常山、开化，包围逼迫衢州府城，多次由江南、徽州等处调拨军队迅速前往援救。担心官军无人统率，特别给漳州镇总兵周天受加上提督衔，督办浙江省的防剿事宜。现因处州失守，并攻陷金华府所属的永康、武义两县，担心周天受资望较浅，不能统率众军，再命和春前去督办。现据和春奏，正在生病尚未痊愈，此刻难以起程。东南大局关系重大，必须要有声望威信素著之大员来督率各军，才能指挥自如。曾国藩开缺公职回家，估计丧期将要满了。现在江西省抚州、建州两府都已克复，只剩下吉安一个府，有曾国荃、刘腾鹤等兵勇足够剿办。前此已命耆龄令萧启江、张运兰、王开化等速赴浙江援救。这些人都是曾国藩的旧部，所带的勇丁得到曾国藩的调遣，可以期望能得力。今天已公开颁发谕旨，令曾国藩迅速由驿道前往浙江，办理军务。命骆秉章立即传旨令该侍郎迅速赶到江西，督率萧启江等人星夜奔赴浙江援救，与周天受等各军奋力扫荡。该侍郎先前墨绖从戎，不辞劳苦，朕是深知的。现当浙江军务吃紧的时候，谅必能体会朕的心意，不负委任。何日起程，望立即奏报，以免系念。将这道谕旨由六百里快递，让有关方面知道。”钦此。

臣知道浙江乃完好富裕的地区，关系着东南的大局，贼匪的势力正在嚣张时，亟应迅速筹措援剿事宜，遵旨即于初七日由家中出发，十二日抵达长沙，与巡抚骆秉章会面商量，并一面赶快去函令萧启江、张运兰、王开化等由抚州、建州开拔，进驻铅山县的河口镇。臣打算由水路到九江登陆，直达河口指挥部，就近统率，星夜驰赴浙江。由湖南、江西陆路去浙江，与借道湖北，路程远近差不多。但夏天刮南风，顺水行舟较为快速，而且臣军的后路饷银军需供应等一切，也必须与湖北总督巡抚当面商量，方可指望不耽误军队的远行。臣的才能品德平凡粗陋，这些年来饱经忧虑，负罪于军营，过失多而功劳少，蒙皇上博大的慈爱，曲意加以宽宥，唯有竭尽诚意，谨慎勤勉办事，以求得稍稍减轻一点皇上的忧虑和辛劳。所有关于军务的一切，等到抵达河口后再行详细报告。按理应当将起程的日期恭敬具折由驿站禀复，请皇上鉴察指示，以便遵行。谨奏。

评点

咸丰七年二月底，曾氏从前线回到湘乡老家，到上这道折子时，已在家守丧达一年零四个月。这一年零四个月的家居日子，曾氏经历了一个被他称之为“大悔大悟”的过程。所谓悔，便是对过往的许多做法，经过分析认识后而予以改悔。改悔的最主要方面，是集中在对“申韩之法”的奉行上。他的朋友欧阳兆熊认为他悔改的结果，是将申韩之法变为黄老之术。所谓悟，便是悟出自己并不是一个能包打天下的英雄，而是在很多方面不如别人。他集前人之句而成的联语“敬胜怠，义胜欲；知其雄，守其雌”，便是对这一重大转变的自我表白。

不管怎样的大悔大悟，他都没有悔悟到不该投身战争的地步；相反，他与江西前线、与湖广两省的军政界都保持着密切的联系，关心时局中的每一件事，以他力所能及的最大可能参与其中。

这一年多来，江西战争已走出了低谷，进展较快。咸丰七年七月，瑞州克复。九月，湖口克复，内湖外江水师会合。接下来，彭泽、望江、东流、铜陵相继克复。十二月，临江克复。咸丰八年四月，重镇九江克复。曾氏为拿下九江费了许多心血，但都没有成功。九江的收复，是湘军在江西的重大战绩。这时，除吉安外，江西全境业已肃清。江西的战事当然令曾氏欣慰，因为这毕竟是他的心神之所系，但也令他十分惭愧。一年多前他指挥的江西战争进退维谷，一年多来别人指挥的江西战争却捷报频传，这个反差无疑是他“大悔大悟”的主要背景。除开一喜一愧相互交织外，曾氏心里还有另一种情绪，那就是“急”。他担心在他守制的这段时间里，别人很可能就会把南京打下，在他们的手里结束这场战争。由他所创立的湘军，在别人的指挥下摘取最后胜利的果实，这对于骨子里充满好胜自负之气的曾氏来说，是一个难以怡然接受的结局。到了后来，他内心深处其实是盼望能早日复出的。

咸丰七年八月，曾氏接到朝廷转寄的给事中李鹤年的一份奏折。李请朝廷命曾氏夺情出山。曾氏虽未接受，但心里很感激李。九年后，曾氏奉命北上剿捻，李鹤年时任河南巡抚，河南为曾氏所部署的对捻作战的重要战场。曾氏定河防之策，派重兵驻防朱仙镇以下四百里的地区。防线太长，兵力不够，曾氏担心此策难以成功。为不让李鹤年日后受责，他叫李回汴梁省城，由他独自负责此事。后来，捻军果然冲破防线，河防之策归于失败。而所冲破的地段，又恰恰是李的豫军所防堵的朱仙镇一带。曾氏上奏朝廷说，过失由他一人负，与李无干。实际上，曾氏是借此报答李当年奏请他复出的恩德。

这年九月，胡林翼又上一折，请朝廷起复曾氏督师，竟然遭到朝廷的拒绝。除李、胡这两道折子外，再无别人请朝廷敦促曾氏夺情了。

就在他暗中焦急盼望时，时势给了他一个契机。

咸丰八年四月下旬，湘军萧启江、张运兰、王开化等部相继克复抚州府、建昌府，石达开率太平军退至邻省浙江。浙江号称朝廷的粮仓，自然引起朝廷的高度重视，即刻命萧、张、王等人乘胜援救。杭州将军福兴向朝廷建议漳州镇总兵周天受为这支人马的统帅。朝廷同意了，并给周天受加提督衔，提高他的地位，以利于他节制各部。但周天受的资历和声望都不高，骤然所加的衔头并不能提高别人对他的信任度，他实际上不能指挥这支得胜之师。于是，改调和春兼任总督浙江军务。

和春是满人，咸丰六年随向荣赴广西拦阻太平军，但并没有拦住，后尾随太平军来到江南，任江南大营提督。咸丰六年，江南大营被太平军击溃，向荣自杀。和春被任命为钦差大臣、江宁将军，与张国梁重建江南大营。和春眼睛死盯着南京城，欲建首功，不愿意分心于别的事情，便借口生病不奉旨。不得已，朝廷才想到起复萧、张、王等人的老领导曾氏。于是才下了一道圣旨给湖南巡抚骆秉章，说明这层意思。

骆秉章是个老于世故的圆滑官吏。湘军创办初期，骆秉章站在绿营一边，有形无形地排挤压制湘军。岳州、靖港等败仗时期，骆秉章成了歧视湘军的湖南官场的代表人物。到了湘潭攻克，湖南提督被撤职，湘军系统的塔齐布接任提督后，骆秉章的态度有了很大的转变。到了武汉三镇打下以后，骆秉章便开始对曾氏和湘军亲热起来。曾氏匆忙回籍奔丧，湖南官场多为讥责之声，骆的态度较为克制。这次奉到朝廷再次起用曾氏的谕旨后，骆看出曾氏时来运转了，便立刻上了一道坚决拥护的折子："现在援江各军将领，均前侍郎曾国藩所深知之人，非其同乡，即其旧部，若令其统带赴浙，则将士一心，于大局必有所济。"

骆将此折誊抄两份：一拜发朝廷，以表示与中央保持一致的态度；

一送湘乡，以讨曾氏之好。

朝廷很快便对骆奏作了批复："骆秉章奏分拨楚军援浙，并请饬曾国藩统率前往，与前降谕旨适相符合。"

六月初三日，曾氏正式接到谕旨。初七日，便由家启行。十二日抵达长沙，与骆秉章、左宗棠等人会商军事。

按理说，三年的守制期并未满，他仍然可以再来一番"恳请在籍终制"，但他为什么没有这样做？他在"沥陈办事艰难"折中所说的办事三大困难，朝廷一个也没给他解决。既没有给他提拔立功人员的人事权，也没有给他督抚职务一类的地方实权，到长沙后依旧刻的是一个"钦命办理浙江军务前任兵部侍郎关防"的木头印。既然还会是"办事艰难"，他为什么接旨？而且接得如此干脆（一道讨点价码的折子都没上），起程如此迅速（四天后便动身）。这原因便是前面所说的，他实际上是早已在盼望这一天了。这"盼望"，便是"大悔大悟"的结果。

写作简析

抄录大段圣旨，以加重此番再度出山的分量。如"声威素著之大员""措置裕如""不辞劳瘁，朕所深悉"等等，这些出自皇上之口的话，无疑是对一年多前"一片哗然"的最好答复。古人说"羚羊挂角，无迹可寻"，此折对政敌的回击，便在无迹可寻中。

要言妙道

臣才质凡陋，频年饱历忧虞，待罪行间，过多功寡，伏蒙皇上鸿慈，曲加矜宥，惟有殚竭愚忱，慎勉襄事，以求稍纾宵旰忧勤。

□ 趋利避害皆为不忘天恩

原折：谢曾骥云赐封典恩折

咸丰九年二月十五日

奏为恭谢天恩，仰祈圣鉴事。

窃臣弟曾国华在三河殉节，经臣奏报后，嗣准湖广督臣恭录咨会，蒙恩优恤，复经臣于本年二月初九日专折叩谢天恩在案。顷准兵部由驿递回前折，钦奉朱批："另有旨。"咸丰九年正月二十六日，内阁奉上谕：

曾国藩奏伊弟曾国华殉难情形一折。候选同知曾国华在三河镇殉难，当经降旨追赠道员，从优议恤。该故员历著战功，一门忠义，着再加恩赏给伊父曾骥云从二品封典，以示褒嘉。钦此。

臣伏读之下，感激涕零。窃念臣弟一介儒生，捐躯报国，荷蒙温谕频颁，殊恩迭被，既赠监司之秩，复膺封典之荣。存没均沾，哀感无既。伏查臣胞叔曾骥云，道光三十年正月二十七日，恭遇覃恩，臣在侍郎任内加一级，曾邀貤封从一品荣禄大夫。咸丰二年四月三十日恭遇覃恩，又以臣官加二级，得晋貤封正一品光禄大夫。兹复仰蒙锡类之仁，特荷褒嘉之典。臣已肃具家书，恭宣谕旨。诰轴则祇领新纶，谨拜此日九重之命；顶戴则仍从旧秩，不忘昔年两次之恩。惟是隆施稠迭，报称尤难。臣惟有竭尽愚忠，代臣弟弥未竟之憾，代臣叔抒向日之忱，以期仰答高厚生成于万一。所有微臣感激下忱，理合专折附驿，叩谢天恩，伏乞皇上圣鉴。谨奏。

译文：感谢赐封曾骥云折

为恭谢皇恩事，请求皇上鉴察。

臣的弟弟曾国华在三河殉难，经臣奏报后，接到湖广总督抄录上谕的咨文，知道已蒙恩优待抚恤，臣已于本年二月初九日专门拜折，为此事叩谢皇恩。刚才，经兵部由驿站递回了这道折子，钦奉皇上的朱批："另有旨。"同时录有咸丰九年正月二十六日内阁所奉的上谕："收到曾国藩奏报其弟曾国华殉难情形一折。候选同知曾国华在三河镇殉难，已经降旨追赠为道员，从优抚恤。该故员历年战功显著，一门忠义，着再加恩，赏给他的父亲曾骥云从二品封典，以示褒扬嘉奖。钦此。"

臣拜读后感激涕零。臣私下想，臣的弟弟一介儒生，捐躯报国，承蒙令人温暖的上谕屡次颁发，特殊的恩德多次赐予，既追赠道员，又膺封典的荣耀。生者死者均蒙恩赏，感激无尽。臣查胞叔曾骥云，道光三十年正月二十七日幸逢普行封赏，臣在侍郎任职内晋升一级，曾蒙准将这个恩德转赠给叔父，叔父荣封从一品荣禄大夫。咸丰二年四月三十日幸逢普行封赏，又因为臣的官衔晋升二级，叔父因此荣封正一品光禄大夫。这次再蒙受赏赐仁爱，格外获得褒嘉盛典。臣已通过家书恭敬地将此次谕旨宣告家人。封诰典册则敬领新颁者，以此拜谢今日皇上的恩命；至于顶戴则仍依从过去的官秩，以表示不忘记当年两次荣典。只是隆重的赏赐接连到来，报答太难。臣惟有竭尽愚忠，代替臣的弟弟弥补事情未办成的遗憾，代表臣的叔父抒发以往的谢忱，借以报答天高地厚之眷顾的万分之一。所有关于臣的感激之情，按理应专折由驿呈递，叩谢天家恩德，祈求皇上鉴察。谨奏。

评点

曾氏复出后仅三个月，便遭受到三河之变。咸丰八年九月，李续宾、曾国华率领所部攻打安徽庐州府三河镇，在这里中了陈玉成的埋伏，全军覆没，七千湘勇死了六千多。这是湘军史上空前绝后的惨败，给整个湘军和再度出山的曾氏之打击异乎沉重。曾氏《年谱》上说："公闻三河之警，悲恸填膺。"

战争结束后打扫战场，李续宾等头领的尸骸很快便找到了，但曾国华之尸却遍寻不得。因为此，三河败仗的事，曾氏一直没有上奏朝廷。但这事不能久压不报，到眼下已是三个月了，不能再不报了。三个月来虽不见尸骸，却也没见活着回来，曾氏断定六弟必死无疑，于是在咸丰九年正月十一日，一天内连上两道奏折，一题为《李续宾死事甚烈功绩最多折》，一题为《曾国华殉难三河镇折》，报告三河之役的战况及李续宾、曾国华等人的战死。这两道折子拜发后半个月，胡林翼打发专人告诉曾氏，说老六的尸骸找到了，但无头。无头之尸，如何能判定其必为老六呢？曾氏一面姑且相信，将这具无头尸认作六弟，妥运家乡，一面仍旧派人去四处寻找，但自那以后，就再也没提起此事。

三河之役给朝野震惊极大。咸丰为李续宾之死下诏："详览奏牍，不觉陨涕。惜我良将，不克全终。尚冀其忠灵不昧，他年生申甫以佐予也。"李生前为巡抚衔布政使，追赠为总督，赏其父为一品光禄大夫封典，两个儿子赏给举人，一体会试。饰终之典备极隆重。曾国华生前为候选同知，朝廷追赠为道员。又赏给他的嗣父曾骥云从二品通奉大夫封典。一个候选同知不过正五品衔，道员则为正四品衔，升了两级；其父毫无功名，赏从二品衔，从品衔来说，算是朝廷大员了。要说曾老六的饰终之典，也够可以的了，这中间无疑有曾氏的面子在起作用。但朝廷有关部门却疏忽了一个大背景：曾骥云其实是有品衔在身的"大人物"。这就是曾氏奏折中所陈述的，早在道光三十年曾骥云便因侄儿的官位而受封从一品，咸丰二年又同样因侄儿的官位晋升而受封正一品，时隔七年，反倒因嗣子殉难受封而降了三级。这岂不是一个大笑话！想当年，曾氏捧到这道上谕时，真是啼笑皆非。

笔者在评点曾氏家书时对此事详加分析过，认为这不是朝廷在有意奚落曾氏，而是有关部门的办事人员业务不熟且又不去查找档案所造成的差错，反映出清末中央政府部院工作状况的糟糕。

但曾氏要如何面对这种差错呢？上疏直言此中有错不宜，全盘接受圣旨不愿，若将圣旨完璧奉还，那就意味着老六的道员一道丢了，也不行，唯一两全的办法是接受对自己有利的部分，退回不利的部分。如何把这个意思表达得既明确又委婉，让朝廷收到回折后，既知道错在中央又能乐意接受他这个趋利避害的抉择，实在是这道奏折的两难之处。这道奏折圆满完成了这个任务，它颇具代表性地体现了作者深厚的文字功力和娴熟老练的运用功夫。

写作简析

翻出旧档，历述封赠，用以说明趋利避害的选择，乃出于不敢忘天恩深厚的忠诚之心。其实，这一切都是为了自家。文章的高明之处，就在于将这个“隐私扬公”说得中听得体。

要言妙道

诰轴则祗领新纶，谨拜此日九重之命；顶戴则仍从旧秩，不忘昔年两次之恩。

□ 胡林翼为曾氏跑官

原折：遵旨会筹规剿皖逆折

咸丰九年十月十七日

奏为遵旨悉心筹酌，恭折复奏，仰祈圣鉴事。

窃咸丰九年九月二十八日，承准军机大臣字寄，九月二十一日奉上谕：

曾国藩奏遵旨筹剿皖匪机宜，现已由鄂回驻巴河一折。皖省贼氛甚炽，必须楚师东下方可扫荡。曾国藩奏称：以两军循江而下，规取安庆、桐城；两军循山而进，规取舒城、庐州。各军所部兵勇，自即照官文前奏派拨。该侍郎独任一路，尚拟将萧启江调回，派张运兰留湘协防。但萧启江一军已入粤西。现当桂林危急万分，全恃此军援应，急切未能调回。至湘中防堵，尚有兵勇可派，着该侍郎斟酌情形，即将张运兰调取回鄂，亦可补萧启江之缺。

再，本日据袁甲三、庚长奏：现闻官文等筹议进兵剿办皖逆，并议令胜保等于东北路截剿。惟胜保、傅振邦兵力单弱，一经楚师大举，深恐驱贼北窜，请饬由光州、固始、颍州一带，绕赴北路进剿等语。曾国藩所奏北路一军由商城前进，本去颍州不远，惟须折赴六安，规取庐州，则蒙、亳等处已难兼顾。此时捻、粤勾结，设因南路不支，竟图北窜，恐傅振邦、翁同书等不能堵遏，袁甲三等所虑，亦不为无见。着官文、曾国藩、胡林翼再行悉心筹酌。所有东下四军内，应如何派出一军，取道光、固、颍州，绕出怀、蒙以北，与胜保等官军会合南剿，俾逆匪不致北犯，是为至要。袁甲三等原折，着抄给阅看。至此次官文等会筹大举，关系全局利害，总须计出万全，不妨稍迟时日，谋定后动也。将此由六百里各谕令知之。钦此。

仰蒙皇上筹维全局，指示机宜，曷胜钦感！伏维自古办窃号之贼，与办流贼不同。剿办流贼，法当预防以待其至，坚守以挫其锐。剿办窃号之贼，法当剪除枝叶，并捣老巢。今之洪秀全据金陵，陈玉成据安庆，私立正朔，伪称王侯，窃号之贼也。石达开等之由浙而闽、而江、而湖南、而广西，流贼之象也。宫、张诸捻之股数众多，分合无定，亦流贼之类也。自洪、杨内乱，镇江克复，金陵逆首，凶焰久衰，徒以陈玉成往来江北，勾结捻匪，庐州、浦口、三河等处，迭挫我师，遂令皖北之糜烂日广，江南之贼粮不绝。臣等窃以为欲廓清诸路，必先攻破金陵。全局一振，而后江南大营之兵，可以分剿数省，其饷亦可分润数处。欲攻破金陵，必先驻重兵于滁、和，而后可去江宁之外屏，断芜湖之粮路。欲驻兵滁、和，必先围安庆，以破陈逆之老巢，兼捣庐州，以攻陈逆之所必救。诚能围攻两处，略取旁县，该逆备多力分，不特不敢悉力北窜齐、豫，并不敢壹意东顾江浦、六合。盖窃号之贼，未有不竭死力以护其本根也。现拟四路进兵，自江滨而北。第一路由宿松、石碑以规安庆，臣国藩亲自任之。第二路由太湖、潜山以取桐城，多隆阿、鲍超等任之。第三路由英山、霍山以取舒城，臣林翼亲自任之，先驻楚、皖之交，调度诸军，兼筹转运。第四路由商、固以规庐州，调回李续宜一军任之。

袁甲三等原奏，恐驱贼北窜，请由光、固、颍州绕赴北路等语。查湘勇久战江滨，于淮北贼情地势，不甚熟悉，能否绕出怀、蒙以北，应俟李续宜军至固始后，察看情形，再行奏明办理。

至萧启江一军，臣国藩前于奏明后，即经檄调来鄂。嗣闻桂林解围，又经飞札催调。计日内当已由粤回湘。张运兰一军，经湖南抚臣派防郴州。该道久劳于外，适值防务稍纾，禀请给假三月，暂予休息。臣国藩与骆秉章皆经批准，难遽北来。应恳皇上天恩，仍饬萧启江来皖，俾臣等少收臂指之助。除俟各军取齐，再行驰报外，所有遵旨悉心会筹缘由，谨合词恭折，由驿五百里复奏，伏乞皇上圣鉴，训示施行。谨奏。

译文：遵旨筹划用兵安徽折

为遵旨用心斟酌筹划事宜，恭敬具折复奏，请求皇上鉴察。

咸丰九年九月二十八日，接到由军机大臣寄来九月二十一日所奉上谕：“曾国藩奏遵旨筹剿安徽贼匪机宜，现在已由武昌回驻巴河一折已阅。安徽省贼匪气氛很炽烈，必须湘军东下方可予以扫荡。曾国藩奏称：以两支军队沿长江而下，规划夺取安庆、桐城；以两支军队沿山而进，规划夺取舒城、庐州。各支军队的兵勇，自当按照官文先前奏折所言即刻调拨。该侍郎独自担负一路，尚拟将萧启江从湖南调回，派张运兰继续留在湖南协助防守。但萧启江一军已入广西，现在正当桂林危急万分，全仗这支军队援应，急切之间不能调回。至于湖南的防堵，尚另有兵勇可派。着该侍郎依情形斟酌，即刻将张运兰调回湖北，也可弥补萧启江之缺。另外，本日据袁甲三、庚长奏报，现在听说官文等筹议进兵剿办安徽贼逆，并商议命令胜保等人于东北一路截剿。但胜保、傅振邦兵力单薄，一旦湘军大举进攻，很担心把贼匪驱向北边流窜，请命令由光州、固始、颍州一带，绕道奔赴北路进剿等语。曾国藩所奏北路一军由商城前进，本离颍州不远，但要折转奔赴六安，规划夺取庐州，则蒙城、亳州等处已难以兼顾。此时捻军、太平军互相勾结，若因南路不能支撑，竟然向北逃窜，担心傅振邦、翁同书等不能堵遏。袁甲三等人的顾虑，也不能说是无见。着官文、曾国藩、胡林翼再行用心斟酌筹划。所有东下的四支军队之中应该如何派出一支，取道光州、固始、颍州，绕出怀宁、蒙城以北，与胜保等官军会合南剿，使逆匪不至于向北边侵犯，这是至为紧要的。袁甲三等人的原折，着抄给阅看。至于这次官文等会商筹划大举，关系到全局的利害，必须计谋出于万无一失才行，不妨稍稍推迟一些日子，谋略制定妥当后再行动。将此件由六百里快递告知。”钦此。

敬蒙皇上筹运全局，指示作战机宜，不胜钦佩感激。臣等以为自古以来，剿办窃取国号的贼与剿办四处流窜的贼不同。剿办流窜之贼，其法在预防，坐以等待他来，坚守城塞以挫败他的锋锐。剿办窃取国号之贼，其法当在剪除他的枝叶，并捣毁他的老巢。当今洪秀全占据金陵，陈玉成占据安庆，私自建立国号，称王称侯，这是窃取国号的贼。石达开等人由浙江而福建，而江西，而湖南，而广西，这是流窜之贼的表现。宫（龚）得树、张乐行诸捻军股数众多，分分合合无定准，也是流窜之贼一类。自从洪秀全、杨秀清内讧，镇江收复，金陵城里逆贼首领的凶恶气焰衰退已久，仅只有陈玉成往来长江以北，勾结捻军，在庐州、浦口、三河等处多次挫败我军，遂令安徽北部地区糜烂日益扩展，长江南部的贼人粮食不至于断绝。

臣等以为，要肃清各路敌军，必须先攻破金陵。全局一旦振起，而后江南大营的兵可以分剿数省，它的军饷也可分出一些补贴其他军队。要想攻破金陵，必须先驻重兵于滁州、和州，而后可以除去江宁的外部屏障，断掉芜湖的粮路。要想驻兵于滁州、和州，必须先围攻安庆，用以破除陈玉成的老巢，兼顾捣毁庐州，借以攻破陈玉成所必须救的城池。若真能围攻安庆、庐州，拿下旁边的县城，陈玉成防备处增多，兵力分散，不但不敢全力往北窜向山东、河南，也不敢一心一意东顾江浦、六合。因为窃取国号的贼，没有不竭尽死力来保护它的根本之地的。

现打算四路进兵，沿着江边向北开拔。第一路由宿松、石碑而进，用来规复安庆，臣曾国藩亲自负责；第二路由太湖、潜山而进，用来攻取桐城，多隆阿、鲍超等人负责；第三路由英山、霍山而进，以攻取舒城，臣胡林翼亲自负责，先驻扎在湖北、安徽的交界地，调度各路军队，兼顾筹划转运；第四路由商州、固始而进，以规复庐州，调李续宜一军回来担任。

袁甲三等人的奏折中有担心将贼人驱向北窜，请由光州、固始、颍州绕道北路等语。湘军在长江边作战日久，对于安徽北部贼情地势不太熟悉，能不能绕道出怀宁、蒙城之北，应等李续宜的军队到固始察看情形后，再奏明如何办理。

至于萧启江一军，臣曾国藩在奏明后，即刻发文调来湖北。近日听说桂林已解围，又赶紧发文催促，估计日内已由广西回湖南。张运兰一军，由湖南巡抚派往郴州防守。该道员长久在外辛劳，恰好遇上防守任务稍稍舒松，已来禀请给他三个月的假期，暂时休息一下。臣曾国藩与骆秉章都已经批准了，一时难以北来。恳请皇上天恩，仍命萧启江来安徽，使得臣能稍稍收指臂之助。除等各军到齐再行奏报外，所有关于遵旨尽心会商筹划的经过，谨共同具文由驿站五百里快递奏明，请皇上鉴察教训，以便施行。谨奏。

评点

这是由曾氏主稿，与湖广总督官文、湖北巡抚胡林翼会衔的关于用兵机宜的一道重要奏折。这道奏折后面有一个极有意思的官场背景，让我们先来说一说它。

曾氏复出到现在已是一年零四个月了，与复出前相比，这段时期，他仍不算顺畅。他本是奉命援助浙江的，走到南昌时，接到朝廷命令，说是浙江已经缓解，敌军已进入福建，令他改道直接援闽。原来，此番曾氏所面临的敌人，依旧是在江西时的老对手石达开。只不过石达开已和洪秀全闹翻了，他率领自己的部属改变过去据守城池的做法，实行流动作战的策略。他从江西到浙江，现在又由浙江来到福建，实施他的远征计划。于是，曾氏带领部队来到与福建省交界的江西建昌府。

刚驻扎下来，便遭遇瘟疫，七千多人的一支军队病者死者竟近两千人。接下来便是三河之役发生，全军覆没的噩耗给建昌军营罩上浓重的悲哀压抑之气。好容易将士气恢复过来准备进兵福建时，石达开又率领部队沿闽赣进入湖南南部，然后又全力围攻宝庆府。曾氏军队中有一千七百多人来自宝庆府各县。得知这个消息后，人人思家，军心浮动。复出以来的这支湘军饱尝跋涉之苦，却一无战功，曾氏心里颇为焦虑。这时，他的一位朋友向他伸出帮助之手。

此人便是胡林翼。

无论从公事出发还是从私情出发，胡都希望曾氏事业成功。作为一省巡抚，胡对曾氏无地方实权的难处深为理解。眼看曾氏复出这么久了，朝廷依旧没有给他一个方面实职，胡决定帮他一把。

帮人弄官职，多是到上层活动，祭出去的法宝无非是钱财礼物美女等礼物。这种跑官远不及胡林翼为曾氏跑官的文明。

胡见石达开起劲攻打宝庆府，从石的行军路线分析，下一步无疑是进军四川。四川号称天府之国，是国家的重要钱粮之源，朝廷一向看得重。曾氏本来便是奔着石达开而复出的，但一直还没有交上手，眼下正在建昌、抚州一带闲着，若让曾氏率部入川对付将要进川的石达开，自是正理，朝廷一定同意。四川无劲旅，曾氏带这支军队入川后，朝廷很有可能将四川总督一职授予他。如此，曾氏便成为封疆大吏了。胡认为自己与皇上的亲密度不及官文，遂请官文出面。

头等侍卫出身的官文是满洲正白旗人。他本是个庸才，却顺顺溜溜地做了一世的大官，最大时做过文渊阁大学士，居内阁大学士之首。此人为何如此有官运？原来，他自有他的一套庸官做法。

战争爆发后，武昌因其地位的重要，很快便成为一个主要的战场。一同驻守在武昌城内的湖广总督与湖北巡抚，常因军事问题，让原本难以协调的同城督抚之间的矛盾更为加剧。无论是徐广缙与常大淳，还是吴文镕与崇纶，杨霈与陶恩培，武昌城内的湖督鄂抚一直没有很好地合作过，结果是兵溃城破，两败俱伤。轮到官文出任湖广总督、胡林翼出任湖北巡抚时，一时豪杰的胡对庸碌无为的官，自然极不满意，多次想弹劾官而换人。这时，胡甚是信任的部属阎敬铭劝他：与其弹劾他，不如利用他。官无非是无能贪财图享受爱虚荣罢了，你每年送几十万两银子给他，让他花，只求他不干涉不掣肘你就行了。面子上你对他客客气气，重大事情上你作出的决定，他能给你签字画押，目的就达到了。这样，你在湖北的事业成了功，他不费力坐享其成，彼此都好。假若挤走了官，换来的是一个精明强干的人，事事要自己拿主意，那时你这个湖北巡抚反而难当了。再说，官是朝廷相信的满人，说不定正是朝廷有意要监视你的耳目。你将这个耳目化为你的心腹，日后的好处多着哩！

胡的脑子猛然开了窍，与官的相处态度立即来了个一百八十度的大转变。又是大把送银子给官，又是认官的姨太太做干妹，又是逢人便称赞官有才有德。很快，官就被胡彻底笼络了，事事都听胡的，自己不想一点事，乐于做一个逍遥自得的橡皮图章。朝廷则称赞湖北督抚水乳交融，是其他同城督抚的学习榜样，对官、胡二人都格外器重。到后来，随着战事的步步推进，吃喝玩乐的官频频高升，又是封太子少保，又是封伯爵，出尽了风头。当然，这些都是后话。

胡思索良久，给官文写了一封两千余字的长信，详详细细地为官准备了推荐曾氏入川的八条理由，其中一再提醒要点明请朝廷授曾氏川督的意思："以涤帅前往而兼总督，则士民输将，争先恐后，不致即虞饷竭，致呼救于司农，以增主上之忧……""涤帅若得蜀中兼署总督，军务紧急，必能不请外饷；军务平定，必能每岁协济京饷二百余万。此可于奏中切实声明，必能保其不误。""须嘱之蕙生精心结撰，将利害得失之故，明白晓畅，尤以必得总督为要着。"又援引林则徐、陶澍两位前辈如何荐贤来作榜样，甚至说荐举人才"隐德必及子孙"。胡对曾氏的这番殷殷之情，真让后人感慨。

官接信后立即照办，给朝廷上了一折。说石达开下一步的计划肯定是针对四川，应命曾氏入川防堵。朝廷认为官所虑的是，立刻下诏命曾氏率部进川。但令人失望的是，朝廷并没有将四川总督一职授给曾氏，也就是说胡为曾氏"跑官"的目的没有达到。按理说，以曾氏的资历、官阶和眼下的重要地位，授曾氏以总督并不过分，但朝廷就是不给官文这个面子，不将四川总督授予曾氏。个中原委，实堪咀嚼！

且说当时曾氏接到朝廷命他入川而又不给川督的上谕后，心里极不情愿，他虽然奉旨起程，但一路上走得很慢，又上奏陈述入川的困难。在从江西抚州到湖北黄州这段时间里，他一路上接到四道上谕，每道上谕都催他赶紧进川。曾氏采取拖延的办法来对付，借口天气热，兵勇得病者多，宜休整休整。这一拖给他拖来了一个好机会。原来，石达开在围攻宝庆府未破后，没有北上四川，而是折回南下，一时议论纷纷的四川形势开始缓和。胡林翼抓住这个机会将曾氏留住。《胡林翼年谱》说："曾公之驻建昌也，骆公曾奏陈军情缓急，请饬移师安徽。及是，公乃画图数十纸，指陈形势，曾以客军孤悬愈非计，且安徽寇合捻寇蔓庐、寿，议留曾公并力谋皖，怂官文公复言之。有诏俞允。"

胡留曾氏合力图谋安徽，再次怂恿官上奏。官很听话，即为曾氏奏请。朝廷果然答应了。于是曾氏免去了四川之行，也便有了这道由三人会衔的奏折。为什么曾氏没有川督头衔就不能去四川，非要留在东南一带呢，留在此不也没有地方实权吗？这是因为对付太平军，才是曾氏及其湘军的事业。而太平天国的都城在南京，太平军的主力及活动的主要地域在东南诸省，要建功立业，当然只能在这一块地方。四川省在当时人们的心目中，是一个交通很不方便的偏远省份，进也难出也难。到了四川，便有一种远离中心的感觉。所以不只是曾氏本人，他的部属包括普通勇丁也都不大情愿去。在东南，虽说没有地方实权，有客寄虚悬的味道，但湖广就在身边，胡林翼、骆秉章等人都是尽力在支持湘军，一旦进了四川，与湖广联系困难，那就更加客寄虚悬了。有此两点，曾氏便不能去。胡从湘军事业的大局出发，也不能让曾氏无川督之名而去四川。

现在，我们可以来具体说说这道奏折了。

这道奏折体现的是曾氏等人一个新的战略部署。它的核心是，湘军对太平军的战场，已从江西全面移往安徽。湘军在江西足足打了五年恶仗，直到曾国荃的吉字营打下景德镇，收复浮梁县，江西才可谓全境肃清，战事完结。大部分从江西撤退的太平军前往安徽，与这些年在皖北闹腾厉害的捻军合作，企图力保天京的外围屏障，与清廷的军队再作一番死死的较量。为期三年的安徽争夺战，以此折为标志拉开了序幕。曾氏所部署的进兵皖北的四路人马，后来打得最为激烈残酷的仍属他所亲任的第一路，而影响全局的也是这一支人马的进展。这是因为，它所主打的目标安庆，不仅是安徽的省垣，更是长江中游的一个重要码头，它在水路上起着扼控南京城的重要作用。在这道奏折中，曾氏关于“窃号之贼”与“流贼”的思考，为清廷对付洪秀全、李秀成与石达开及捻军所采取的不同措施，提供了理论上的依据。

奏折中所提到的袁甲三，时任署理漕运总督，与时任江南河道总督的庚长一道统率安徽绿营，在皖北与太平军捻军作战。袁甲三为河南项城人，系袁世凯的叔祖。

写作简析

在托出四路进军皖北的用兵计划之前，先提出“窃号之贼”与“流贼”的不同办理方法，为此次战略转移铺垫理论基础。

要言妙道

……自古办窃号之贼，与办流贼不同。剿办流贼，法当预防以待其至，坚守以挫其锐。剿办窃号之贼，法当剪除枝叶，并捣老巢。

□ 四顾无人后的实权之授

原折：谢署两江总督恩折

咸丰十年五月初三日

奏为恭谢天恩，仰祈圣鉴事。

窃臣于本年四月二十八日，承准军机大臣字寄，咸丰十年四月二十一日奉上谕“曾国藩已有旨署理两江总督，自应统带各军，兼程前进”等因。钦此。臣虽尚未接准部文，将钦奉谕旨恭录行知，闻命之下，谨已恭设香案，望阙叩头谢恩讫。伏念臣从戎七载，未展一筹。既无横草之功，兼有采薪之患，乃蒙龙光曲被，虎节遥颁，膺九陛之殊恩，畀两江之重寄。鸿慈逾格，感悚难名。

查江督统辖三省，兼理盐政、河漕、江防诸务，地大物众，任重事繁，在平时已才力之难胜，况目下实艰危之尤甚。建业之沦为异域，苏常又失于崇朝。臣忝任兼圻，仍司九伐，只自惭其绵薄，讵有济于涓埃？惟国家多事之秋，岂臣子怀安之日！计惟有殚心奉职，啮指誓师，揽辔而志澄清，尽收疆土，下车而问疾苦，速拯疮痍，庶几仰答高厚生成于万一。除另折陈报一切军情外，所有微臣感激下忱，理合专折付驿，叩谢天恩，伏乞皇上圣鉴。谨奏。

译文：感谢任命代理两江总督之恩折

为恭敬感谢天家恩德事，求皇上鉴察。

臣于本年四月二十八日，接到由军机大臣处发下的文件，上面录有咸丰十年四月二十一日的上谕“已经下旨，命曾国藩代理两江总督，自应当统率各路人马，日夜兼程前进”等语。臣虽然尚未接到吏部恭录圣旨的正式公文，但得知此事后，已恭恭谨谨地摆设香案，北望宫阙叩头谢恩。

臣自从领带湘军以来已七年了，没有得到过一次大的施展，既无轻微战功，又曾请假回籍，但却蒙受着皇上的眷顾，授予带兵之权。这次又获来自天庭的特殊恩德，将总督两江的重任交付。超越常规的慈爱，令臣感谢惶恐无极。

查两江总督的职责在统辖三省，兼顾办理盐政、河漕、江防等事务，地方广大物产丰庶，任务重大，事情繁琐，就在平时，料理起来已觉才力难以胜任，何况目前实在处于艰苦危难最甚的时候。南京已沦陷为别人的国都了，苏州、常州又从朝廷手中丧失。臣忝列为兼管三省的总督，又掌管征伐之命，只有自我惭愧力量绵薄，哪可能于时局有点滴补救，但国家正值多事之秋，又岂能容做臣子的稍怀安逸之心！唯有尽全力奉守职责，咬破手指滴血誓师，握着马缰以表明平生澄清天下之志，将失去的疆土全部收回，一下车便去慰问百姓疾苦，医治因战乱而造成的世间疮痍。如此，或许可以报答天高地厚之恩的万分之一。关于军情方面的事另折禀报外，所有关于臣的感激心情，按理应专门具折交付驿站，向朝廷表示谢意，请求皇上鉴察。谨奏。

评点

上次评点中说到胡林翼为曾氏“跑官”求四川总督未成，这次曾氏终于如愿以偿代理两江总督了。他是如何得到这个地方实职的呢？原来，就在一个月之前，时局陡起大变故。

咸丰十年闰三月，太平军大破清廷江南大营。从咸丰三年开始，清廷针对着南京，在长江南北两岸设立军营，用以切断太平天国的都城与外面的陆路联系。

设在扬州的军营被称为江北大营，统领为钦差大臣琦善。第二年琦善死，托明阿继任钦差大臣。咸丰六年，江北大营被太平军击破，托明阿被革职，德兴阿继任，重建大营，咸丰九年再次为太平军所击溃。江北大营就此消失。江南大营则位于南京城外孝陵卫，由钦差大臣向荣所建。咸丰六年被太平军击溃，向荣死于此仗，和春继任。咸丰十年四月，李秀成、陈玉成联合起来，再次大破江南大营。提督张国梁一路逃到丹阳，落水溺死，钦差大臣和春逃到浒墅关自杀。两江总督何桂清仓皇逃命，逃到苏州时，被江苏巡抚拒之门外，只得南下逃往上海。太平军乘此军锋，在短短的一个多月的时间里，接连攻下丹阳、常州、无锡、苏州、江阴、昆山、太仓、嘉定、青浦、松江，江苏南部除上海外全部落入太平军手里。形势变化之大而速，令清廷上下震栗。摆在中枢决策者面前的首要任务，便是如何重新整顿领导班子，调拨军队收复江南失地。

两江总督何桂清弃城逃命，论律当斩，故第一个需要考虑的是谁来代替何任江督。朝廷最先想的人选是胡林翼。拟让胡为江督，任命曾氏为湖北巡抚。

咸丰帝最信任的协办大学士满人肃顺对皇上说："胡林翼在湖北措注尽善，未可挪动，不如用曾国藩督两江，则上下游俱得人矣。"（见薛福成著《庸庵笔记》）咸丰帝接受肃顺的建议，将两江总督改授予曾氏。四年后，曾氏心腹幕僚赵烈文在议到曾氏起兵以来的经历时也说："自咸丰二年奉命团练，以及用兵江右，七八年间坎坷备尝，疑谤丛集。迨文宗末造，江左覆亡，始有督帅之授，受任危难之间。盖朝廷四顾无人，不得已而用之，非负扆真能简畀，当轴真能推举也。"（见《能静居日记》同治三年四月初八日）不过一督抚之职罢了，朝廷如此吝于曾氏，的确令人深思。要说全是为了压抑湘军嘛，江忠源、胡林翼这两个巡抚都是出自湘军，就连刘长佑这个湘军的偏师统领也当上了广西巡抚。而江、胡、刘这三人，无论从资历、地位和影响来说，都不能与曾氏相比。这的确是一个耐人寻味的疑虑。但不管怎样，毕竟盼来了这一天。一向喜怒不形于色的曾氏尽管对外依旧保持低调，然而内心却是欢喜无尽的，他在与身边人谈话时说，家中得知这个消息后必定会大叫：家大人放了！

这道谢恩折便是在这种氛围上拟就的。你看曾氏在尚未接到正式任命书，只是在军机处的公文里间接得知此一新命后，便“恭设香案，望阙叩头谢恩”了。其企求这一任命、感激这一皇恩之情是如何的急切强烈！但这篇文章还是做得好，它好在把曾氏当时的复杂心绪表达得充分而周到。文章是通过几次跌宕起伏，来婉转表述的。

试看它的手法。从军十年无能无功，一伏；蒙殊恩而授江督重寄，一起。江督事繁责重，平时治理已难，再伏；眼下时局艰苦，临危受命，更觉担子重大，再起。才力绵薄，无补万一，三伏；多事之秋，只能勉力而为，三起。最后以追求“尽收疆土”“速拯疮痍”这样的高远目标来结束，使文章收笔在激荡高扬的余韵中。

这道奏折里有“横草”“采薪”两个词，一般读者或许对此较生疏，特为挑出来注释一下。

“横草”出自《汉书·终军传》：“军无横草之功，得列宿卫，食禄五年。”所谓横草，就是让草横下来仆倒在地，意谓很容易做到的小事。终军说他无横草之功，就是说很小的功劳都没有。这是自谦之语。曾氏借用，也是自谦。“采薪”出自《孟子·公孙丑下》：“有采薪之忧，不能造朝。”采薪，指上山采摘柴薪。不能上山采薪，意谓生病，后人便用“采薪之忧”作为生病的代用词。曾氏说的“采薪之患”，是指他守父丧在家一年多。这一年多时间里他也不能“造朝”——替朝廷办事。他将“无横草之功”与“有采薪之患”连在一起，意在说明他对朝廷无贡献。

写作简析

三伏三起，颇得山重水复、峰回路转之妙，将一个简单的“谢恩”写得兴味十足。

要言妙道

惟国家多事之秋，岂臣子怀安之日！计惟有殚心奉职，啮指誓师，揽辔而志澄清，尽收疆土；下车而问疾苦，速拯疮痍。

□ 一份绝密军事文件

原折：苏常无锡失陷遵旨通筹全局并办理大概情形折

咸丰十年五月初三日

奏为钦奉迭次谕旨，通筹全局，并办理大概情形，恭折复陈，仰祈圣鉴事。

窃臣于四月二十五日，承准军机大臣字寄，咸丰十年四月十八日奉上谕：

本日据乔松年奏常州城外各营已溃，郡城被围，无锡乡间已有贼踪等语。为今之计，自以保卫苏、常为第一要务。着官文、曾国藩、胡林翼熟商妥议，统筹全局。即令曾国藩统领所部各军，赴援苏、常，或未能深入救援，亦可扼截江面，以杜北窜等因。钦此。

四月二十八日，准官文咨开，二十五日准军机大臣字寄，四月十九日奉上谕：

现在常州岌岌可危，无锡又有贼踪，可以径犯苏城。江南大局，几同瓦解。曾国藩接奉此旨，即统率所部兵勇，取道宁国、广、建一带，径赴苏州，相机兜剿，以保全东南大局，毋稍迟误等因。钦此。

同日承准军机大臣字寄，四月二十一日奉上谕：

本日据徐有壬、许乃钊奏，贼逼苏州，和春受伤身故，张玉良在无锡一带驻扎，请催各路援兵。现在江南情形万分危急，亟待援兵速集，以冀挽回大局。曾国藩已有旨署理两江总督，自应统带各军，兼程前进等因。钦此。

仰见圣主眷怀南服，移缓就急之至意。臣于四月二十二日，准张芾来函：苏州于十三日失守。旋接王有龄咨函：常州于初六日失守，无锡于初十日失守，张玉良于十四夜回抵杭州等语。接阅之下，骇愤莫名。窃以为苏、常未失，即宜提兵赴援，冀保完善之区。苏、常既失，则须通筹各路全局，择下手之要着，求立脚之根本。自古平江南之贼，必踞上游之势，建瓴而下，乃能成功。自咸丰三年金陵被陷，向荣、和春等皆督军由东面进攻，原欲屏蔽苏浙，因时制宜，而屡进屡挫，迄不能克金陵，而转失苏、常。非兵力之尚单，实形势之未得也。今东南决裂，贼焰益张。欲复苏、常，南军须从浙江而入，北军须从金陵而入。欲复金陵，北岸则须先克安庆、和州，南岸则须先克池州、芜湖，庶得以上制下之势。若仍从东路入手，内外主客，形势全失，必至仍蹈覆辙，终无了期。臣所部万余人，已进薄安庆城下，深沟固垒，挖浚长壕。若一撤动，则多隆阿攻桐城之军，亦须撤回。即英山、霍山防兵，均须酌退。各路皆退，则军气馁而贼气盛，不但鄂边难以自保，即北路袁甲三、翁同书各军，亦觉孤立无援。是安庆一军，目前关系淮南之全局，将来即为克复金陵之张本。此臣反复筹思，安庆城围不可遽撤之实情也。

臣奉恩命权制两江，必须带兵过江，驻扎南岸，以固吴会之人心，而壮徽、宁之声援，无论兵之多寡，将之强弱，臣职应南渡，不敢稍缓。现定于十日内拔营渡江，驻扎徽州、池州两府境内。拟于江之南岸，分兵三路：第一路由池州进规芜湖，与杨载福、彭玉麟之水师，就近联络；第二路由祁门至旌、太，进图溧阳，与张芾、周天受等军就近联络；第三路分防广信、玉山，以至衢州，与张玉良、王有龄等军就近联络。目下安庆之围不可骤撤，臣函商官文、胡林翼酌拨万人，先带起程，一面分遣员弁，回湘添募劲勇，陆续赶赴行营，以资分拨，约须七月方能到齐，八月方能进剿。此臣移师皖南，拟募新勇，分途剿办之情形也。

从前金陵大营，以苏、常为根本，饷糈军械，源源取给，故能支柱数年。臣今自皖南进兵，应以江西为根本。昨据安庆营中盘获逆首陈玉成自金陵发来伪文，内称现派贼目杨辅青、李世贤、李秀成等，直取苏、常，再攻徽、浙，以窜江西。又拟派贼目吴如孝、张乐行，由定远、秀、颍、六、霍，以窜湖北，两路大举等语。苏、常已失，则该逆所称各狡计，均属意中之事。急须先事预防。湖北各军，有官文、胡林翼调度堵遏，谅可无虞。江西兵力单弱，实不足以折新胜之焰，御百倍之贼，必须湖南劲旅，越境协防。湖南抚臣骆秉章素顾大局，为圣主所深知。此次贼若窥伺江西，所有兵勇饷械，仍当借资湖南。臣等往返咨商，竭五、六两月之力，办江楚三省之防。仰仗皇上威福，能待兵勇渐齐，布置渐定，然后贼众始至，与之力战，所以保固江西、两湖者在此，所以规复安徽、三吴者亦在此。目今贼焰方炽，人心大震，但求立脚之坚定，无论逆氛之增长。此臣闻贼计大举上犯，拟先防而后剿之情形也。

臣才识短绌，夙乏远略，姑就近处筹划，略陈梗概。其松江等属，是否尚存，苏省文武，殉难若干，暨淮扬完区，如何设法保全，应俟查明熟筹，陆续陈奏。其起程日期，亦俟另疏具报。谨将遵旨统筹全局，并办理大概情形，先行缮折，由六百里复奏。是否有当，伏乞皇上圣鉴训示。谨奏。

译文：苏常无锡陷落之后遵旨通盘筹划全局及如何收复等大致情形折

为接连奉到谕旨，通盘筹划全局，以及如何收复等大致情形事，恭谨具折答复陈述，请求皇上鉴察。

臣于四月二十五日，接到由军机大臣处寄来的公文，其中录有咸丰十年四月十八日所奉到的上谕："本日据乔松年奏报，常州城外各军营都已溃散，城池被包围，无锡乡间已有贼人踪迹等语，处在当今形势下的考虑，自当以保卫苏州、常州为第一要务。着官文、曾国藩、胡林翼仔细商讨妥为计议，统一筹划全局。即令曾国藩统领所部各军，开赴前往援救苏州、常州，即便不可能深入江南直接救助，也可以做到扼控长江江面，用以杜绝贼军往北逃窜。"等等。钦此。

四月二十八日，由官文寄来的咨文中有二十五日由军机大臣处寄来的公文，其中录有四月十九日所奉的上谕："现在常州岌岌可危，无锡又有贼人的踪迹，可以直接进犯苏州城。江南大局，几乎形同瓦解。曾国藩奉到这道谕旨后，立即统率所部兵勇，取道江西宁国、广信、建昌一带，直接奔赴苏州，相机包剿，用以保全东南大局，切莫稍为迟误。"等等。钦此。

同一天，接到由军机大臣处寄来的公文，其中录有四月二十一日所奉到的上谕："本日据徐有壬、许乃钊所奏报，贼人逼近苏州城，和春受伤去世，张玉良在无锡一带驻扎，请催促各路援兵赶紧行动。现在江南的形势已万分危急，急切等待援兵迅速会集，借以指望挽回大局。已有谕旨任命曾国藩为代理两江总督，自应当统带各军日夜兼程前进。"等等。钦此。

从以上各件中可以看到皇上眷顾南方国土，将稍为松缓地的兵力东移救急的殷切之意。臣于四月二十二日，接到由张芾寄来的信，信上说苏州城已于十三日失守。紧接着接到王有龄的咨文，文中说常州城已于初六日失守，无锡城已于初十日失守，张玉良已于十四夜回到杭州等等，看后惊骇愤恨已极。

臣私下认为，苏州、常州未失守时，应立即带兵前往救援，力图保卫完善之城。苏州、常州既然已失守，那么则须通盘来筹划全局，选择下手的首要办法，求得站住脚的根本之地。自古以来，平定窃据江南的贼人，必须稳踞上游，凭着上游之地形取高屋建瓴之势，才能获得成功。自从咸丰三年金陵城陷落以来，向荣、和春等都是督率军队由东面进攻，原本是想像屏风那样遮蔽江苏、浙江，依据时势而制定相宜方略，但屡次进攻而屡次受挫，至今不能克复金陵，反倒转而失去了苏州、常州。这并非兵力单薄，而是未得形势的缘故。现在东南决裂，贼军的气焰更加嚣张，要收复苏州、常州，南面的军队必须从浙江进入，北面的军队必须从金陵进入。要收复金陵，长江北岸地区则必须先克复安庆、和州，长江南岸地区必须先克复池州、芜湖，如此可以取得以上制下的形势。若依旧从东路入手，那么内与外、主与客之间的形势就全部失落了，必然会重蹈覆辙，始终无了结之期。臣所率领的军队万余人，已靠近安庆城下，深挖沟渠，构筑坚固堡垒，又挖通长壕。若一旦撤离，那么多隆阿围攻桐城的军队也须撤回，连英山、霍山的防兵也须酌情撤退。各路都撤退，则会使我军气馁而敌军气盛，不但湖北边界地域难以自保，即使北路袁甲三、翁同书等军队，也会觉得孤立无援。所以，安庆这支军队，目前关系着安徽南部的全局，以后也就是为收复金陵所预备的力量。这是臣反复筹划思考，认为安庆围军不应立即撤离的实际情况。

臣奉皇上之命暂时节制两江，必须带兵过长江驻扎在南岸，以坚固苏南各都会的人心，而壮大徽州、宁国等地的声援，无论兵力的多与少，将领的强与弱，按臣的职分应该南渡，不敢稍加松缓。现在已定在十天内拔营渡江，驻扎在徽州、池州两府境内。打算在长江的南岸分兵三路：第一路由池州进军规复芜湖，以便与杨载福、彭玉麟的水师就近联络；第二路由祁门至旌德、太平，进军图取溧阳，以便与张芾、周天受就近联络；第三路分防广信府城及玉山县，一直到衢州府，以便与张玉良、王有龄等军就近联络。目前安庆围师不能骤然撤离，臣已去信与官文、胡林翼商量，酌情调拨一万人，先带领起程，一面派人回湖南添募强劲勇丁，陆续赶到前线军营，以便分别调拨。这些勇丁大约需要到七月份才能到齐，八月方能投入战斗。这是臣移师安徽南部，且打算招募新勇分途对付贼军的情形。

先前金陵城边的江南大营，以苏州、常州为其根据地，饷银粮草军械等等，都依靠根据地源源不断提供，故能支撑好些年。臣现在从皖南进兵，应当以江西为根据地。昨日据安庆军营截获匪逆首领陈玉成从金陵发来的伪文，文内称现委派贼匪头目杨辅青、李世贤、李秀成等直接拿下苏州、常州，后再攻打安徽、浙江，借以流窜江西。又打算委派贼匪头目吴如孝、张乐行，由安徽定远、秀、颍上、六安、霍山，借以流窜湖北，两路大举等等。苏州、常州已丢失，则该逆目所说的各个狡计，都是意料之中的事，急须先行预防。湖北各军，有官文、胡林翼调度堵遏，想必可无顾虑。江西兵力单弱，实在不足以折损新胜之贼军的气焰。抵御强过百倍的贼匪，必须湖南的劲旅越出省境协助防守。湖南巡抚骆秉章素来顾全大局，为皇上所深知。这一次贼匪若窥伺江西，所有兵勇的粮饷器械，依旧应当借助于湖南。臣等人用公文反复商讨，尽五、六两个月的力量，办理江西、湖北、湖南三省的防务。依仗皇上的威福，能够等兵勇逐渐齐备，布置逐渐稳定，然后贼军才到，与他们拼力奋战，保固江西与两湖的指望在这里，规复安徽与三吴的指望也在这里。眼下贼匪气焰正很嚣张，人心大为震动，只求立脚的坚定，不去计较逆匪的增长程度。这是臣听说贼匪预计大举进犯，打算先防后剿的情形。

臣的才与识都很短浅，一向缺乏远略，姑且就近筹划，略为陈述大概，至于松江等地区是否还存在，江苏省的文武官员殉难多少，及苏北淮扬一带完善之区如何来设法保全，应等候调查明确仔细商讨后再陆续奏明。至于起程日期，也等另外具折上报。遵旨将统一筹划全局，以及办理的大概情形，先行具折，由六百里快递复奏。是否妥当，请求皇上鉴察训示。谨奏。

评点

这是曾氏结束客位正式做东南之主后，所上的第一道大奏折。实际上，它是一份最高战地统帅的战略部署计划书，在当时，属于顶尖级的绝密军事文件。在曾氏一生所拟的两千多道奏折中，此折也属于为数不多的最重要者之一。

两江原指江南省与江西省，康熙六年，析江南省为安徽、江苏两省，故两江实辖三省，即江苏、安徽、江西，而名则仍其旧。辖地既广，更兼所辖之区物产富庶，地域重要，故两江总督素为直隶总督之后的第二大总督，在全国十八省督抚中举足轻重。眼下，太平军活动的主要地区便是江苏南部和整个安徽省，且太平天国的都城便立在两江总督的驻地，洪秀全所住的天王府正是历届两江总督办公的衙门。

因此，与其说太平天国在与清廷争天下，不如说在与两江总督争地盘；与其说两江总督在代表朝廷收复失地，不如说在为自己争辖地。从某种意义上来看，两江总督即代表着朝廷。有清两百年来的两江总督这个官职，从来没有像现在这样重要过。

朝廷最终将当今这个最为重要、最有权力的官位给了曾氏，曾氏在感激莫名之中，自然深知责任之重大，利害之攸关。他的这道奏折，无论是对新江督形象的树立，还是对朝廷决策的影响，都非同小可。

当时，从朝廷一方来看，江南的大溃败似乎是一夜之间的突发事件。他们既无心理准备，也无事先的防患措施，只有依靠在长江两岸作战的军队及其主要统帅胡林翼、曾国藩等人，一旦将江督授予曾氏后，便把全部指望都放在他的身上，我们从短短数日内朝廷给曾氏连发四五道火急谕旨便可知。朝廷恨不得曾氏能收立马之效，将苏、常、无锡等苏南重镇克复。曾氏这道奏折便是在事态既异常严重，而朝廷又更是分外焦急的背景下拟就的。从四月二十八日接到军机处廷寄，到五月初三日上这道折子，虽只有五天的时间，但关于用兵三吴的思考，却已有一段时间了。因为一则江南大营溃败至今已有一个多月，作为曾氏当时所处的情状，他与其部属们不会不考虑眼下的战局。二则，这个时间里他与胡林翼、左宗棠有过聚会一处“纵谈累日”（《胡林翼年谱》中语）的经历。“中兴四大名臣”中的这三位，很少有机会相聚在前线，这时同在安徽宿松，吊唁因太平军攻破杭州而自杀的浙江巡抚罗遵殿，其谈话的主题必定是眼下的江南之战。所以，这道奏折绝不是危难时的急就章，而是深思熟虑后的产物。

针对朝廷数次上谕的主旨——“统带各军兼程前进”，曾氏提出自己统筹全局的计划。这个计划的重点为：

一、苏、常既失，提兵赴援便不再是急务，重要的是求立脚根本，对于湘军而言，眼下的根本是江西，故赶紧从湖南招募劲旅来江西防守。

二、必须改变过去由东面进攻金陵的做法，而是从西面进攻，步步为营，才能收最后之成效。故而眼下围攻安庆的部队不能撤，且明确指出，目前围安庆的这支军队，就是日后围金陵的军队。

三、指挥部由现在的江北宿松移驻江南的安徽徽州、池州一带，并在南岸部署三支军队由西向东推进，不必骤然提师直插苏南。

这三个用兵要点，显然都与朝廷巴不得立刻收复苏南的焦急心情大不合拍，而是充分体现曾氏一贯“深沟高垒”“稳扎稳打”的用兵原则。在危急之时，一个战地统帅能够不管中央的情绪，提出自己的一套行动方案来，这正说明该统帅临危不乱的品质：因胸中有数，才不会唯命是从；因定见定力强，才敢于坚持不同意见。

曾氏之所以有这份定识，一是基于历史的经验，一是鉴于眼前的现实。

历史的经验便是折中所说的："自古平江南之贼，必踞上游之势，建瓴而下，乃能成功。"关于这句话，胡林翼也曾用相同的语言表述过："古今谋吴、楚，必争上游，盖取高屋建瓴之势，千里江陵，一日可至。如王濬、杨素之造舟于蜀是也。又如秦之破楚，必先取巴蜀，方舟而下，以出扞关是也。"（《胡林翼全集·书牍》咸丰九年五月初六日致官文）

这种共识，无疑是曾、胡熟商后所得出的。当年西晋大将王濬从益州沿长江而下，先克武昌，继克建康（即南京），最终灭掉东吴的历史往事，为当今湘军头领们所熟知并着意效法。早在咸丰三年曾氏在衡州创办水师时便是牢记王濬灭吴的故事，后来在田家镇用烘炉板斧砍断太平军的拦江铁链，也是历史的重演。（刘禹锡诗句："王濬楼船下益州，金陵王气黯然收。千寻铁锁沉江底，一片降幡出石头。"）

为什么要取西路进兵之法，而不能东路进攻呢？这是因为南京乃长江下游的一个大码头，这个码头是因为长江的缘故而形成，那么，夺取这个码头最省事的办法也只有依靠舟楫之力。靠舟楫，当然只能由上游取下游，也就是从西路挺进了。这就是曾氏所说的"形势"。

至于现实情况，是明摆着的，那就是东面军事多米诺骨牌似的惨局。东面进兵的战略方针的制定，要追根溯源的话，乃出于投机取巧、急功近利的心态。这种心态，既为咸丰皇帝和中枢那些满蒙决策者所共有，也是苏南那些文武官员的一致取向。据野史记载，当初建立江北、江南两个大营，便是咸丰帝暗藏"汉人卖命，满人获利"的心机。

至于苏南那些文武们，大多数也是抱着坐收渔利之心，在一旁观望上游湘军的苦斗，没有几个人是准备与太平军以死相争的。才子出身的江督何桂清便是他们的代表。

看出“祸福相倚”这个客观存在，的确是中国哲人的一个伟大发现。咸丰十年江南大营及苏南的溃败便是一个极好的例证。倘若不是这场变故，苏南局面便依旧在何桂清、和春等人的掌管下，曾氏也便依旧只有在安徽打死仗的份，不仅仍然没有地方实权，不能确保湘军的粮饷供应，还要受到以咸丰为首的朝廷满蒙权贵的多方限制。如此所造成的后果，从朝廷方面来说，将推迟这场战争的结束，从曾氏和湘军方面来说，也便绝不可能有日后的独占辉煌。

为便于读者了解当时的局势及曾氏的军事部署，有必要把此奏中所提到的众多人物依出场先后作个简单介绍。

乔松年：山西人，进士出身，时任两淮盐运使，办理江南、江北粮台，为江南江北两大军营筹划粮饷。

徐有壬：顺天人，进士出身，时任江苏巡抚，太平军打下苏州时被杀。

许乃钊：浙江人，进士出身，曾做过江苏巡抚，后被革职，时以三品顶戴帮办江南大营军务。

和春：满洲人，武员出身。时任江宁将军，督办江南军务，节制江北军务。江南大营溃败后，逃至浒墅关自杀身亡。

张玉良：四川人，武员出身，时任广西提督，专办浙江军务。咸丰十一年，死于杭州战役中。

张芾：陕西人，进士出身，曾做过江西巡抚，被革职，起复后在安徽襄办军务。

王有龄：福建人，捐纳出身，时任浙江巡抚。咸丰十一年，死于杭州战役。

向荣：四川人，行伍出身，江南大营首建者。咸丰六年大营被击溃时任钦差大臣，逃至丹阳而死。

多隆阿：满洲人，武员出身，时任荆州副都统。

袁甲三：河南人，进士出身，时任漕运总督，督办安徽军务。

翁同书：江苏人，进士出身，时任安徽巡抚，节制安徽境内各军。

杨载福：湖南人，行伍出身，时以提督衔统领湘军水师。

彭玉麟：湖南人，秀才出身，时以布政使衔协统湘军水师。

周天受：四川人，行伍出身，时以提督衔总兵督办安徽军务。

陈玉成：广西人，太平天国后期重要将领，受封英王，系攻打江南大营战役的总指挥。

杨辅青：广西人，太平军主要将领，受封辅王。

李世贤：广西人，太平军主要将领，受封侍王。

李秀成：广西人，太平天国后期重要将领，受封忠王，时与陈玉成共同指挥再破江南大营之战役。

吴如孝：广东人，太平军主要将领，受封顾王，时为张乐行助手。

张乐行：安徽人，捻军总首领，自称大汉永王，后接受太平天国领导，受封沃王。

写作简析

以历史为鉴，以现实为衬，提出异于朝廷的用兵方略。奏折条理分明，文气壮盛。

要言妙道

自古平江南之贼，必踞上游之势，建瓴而下，乃能成功。

目今贼焰方炽，人心大震，但求立脚之坚定，无论逆氛之增长。

□ 以包揽把持控制江南战区

原折：请起用沈葆桢折

咸丰十年五月初三日

奏为请旨起用告养回籍之道员，以固东防而资熟手，恭折奏祈圣鉴事。

窃臣拟三路分兵进取，业经同日奏明。臣由徽池一路前进，贼必由衢、广等处窥犯江西，为牵制驰突之计。江西之东防，即浙江之上游，亦即福建、皖南之关键。是衢、广一路，防兵最为吃重，非得威惠素著之大员，不能得力。查告养按察使衔九江道沈葆桢，明而能断。咸丰六年在署广信府任内，坚守郡城，保全东路，嗣蒙简用监司，仍留防务，筹兵筹饷，吏畏民怀。八年春，石逆自抚、建倾巢窜浙，卒不敢直犯郡城。其后李元度守广丰、玉山，均因该道接济得全。其去广信也，士民遮道攀辕，来臣处递呈请留者凡十数次。该道以二亲年老，又事多掣肘，力请告归。现当时局艰难，闻该道双亲尚健，自应先国后家，共励澄清之志。合无仰恳天恩，俯准敕下福建抚臣，传谕该道，迅由本籍驰赴江西，由臣会商抚臣奏委署理地方官，仍办理广信防务，节制在防文武。将来再请简补司道各缺，以期呼应灵通，于大局必有裨益。至该道器识才略，实堪大用，臣目中罕见其匹。谨会同江西抚臣毓科合词附驿具陈，伏乞皇上圣鉴施行。谨奏请旨。

译文：请起用原道员沈葆桢折

为请求降旨起用告养回籍的道员，借用熟悉情形的人员巩固东面防守事，恭谨具折，祈皇上鉴察。

臣打算分兵三路进取江南，已经在同一天内具折奏明。臣由徽州、池州一路前进，贼军必由衢州、广信等处伺机侵犯江西，作为牵制我军快速行军的计谋。江西的东南防守，即为浙江的上游，也即为福建、皖南军事的关键。因此，衢州、广信一路的防兵最为要紧，非恩威并重、声名素著的大员不能得力。

经调查，告假回籍侍奉双亲的按察使衔九江道员沈葆桢，精明而有决断力。咸丰六年在代理广信知府任内，坚守广信府城保全了东路，后蒙恩提拔为道员，仍留在广信办理防守军务，筹集兵勇和粮饷，官吏敬惧，百姓感怀。咸丰八年春，逆首石达开从抚州、建昌一带全军东窜浙江，终不敢直接进犯广信府城。这以后李元度守广丰县和玉山县，都因为该道的接济而得以保全。该道离开广信时，士绅百姓来到大道上相送，甚至有人拉住轿杆执意挽留，来到臣处呈递请留住该道不让走的帖子达十多份。

该道因为双亲年老，又办事多有掣肘，亟力请求辞职回籍。现在正当时局艰难，听说该道员父母亲尚且健康，自应当先顾国后顾家，共同激励澄清世乱的志向。可否恳求皇上，同意臣的所请，命福建巡抚将圣旨传给该道，迅速由本籍奔赴江西，由臣与江西巡抚商量后委任他代理地方官，依旧办理广信府的防务，节制在防守职务上的文武官员。将来再请求正式授予司道实职，以求指挥协调，对大局必有补益。至于该道的器识才略，实在值得大用，在臣的心目中，少有人可比得上。谨会同江西巡抚毓科一道具文由驿站呈递，求皇上鉴察批准。谨奏请旨。

评点

曾氏一生使用奏折参劾过不少人，也使用奏折保举过许多人。清朝有一个比较好的人事制度，即文武大臣以及负有监察之责的官员，都有向朝廷推荐人才的责任。甄别人才，是他们职守中的一项。举荐的对象和建议所任的职位，并不受限制。被举荐的人，也可以是所熟知的人，也可以是所风闻的人；建议授的职务，也可以是自己所管辖范围内的，也可以不是自己管辖范围内的，由朝廷去安排。向朝廷推荐了优秀人才，可以获得嘉奖，“荐贤满天下”，是对一个大臣的极高褒奖语；相反，若是举荐了不良分子，给工作带来重大损失，则举荐者也要负失察之责。曾氏的九弟曾国荃光绪年间出任山西巡抚，举荐长期替他做机要秘书的王定安为冀宁道员。后来王定安贪污赈灾款被革职永不叙用，已升为两广总督的曾国荃还要受降两级的处分。

曾氏四月二十八日从军机处的公文中获知代理两江总督的任命后，五日初三日这一天，一口气向朝廷上了三道奏折并附四道奏片。这三道奏折一是谢恩，二是军事部署，三便是起用沈葆桢。四道附片，一是察看海漕保护盐场，二是催调张运兰，三是委李元度另募新勇，四是拟设江西总粮台。四道附片讲的全是调兵遣将、粮饷供应等事，从中可略知一个军事统帅日常所做的主要事情。在三道正折中，“起用沈葆桢”居然和向朝廷谢恩、报告用兵计划这样的大事并列，可见曾氏对此事的看重，以及对沈的期望之大。

沈葆桢是福建人，比曾氏小九岁，道光二十七年的进士，无论从年龄还是从资历上看，都比曾氏差了一大截。曾氏与沈的交往始于五年前。那时沈以名御史身份出为江西九江知府。当时曾氏正统率湘军在江西作战。九江城其时还在太平军的手里，沈的九江知府是个空的，于是便来到曾氏的帐下，随曾氏办理湘军营务。曾氏于此时知沈能干。第二年，沈代理广信知府。这时，太平军即将围攻广信府城，城内的官绅百姓纷纷外逃，正在河口筹饷的沈葆桢得知这一情况后，星夜赶回广信府。这时他的妻子林氏，先已写血书托人送出城外，请求总兵饶廷选救援广信。饶廷选立即率兵赶来。太平军围城时，饶廷选指挥军队回击，沈在城头鼓动士气，林氏则在衙署内埋锅熬粥，慰劳士兵。就这样，打退了太平军的七次围攻，保全了广信府。曾氏因此事而深为佩服沈。他在给朝廷奏报时说：“两年以来，江西连陷数十郡县，皆因守土者先怀去志，惟汪报闰守赣州、沈葆桢守广信，独能伸明大义，裨益全局。”曾氏在此奏中，还特别指出沈为林则徐的外甥兼女婿。这说明曾氏对林则徐的敬重，也由此而对沈更增添一份信任感。沈因保守广信府之功，被朝廷擢升为道员，依旧办广信防务。不久，又加按察使衔。但沈葆桢性格直而犟，不善处理上下左右的关系，他因此借双亲年老而告养回籍。

曾氏在思考对安徽和苏南用兵的时候，把巩固江西一事看得很重，视为东进能否成功的一个关键。曾氏在江西前后六七年，对江西官场知之甚深。历届江西巡抚，从陈启迈到文俊到耆龄，直到眼下的毓科，他都不满意，都不认为他们是称职的巡抚，而沈葆桢则是他心目中的恰当人选。他之所以在与谢恩、报告军事部署的同一天便上折请起用沈，是因为他是准备把沈作为江西巡抚来安排的。这可从两个月后他在保举李鸿章的折中看出：“该员劲气内敛，才大心细，与臣前保之沈葆桢二人，并堪膺封疆之寄。”李与沈都是曾氏人才夹袋中的巡抚人选。但是，沈当时并不知道曾氏将要大用他，故而在接到朝廷的诏命时，依旧以亲老为辞，拒不出山。这以后，曾氏又多次保举沈，并建议朝廷直接授他巡抚之职，以示格外倚重。咸丰十一年底，朝廷给沈下了一道诏命：“朕久闻沈葆桢德望冠时，才堪应变，以其家有老亲，择江西近省授以疆寄，便其迎养；且为曾经仕宦之区，将来树建殊勋，光荣门户，是承亲欢。如此体恤，如此委任，谅不再以养亲渎请。”

写得如此富有感情的皇帝诏书，大概不多见，这颇有点在恳求沈葆桢出山做江西巡抚了，须知此时的沈不过是一按察使衔的道员，已属超常规的提拔了！难怪沈奉诏后“感泣赴官”。沈或许不知道，朝廷示他这等异数，是因为曾氏再而三地竭力荐举的缘故。

曾氏慧眼识才，的确为疲软的晚清官场简拔了一个干练有为的官员。沈不仅为曾氏担负起巩固赣防、支持皖苏战场的重任，尤其是后来大办洋务，为推动中国近代化进程作了突出贡献。然而四年后，正当围攻南京的关键时刻，沈却为调拨江西厘金的事与曾氏闹翻了，令曾氏十分愤恨（详见《唐浩明评点曾国藩家书》）。曾、沈之间的这次冲突，从一个侧面看出两人的为官作风，也可知他们两人不是如现代人所说的“一条线上的人”。于此可见曾氏当年竭力荐举沈，并不是因为沈是他的私人；沈虽然做过曾氏多年的部属，且曾氏于他有知遇之恩，但他也并不因这些而不顾自己的原则性。起用沈，是曾氏接管两江后所作出的第一个人事举措，接下来，他有一系列的人事举措陆续出台，如简派彭玉麟统领宁国水师、李瀚章会办江西牙厘，留左宗棠襄办江皖军务，派李鸿章筹办淮扬水师并请简授其实职，保黄翼升任淮扬镇总兵，请简放李元度皖南道，保毛鸿宾任江苏藩司，直至不久后保彭玉麟为安徽巡抚、李鸿章为江苏巡抚、左宗棠为浙江巡抚，一个曾国藩掌控整个东南的局面就这样渐次形成。它确保了曾氏战略部署的顺利推行，最终在较快的时间里完成平定江南的大业。

笔者注意到，曾氏事业的最得力伙伴胡林翼，就在这个月内的多次信函里反复向曾氏提到了一个思想：“天下事误于正人怕包揽之名，庸人得推诿其间。”“丈不包揽，天下事尚可为乎?”“不包揽，不把持，任人作主，则兵不能择饷不能节，却又必乏财矣。”原来，曾氏如此系统、全面地将他所知所信的人（其中绝大部分是湘军头领），安置在他所辖战区各省担任要职，其指导思想正是胡林翼所说的“包揽把持”。非常时期的确需要非常举措。

写作简析

历数被保者的业绩和民望，并以准确简洁的语言拈出其突出的为官特点，给览奏人留下一个鲜明深刻的印象。

要言妙道

……该道双亲尚健，自应先国后家，共励澄清之志。

至该道器识才略，实堪大用，臣目中罕见其匹。

□ 一个冷处理的历史例证

原折：奏请带兵北上以靖夷氛折

咸丰十年九月初六日

奏为钦奉谕旨，恭折复奏，仰祈圣鉴事。

窃臣于八月二十六日，承准军机大臣字寄，咸丰十年八月十一日奉上谕：

本日胜保奏夷氛逼近关下，请飞召外援，以资夹击一折。据称用兵之道，全贵以长击短。逆夷专以火器见长，若我军能奋身扑进，兵刃相接，贼之枪炮，近无所施，必能大捷。蒙古、京旗兵丁，不能奋身击刺，惟川、楚健勇，能俯身猱进，与贼相搏，逆夷定可大受惩创。请饬下袁甲三等，各于川、楚勇中，共挑选得力若干名，派员管带，即行起程，克日赴京，以解危急等语。逆夷犯顺，夺我大沽炮台，占据天津。抚议未成，现已带兵至通州以西，距京咫尺。僧格林沁等兵屡失利，都城戒严，情形万分危急。现在军营川、楚各勇，均甚得力，着曾国藩、袁甲三各选川、楚精勇二三千名，即令鲍超、张得胜管带。并着庆廉于新募彝勇及各起川、楚勇中，挑选得力者数千名，即派副将黄得魁、游击赵喜义管带。安徽苗练，向称勇敢，着翁同书、傅振邦饬令苗沛霖遴选练丁数千名，派委妥员管带。均着兼程前进，克日赴京，交胜保调遣，勿得借词延宕，坐视君国之急。惟有殷盼大兵云集，迅扫逆氛，同膺懋赏，是为至要。将此由六百里加紧各谕令知之。钦此。

跪读之下，神魂震越，痛愤天地。是日又闻徽州失守之信。旋又接胜保咨，敬悉圣驾巡幸热河。臣既自恨军威不振，甫接皖南防务，旬日之间，两郡失陷。又值夷氛内犯，凭陵郊甸。东望吴越，莫分圣主累岁之忧；北望滦阳，惊闻君父非常之变。且愧且愤，涕零如雨。而以新军败溃，又不得不强颜抚慰，镇定人心。

鲍超一军自宁国失后，渐扎太平。自徽州失后，又令其回驻渔亭，以遏寇氛。钦奉谕旨，饬鲍超赴京交胜保调遣。窃计自徽州至京，五千余里，步队趱程，须三个月乃可赶到。而逆夷去都城仅数十里，安危之几，想不出八、九两月之内。鲍超若于十一月抵京，殊恐缓不济急。若逆夷凶顽，犹豫相持，果至数月之久，则楚军入援，岂可仅以鲍超应诏？应恳天恩，于臣与胡林翼二人中，饬派一人带兵北上，冀效尺寸之劳，稍雪敷天之愤。非敢谓臣与胡林翼二人遂能陷阵冲锋，杀敌致果也，特以受恩最深，任事已久，目前可带湘鄂之勇，途次可索齐豫之饷，呼应较灵，集事较速。鲍超虽号骁雄之将，究非致远之才，兵勇未必乐从，邻饷尤难应手。纵使即日饬令起程，而弁勇怀观望之心，途次无主持之人，必致展转濡滞。本年四月初五日，将军都兴阿奉驰赴扬州之命，即于初十日拜折起程。厥后因楚勇惮远行之劳，途中虞饷项之缺，迁延至八月十九日乃果成行。今若令鲍超率师北上，即再四严催，亦不免于迁延。度才审势，皆惧无济。如蒙圣恩，于臣与胡林翼二人中，饬派一人，督师北向，护卫京畿，则人数稍多，裨益较大。

惟臣若蒙钦派北上，则当与左宗棠同行，皖南暂不能进兵，只能退守江西境内。胡林翼若蒙钦派北上，则当与李续宜同行。皖北暂不能进兵，只能退守湖北境内。俟该夷就抚之后，仍可率师南旋，再图恢复皖、吴。臣等虽均有封疆之责，而臣国藩本未接印，胡林翼尚有督臣经理，皆无交卸事件，一经派出，数日即可就道。区区微忱，伏乞圣慈垂鉴。所有钦奉谕旨，恭折由驿六百里加紧复奏。伏乞皇上训示施行。谨奏。

译文：请带兵北上抵御洋兵进犯折

为接奉谕旨复奏之事，请求皇上鉴察。

臣于八月二十六日接到由军机大臣寄来的咸丰十年八月十一日所奉的上谕："本日胜保上奏一道折子，题为洋人已逼近城关，请火速征召外省援兵，借以内外夹击。据奏折所称，用兵的方法，完全贵在以己之长打击敌之短。洋人以火器为专长，如我军能够奋不顾身地扑上前去短兵相接的话，则贼人的枪炮短距离无所施展，必定能获得大胜。蒙古及驻扎在北京的八旗兵丁都不能拼命搏击，只有四川、湖南的健勇能弯腰攀援前进，与贼人相搏斗，洋人必定将大受惩创。请下命令给袁甲三等人分别在四川、湖南团勇中挑选一批得力者，派员管带，立即起程，限时开赴京师，以便解救危急等语。倒行逆施的洋人进犯我顺天而行的清朝，夺取我大沽口炮台，占据天津城。和议未达成，现在已带兵到达通州以西，距离京师近在咫尺。僧格林沁等人的人马屡次失利，都城已经戒严，情形万分危急。现在军营的四川、湖南等团勇都很得力，着曾国藩、袁甲三各挑选四川、湖南精锐勇丁二三千名，即令鲍超、张得胜管带。并着庆廉在新近所募的彝族团勇及各起四川、湖南团勇中，挑选得力者数千人，即刻委派副将黄得魁、游击赵喜义管带。安徽苗沛霖的团练，一向被称之为勇敢，着翁同书、傅振邦下令苗沛霖挑选团练勇丁数千人，委派妥当人管带。所有这批人马都应兼程前进，限时开赴京师，交由胜保调遣，不得借词拖延，坐视皇上和朝廷的危急。只有殷切盼望大兵云集，迅速扫除逆匪的气焰，共同领受朝廷将颁发的巨赏，这才是最重要的。将此件以日行六百里的加速快递给有关人员。”钦此。

跪读之后，臣神魂大为震动，悲痛愤恨通达天地。同一天，又得到徽州府城失守的消息。随即又接到胜保的咨文，知道皇上圣驾已到了热河。臣既自恨军威不够振作，刚接手办皖南的防务，十天之内两次丢失府城，又值洋人进犯内地，足迹居然到了京师城外。东边眺望吴越，不能分皇上多年的忧虑；北边眺望滦阳，惊闻皇上又蒙非常变故。又惭愧又愤恨，泪如雨下。但因为新组合的军队打了败仗，又不得不强作镇静以安抚稳定人心。

鲍超一军自从宁国府城丢失后，逐渐移扎太平府。自从徽州丢失后，又令他回驻渔亭，用以遏制贼军的气焰。奉到命令鲍超开赴京师交由胜保调遣的谕旨后，臣私下考虑：从徽州到京师五千多里，大部队兼程步行，要三个月才可赶到，而洋人离都城仅只数十里，安全与危险，想必不出八、九两个月之间，鲍超若在十一月抵达京师，真担心缓不济急。假若洋人凶顽，两军对峙真的达数月之久，则楚军进京救援，又怎么能仅仅以鲍超来应诏？应当请求皇上，在臣与胡林翼两人之间，下令派一个人带兵北上，希望能效尺寸之劳，稍稍能洗刷一点弥天大恨。不是夸口说臣与胡林翼两人就能够冲锋陷阵，杀敌获胜，只是因为受恩最深，任事也久，目前可带湖南、湖北的团勇，行军途中可索取山东、河南的饷银，呼应比较灵活，成事较为迅速。鲍超虽然号称骁勇之将，但终究不是能致远之才，兵勇未必乐意跟从，邻省的饷银尤其难弄得到手。纵使明天就让他起程，而将士们各怀观望之心，行军途中又没有主持全局的人，必然造成辗转迁延。

今年四月初五日，将军都兴阿奉命驰赴扬州，当即于初十日拜折起程。后来，因为楚勇害怕远行的辛劳，途中又担心粮饷的匮缺，结果迁延到八月十九日才正式成行。现在若令鲍超率师北上，即便再三再四地严催，也不能免于迁延。揣度鲍之才干，审察当今的形势，都很害怕最终将无济于事。

若能蒙皇上之恩，于臣与胡林翼两人中指派一人督师北上，保卫京师，则人数能稍微多些，收得的效益也能较为大些。只是臣若被指派北上的话，则当与左宗棠一同走，那么皖南就暂时不能进兵，只能退守在江西省境内。胡林翼若被指派北上，则当与李续宜一道走，那么皖北就不能进兵，只能退守在湖北境内。等到这批洋兵接受安抚后，仍旧率兵回到南边，再图谋恢复安徽及苏南。臣等人虽都有封疆的责任，而臣曾国藩本来就还没有接印，至于胡林翼，则还有湖广总督在武昌经理湖北政事，都没有需要交割的事情，一旦指派，几天内就可以起程。这一点小小的诚心，请皇上鉴察。所有关于奉到谕旨、恭谨具折由驿站以六百里快递回答等事宜，请皇上批示，以便执行。谨奏。

评点

这是一份表面看起来忠心耿耿，而实际上却是与朝廷离心离德的报告。这种报告是最为难写的。

我们先来说说它的背景。咸丰九年五月，英、法等国借口换约将军舰开到大沽口。清廷指定英、法等国由北塘登陆换约，但英、法坚持从大沽口溯白河进京，双方终于在大沽交战，英、法联军败退。咸丰十年，英、法再组联军。七月初，攻占大沽及天津，军锋直指北京。谈判破裂后，咸丰帝逃亡热河避暑山庄，留下恭亲王奕䜣在北京为议和大臣。八月底，英、法联军攻进北京城，焚烧圆明园。这就是历史学家所说的第二次鸦片战争。

八月十一日，正在逃亡途中的咸丰接到胜保关于飞召外援的奏折。

胜保是满人，咸丰三年任钦差大臣加都统衔会办江北大营，后被撤职。咸丰七年起复，以副都统衔帮办河南军务。此时正统率军队在京津之间抵御英、法联军。咸丰接到胜保奏折的当天便给曾国藩、袁甲三等人下达了一道圣旨，命他们派兵北上勤王。这道圣旨便是奏折开篇中所引的那段话。

我们只要稍为定下心来细读这道圣旨，便可知当时那些清朝君臣因惊慌失措而糊涂昏瞆到了何等地步！这道圣旨明摆着有三个大错谬。

第一，英、法联军已迫近北京，与正在逃亡的一群帝王后妃不过两三百里之距，此时要调兵勤王，只能就近调，怎么能从数千里之外的江南战场上调人呢？如果洋人要抓皇帝，只怕是江南人马还没开拔就已将大清皇上变成阶下囚了。胜保的这一动议一开始便是错的，咸丰居然也赞同，军机大臣居然也发调令，真是怪事！

第二，以中国士兵的血肉之躯冲破洋人枪炮子弹的射击网，去跟洋人作肉搏之斗，这是何等残酷的设想！在胜保和咸丰的眼里，只有他们的命重要，士兵们似乎天生就是准备为他们而死的。

第三，在士兵这个群体中，蒙古和八旗兵丁的命又要高贵些，他们不能死在洋枪洋炮下，而四川、湖南的团勇不值钱，应该去做炮灰。这些话语竟可以如此露骨地表述，还可以如此无任何遮掩地发给四川、湖南的带勇将领，仿佛天理就是这样的。一百多年后的今天，令我们读来仍觉气愤不已。

想必当年曾氏及其幕僚们在收到这道圣旨时，一定也有与笔者差不多的想法出现。但那是一个不管三七二十一，只要通过圣旨下达，便是真理便要绝对服从的时代，曾氏与他的幕僚尽管可以心中不满，甚至也可以在衙门内外公开指责，但决不能有丝毫不敬的文字在奏折中出现。专制便这样造就了阳奉阴违。

据陶宗亮《归庐谈往录》中所说，曾氏将这道圣旨交幕僚们讨论。绝大多数幕僚主张奉旨派兵，北上勤王，只有极少数幕僚认为当前南方军情严峻，不能抽出兵力，将在外君命有所不受，但这些幕僚找不到更合适的理由来违旨，只有李鸿章的一番话最为透辟。李鸿章反对派兵。他的理由有三个：一是战争已打到京师城郊，再从南方调兵入卫，实在只是一句空话而已，没有一点实际意义。二是现在的处境是“三国连衡”，也就是说是中、英、法三个国家在争斗，最后的结果“不过金帛议和，断无他变”，即赔款而已，不会有亡国之虞。三是湘军关系着大清天下的安危，一举一动都得慎重，不能随随便便地就抽掉一个骁将和几千人马。

应该说，李鸿章的这三点分析很有道理，尤其是第二点，很能体现李鸿章的头脑清醒和对外情的了解。当时英、法结成联军，一般人都将这次战争看成是中国与英、法联合体两方的冲突，独李能看出英、法联军不能代表英国和法国两个国家的联合，故而实质上是三个国家之间的问题，多一个方面便多了一个制衡，问题反而好办些。此外，李还看出英、法打进北京，志不在夺取政权而是在掠夺财物。把要害找出来后，才好对症下药，他用的药是“金帛”。鉴于此，李提出应对这道圣旨的办法是“按兵请旨，且无稍动”。

请旨的目的在于按兵。按兵不动一段时间，京师必有新的情况出现，而这个新情况多半是已经议和了。于是，“复奏”这篇文章的“文眼”便出来了，那便是“请旨”。按理说，还要请什么旨呢？“旨”不是已经很清楚了吗？是的，这个“旨”已经很清楚了，要请的是另外的“旨”，要无中生有地生出一个事情来请旨。这个生出来的事情，便是请皇上于曾、胡二人中间挑一个出来带兵北上。如此，这篇文章便只要围绕着为什么不能由鲍超带兵，而只能从曾、胡中选一人带兵来写就行。把理由说得头头是道，无懈可击，这篇文章也便做好了。

事实上，这篇文章也的确是做得很好了，它的目的也完好无缺地达到了。九月初，奕䜣便已经在与英、法两国“金帛议和”了。这个月的中下旬，两个国家在得到一笔新增的巨款后，心满意足地先后撤出北京。十月初四日，曾氏接到了由军机处寄来的九月二十日上谕：“八月间，胜保因夷氛逼近京师，请调外援，当经谕令曾国藩挑选川、楚精勇二三千名，令鲍超管带，克日赴京，归胜保调遣，至今未据该大臣复奏。现在京师兵勇云集，抚议渐可就绪。皖南正当吃紧，鲍超一军，着毋庸前来，即饬令该镇与张运兰迅克宁郡，力扫贼氛，是为至要。”

湘军北上勤王，便这样成了一句闹得沸沸扬扬的“空言”。

九月二十日，京师尚未收到曾氏的这道请旨复奏，这是正常的。因为从京师发给曾氏的派兵北上的圣旨，虽以六百里速度快速，也足足走了半个月，按这个速度，曾氏的六百里复奏，要九月二十一日才能到达北京。过去战时的文书传递，令今人难以置信。但好在国内战争的交战双方都处在同样的低水平线上，故而不能成为胜负的一个重要因素。待到与洋人打仗，一方用马递，一方用电报，高下便立见，胜负也便可预测了。这自然是题外话，且不说了。

若陶宗亮的《归庐谈往录》所说的是实情的话，这道奏折便实际上是李鸿章的作品。李鸿章出的这个点子，其实也很简单，那就是人们所熟悉的“拖延法”。现在是信息时代，这个时代最崇尚的字眼便是“快速”，但人世间的事情很复杂，有些事情的最好处置恰恰不是快速，而是要等待一下，要冷处理，说白了，便是要拖延。拖延一会，耽搁一会，结果反而会更好，尤其是涉及人事方面，有时更不失为一种正确办法。

写作简析

将不愿做的事说得十分百分地想做，把不成理由的理由说得饱满充分，滴水不漏，将敷衍的态度说得恳切诚挚，令人笃信不疑。此文的写作技巧高超。

要言妙道

非敢谓臣与胡林翼二人遂能陷阵冲锋，杀敌致果也，特以受恩最深，任事已久，目前可带湘鄂之勇，途次可索齐豫之饷，呼应较灵，集事较速。

□ 一份揭开洋务运动序幕的重大历史文献

原折：遵旨复奏借俄兵助剿发逆并代运南漕折

咸丰十年十一月初八日

奏为遵旨复陈，仰祈圣鉴事。

窃臣于十月二十五日，承准军机大臣密寄十月十一日上谕：

本年秋间，英、法两国带兵扑犯都城，业经换约退兵。俄罗斯使臣伊格那替业幅，亦即随后换约。该酋见恭亲王奕䜣等面称：发逆在江南等处横行，请令中国官军于陆路统重兵进剿，该国拨兵三四百名，在水路会击，必可得手。又称：明年南漕运京，恐沿途或有阻碍，伊在上海时，有美国商人及中国粤商，情愿领价采办台米、洋米运津。如令伊寄信上海领事官，将来洋船、沙船均可装载，用俄、美旗帜，即保无虞等语。中国剿贼、运漕，断无专借资外国之理。惟思江浙地方糜烂，兵力不敷剿办，如借俄兵之力帮同办理，逆贼若能早平，我之元气亦可渐复。但恐该国所贪在利，借口协同剿贼，或格外再有要求，不可不思患预防。法郎西在京时，亦有此请。着曾国藩等公同悉心体察。如利多害少，尚可为救急之方，即行迅速奏明，候旨定夺。

至代运南漕一节，江、浙地方沦陷，明岁能否办理新漕，尚无定议。然漕粮为天庾正供，自不可缺。该酋所称采办运津之说，是否可行，应如何妥议章程办理之处，并着曾国藩、薛焕、王有龄酌量情形，迅速具奏。将此由六百里各密谕知之。钦此。

具仰皇上圣虑周详，驭夷之方，达变之略，无微弗至，钦服莫名。臣就俄酋所陈二事思之。

其请拨夷兵三四百名助剿金陵发逆一节。查大西洋英、法、美各国，恃其船坚炮大，横行海上。俄罗斯国都，紧接大西洋，所用船炮及所习技艺，均足相抗，近始由重洋以通中国。该夷与我，向无嫌怨，其请用兵船助剿发逆，自非别有诡谋。康熙年间进攻台湾，曾调荷兰夹板船助剿，亦中国借资夷船之一证。惟长江二千余里，上游安庆、芜湖等处，有杨载福、彭玉麟等水师；下游扬州、镇江等处，有吴全美、李德麟之水师。臣现又在长沙、吴城等处添造师船，为明年驶赴淮扬之用。是皖、吴官军之单薄在陆而不在水，金陵发逆之横行亦在陆而不在水。此时我之陆军，势不能遽进金陵，若俄夷兵船即由海口上驶，亦未能遂收夹击之效。应请饬下王大臣等，传谕该夷酋，奖其效顺之忱，缓其会师之期。俟陆军克复皖、浙、苏、常各郡后，再由统兵大臣约会该酋，派船助剿。庶在我足以自立，在彼亦乐与有成。法郎西亦有此请，亦可奖而允之。许其来助，示以和好而无猜，缓其师期，明非有急而来救。自古外夷之助中国，成功之后，每多意外要求。彼时操纵失宜，或致别开嫌隙。似不如先与约定，兵船若干只，雇价若干，每船夷兵若干，需月饷若干，军火一切经费若干，一一说明。将来助剿时，均由上海粮台支应，庶可免争竞而杜衅端。

至所称美商领价采米运津一节。江、浙各郡县地方沦陷既多，明年新漕，势难赴办。美商、粤商情愿领价采办台米、洋米，由海道运至津、沽，实亦济变之要着。俄酋既以此为请，似即可因而许之。除粤商采办之米，应由该商自行经理，毋庸插用俄、美旗帜外，所有美商采办运津之米，亦请饬薛焕在上海就近与该商订明。粤商领价，须取保户。美商则听美酋经理，当可无误要需。为时局计，似亦舍此别无良策，伏乞圣明察酌行之。

抑臣窃有请者，驭夷之道，贵识夷情。以大西洋诸夷论之，英吉利狡黠最甚，法郎西次之，俄罗斯势力大于英、法，尝与英夷争斗，为英所惮。美利坚人，性质醇厚，其于中国素称恭顺。道光十九年，英夷因鸦片肇衅之始，兵船闯入广州省河，美酋曾于参赞大臣杨芳处递禀，愿为居间调处。英酋义律，旋出亲笔，有“只求通商、不讨别情”等语，是并烟价亦不敢索也。杨芳曾据以入奏，而不敢专主其议。会官军烧抢洋行，误伤美夷数人，其事遂寝，而夷患遂炽。咸丰三年，贼踞金陵，闻美酋亦曾于向荣处托人关说，请以兵船助剿。未知向荣曾据以入奏否？英、法两夷犯广东省城时，美酋未尝助逆。上年天津击败夷船时，美酋即首先赴京换约，并无异词。是美夷于中国时有效顺之诚，而于英、法诸夷，并非固结之党，已可概见。此次俄夷既称美商情愿领价采米，似可即饬薛焕与美酋面订章程，妥为筹办。庶几暗杜俄夷见好中国市德美夷之心，而美夷知中国于彼毫无疑忌，或且输诚而昵就于我，未可知也。此次款议虽成，中国岂可一日而忘备？河道既改海运，岂可一岁而不行？如能将此两事妥为经画，无论目前资夷力以助剿济运，得纾一时之忧；将来师夷智以造炮制船，尤可期永远之利。区区愚虑所及，合并陈明，伏乞皇上圣鉴训示。谨奏。

译文：遵旨复奏借俄国兵帮助征剿长毛并代为运输南方漕粮折

为遵照旨意答复事，请求皇上鉴察。

臣于十月二十五日，接到由军机大臣密寄的十月十一日上谕：“今年秋间，英、法两国带兵侵犯北京，已经交换条约退兵。俄罗斯大使伊格那第耶夫，也随后跟着换约。该大使在会见恭亲王奕䜣等人时当面说，发逆在江南等地横行霸道，请命令中国的官军由陆路以重兵进剿。该国拨三四百兵在水路会同攻击，必定可以成功。又说，明年南方漕粮，担心一路上或许有阻碍，他在上海时，有美国商人及中国广东商人，情愿担负采办台湾及外国产的大米运往天津。如果令他寄信给上海领事馆的官员，将来洋船和沙船都可以装载，打着俄国、美国的旗帜，即可以确保无虞等等。中国剿灭贼匪，运送漕粮，绝没有专门借资外国的道理，只是考虑到江浙地方上已经瘫痪，兵力不足以剿灭贼匪，如果借俄国兵的力量帮忙共同办理，逆贼若能早日平定，我国的元气也可渐渐恢复。但担心该国所贪的是在利益上，借口协同剿办贼匪，或许可能还有别的要求，不可不考虑到后患而加以预防。法兰西国的人在北京时，也有这个请求。着曾国藩等共同用心体察。如果利多害少，尚可以当作救急的办法，立即迅速奏明，等候谕旨定夺。至于代为运送南方漕粮一事，江浙一带已经沦陷，明年能不能办理新的漕粮，尚无定议。但漕粮为朝廷储粮的主要来源，自是不可缺少。该大使所说的采办运往天津一说，是否可行，以及应如何妥善商议章程办理事宜，并着曾国藩、薛焕、王有龄视情形考虑，迅速具奏。特此以六百里快递秘密告之。”钦此。

可见皇上思虑周详，驾驭洋人的办法，通达权变的方略，无微不至，钦敬佩服不尽。臣就俄国大使所说的两件事作了一些考虑。

他所说关于拨洋兵三四百名帮助攻剿金陵长发逆匪一事。经调查，大西洋英、法、美各国，依仗海船坚固，火炮巨大，横行于海上。俄罗斯的国都紧靠大西洋，所用的船炮以及所习的技艺，都足以抗衡，近来开始经过重重海洋来与中国交通。这个国家与我国一向没有嫌怨，他们请求用兵船帮助剿办发逆，自然不是别有阴谋。康熙年间进攻台湾时，曾调来荷兰国的夹板船相助，这也是中国借助于洋船的一个例子。但长江两千多里，上游安庆、芜湖等处，有杨载福、彭玉麟等人的水师，下游扬州、镇江等处，有吴全美、李德麟的水师。臣现又在长沙、吴城等地添造水师兵船，为明年开赴淮扬作准备。这说明安徽、苏南官军的单薄在陆路而不在水上，金陵发逆的横行也在陆地而不在水上。此时我们的陆军，从形势上来说不可能立即打进金陵，假若俄国兵船即便由出海口进入长江往上驶，也不能立即收到两面夹击的效果。应当请求下命令给军机处领班大臣等人，告诉该大使，奖励他为我国效力的热忱，但会师的期限应推迟，等到陆军克复安徽、浙江、苏州、常州各大城市后，再由我国统兵大臣约会该大使，派船来帮助剿办。这样处置的话，对我方来说足以自立，对他们来说也乐于参与一桩有所成就的事。

法兰西也有这个请求，也可以嘉奖并答应他们。同意他们来帮助，表示我方的友好与信任，推迟会师的日期，表明我方并不是有危急而请他们来救援。自古以来，外国人帮助中国，成功以后，每每多意外的要求。到那时办理失宜，或者引起另外的嫌隙，倒不如事先与他们约定：兵船多少只，雇价多少，每只船上洋兵多少名，每月需要多少饷银，军火等一切经费多少，一一说明白。将来帮助征剿时，均由上海粮台支应。如此可免去争吵而杜绝今后可能引发的麻烦。

至于所说的美国商人承包采办大米运往天津一事，苏南、浙江府县沦陷的地方既然很多，明年的漕粮，按情势来说将会采办困难，美商、粤商情愿承包采办台湾产大米及外国产大米，由海路运到天津塘沽，实在是应变的紧要手段。俄国大使既然以此事为请求，或许可以答应他们。除粤商采办的大米，应当由该商自行办理，不要张挂俄、美旗帜外，所有美商采办的运往天津的大米，也请命令薛焕在上海就近与该商将合约签订明白。粤商承包，必须有人担保。美商则由美国大使经理，应当不会耽误这个重要的供需。从时局来考虑，似乎也是舍此外再别无良策，请皇上详明审察后酌情施行。

臣还有要请示的事。驾驭洋人的办法，贵在认识洋人的国情。以大西洋各国来说，英吉利最为狡黠，法兰西次之，俄罗斯势力大于英、法，曾经与英国争斗过，为英国人所害怕。美利坚人性质醇厚，他们对中国一向恭顺。

道光十九年，英国因为鸦片挑起事端的初期，兵船闯入广州城里的珠江江面，美国大使曾到参赞大臣杨芳处呈递公文，愿意在中间做调停。英国头领义律很快便出具亲笔信，上面有“只求通商，不希企别的事情”等话，这就是说连烟价也不敢索取了。杨芳曾经据此上报朝廷，不敢自作主张。恰好这时官军烧抢洋行，误伤几个美国人。这桩事虽得到平息，但来自外国的忧患也因此而增大。

咸丰三年，贼人窃踞金陵，听说美国大使曾托人到向荣处关说，请示以兵船帮助征剿。不知向荣把此事上奏朝廷没有。英、法两国侵犯广东省城时，美国没有参与。去年天津击败洋船时，美国大使当即首先到北京换约，并没有说别的什么。这说明美国对中国随时都有效顺的诚意，而并不是英、法等国的盟友。这次俄国既然说美商情愿承包采办大米，或许可以即刻命令薛焕与美国大使当面订立章程，妥善筹办。或许可以暗中杜绝俄国讨好中国，并借此向美国兜售其恩德的心思。而美国知道中国对于他们毫无猜疑忌恨，或许会向我国表示友好而亲近，这也是说不定的事。

这次赔款的协议虽然达成了，但中国怎么能一日而忘防备呢？河道运输既已改为海路运输，怎么能一年都不实行？如果能将这两桩事妥善经理筹划，无论目前借助洋人之力用来帮助征剿，得以缓解一时的忧患，将来学习洋人的智巧来造炮制船，尤可以期望得到永久的利益。臣这一点浅浅的思虑，也一并禀告，请皇上鉴察指示。谨奏。

评点

笔者认为，这是曾氏两千多道奏折中最具价值的一道。事实上，历史学家也已经公认，它是启动近代中国洋务运动的第一份重要文献。如此说来，这道不到两千字的奏折，便具有历史里程碑的意义。

近代洋务运动的源头，其实应当追溯到魏源。他那句见之于《海国图志》中的“师夷长技以制夷”的话，的确最早也最明晰地表达了这种洋务思想。但遗憾的是魏源人微言轻，这句话也只是他的这部百万言巨著中的一句，无法引起当政者的重视。查看中国历史，凡关系到国计民生方面的伟大思想天才议论，若不被当政者看到而加以重视并得以实施的话，便几乎如同废话一般，毫无价值可言。林景熙的“何人一纸防秋疏，却与山窗障北风”，内中的酸楚和无奈，想必为历朝历代那些不得志的国是热衷者所共有。将洋务思想化为具体的国策，并且实实在在地在中国的土地上予以推行的，则是因为有这道奏折的缘故。

与前面所说的魏源的情形截然相反：曾氏此时已成为朝廷的南天柱石，自然是人贵言重；曾氏的“师夷智以造炮制船”写在奏折中，自然畅通无阻地很快被最高当政者看到。除开这两点外，还有其他一些重要的原因。

首先是因为眼下的当政者三十岁的年轻咸丰帝，正遭受着洋人所带来的奇耻大辱；耻辱刺激了他的自强之心。这道奏折中所引上谕的第一句话说的便是这个背景：“本年秋间，英、法两国带兵扑犯都城，业经换约退兵。”

关于这个背景，笔者在对上道奏折的评点中已经作了介绍。尽管留在北京的恭亲王奕䜣与英、法两国签订了以增加赔款为主要内容的《北京条约》，两国军队在九月中下旬先后撤出北京，但都城被占，皇家园林被烧，带着后妃皇子出逃，这种仅与亡国相差一步的耻辱，再懦弱的皇帝也深以为恨，何况当时的咸丰帝正是血气方刚的时候，渴望国家强盛不再受欺侮，应是他当时最强烈的愿望。曾氏及时提出“可期永远之利”的“师夷智以造炮制船”的设想，自然极易为他所采纳。

其次，朝廷中有一批重要的大臣很支持办洋务。这批大臣中第一个便是奕䜣。奕䜣为咸丰帝亲弟，器具开张，见识远大，在国策制定中有着举足轻重的地位。第二个便是文祥。文祥为军机大臣，与奕䜣同为议和大臣，在与洋人的不平等谈判中，自然比别人更深切感受到弱国无外交的道理。有奕䜣和文祥联手支持，洋务运动的发动之初便减少了许多阻力。

最后，在长期的与太平军的内战中，朝廷多数大臣都已经知道洋枪洋炮洋船，的确比中国的土制武器要强过十倍百倍。这便为洋务国策的制定准备了广泛的基础。

这些原因的综合，便成了这道折子被迅速采纳的原因。这原因，说到底乃是时代所造成的。时代没有让“师夷长技以制夷”的思想火花燃起现实之火，却让“师夷智以造炮制船”的奏折成为洋务运动发轫的标志。

一个月后，咸丰帝连发了两道上谕。一道命令奕䜣在京师建立总理各国通商事务衙门，这便是中国有史以来的第一个外交部。另一道命令曾氏及江苏巡抚薛焕购买洋枪洋炮。奉到谕旨后，曾氏便积极予以筹划，咸丰十一年十二月，在安庆创办一个名曰安庆内军械所的兵工厂。这是中国有史以来第一个以外国机械和技术为主的军工企业，它具有划时代的意义。从那以后，一座座以生产军事武器为主的制造局、机器局陆续出现在古老的神州大地上，接下来，各式各样的民用工厂也相继开办，直到开矿山、修铁路、架电线、办学堂，一个以师夷智巧为手段，以徐图自强为目的的洋务运动便轰轰烈烈地开展起来。

现在回过头，再来说说曾氏在这道奏折中所体现的一些外交思想。笔者以为，此折所体现的曾氏外交思想有两点值得注意。一是在军事方面，尽量少让外国人插手，实在需要合作之处，则必须有明确约定在先。这是曾氏对外国人的防患警惕之心。这种防心一直贯串着曾氏整个的外事活动，后来的拒绝英国人帮助打南京以及退回阿思本舰队等都可以作为例证。二是曾氏所提出的“驭夷之道，贵识夷情”的观点。这实际上是中国传统的“知己知彼，百战不殆”的军事思想在外交中的运用。当时与中国打交道的西方列强，主要有英、美、法、俄等国。对这四国的态度，曾氏明显地表示出对美国的好感。曾氏同时也注意到西方列强并非是“团结”的，彼此之间因利益而存在着矛盾。在国门打开之初，曾氏的这些认识，尽管有它的局限性，但对国家外交政策制定的指导性则是显而易见的。

写作简析

从处理眼下的具体事情出发，提出一个重大的国策设想，使这道奏折成为一个典范式的国是议案。

要言妙道

自古外夷之助中国，成功之后，每多意外要求。

驭夷之道，贵识夷情。

目前资夷力以助剿济运，得纾一时之忧；将来师夷智以造炮制船，尤可期永远之利。

□ 东南战场强弱转化的一个重要标志

原折：克复安庆省城片

咸丰十一年八月初二日

再，正在缮折间，接到统领安庆全军即用道曾国荃禀称：八月初一日卯刻，官军用地雷轰倒安庆北门城垣，队伍逾濠登城，该逆仍用枪炮抵死拒敌。经我军奋勇直前，立将安庆省城克复，杀毙长发老贼二万余人。该逆情急，赴江内、湖内凫水遁窜，又经水师截杀，实无一人得脱。其老弱妇女，暂时擒缚，俟讯明分别斩释。四眼狗及伪辅王、璋王、王各股援贼，屯扎我军后濠之外，当破城时，列队远望，其胆已落，渐渐退去各等情前来。

臣伏查安庆省城，咸丰三年被贼陷据。九载以来，根深蒂固。自去冬合围至今，逆酋四眼狗迭次拼死援救，我军苦守猛战，卒得克此坚城，围杀净尽。军兴十载，惟五年之冯官屯、八年之九江、此次安庆之贼，实无一名漏网，足以伸天讨而快人心。至楚军围攻安庆，已逾两年，其谋始于胡林翼一人画图决策，商之官文与臣，并遍告各统领。前后布置规模，谋剿援贼，皆胡林翼所定。除臣即日前往安庆部署一切，及详细情形另由官文、胡林翼、李续宜会衔具奏外，所有克复安庆省城大概缘由，谨附片驰陈，仰慰宸怀，伏乞皇上圣鉴训示。谨奏。

译文：克复安徽省垣安庆片

另外，正在誊抄奏折时，接到统领安庆全军即用道曾国荃的禀报：八月初一日卯刻，官军用地雷轰倒安庆北门城墙。队伍跨过壕沟登上城楼，城内逆匪仍用枪炮作拼死抵抗，经我军奋勇直前，立即将安庆省城克复，杀死长头发的老贼二万多人。这批逆匪在情急中跳入长江及菱湖游水逃遁，又经水师截住杀死，确实无一人得以脱逃。其中老弱妇女等暂时拘押，待讯明后分别或斩首或释放。陈玉成（四眼狗）以及杨辅清（辅王）、林绍璋（璋王）、洪仁玕（干王）各股援军，屯扎在我军后壕之外，当城墙被攻破时，列队远远地观看，胆已吓破，慢慢地都散去了。

臣查安庆省城自咸丰三年被贼军沦陷占据，九年以来其守城之势已根深蒂固。自从去年冬天合围至今，逆贼首领陈玉成多次拼死救援，我军苦守猛战，终于得以克复这座坚城，杀得干干净净。战争爆发十年以来，唯有咸丰五年的冯官屯、咸丰八年的九江以及这次安庆城的贼军，确实没有一个漏网，足以伸张奉天讨逆的正义而大快人心。至于湘军围攻安庆已超过两年时间，这个设想起始于胡林翼一个人的策划精算，后与官文和臣一道商量过，又遍告所统领的部属。前前后后的布置规划，都是胡林翼所制定的。除开臣即日前去安庆部署一切，以及克复安庆的详细情况由官文、胡林翼、李续宜会衔具奏外，所有克复安庆的大致情形，谨附片迅速奏报，借以安慰皇上的关切之心，请皇上鉴察指示。谨奏。

评点

咸丰十一年八月初一日，曾氏九弟国荃统率吉字营打下安徽省城安庆。这是江南战场上的一桩大事，无论从清廷方面来说，还是从太平天国方面来说，都至关重要。太平天国朝政的实际执掌者干王洪仁玕曾说过：“此城实为天京之锁钥……安庆一日无恙，则天京一日无险。”安庆在这场战争中的地位，被洪仁玕的这两句话说得再清楚不过了。

当然，清廷在江南战场上的代表人物曾国藩、胡林翼、官文等人，对安庆的战略地位，也有着与洪仁玕同样的认识。早在咸丰九年九、十月间，曾、胡便开始筹划全力收复安徽的事宜，而收复安徽的关键便在于收复安庆。进兵安徽三路中的第一路之最终目标即为安庆，由曾氏亲任总指挥。第二年四月，江南大营被太平军摧毁，常州、无锡、苏州等重镇全部落入太平军之手，江南局面一夜之间陡然严峻起来。朝廷在任命曾氏为署理两江总督的同时，也严催他带兵迅赴三吴，以拯危局，即便就在这时，曾氏仍不改他的既定方针，坚持安庆围师不能撤。他在给朝廷的奏折中说："安庆一军，目前关系淮南之全局，将来即为克复金陵之张本。此臣反复筹思，安庆城围不可遽撤之实情。"咸丰十年八月，太平军采取"围魏救赵"之策，陈玉成率部由江北、李秀成率部由江南同时并举攻打武昌，希望以此引安庆围师西向救武昌，从而解安庆之围。对于太平军的这个军事行动，曾、胡都已看得很透彻，作出即便丢掉武昌也不撤安庆围师的决定。

从咸丰十年四月初，曾国荃率吉字营抵达安庆城外集贤关起，安庆围师的统帅便是曾老九了。至于驻守安庆城内城外的太平军首领则是陈玉成部的两员干将：靖东主将刘玱琳、受天安叶芸来。

在围安庆之前，曾国荃统率吉字营有过几次围城的经历，如吉安、景德镇都是难围的重镇，曾老九凭着一股蛮劲，硬是把它们都给打下来了。就是凭着这些战功，科场不顺、三十三岁还只挣到一个贡生的曾老九，仅只用了三四年的功夫，便获得"以道员用"的地位，也就是说，已备具了做道员的资格，一旦有缺，便可做起四品道台来。这便是当年热热闹闹的书生投笔从戎的真正原因。若用市场眼光来看待这个现象，便最为通明了：投资科场见效慢，投资战场见效快；当然，见效快的风险也大，曾老六便是例子，所以，也并不是每个秀才都"出作谈兵客"（杨度诗）的。

曾老九的安庆之围也打得很艰苦。从咸丰十年四月到咸丰十一年八月，历时一年零四个月。固然，把守集贤关的刘玱琳与坚守城头的叶芸来都是太平军中少见的忠勇之将，这是仗打得艰难的主要原因。此外，因为太平天国领导层对安庆的重视，所以围绕着安庆城内外的战事，实际上是太平军在与清军作集体较量。安庆之战，成了整个江南战场的缩影。

但安庆终于还是给曾老九拿下了。据曾氏家书上说，早在打下之前数月，看天相的便说八月初一是一个“日月同辉、五星贯珠”的大吉大利日子，安庆城有可能在这一天光复。后来，果然是这一天用地雷轰倒了城墙。曾老九因这一仗之功声名大振，朝廷给他重赏：加布政使衔，以按察使记名遇缺题奏，并赏穿黄马褂。

老九的这个官职，在现在的读者看来很怪，它究竟是什么意思呢？布政使，是一省主管钱粮民政的官员，排在巡抚之后，类似于今天的常务副省长。但它的品衔与巡抚同，一样的从二品，并不是巡抚的下级，两人见面行的是平礼。这又与今天的常务副省长不同。按察使，是一省主管刑名司法的官员，正三品，排名在布政使之后，类似于今天的副省长。“记名遇缺题奏”这句话的意思是：将名字记录在吏部预备人选名册上，遇到哪省按察使一职空缺了，吏部便将此人的名字上奏，由皇上正式任命。但是名字往往不是一个，而是好几个，是不是被选上还不一定。所以，严格说起来，皇上赏给老九的，不是一个官职，而是一个做官的资格。这个资格就是：常务副省长级副省长。

至于赏穿黄马褂，那又是一回什么事呢？黄马褂原本是为壮观瞻而制就的统一着装。以黄色绸子为衣料，做得宽宽大大的，可以罩在平时穿的衣服的外面。皇帝的御前大臣、内大臣、内廷王大臣、侍卫什长等都有这种黄马褂，遇到必要时，大家一同装起来，那场面金碧辉煌，的确很壮观。后来皇帝又把这种黄马褂作为一种特别的赏品赏给外廷的有功官员。被赏者十分珍惜，视为很大的荣耀。平时珍藏着，遇到重大庆典时，拿出来披着，身份顿时便不同了。战争年代，朝廷为鼓励文武官员多立功，常常拿出一些宫中之物作为赏赐，如玉如意、玉扳指、玉翎管、火镰、荷包等等，黄马褂作为一种比较贵重的赏品，也常被赏赐给级别较高的文武官员。战争打得时间长，获黄马褂之赏的人也很多。到后来，也就不特别稀罕了。有一个关于左宗棠的逸闻讲到黄马褂的事。

有一位方面大员去拜访左宗棠。左的大营内外的卫兵们都不把此人当一回事，既不列队欢迎，也不对他表示格外的尊重。受惯了别人隆重接待的这个方面大员心里很不高兴，在与左的晤谈中露出这种不满意。左说，是我对他们管束不严，你离开军营时，我叫他们列队欢送。过一会，此人出营，果然见营房门口齐刷刷地站着两列卫兵，个个面容严肃，持枪笔立，那人正得意时，忽见这二三十人的队列中人人都身穿黄马褂，在阳光照射下，金光灿灿的。那人大惊，忙对左说：请他们散开吧，下官担当不起！左哈哈大笑，挥手叫队列解散。

这则左宗棠轶闻，意在表现左喜欢炫耀自己：我手下的卫兵个个都获黄马褂之赏，都不把一个方面大员看在眼里，你看我左某人有多大的功劳，有多高的地位！不过，此逸闻也同时从另一方面说明了清末黄马褂赏赐的泛滥。

这道打下安庆的捷报有两点值得我们注意。

第一，它不是正折而是附片。附片的分量当然要比正折轻，而它所附的正折是什么呢？正折题为《鲍超一军丰城大捷折》，说的是鲍超一军进援江西，在丰城西北岸大获胜仗的事情。丰城获胜与安庆光复不可同日而语。曾氏为何要如此处理呢？原来他是有意在避嫌。老九是他的胞弟，将为胞弟报捷的文字作为附片，置于为部属请功的正折之后，在曾氏看来是应该的；在笔者看来，这种谦抑有点过头，过头了的谦抑便显得有点矫情。中国有句古话:“外举不避仇,内举不避亲。”相比起来,这种胸襟更为坦荡些。其实,安庆的战地指挥官固然是曾氏的胞弟,但攻城的部队——吉字营的将士们却并非他的亲戚;何况,参与这场战争的还有多起别的部队,对于这些人来说,将安庆之克置于附片的地位列在丰城之捷的后面,显然有失公允。

第二,将策划、支援安庆之战的功劳全归之于胡林翼,只字不提自己的贡献。其实,从上到下,谁都知道曾氏才是这场战争最主要的策划人、支援者。于公于私,于情于理,他都会特别关照安庆战场,事实上他也是这样做的。显然,这又是曾氏的谦抑。不过,曾氏的这个谦抑,还是有根据的,那就是老九这支部队的饷银是靠湖北提供的。曾氏曾在一封家书中对老九说过:“你只守定自己是湖北的部队,就可以名正言顺地问湖北要饷。”对靠自筹粮饷的湘军来说,饷银简直就是它的生命线,平时靠它维持军营的存在,战时靠它激励士气。如果没有饷银,也就没有这支部队。从这个意义上来说,将头功记在湖北之主的胡林翼头上,也是有道理的。除开谦抑外,曾氏此举还隐有报答胡林翼对他们兄弟的格外照顾之情一层意思在内。前面说过,曾国华的军队完全是胡给的。胡又为曾氏本人积极“跑官”。此外,曾氏最小的弟弟曾国葆,咸丰九年七月再次出山,其部队也是胡给的。(见曾氏《季弟事恒墓志铭》:“鄂帅胡文忠公方广求将材,命季分领千人,自黄州建旆而东。”)曾氏家里带兵的兄弟四人全都受到胡的恩惠,曾氏心中自然感激不尽。将克安庆之功全部让给胡,不排除这种以公报私的可能性。

还有一层原因,那就是胡林翼眼下正在病势危重之中,随时都有可能死去。曾氏将这个大功劳全盘送给他,暗藏一种希冀,那就是希望朝廷能给胡以格外之赏,借以安慰将死之人。果然,朝廷接到这份奏报后,立时下达嘉奖令:“安庆陷九载,楚军合围,胡林翼画策督剿，攻克坚城，厥功最伟，加太子太保衔，给骑都尉世职。”奉到这道上谕没有几天，胡林翼便与世长辞。曾氏的良苦用心没有白费。

写作简析

在形式上抑重为轻，在内容上做足大胜文章。借公德以酬私恩，而出语诚恳，不留痕迹。

要言妙道

军兴十载，惟五年之冯官屯、八年之九江、此次安庆之贼，实无一名漏网，足以伸天讨而快人心。

前后布置规模，谋剿援贼，皆胡林翼所定。

□ 晚清官场上一个罕见的干员能吏

原折：沥陈前湖北抚臣胡林翼忠勤勋绩折

咸丰十一年十月十四日

奏为湖北抚臣忠勤尽瘁，勋绩最多，恭折奏祈圣鉴事。

窃前湖北抚臣胡林翼，由翰林起家，历外任。咸丰五年三月，蒙先皇帝特达之知，由贵州道员，不及半载，擢署湖北巡抚。当是时，武汉已三次失陷，湖北州县大半沦没，各路兵勇溃散殆尽。胡林翼坐困于金口、洪山一带，劳身焦思，不特无兵无饷，亦且无官无幕，自两司以至州县佐杂，皆远隔北岸数百里外。一钱一粟，皆亲作书函，向人求贷，情词深痛。残破之余，十不一应。至发其益阳私家之谷以济军食，士卒为之感动。会湘勇自江西援鄂，军势日振。六年十一月，攻克武汉，以次恢复黄州等郡县。论者以为鄂省巡抚可稍息肩矣。胡林翼不少为自固之计，悉师越境，围攻九江，又分兵先救瑞州。督抚以全力援剿邻省，自湖北始也。九江围剿年余，相持不下，中间石达开自江西窥鄂、陈玉成自皖北犯鄂者三次，胡林翼终不肯撤九江之围回救本省之急。或亲统一军，肃清蕲、黄，或分遣诸将，驱归皖、豫，卒能克复九江，杀贼净尽，为东南一大转机。浔功甫蒇，复奏明以全鄂之力办皖北之贼。迨李续宾覆军于三河，胡林翼先以母丧归籍，未满百日，闻信急起，痛哭誓师，不入衙署，进驻黄州。论者又以李续宾良将新逝，元气未复，但可姑保吾圉，不宜兼顾邻封。胡林翼不以为然，惊魂甫定，即派重兵越二千里援解湖南宝庆之围。援湘之师未返，又议大举图皖。是时臣国藩方奉入蜀之命，胡林翼留臣共图皖疆，先灭发匪，保三吴之财赋，雪溥天之公愤。绘图数十纸，分致臣与官文暨诸路将领，昼夜咨谋。十年春间，大战于潜山、太湖，相继克之。遂定围攻安庆之策，亲驻太湖督剿。本年五月，回援鄂省，病中犹屡寄臣书，缕陈勿撤皖围、力剿援贼之策。故安庆之克，臣前奏推胡林翼为首功，此非微臣私议，盖在事文武所共知，亦大行皇帝所洞鉴也。

大凡良将相聚则意见纷歧，或道义自高而不免气矜之过，或功能自负，而不免器识之偏，一言不合，动成水火。近世将材，推湖北为最多。如塔齐布、罗泽南、李续宾、都兴阿、多隆阿、李续宜、杨载福、彭玉麟、鲍超等，胡林翼均以国士相待，倾身结纳，人人皆有布衣昆弟之欢。或分私财以惠其室家，寄珍药以慰其父母。前敌诸军，求饷求援，竭蹶经营，夜以继日，书问馈遗，不绝于道。自七年以来，每遇捷报之折，胡林翼皆不具奏，恒推官文与臣处主稿。偶一出奏，则盛称诸将之功，而己不与焉。其心兢兢以推让僚友、扶植忠良为务。外省盛传楚师协和，亲如骨肉，而于胡林翼之苦心调护，或不尽知。此臣所自愧昔时之不逮，而又忧后此之难继者也。

军兴以来，各省皆以饷绌为虑，湖北三次失守，百物荡尽，乙卯、丙辰之际，穷窘极矣。自荆州榷盐，各府抽厘，鄂中稍足自存。胡林翼综核之才，冠绝一时，每于理财之中，暗寓察吏之法。咸丰三年，部定漕米变价，每石折银一两三钱，而各省州县照旧浮收，加至数倍，鄂省竟有每石十数千者，上下因之交困。胡林翼于七年春间，创议减漕，严裁冗费。先皇帝朱批奖谕，谓其不顾情面，祛百年之积弊，甚属可嘉。统计湖北减漕一项，每年为民间省钱一百四十余万串，为帑项增银四十二万两，又节省提存银三十一万余两。利国利民，但不利于中饱之蠹。向来各衙门陋规、台局浮费，革除殆尽。州县征役正课，不准浮取毫厘，亦不准借催科政诎之名，为滑吏肥私之地。各卡委员，日有训，月有课，批答书函，娓娓千言。以为取民赡军，使商贾皆知同仇而敌忾，是即所以教忠；多入少出，使局员皆知洁己而奉公，是即所以兴廉。贞白之士，乐为之用；欺饰之徒，谴责亦重。故湖北瘠区，养兵六万，月费至四十万之多，而商民不疲，吏治日茂，斯又精心默运，非操切之术所得与也。

自八月以来，安庆克复，江、鄂肃清，方幸全局振兴，便可长驱东下，不图大功未竟，长城遽颓。湖广督臣官文奏请将胡林翼敕部优恤，谅蒙圣慈矜鉴。臣与该故抚共事日久，相知颇深。咸丰四年，曾奏推胡林翼之才胜臣十倍；近年遇事咨询，尤服其进德之猛。不敢阿好溢美，亦不敢没其忠勋。谨将该故抚以死勤事大略情形，据实渎陈，伏乞饬付国史馆查照施行。胡林翼之子胡子勋，读书聪慧，可否加恩之处，出自愈格鸿慈。所有湖北抚臣忠勤尽瘁缘由，恭折附驿驰奏，伏祈皇上圣鉴训示。谨奏。

译文：沥述前湖北巡抚胡林翼的忠勤勋绩折

为湖北巡抚忠诚勤政鞠躬尽瘁、功勋劳绩最多之事，恭谨具折，请求皇上鉴察。

前湖北巡抚胡林翼，由翰林出身，历任外朝官职。咸丰五年三月，蒙先皇帝特别知遇，由贵州省的道员，不满半年便超升为代理湖北省巡抚。那时，武汉已第三次被沦陷，湖北的州县大半已没入敌手，各路兵勇差不多全部溃败逃散。胡林翼坐困在金口、洪山一带，劳累而焦急，不但无兵无饷，而且无官吏无幕僚，自藩司、臬司以至州县的办事人员，全都远隔在长江北岸数百里外。一文钱一粒米，都要亲自写信向别人去求去借，其情形其文辞都使人深为痛悯。遭受敌军摧残破碎后的湖北省，能够呼应的地方不及十分之一，以至于调运他益阳自己家中的谷米来接济军队，士兵为之感动。待到湘军由江西援救湖北，军营的形势才开始振作起来。咸丰六年十一月攻克武汉，接下来陆续收复黄州等府县。有议论的人说湖北巡抚可以稍稍松一口气了，胡林翼却不过多地考虑自己的安全，将全部军队调离湖北围攻江西九江，又分兵救瑞州。督抚以全力援剿邻近省份，便是从湖北开的头。九江城围剿一年多，相持不下，这中间石达开从江西出兵侵犯湖北、陈玉成自安徽北部进犯湖北省凡三次，胡林翼始终不肯撤去九江城的围师回救本省的急难。或者亲自统率一支军队，肃清蕲州、黄州，或者分别遣派别的将领，将敌人赶回安徽、河南，终于促使九江得以光复，敌人全部被杀尽，成为东南局面的一个转机。

九江之战刚刚告捷，又奏明以全湖北之力剿办安徽的贼匪。等到李续宾全军覆没于三河，胡林翼先已因母丧回原籍，还不满一百天，听到这个消息后急忙复出，痛哭誓师，不进衙门，直接驻扎在黄州。议论此事的人又说，李续宾是个良将，刚刚战死，军中元气没有恢复，只可姑且保卫我们自己的地方，不宜兼顾邻近的省份。胡林翼不以为然，惊魂刚刚稳定，即刻派重兵跨越两千里援救并解除了湖南宝庆府的围困。援救湖南的军队未回来，又决定大举谋划规复安徽。那时，臣曾国藩正奉进入四川的命令，胡林翼留下臣共同谋求安徽的收复，先消灭发匪，保护三吴的财产赋税，洗雪普天下的公愤。画了几十幅地理图，分送臣与官文以及各路将领，日夜征询作战谋略。咸丰十年春天，在潜山、太湖一带展开大战，相继攻克这些城池。于是定下围攻安庆的方案，亲自驻扎在太湖督师征剿。今年五月，回救湖北，患病时期还屡次寄信给臣，细细陈述不要撤去安庆围师以及全力剿灭敌人的援军等策略。所以，安庆城的光复，臣先前的奏折中将胡林翼推为首功，这并不是臣的个人意见，而是参与此事的文武官员们所共同知道的，也是大行皇帝生前所看到的。

大凡有本事的将领们聚在一起则容易出现意见分歧，或者是自以为道德品性高过别人而不免有矜持之气，或者是自负有功有能，而不免在器识上有点偏窄，一句话不相合，便彼此水火不容。近世的将才，以湖北为最多，如塔齐布、罗泽南、李续宾、都兴阿、多隆阿、李续宜、杨载福、彭玉麟、鲍超等。胡林翼对他们都以国士相待，倾身结纳，这些良将人人与胡相处，都有普通人家的兄弟之间的快乐。或是拿出自己的私人银子馈赠他们的家庭，或是寄珍贵的药品安慰他们的父母。对于在前线的各路军队饷银、援救方面的请求，胡想方设法夜以继日地予以经营，书信及赠送的物品不停地从他所在的驻地发出。自从咸丰七年以来，每遇到报捷的奏折，胡林翼都不自己具奏，总是推让给官文与臣处来主稿。偶尔出具奏折，则尽量称颂将领的功劳，而不说自己。他的心思总是兢兢业业地，以将功劳推让给僚属朋友，扶植忠诚贤良之人为自己的本职。外省广泛传扬湘军之间和睦友好，亲如兄弟，而对于胡林翼在此中的苦心协调维护，或许不完全知道。这是臣自愧从前不如，又担心今后没有能继承的人。

战争爆发以来，各省都以军饷短缺为忧虑，湖北省曾经三次失守，百物扫荡以尽，咸丰五、六年时候，粮饷匮乏到了极点。自从在荆州征收盐税、在各府抽取厘金后，湖北才稍稍可以自给。胡林翼的综核才能冠绝一时，每每在理财之中，暗藏考察官吏才干的方法。咸丰三年，户部规定漕粮改变价格，每一石折合银子一两三钱，但各省各州县依旧多收，增加到几倍，湖北省竟然有每一石收十多千的，上下都因此而交相困难。胡林翼在咸丰七年春间提出减少漕粮折价，严厉裁去过多费用的建议，先皇帝朱批褒奖，说他不顾情面，剔除百年来的积弊，甚属可嘉。统计湖北省减漕这一项，每年为民间省钱一百四十多万串，为国库增银四十二万两，又节省提存银三十一万多两。利国利民，但不利于中间过手的那些贪污之辈。向来各种衙门陋规及台局多收的费用，全部予以革除。州县征收的法定赋税，不准多收一毫一厘，也不准借征收法规上的疏漏，为奸猾的办事人员留下为自己谋取好处的余地。各厘卡的委员，每日有训令，每月有考查，批复下面的书函，娓娓而道长达千言。他认为提取百姓的钱财来赡养军队，应使商贾都知道同仇敌忾的道理，这就宜以忠诚来教育；收入要增多支出应减少，使局员都知道廉洁自律而奉献公家，这样做才能兴起廉洁的风气。忠贞坦白的人，乐意被他所使用；欺骗蒙哄之徒，对他们的谴责也很重。因此湖北虽是贫瘠地区，却能供养六万军队，每月费用达四十万两之多，而商贾百姓都不觉得疲乏，吏治越来越好，这又是精心谋划的结果，不是靠用些手腕就可以办到的。

自最近八月以来，安庆城克复，江西、湖北省肃清，正庆幸全局振兴，便可长驱东下，没有想到大功未完成，长城骤然倒塌。湖广总督官文奏请将胡林翼交由吏部优厚抚恤的折子，想必皇上已经看到。臣与该故巡抚共事日久，相知较深。咸丰四年，曾经在奏折中推举胡林翼，说他的才干胜过臣十倍。近年来遇事一同商量，更佩服他在德行上的进步迅速。臣不敢阿谀虚夸，也不敢埋没他的忠勋。谨将该故巡抚以死来勤于国事的大致情形据实陈述，请求命令国史馆调查后遵照施行。胡林翼的儿子胡子勋，读书聪慧，是否可以格外眷顾予以加恩？所有关于湖北巡抚胡林翼忠勤而死的缘由，恭谨具折交由驿站奏报，请求皇上鉴察指示。谨奏。

评点

奏折以陈事为主。曾氏的奏折，其长处也主要在叙事条畅析理透辟上。这道奏折在叙事中充塞着丰沛的感情，于曾氏奏章中并不多见。

胡林翼于咸丰十一年八月二十六日病逝湖北武昌，终年五十，以今天的眼光来看可谓英年早逝。即便在当时，也算是死得早了一点，何况身处如此地位，时逢如此年月，肩当如此重任，故而胡之去世，引起朝野内外普遍的震惊，套用现在的一句常用悼词：这是清朝的一个巨大损失。

咸丰十一年春，胡林翼给曾氏的信中说："贱恙，桐城王医与作梅均言心肺脉模糊，此是最重之症。"曾氏五月十六日的日记上写着："至胡帅船中，久谈。渠昨夜吐血甚多，委顿之至，为之忧惧。"由此看来，致胡于死地的病是肺病。据薛福成在《庸庵笔记》中说，胡是因为受了一件事的强烈刺激而致使病情迅速恶化的。这年初秋，曾国荃的吉字营将安庆城团团围住，胡策马登上城外龙山，查看四周地形，对身边的人说：我们站在这里看安庆，安庆城如同处在锅底中，长毛虽然强大，已不足成为我军的对手了。说完哈哈大笑。突然，胡笑声中断，面色凝重起来。众人随着他的眼光望到江中。原来，江面上正航行两只洋船。那两只洋船开足马力，溯江鼓浪前进。洋船旁边有几条湘军水师的舢板在操练。洋船有意靠近舢板，加大马力从它旁边驶过。洋船激起的强大水浪将舢板冲得左右晃荡，板上的水手抱头逃窜。有一条小舢板被冲翻了，几个水手在水中挣扎。洋船上的外国佬见此情景开怀大笑，鼓掌叫好。胡眼睁睁地望着这一幕惨景，不觉一口鲜血喷涌而出，两眼一黑，从马背上栽了下来。回到武昌后不久，胡就死了。照薛福成的记载来看，胡是给洋人气死的。此气不是缘于私仇，而是起于国恨。由此可知，胡是一个头脑清晰且很有眼光的人。的确，胡乃晚清官场上一个极为少见的干员能吏。

在对曾氏家书的评点中，笔者说过胡早年是个花花公子，中年后改邪归正，折节向学，立身行事来了一番彻底转变，是一个浪子回头的典型例子。胡林翼究竟有哪些过人之处？他对湘军究竟有哪些实际贡献？笔者在这里作点简略介绍。

第一，胡林翼富有战略眼光，无论在三次收复武昌的战役中，还是在湘军规复江西、安徽的东进思考中，胡都能站在较高的层面上运筹帷幄，总揽全局。曾氏所制定的西面进兵、稳扎稳打、层层推行的作战方针中，包括了胡的许多智慧在内。

第二，胡在湖北最先开创晚清督抚包揽把持、全面专政的局面。他凭借着时代所需要的背景，在湖北将军事、民政、人事、治安等一切大权集于一身。在当时萎靡疲沓的湖北官场中，使得最高指挥部具有空前的绝对权威，确保政令军令的畅通无阻，但同时清朝末期强枝弱干、地方坐大的局面也便因此而形成。

第三，胡林翼极具经济之才。他发现并重用有“晚清第一理财能手”之称的阎敬铭。在阎的全力协助下，胡在湖北整顿税制，剔除陋规，堵塞漏洞，开源节流，在兵荒马乱、百业萧条的战争年代，居然能够做到湖北一省每月筹集四十多万两银子，供养六万军队，在当时可谓奇迹。

第四，作为一个省的巡抚，胡最具有全局观念，他一向不以保守湖北一省为目的，而以收复失地底定江南为自己不可推卸的责任。在当时全国十八省督抚中，胡这种顾全大局的胸襟实为仅有。

第五，作为江南战场上的一个主要统兵大员，胡最具虚己待人调和各军的气度。他不仅努力做好湘军内部如杨载福、彭玉麟之间的团结工作，还耐心化解湘军与绿营及鲍超与多隆阿之间的矛盾，充分调动众人的积极性，将各方之力用在一个目标上。

第六，作为一个政治家，胡深知人才的重要，他的身边聚集了一大批文武人才。这些人大多成了他的得力助手，襄助他成就了一番大业。同时，胡还为朝廷推荐不少有真才实学的人。胡当时便获“荐贤满天下”的称誉。咸丰十年六月，胡已在病中，为救时事，他给朝廷上了一道《敬举贤才力图补救疏》，疏中举荐了十六人。这十六人中如沈葆桢、李元度、左宗棠、刘蓉、严树森、阎敬铭、梅启照等人，都在以后为国家担负了重要职责。

第七，作为翰林出身的湘军统帅，胡林翼以他自己好读书重学术的身教，为湘军浓郁的军营文化氛围，作了富有成效的示范作用和引导作用。钱基博先生在《近百年湖南学风》中记述了胡的一件小事：“咸丰十年，曾国藩为两江总督，用林翼之谋以围安庆，久不克。而林翼亦出兵英山，进驻太湖为声援，调兵筹饷，日不暇给，而委已于学，夜则延老儒姚桂轩会讲《论语》，未尝稍间。一日，病甚不食，左右请曰：公休矣。笑曰：吾口不能食，吾舌尚存，吾耳有闻，何必不讲书不听书?”

胡当然自己不必再听老儒讲《论语》了，请老儒来军营的目的，是给那些不读书的将领们讲课。胡作为全军首领，以身作则，带头抱病听课，对军营读书风气的推动作用显然是巨大的。

胡林翼的这些突出表现，显示了他确实是腐败乏才的晚清官场中一个罕见的杰出人才。正因为此，清廷对胡格外信任并寄予重望。咸丰初，胡刚离开贵州到达湖北时，还只是一个刚刚提拔上来的道员，第二年三月便代理湖北巡抚。再过一年，加头品顶戴，实授巡抚。咸丰八年，加太子少保衔。咸丰十一年加太子太保衔。曾氏与胡比起来，便有一个很大的反差。咸丰二年曾氏出山办团练时，已做了三四年的侍郎，一直用了八九年的时间，才有一个疆吏的实职。直到咸丰十一年九月，才加太子少保衔。朝廷重胡抑曾，看来是很明显的。如果天假胡以寿，南京打下后所封的唯一之侯是曾是胡，还很难料定。

在这道奏折中，曾氏从战功、德行、理财三个方面简括胡的忠勤勋绩，并向朝廷提出为胡立传、恤后两个要求。朝廷对曾氏的此折很快作了答复：“胡林翼戮力疆场，勋劳懋著。据曾国藩奏陈，自擢鄂抚数载以来，恢复本境、援剿邻氛，整军经武，以死勤事。综其生平，允宜亟予褒扬。着即宣付史馆，以光简册。胡林翼之子胡子勋，着赏给举人，准其一体会试，以示笃念荩臣至意。”第二年，又赐胡的谥号为文忠。

曾氏折中有“先皇帝”“大行皇帝”的字眼，这都是对咸丰皇帝的称呼。咸丰皇帝于咸丰十一年七月十七日病逝于热河行宫，继位人是他的独子载淳，时年六岁。据历史记载，咸丰临终时遵祖制任命肃顺等八人为顾命大臣，在载淳亲政之前，掌管朝政。九月二十九日，载淳与其嫡母慈安太后、生母慈禧太后回到北京。第二天，下达解除顾命八大臣之职位的命令。十月六日，又下令处死肃顺、端华、载垣三人，其余五人或革职或流放。十月九日，载淳御太和殿，即皇帝位，接受百官朝贺，改明年为同治元年。载淳亲政之前，政事由慈安、慈禧执掌，两宫垂帘听政从此开始。曾氏这道奏折拜发日期为十月十八日，应该是政变业已完成、两宫皇太后听政的时候了。其时军机处领班王大臣，是在这次政变中发挥极为重要作用的恭亲王奕䜣。

写作简析

自始至终以浓烈的感情陈述胡林翼的忠勤勋绩。在谋篇布局上，将胡的忠勋分为战功、德行、理财三个方面，而在陈述中，又互为渗透，让读者感受到德行是胡的忠勋中的主线。

要言妙道

近世将材，推湖北为最多……胡林翼均以国士相待，倾身结纳，人人皆有布衣昆弟之欢。

外省盛传楚师协和，亲如骨肉，而于胡林翼之苦心调护，或不尽知。此臣所自愧昔时之不逮，而又忧后此之难继者也。

咸丰四年，曾奏推胡林翼之才胜臣十倍；近年遇事咨询，尤服其进德之猛。

□ 不能轻授非常之权

原折：恳辞节制浙省各官及军务等情折

咸丰十一年十一月二十五日

奏为钦奉恩旨，沥陈下情，恭折复陈，仰祈圣鉴事。

窃十一月十五日，准兵部火票递到十月十八日内阁奉上谕：

钦差大臣两江总督曾国藩，着统辖江苏、安徽、江西三省，并浙江全省军务，所有四省巡抚、提镇以下各官，悉归节制。浙江军务，着杭州将军瑞昌帮办。并着曾国藩速饬太常寺卿左宗棠驰赴浙江剿办贼匪，浙省提镇以下各官，均归左宗棠调遣。钦此。

同日，承准议政王军机大臣字寄，十月十八日奉上谕：

本日已明降谕旨，令曾国藩节制浙江全省军务，并令江苏、安徽、江西、浙江巡抚、提镇以下各官，悉归节制。该大臣自不能不统筹兼顾。况安庆克复，湖北、江西将次肃清，自不至有顾此失彼之虞。着曾国藩即饬左宗棠带领所部，兼程赴浙督办军务，浙省提镇以下，统归调遣。至都兴阿在江北剿办粤匪、袁甲三在皖北剿办捻匪，遇有紧要军务，已谕令该将军会商曾国藩办理。其江北、皖北地方文武，该将军等谅亦时有调遣之处，并着曾国藩谕令该文武等仍遵都兴阿等调遣，不得因已归该大臣节制，于都兴阿、袁甲三派办公事，稍涉玩视，是为至要等因。钦此。

仰见圣主廑念东南，择人任使之至意。跪读之下，惶悚莫名。

臣于未奉谕旨之先，业将左宗棠定议援浙，并节制广信、徽州各军，会同江西抚臣毓科具奏在案。伏念臣自受任两江以来，徽州失守，祁门被困，竭蹶之状，屡见奏报。幸托圣主威福，仅得自全。至于安庆之克，悉赖鄂军之功。胡林翼筹划于前，多隆阿苦战于后，并非臣所能为力。江苏各郡，群盗如毛，乃臣自分应办之事。受命年余，尚无一兵一卒达于苏境。是臣于皖则无功可叙，于苏则负疚良深。乃蒙皇上天恩，不责臣以无效，翻令兼统浙江军务，并四省巡抚、提镇以下悉归节制。此非常之宠遇，臣自顾非材，实难胜任。

自九月以来，浙省军情，日见危急，臣与毓科、左宗棠等往复函咨，商谋援救。徒以地段太宽、兵力太薄，既须援浙，又须顾皖，又须保江，三者有并重之势，一时乏兼全之策。直至十月下旬，始定议左宗棠由衢州援浙，从正路以张军威；鲍超由宁国援浙，从旁路以掣贼势。大局所系，必应统筹，臣本未敢稍涉推诿，不必有节制浙省之名，而后尽心于浙事也。

兹钦奉谕旨，令浙省提镇以下，均归左宗棠节制，事权更一，掣肘无虞。臣已咨催左宗棠迅速启行。但以臣遥制浙军，尚隔越于千里之外，不若以左宗棠专办浙省，可取决于呼吸之间。左宗棠前在湖南抚臣骆秉章幕中赞助军谋，兼顾数省，其才实可独当一面。应请皇上明降谕旨，令左宗棠督办浙江全省军务，所有该省主客各军，均归节制，即无庸臣兼统浙省。吁恳天恩，收回成命。在朝廷不必轻假非常之权，在微臣亦得少安愚拙之分。其浙省军事，凡臣思虑所能到，才力所能及，必与左宗棠竭诚合谋，不敢稍存畛域。如因推诿而贻误，即求皇上按律而治罪，臣不敢辞。臣忝任江督，三省巡抚、提镇以下各官，例得节制，载之会典，著之敕书，各文武亦均恪遵宪章，不必更加申诫。至袁甲三、都兴阿各路军情，谨当随时商办。其江北、皖北地方文武，臣已严饬仍归该大臣等节制，不得稍涉玩视。

大抵用兵之要，贵得人和而不尚权势，贵求实际而勿争虚名。臣惟当与各僚属同心图治，共济艰难，以慰先皇在天之灵，上佐圣主中兴之业。伏恳皇上俯鉴愚忱，允臣所请，不胜感激悚惧之至。所有钦奉恩旨沥陈下情各缘由，谨缮折由六百里复陈，伏乞圣鉴训示。谨奏。

译文：恳切请求辞去节制浙江省各级官员及军务等情折

为接奉圣旨，缕述实情，恭谨具折回复事，请求皇上鉴察。

十一月十五日，接到由兵部寄来的密件，上有十月十八日内阁所奉的上谕："命令钦差大臣两江总督曾国藩统辖江苏、安徽、江西三省，以及浙江全省军务，所有这四省的巡抚、提督、总兵以下各级官员，全部归曾国藩节制。浙江军务，由杭州将军瑞昌帮助办理。并令曾国藩速派太常寺卿左宗棠立即奔赴浙江剿办贼匪，浙江省提督、总兵以下各官，均归左宗棠调遣。"钦此。

同一天，接到由议政王军机大臣寄来的公文，上有十月十八日所奉的上谕："本日已下达明文，令曾国藩节制浙江全省军务，并令江苏、安徽、江西、浙江巡抚、提督、总兵以下各级官员，全归节制。该大臣自当不能不统筹兼顾。何况安庆已克复，湖北、江西将次第肃清，自然不至于有顾此失彼的担忧。令曾国藩立即委派左宗棠带领所部，日夜兼程赶赴浙江督办军务。浙江省提督、总兵以下，统归左宗棠调遣。至于都兴阿在江北剿办粤匪、袁甲三在皖北剿办捻匪，遇有紧要军务时，已命令他们与曾国藩共同商量办理。江北、皖北的地方文武，都兴阿、袁甲三谅必也时常有调遣的时候，着曾国藩命令地方文武依旧遵照都兴阿等的调遣，不得因为已归该钦差大臣节制，而于都兴阿、袁甲三所派办的公事有所怠慢。这是很重要的一点。"钦此。可见皇上系念东南，选择合适的人予以委任调遣的深意，跪读后惶恐不已。

臣在未奉到这道谕旨之前，已将派左宗棠援救浙江，并且节制广信府、徽州府各军之事，与江西巡抚毓科会衔具奏。臣自从受任总督两江以来，徽州城失守、祁门县被围困，军事艰难的情况，屡屡见于奏报。幸而托皇上的威福，仅仅得以保全自我。至于安庆城的克复，全是湖北军队的功劳。胡林翼策划于前，多隆阿苦战于后，并非是臣的能力办成的。江苏各府县群盗如毛，是臣分内所应办的事。接受任命已一年多，尚无一兵一卒抵达江苏省境内。面对这种状况，臣对于安徽来说无功可言，对于江苏来说，则负疚很深。蒙皇上大恩，不以臣无功为责备，反而又令臣兼统浙江省的军务，而且四省的巡抚、提督、总兵以下的文武官员全归臣节制。这种非常的宠遇，臣自觉无才，实在难以胜任。

自从九月份以来，浙江省的军情日见危急，臣与毓科、左宗棠等人反复以信函商量援救之事，只是因为地段太宽、兵力太薄，既需要援救浙江，又需要顾及安徽，还需要保全江苏，三者有并重的情势，一时缺乏全面兼顾的办法。直到十月下旬，才决定左宗棠由衢州援救浙江，从正路来伸张军威；鲍超由宁国援救浙江，从旁路来牵制贼匪的势力。大局所逼，必须予以统筹，臣原本就不敢稍有推诿，故而不必一定要有节制四省的名义，而后才尽心尽意办浙江的事情。

现在接奉谕旨，令浙江省的提督、总兵以下的武员，都归左宗棠节制，事与权更加统一，不必担心掣肘。臣已发函催左宗棠迅速起程。但是，让臣来遥制浙江军务，尚远隔于千里之外，不如以左宗棠专办浙江省，可收到瞬息间便可决定一桩事情的效果。左宗棠先前在湖南巡抚骆秉章幕府中参谋军事，兼顾数省，他的才能的确可以独当一面。请皇上明降谕旨，令左宗棠督办浙江全省的军务，所有在该省的本地部队及外来部队，都归他节制，而不需要臣来兼着统辖浙江省，诚恳地请求皇上收回已发下的命令。对朝廷而言，不必轻易地授予非常权力；对臣来说，也可稍稍使我安于小小的本分。至于浙江省的军事，凡是臣所能想到的、力量所能办到的，必定会与左宗棠竭诚合作，不敢因不是自己的辖地而稍存偏心。假若因为是推诿责任而造成过失的话，请皇上按律令治臣的罪，臣决不敢推辞。

臣既然惭愧地出任两江总督，那么三省的巡抚、提督、总兵以下的各级官员，按条例应该节制，这是载之于会典，写在敕书上的，各级文武也应当严格遵照宪章办事，不必要再加以申诫。至于袁甲三、都兴阿各路军情，谨遵命自当随时商办。江北、皖北的地方文武，臣已经下严令仍归该大臣等人节制，不得稍有轻视怠慢。

大致说来，用兵的紧要之处，贵在得人和而不是崇尚权势，贵在求得实际效果而不在争得虚名。臣唯有与各僚属同心图治，共济艰难，以安慰先皇帝在天之灵，辅佐皇上中兴之业。恳求皇上能够明白臣的一片愚忱，答应臣的所请，不胜感激惶恐之至。所有接奉圣旨缕述下情各缘由，恭谨具折，由六百里快递，请皇上鉴察指示。谨奏。

评点

咸丰十一年十月中旬，以慈禧、恭亲王为首的新的中央领导班子作出一个很重要的决定，即由曾氏节制两江三省及浙江省军务，四省巡抚、提督、总兵以下各级文武官员均归曾氏调遣。曾氏身为两江总督，两江所辖的江苏、安徽、江西三省文武理归节制。浙江省与福建省合在一起，上面还有个闽浙总督，其衙门设在福州市。按常例，浙江省的军务由闽浙总督节制。朝廷将浙江从闽浙体系中分出来，交由曾氏节制，这是一个特例。东南战场，主要就是这四个省份。现在都交给曾氏，也就意味着朝廷已将整个东南战场交给曾氏了。东南这四省既是当前的主战场，又是朝廷财赋的主要供应地，其每年所提供给中央的银钱几为全国之半。故当时的野史常有曾氏为半壁河山之主的说法。无论对于中央政府来说，还是对于东南战事来说，这都是一个意义非同寻常的举措。之所以有此举措出台，显然是因为中央政府换了老板的缘故。

目前中央政府的格局是慈安、慈禧、恭亲王三驾马车。慈禧虽然精明强干，热衷权力，但在两宫中她的地位偏低，且她对外部情势尚不十分了解，故而她一人专权的时候还没成熟。慈安一向性格柔懦，对政治与权力兴趣不十分浓烈。因而，在对国事的处置上，这三驾马车中掌管方向盘的此刻还是恭亲王。据史载，恭亲王无论在器局见识上，还是在办事能力上都比咸丰要高一筹。他显然不像咸丰那样对曾氏及其湘军集团又用又疑，而是较为大方地予以使用，让曾氏感觉到朝廷对他的全盘相信。无疑，新班子的这个决定是对的。因为，当时浙江省的军情已完全与江苏南部的军情连成一气，把浙江军务交由曾氏节制，将更有利于江南战场的统一筹划统一指挥，从而推进江南战局的发展，早日结束江南战事。这个结果的最大得利者自然是朝廷，是皇家。

出于对曾氏的成见，多年来，咸丰对曾氏不是那么完全相信的，咸丰的这种态度无疑给曾氏及其湘军集团带来过浓重的心理阴影。新班子一上台，便作出这样一个少见的特别决定，很可能也与消除曾氏对中央的隔阂，换取他对新主全心全意的效忠有关系。

然而，老于世故的曾氏自有他的考虑。出于他的考虑，他请求朝廷收回节制四省的成命，将浙江军务交给左宗棠去督办。他的考虑，在折子上明写的是三点：一是他的能力欠缺："自顾非材，实难胜任。"二是没有这个必要："大局所系，必应统筹，臣本未敢稍涉推诿，不必有节制浙省之名，而后尽心于浙事也。"三是左宗棠可以担负这个重任："左宗棠前在湖南抚臣骆秉章幕中赞助军谋，兼顾数省，其才实可独当一面。"

除开这三点原因外，笔者以为至少还有两点，是他心里所想到的，而不宜在奏折上写明。

一、作为史官出身，曾氏对前代史册中那些因过大的权力而招致不测之祸的记载，深怀恐惧之心。曾氏的这种心思在许多时候都流露出来。他说过："古来成大功大名者，除千载一郭汾阳外，恒有多少风波，多少灾难，谈何容易！"他又说过："处大位大权，而兼享大名，自古曾有几人能善其末路者？总须设法将权位二字推让少许，减少几成，则晚节渐渐可以收场耳。"他还说过："自古高位重权，盖无日不在忧患之中，其成败祸福，则天也。"复出之后的曾氏，其为人处世有一个很大的转变，那便是胡林翼所指出的"谨慎之过"——谨慎过了头。既深知权大的负面影响，又过于谨慎，这就势必导致曾氏在超出常规的权力面前的临履之感。他的不兼统浙江的想法，就不完全是出于矫情。

二、眼下浙江军务的督办者左宗棠，是曾氏所熟知的一个人物。左的为人，也正如胡林翼所说的"才高而偏激之过"。左是大材，但自视甚高，性情偏激。这种人只能在人之上而不能处人之下。左曾经表示愿意在曾氏帐下自领一军，曾氏认为没有这个必要。其内心深处便是担心左不好领导。果然，左后来奉旨组建楚军，其营制就完全与曾氏所制定的营制不同。可见，左是不愿意居曾氏之下的。现在，朝廷要曾氏来节制左，难保今后不发生不愉快的事，故而不如早推辞为好。

这道奏折中，曾氏为恳请收回成命时说了一句很重要的话："在朝廷不必轻假非常之权。"笔者相信，这句话对当时的当国者会有很大的震动性。非常之权，不宜轻易授予。这句话的背后应该潜伏着这样的台词：否则，将有可能导致非常之变。这的确是真心实意且目光高远地为朝廷着想的话。怪不得新班子在接到这道奏折后，回复了一段带有感情色彩的朱批：“曾国藩奉节制江浙等四省军务沥陈恳辞一折，谦卑逊顺，具见悃忱真挚，有古大臣之风，深堪嘉尚。惟左宗棠业已降旨，令其督办浙江军务，并准其自行奏事。江浙军情本属相关一气，凡该大臣思虑所到，谅无不协力同心，相资为理。节制一事，该大臣其毋再固辞。”

但曾氏在接到这道上谕后，还是呈递了一份《再辞节制四省军务折》。这道奏折的重点便在阐述上次所说的“在朝廷不必轻假非常之权”：“至于节制四省之名，仍恳圣恩收回成命。臣非因浙事既已决裂预存诿过之意，倘左宗棠办理毫无成效，臣当分任其咎。所以不愿节制四省、再三渎陈者，实因大乱未平，用兵至十余省之多，诸道出师，将帅联翩，臣一人权位太重，恐开斯世争权竞势之风，兼防他日外重内轻之渐。机括甚微，关系甚大。”

曾氏可能觉得上次奏折中只是提到一句，而没有将此层意思说清楚，让朝廷明白这是他恳辞的一个最重要理由，故不惜再次渎请。作为一个熟谙前史善于思索的政治家，曾氏对“权力”二字的分量及配置是研究颇深的。他在大权在握尤其是在湘军大功告成之后，对这些问题思考得更多更深透。历史证明，这场战争所带给晚清政局最大的后遗症便是曾氏所担心的“外重内轻”，最后爱新觉罗政权便丧失在这个“外重内轻”中。关于这个问题，我们在往后的有关评点中再来细说。显然，曾氏的这段阐说引起了当政者的高度重视，也赢得了他们对曾氏的政治信任。曾氏很快收到回答：“兹据该大臣奏称：接奉恩谕，再陈下情，现在诸道出师，将帅联翩，权位太重，恐开斯世争权竞势之风，兼防他日外重内轻之渐，恳恩仍收回成命等语。具见谦卑逊顺，虑远思深，得古大臣之体。在曾国藩远避权势，自应如此存心，方不至起骄矜之渐。而国家优待重臣，假以事权，从前本有实例。曾国藩晓畅戎机，公忠体国，中外咸知。当此江浙军务吃紧生民涂炭，我两宫皇太后孜孜求治，南望增忧，若非曾国藩之悃忱真挚，亦岂能轻假事权？所有江苏、安徽、江西、浙江四省巡抚提督以下，仍悉归曾国藩节制。该大臣务当以军情为重，力图攻剿，以拯生民于水火之中，毋许再行固辞。国家用人行政，自有权衡，各路统帅谅不敢妄行矜诩，希假事权，以琐渎陈奏，上烦朝廷裁抑也。将此宣示中外知之。”

这段上谕，颇有点君臣推心置腹的模样。最后几句话更是警告他人不得援为成例，效法学样，意谓这是朝廷对曾氏一人的格外倚重。曾氏与中央政府，此刻似乎已到了肝胆相照、水乳交融的境地。当然，这只能是短暂的。

写作简析

站在命令发布者的立场上，为其思考此令的欠妥之处，因此而更具说服力，借以达到收回成命的目的。其实，更深层次的目的，是在表达自己对皇家的格外忠诚。

要言妙道

在朝廷不必轻假非常之权，在微臣亦得少安愚拙之分。

□ 一道不能不接受的参折

原折：参翁同书片

同治元年正月初十日

再，前任安徽巡抚翁同书，咸丰八年七月间，梁园之挫，退守定远。维时接任未久，尚可推诿。乃驻定一载，至九年六月，定远城陷，文武官绅殉难甚众。该抚独弃城远遁，逃往寿州，势穷力绌，复依苗沛霖为声援，屡疏保荐，养痈贻患，绅民愤恨，遂有孙家泰与苗练仇杀之事。逮苗逆围寿，则杀徐立壮、孙家泰、蒙时中以媚苗，而并未解围。寿城既破，则合博崇武、庆瑞、尹善廷以通苗，而借此脱身。苗沛霖攻陷城池，杀戮甚惨，蚕食日广，翁同书不能殉节，反具疏力保苗逆之非叛，团练之有罪。

始则奏称苗练入城，并未杀害平民，继则奏称寿州被害及妇女殉节者不可胜计，请饬彭玉麟查明旌恤，已属自相矛盾。至其上年正月奏称苗沛霖之必应诛剿一折三片，脍炙人口。有“身为封疆大吏，当为朝廷存体制，兼为万古留纲常。今日不为忠言，毕生所学何事”等语，又云“誓为国家守此疆域，保此残黎”，俨然刚正不屈，字挟风霜。逮九月寿州城破，翁同书具奏一折二片，则力表苗沛霖之忠义。视正月一疏，不特大相矛盾，亦且判若天渊。颠倒是非，荧惑圣听，败坏纲纪，莫此为甚！

若翁同书自谓已卸抚篆，不应守城，则当早自引去，不当处嫌疑之地；为一城之主，又不当多杀团练，以张叛苗之威。若翁同书既奉谕旨，责令守城，则当与民效死，不当濡忍不决；又不当受挟制而草奏，独宛转而偷生。事定之后，翁同书寄臣三函，全无引咎之词，廉耻丧尽，恬不为怪。

军兴以来，督抚失守逃遁者皆获重谴，翁同书于定远、寿州两次失守，又酿成苗逆之祸，岂宜逍遥法外？应请旨即将翁同书革职拿问，敕下王大臣九卿会同刑部议罪，以肃军纪，而昭炯戒。臣职分所在，例应纠参，不敢因翁同书之门第鼎盛瞻顾迁就。是否有当，伏乞皇上圣鉴训示。谨附片具奏。

译文：参劾翁同书片

另外，前任安徽巡抚翁同书，当咸丰八年七月间梁园战败后退而驻守定远县，那时接任还不久，尚可推卸责任。驻守定远县城一年，至咸丰九年六月，定远城池陷落，文武官员及士绅殉难者很多，该巡抚独自弃城远逃寿州府，势尽力竭时又依附苗沛霖为声援，屡次保举苗沛霖，养痈遗患，士绅百姓愤恨，遂有孙家泰与苗沛霖团练互相仇杀的事情出现。待到苗沛霖围攻寿州，则杀死徐立壮、孙家泰、蒙时中来献媚苗沛霖，但并没有解围。寿州城池被攻破后，则联合博崇武、庆瑞、尹善廷接交苗沛霖，并借此脱身。苗沛霖攻陷城池，杀戮甚为惨重，蚕食之地一天天扩大。翁同书自己不能殉节，反而具疏竭力担保苗逆不是叛变，而是团练的罪责。

开始则奏报苗沛霖的团练进城并未杀害平民，接着又奏报寿州被害人及殉节妇女不可胜计，请下令彭玉麟查明表彰抚恤，这已属自相矛盾。至于上年正月奏报应当诛剿苗沛霖的一折三片，则脍炙人口。其中既有“身为封疆大吏，自当为朝廷保存体制，兼及为万古留下纲常。今日若不能给朝廷以忠言，那么毕生所学究竟是为着何事”等语，又说“发誓为国家守这片土地，保护这里残余下来的黎民”，俨然刚正不屈，字句中夹着风霜。到九月寿州城被攻破，翁同书上奏一折二片，则着力表扬苗沛霖的忠义。与正月间那道奏疏相比，不但大相矛盾，而且判若霄壤。颠倒是非，迷惑皇上的视听，败坏纲纪，再没有什么能比翁的这种作为更为可恨的了。

假若翁同书自己说已经解除了巡抚职位，不应当再有守城之责，那么则应该早日自行引退，不应当身处嫌疑之地；作为一个城池的主人，又不应当多杀团练，以助长叛徒苗沛霖的威风。若翁同书既已奉到谕旨，被责令守城，那么则应当为百姓而以死报效，不应当柔忍不决；又不应当受人挟制而草拟奏折，委曲求全而偷生。事情完结后，翁同书寄给臣的三封书信中完全没有引咎自责之词，廉耻丧尽，恬不知耻。

战争爆发以来，总督巡抚失守逃跑的，都得到重惩。翁同书在定远、寿州两次失守后，又酿成苗逆大祸，怎能让他逍遥法外？理应请旨立即将翁同书革职锁拿审讯，下令由王大臣、九卿会同刑部议罪，借以严肃军纪而训诫文武官员。臣因为职分的缘故，依例应予纠察参劾，不敢因翁同书的门第鼎盛而犹豫迁就。是否妥当，请求皇上鉴察指示。谨附于折后具奏。

评点

这是曾氏众多参折中最负盛名的一道。之所以负盛名，其原因有二：一是被参者是近代中国最有名望的翁氏家族的成员，二是这道参折本身是一篇极好的文章。

先来说一说这个被参者翁同书。翁同书，江苏常熟人。其父翁心存翰林出身，曾入值上书房，前后长达二十余年，道光帝诸子包括咸丰帝及恭亲王在内，都做过他的学生，历任工部、户部尚书，体仁阁大学士。咸丰九年因户部宝钞案受累革职。同治帝登基后，翁心存的死对头肃顺垮台，他作为被陷害的元老重臣被平反昭雪，官复原职，更受倚重。翁同书有两个弟弟。一名同爵，官至督抚。一名同龢，更是了不得。翁同龢出身状元，做过同治、光绪两朝帝师，官至协办大学士，因维新变法而得罪慈禧，晚年被罢官回籍，忧病而死。翁同书是翁心存的长子，也是翰林出身，做过贵州学政。咸丰三年奉旨协助琦善办理军务，咸丰八年升任安徽巡抚。这时的安徽包括省垣安庆在内，大部分地区已落到太平军的手里。翁同书上任后不久即图规复庐州府，中途受阻，遂扎营于定远县城。不久，定远丢失，翁同书退扎寿州，并因此遭革职留任处分。咸丰十一年正月，翁同书奉旨赴京另候简用。三月，他交卸巡抚任给代理巡抚曹臻，但因为身陷苗沛霖与孙家泰的仇杀案中而无法脱身。

苗沛霖是安徽凤台人，秀才出身，做过多年塾师。咸丰六年在寿州办起团练，用以对付捻军。后来投靠都统胜保，随钦差大臣袁甲三攻剿捻军，因战功被朝廷授予四川川北道员，未赴任，依旧在安徽带勇打仗。但这个清廷的道员却又反水加入捻军，还被太平天国封为奏王。同治元年四月，他又暗通胜保，诱擒太平军英王陈玉成。同治二年再度叛清，为僧格林沁所击败，被陈玉成旧部所杀。如此看来，这个苗沛霖真正是个反复无常的小人。

他与孙家泰的仇杀案发生在咸丰十年十月间。孙家泰为寿州团练头领，本与苗沛霖早有私怨。因发现苗与捻军勾结的阴谋，杀了苗的手下人。苗沛霖遂发兵攻打寿州。翁同书当时正在寿州。经人联络，翁与苗达成妥协：翁上奏朝廷宽免苗的围城之罪和杀苗的仇人徐立壮等后，苗撤围。等到翁将徐立壮等人的首级送苗时，苗却食言并不撤围。最后，守城将士开门接纳苗。苗占据寿州，并要翁上奏朝廷担保他不会叛变。咸丰十一年底，翁同书离开安徽回到北京。就在这时，曾氏上了这道参劾折。

接下来，我们再来说说这道参折的为文。

这道折子的文字非常短，不到六百字，但令人读起来似觉有千钧之力在震撼心扉，不容你有犹豫，有疑虑，有同情感；在它的面前，你只能接受其观点，同意其建议。为什么会造成这等效果呢？

笔者以为，这首先是它的立论正确。一个巡抚接连丢失两城，又处置不当，造成很大的祸乱，而且不识奸伪，为歹人张目。这样的巡抚能不参劾吗？其次，对翁在苗沛霖事上一系列错误处置事实罗列充分。试看参折所罗列的事实：屡疏保荐，养痈遗患，酿成仇杀案；杀人媚苗，而城围未解；粉饰苗的残杀，而自相矛盾。对苗前诛后保，前后态度判若天渊。再次，对翁的自我辩护，批驳得有理有据。最后，这道参折最厉害的是结尾那句话："臣职分所在，例应纠参，不敢因翁同书之门第鼎盛瞻顾迁就。"翁同书门第鼎盛，朝野皆知，为预防朝廷对此事的处理会"瞻顾迁就"，参折来个先下手为强，率先把这道口子给堵了。

事实上，当政者的确是想对翁同书网开一面。翁心存既对国家有贡献，又对皇室有私情，何况翁氏一门才俊，家世之清望，并世少有。另外，翁同龢也在京城四处活动，在王公大臣及办理此案的各部门负责人面前，竭力为乃兄辩白申述，也得到了不少人的同情支持。这一道参折，真个是把上台不久的新班子推到一个两难的境地。

若对翁同书处理不严，则明摆着是朝廷迁就了翁家的门第，不仅得罪清议，更为严重的是得罪了曾氏；若是严惩了翁同书，年老体衰的翁心存又如何受得了。权衡再三，当政者作出了这样的决定：采纳曾氏的参劾，从重惩罚翁同书，判他一个“比照统兵将帅守备不设，为贼所掩袭，以致失陷城寨者斩监候律，拟斩监候”；尽量优待翁家，以示朝廷的格外安慰。就在审讯翁同书的同时，朝廷任命翁心存为弘德殿行走，授读同治皇帝，又给其次子翁同爵以一等功名引见，以道员任用。还委派翁同龢为顺天乡试同考官、山西乡试正考官，擢升为参事府右赞善。这年十一月，七十二岁的翁心存终因儿子的事打击过大而去世。朝廷特别派醇王作代表前往翁宅祭奠，又加恩晋赠太子太保，入祀贤良祠；又特将翁同书暂释回家，让他在父亲临终前夕得以侍奉尽孝，父死后又准其在家守孝百日。这都是别人不可能得到的格外之恩。朝廷还赏翁心存的长孙即翁同书的儿子翁曾源为进士，准其与新贡士一道参加殿试。五个月后，翁曾源居然得中状元。据说翁曾源患有癫痫症，他能大魁天下，是朝廷对翁家的一种补偿。接下来，又以翁心存新丧为借口，将翁同书从轻发落，改判充军新疆。

朝廷对翁家的眷顾，可谓非同寻常。当年这道参折若不是曾氏所上，又假若参折写得不是这样字字刚劲，句句铁硬，又预先将漏洞堵死的话，翁同书是绝不可能受到如此惩处的。当然，从参案的本身来说还是曾氏赢了，翁同书父子为此折付出了惨重的代价。据野史记载，这道折子是时为曾氏幕僚的李鸿章所拟的。曾氏将参劾翁的事交给文案房拟稿，在好几份草稿中选中李的这一份，并特别称赞“臣职分所在，例应纠参，不敢因翁同书之门第鼎盛瞻顾迁就”这句话，认为李深得参折的辣字诀。关于辣字诀，笔者在评点曾氏参清德的折子中说过。看来，李的这句话比老师的折子还要辣。曾氏由此更看出李的过人之处。他对别人说：“少荃天资于公牍最近，所拟奏咨函批，皆大过人处，将来建树非凡，或竟青出于蓝，亦未可知。”

李因此得曾氏的器重，却也因此得罪了翁家。后来，显贵冠朝的翁同龢一世都记下李的这笔旧账。翁李不睦，已是晚清政坛上尽人皆知的事实。吴永口述的《庚子西狩丛谈》中说到翁李之间的一桩事：“公（引者注：指李鸿章）在直督时，深受常熟（引者注：即翁同龢，下文中的叔平，为翁之表字）排挤，故怨之颇切，而尤不惬于项城（引者注：即袁世凯）。在贤良寺时，一日项城来谒，予亟避入旁舍。项城旋进言：‘中堂再造元勋，功高汗马。而现在朝廷待遇如此凉薄，以首辅空名随班朝请，迹同旅寄，殊未免过于不合。不如暂时告归，养望林下，俟朝廷一旦有事，闻鼓鼙而思将帅，不能不倚重老臣。届时羽檄征驰，安车就道，方足见老成声价耳。’语未及已，公即厉声呵之曰：‘止止！慰廷，尔乃来为翁叔平作说客耶？他汲汲要想得协办，我开了缺，以次推升，腾出一个协办，他即可安然顶补。你告诉他，教他休想！旁人要是开缺，他得了协办，那是不干我事。他想补我的缺，万万不能！武侯言鞠躬尽瘁死而后已，这两句话我也还配说。我一息尚存，决不无故告退，决不奏请开缺。’”

吴永这段话十分生动地描绘出一个真实的李鸿章来，也给我们传递出许多当时官场中的微妙信息。至于翁李不睦，显然可以从中找到确证。

最后，笔者还想指出这道折子在呈递排列上的良苦用心。这是一道附片，它所依附的正折题为《遵保水师总兵折》。与它同时附的还有一片，题为《请优恤罗遵殿瑞昌王有龄片》，排在它之前。罗遵殿、王有龄为浙江省前后巡抚，瑞昌为杭州将军，三个人都因守护省城而死。曾氏请朝廷“悯念时艰，表扬忠烈”，给这三人赐予优恤，为“大臣以死勤事者劝”。同是负有守土之责的大臣，一类人是以死殉职，一类人是舍城逃命，在表彰忠烈的同时，该不该惩处临阵弃逃者？如此一对比，翁同书还能“逍遥法外”吗？

写作简析

笔墨干净到了极点，字句峻峭也到了极点。其参折“辣”字诀的运用之到家，更是让人叫绝。

要言妙道

军兴以来，督抚失守逃遁者皆获重谴，翁同书于定远、寿州两次失守，又酿成苗逆之祸，岂宜逍遥法外？

臣职分所在，例应纠参，不敢因翁同书之门第鼎盛瞻顾迁就。

□ 总督与部属联手造假案

原折：查覆何桂清退守情形折

同治元年八月二十九日

为遵旨查明复奏，仰祈圣鉴事。

窃臣接准部咨，同治元年五月初七日奉上谕：

刑部奏，据何桂清呈出司道公禀，请饬查办等语。何桂清弃城逃避罪名，业经大学士会同刑部审拟具奏。惟据片称：该革员呈出司道公禀一件，系前任江苏按察使查文经、前任江宁布政使薛焕、前任江南盐巡道英禄、江安粮道王朝纶于丹阳失守后，联衔禀请何桂清退守苏州各情。该司道等均有地方之责，当常州危急之际，应如何帮同总督竭力守御，乃联衔禀请退守苏州，显系见事危急，意在同逃。徐有壬原参折内，亦有何桂清率领地方官退避之语。若不从严查办，何以肃军律而饬官方！着曾国藩、李鸿章将该司道当时如何联衔具禀，及如何退避各情形，据实查明具奏；其苏、常等处各逃官，一并查明参办；殉难各员，并着查请议恤，以示劝惩。钦此。

臣比即咨商李鸿章，在于苏境详查。旋据通商大臣薛焕递到节略一函，内抄录廷寄二件，奏稿二件，咨稿一件。据称：薛焕于咸丰九年十二月补授江宁布政司，奉旨饬令随同何桂清办理夷务。十年三月，奉命帮办通商事件。闰三月初旬，由上海转棹常州，奉旨饬令单衔奏事。二十四日，何桂清钦奉十八日密寄谕旨“至所称薛焕应否预饬来京，此言殊属非是。天津非议和之地，该大臣仍当饬薛焕迅赴上海，设法挽救”等因。钦此。薛焕旋于三十日拜疏起程。折尾声明：即日前赴上海，相机酌办。维时何桂清业已议定移驻苏州，其司道公请之禀，系查文经主稿。迨何桂清批发后，亦系查文经录批转咨薛焕。嗣于四月十一日，抚臣徐有壬奏，调薛焕回苏办理防务。奉旨：“着不准行。”钦此。录送各件到臣皖营。

臣伏查刑部奏请饬查司道四人中，惟薛焕官职最大。兹该大臣抄送案据，前既奉有迅赴上海之旨，后又奉有不准回苏之旨，则是理应离开常州之职。军机处必有档案可稽。其禀请移驻一节，系属随众联衔，并非别有私图。此外如查文经业已革职，臣奉五月二十六日密谕，另有交查事件。英禄业由吴棠奏参，以原品休致。王朝纶列衔在末，不过随同画诺。臣在外多年，忝任封疆，窃见督抚权重，由来已久。黜陟司道，荣辱终身。风旨所在，能使人先事而逢迎，既事而隐饰。不特司道不肯违其情，即军民亦不敢忤其意。十年七月，嘉兴大营将弁联名数十，具呈请留何桂清在苏，暂不解京，求臣转奏。由王有龄移咨到臣。臣暗加察访，不过通知军中数人，并非合营皆知，是以未及代奏，而王有龄已两次具奏。观营员请留之呈，则司道请移之禀，盖可类推，无庸深究。疆吏以城守为大节，不宜以僚属之一言为进止；大臣以心迹定罪状，不必以公禀之有无为权衡。区区愚见，不审有当万一否。除查文经交查之案，另行复奏，苏、常等处逃官，由李鸿章汇案会参外，所有遵旨查明缘由，谨会同署江苏巡抚臣李鸿章，恭折复奏，伏乞圣鉴训示。谨奏。

译文：关于何桂清退守情形的调查回复折

为遵旨调查明确回复事，请求圣上鉴察。

臣接到由刑部发来的咨文，文中抄有同治元年五月初七日所奉的上谕："刑部奏，据何桂清呈递出司道等人上的公禀，请下令调查办理等语。何桂清'弃城逃避'的罪名，已经大学士会同刑部一道审讯拟定上奏。但据奏片上称：该已革两江总督呈递出一份有司道多人签名的禀帖，即前任江苏按察使查文经、前任江宁布政使薛焕、前任江南盐巡道英禄、江安粮道王朝纶在丹阳失守后，联名禀请何桂清退守苏州等情形。这些司道都有保守地方的责任，当常州危急的时候，应当帮助总督如何来竭力守护城地、抵御敌人才是正理，却联名禀请退守苏州，显然是见事态危急，打算一同逃跑。徐有壬的参折里面也有何桂清率领地方官逃退躲避的话。若不从严查办，何能整肃军纪而号令官场！即命曾国藩、李鸿章将这些司道当时如何联名具禀，以及如何退避等情形，据实查明具奏；苏州、常州等地的所有逃官，也一道查明参办。殉难的各位官员，一道查清上请抚恤，以示国家的奖惩分明。"钦此。

臣当即去函与李鸿章商量，在江苏省境内详细调查。不久，据通商大臣薛焕递到大致情况通报一份。内中抄录内阁公文两件，奏稿两件，咨询稿一件。据称：薛焕于咸丰九年十二月补授江宁布政使，奉圣命随同何桂清办理洋务。十年三月，奉圣命帮办通商事务。闰三月上旬，由上海调到常州，奉圣命可以自己的名义奏事。二十四日，何桂清奉到十八日密旨：至于所称薛焕应不应该预先命令来京，这句话很不对。天津不是议和之地，该大臣仍当命令薛焕迅速去上海设法挽救等等。钦此。薛焕即刻于三十日拜疏起程。折尾声明：即日前赴上海相机斟酌办理。那时何桂清已经议定移驻苏州。那份司道公请的禀帖，系查文经主的稿。待何桂清批发后，也是查文经抄录批文转告薛焕。嗣后于四月十一日，江苏巡抚徐有壬奏请调薛焕回苏州办理防务。奉到圣旨："不予批准。"钦此。抄录寄送以上各种文件到达臣所在的安徽军营。

臣查刑部奏请调查的四名司道中，惟薛焕的官职最大。该大臣抄送的案据，先前既奉有迅速去上海的圣旨，后来又奉有不准回苏州的圣旨，则是理应离开常州的官员。军机处必定有保存的档案可稽查。他所禀请移驻的那篇文字，当属于跟随众人一道联名，并不是别有私图。此外，如查文经已经革职，臣所奉的五月二十六日密旨中另有交待查办的事。英禄已由吴棠所奏参，以原品衔退休。王朝纶列名在最后，不过随同写一个名字罢了。臣在地方多年，勉勉强强地做封疆大吏，所见督抚的权力之重，是由来已久了。可以罢免或提拔司道一级的官员，让下属一辈子或荣或辱。督抚的一句话可以起风吹草偃的效果，因此能使别人为之曲意迎合在先而又隐瞒粉饰于后。不但司道一级的官员不愿违抗其情意，即便是普通军民也不敢拂逆其心思。咸丰十年七月，嘉兴大营将弁数十人联名上帖请求挽留何桂清在江苏，暂时不解往京师，求臣代为转奏。这份帖子由王有龄送到臣处。臣通过暗中访问调查，得知此事只是军营中几个人所为，并不是合营都知道，所以没有为之代奏，而王有龄已经两次将事情奏报。从军营请求何桂清留下这件事，便可以知道司道请何桂清移驻苏州的内幕，两者可以类推，无需深究。

封疆大吏应以能不能守卫城池为大节，不宜以僚属的一句话为进退之凭；大臣以心中的所思所念为定罪的根据，不必以有无公禀为权衡。区区愚陋之见，不知有没有万分之一的妥当处。除交查查文经的案子另外复奏，苏州、常州等处的溃逃官员，由李鸿章将材料汇集后参劾外，所有遵照谕旨查明的情形，谨会同署江苏巡抚李鸿章，恭敬拜折回复，请求圣上鉴察指示。谨奏。

评点

两江总督何桂清翰林出身，三十多岁便做到了侍郎高官，后又外放巡抚，刚过四十便升任两江总督，又因接济江南大营之功，赏太子太保衔。何桂清少年得志，官运亨通，又诗文名高，素有云南才子之称。倘若生在承平之世，此人必定富贵荣华而声名卓著，将会潇洒快活地度过完美的一生，令世人艳羡不止。倘若江南大营不被打破，太平军未一鼓作气拿下苏、常重镇，而是等到湘军历尽艰难万险，步步推进，最后收复南京，何桂清也会成为这场战争中的有功大员，与官文一样地坐得封爵之赏，风风光光地接受世人的膜拜。无奈何，何桂清命不好。一夜之间，兵败出逃，他那平时不为人知的怯弱、慌乱、怕死、不忠诚等卑劣的一面便全暴露于世了。世上像何桂清这一类的人其实许多许多，世道平安时他们或许没有何的才气，世道一旦混乱，他们卑劣的一面则绝对不会比何少。这或许也是人类渴望和平安宁，诅咒战争动乱的一个重要原因：战争和动乱不仅让人类失去生存的物质条件，而且也会将人类心灵中的脆弱阴暗彰显无遗。无论是前者还是后者，都会让人类自身恐惧。

且说咸丰十年闰三月间，江南大营被太平军击溃时，何桂清那时正因筹粮事宜驻扎常州城。江南大营的统领和春、张国梁收拾溃卒退守丹阳。太平军忠王李秀成穷追不舍。结果张国梁在丹阳城外投水自杀，和春逃至苏州城外浒墅关毒发身亡。常州城处在太平军四面包围之中，情形十分危急，全城士绅恳请何桂清做主死守城池。何桂清却不愿意与常州共存亡，借口筹饷，带着一批官员逃往苏州。驻守苏州的江苏巡抚徐有壬恨何的贪生怕死，紧闭城门不接纳，何一行只好继续南逃至上海。徐有壬遂上参折，严劾何弃城逃避。内阁大学士会同刑部审讯后，也以此罪名定下何桂清的死罪。何却在这时向刑部呈递了一份材料，即当时的江苏按察使查文经、江宁布政使薛焕、江南盐巡道英禄、江安粮道王朝纶等人，在丹阳失守后联名请求何退守苏州的公禀。何企图以此说明，他离开常州去苏州，是应部属所请，希望刑部在量刑上从轻处理。这个云南才子也真是情急之中乱了方寸。如此材料纯属稻草一根，怎么可能当作救生圈来使用！慢说是几个部属，便是苏州数十万百姓请何离常州而去苏州都没有用。在那个时代，管用的只有圣旨。没有圣旨让你离开常州，你便只能按照朝廷律令守土护城。所以，刑部并没有把这份材料当一回事，反而认为他们是上下合谋，“见事危急，意在同逃”。故而朝廷下令曾国藩及代理江苏巡抚李鸿章，查明他们当时是如何合谋共逃的。这道折子便是答复朝廷所交代的调查事。

细读此折，可知曾氏其实并没有去遵旨调查。他只是凭自己在地方任事多年的经验及何的另一份所谓公禀，便为此事作了定案。曾氏自从咸丰二年离开京师后，在地方上带兵行政已达十年之久，这十年期间与他在京师的十二年相比，无疑历事更多，陷入更深，故而所知亦更真更切。他知道一个总督、一个巡抚在其所辖的省内，好比一个土皇帝。大权在握，可以给人以终身的荣耀，也可以使人一辈子痛苦。其实，曾氏在折中说得还不够，岂止是荣辱而已，就连生死之权也握在督抚手中；而且又岂止是督抚，在一个府内，知府便是土皇帝，在一个县内，知县便是土皇帝。这一府一县中的僚属百姓的身家性命都在他的掌握之中。专制社会的人治之乱，于此可见。这当然是朝廷所奉行的治国之策所带来的必然结果，但却不是朝廷所愿意看到的现象。因为它既分了中央政府的权，又干扰了中央政府的一竿子到底的领导。

督抚既然有这么大的权力，他要下属给他来一个这样的公禀，他们敢不遵照办理？这还有调查的必要吗？何况何桂清已经不是第一次这样做了。早在一年多以前，朝廷拟将何押解京师时，便有一份冒充合营其实只是几个人所为的联名挽留公禀出现，可见这份材料不过故技重操而已。所以，曾氏认为不必再去查明，就此可以定罪，并且提出了自己对此类事所认定的准则：疆吏以城守为大节，不宜以僚属之一言为进止；大臣以心迹定罪状，不必以公禀之有无为权衡。

这两句话，前面一句好理解。所谓疆吏，便是守护疆土的官吏。疆吏丢城失地，自然是最大的失职，怎么能拿僚属之言来做搪塞呢？至于后一句话，则与现行的法律相违逆。法律定罪讲的是事实，不是心迹；心里面即便有再坏的想法，若没有造成事实，法律就不会定罪。是不是那时的法律与现在的不同呢？抑或是曾氏所说的“心迹”，与我们今天所理解的“心迹”有差别呢？

笔者以为，这两个方面都搭得上边。细揣曾氏所说的心迹，大约指道德操守及对朝廷忠诚与否等大节大义，而不是指的日常琐细。曾氏认为一个人对于大节大义，即便在心理上亏欠，也是不应该的。他的这种认识，根于早年在京师跟随唐鉴、倭仁研习理学时期。他当时便是以这种方式对自己作苛刻的“诛心”修炼。他在道光二十二年十月初十日所记下的一段日记，可视为他当时修炼生活的真实写照：“昨夜梦人得利，甚觉艳羡，醒后痛自惩责，谓好利之心形诸梦寐，何以卑鄙若此。”这种理学信念一直贯串他的一生。故而他认为一个人即便有未付诸行为的卑鄙心迹也是可耻的。另一方面，曾氏认为这种可耻若是出现在大臣的身上，亦可以据此定罪。这是因为大臣所受的教育程度高，所得到朝廷给予的好处多，在社会上有万目所瞩的榜样作用，因而要从严要求，可以凭心迹定罪。

大约朝廷中有不少人很欣赏曾氏的这两句话，《清史稿》何桂清本传特别予以引用，并将它当作此案定音之锤来看待。尽管有大学士等十七人为何说情，何最终还是被杀了头。

写作简析

朝廷本要曾氏“查明具奏”，但曾氏并未去查明，而是依据其视为已足够充分的道理及何的前科，就为此案定了性。这道奏折的重心便在这两点上；将这两点写出分量，也便见出此折的分量。其中“疆吏以城守为大节”几句话，更是铿锵有力，在理学盛行的那个时代，具有一种气势压头令人无从辩驳的威力。

要言妙道

疆吏以城守为大节，不宜以僚属之一言为进止；大臣以心迹定罪状，不必以公禀之有无为权衡。

□ 一百五十年前的“非典”式传染病

原折：请简亲信大臣会办军务片

同治元年闰八月十二日

再，大江南岸各军疾疫盛行，臣于八月二十九日附片具奏在案。近日秋气已深，而疫病未息。宁国所属境内最甚，金陵次之，徽州、衢州次之。水师及上海、芜湖各军，亦皆厉疫繁兴，死亡相继。鲍超一军，据初二日开单禀报，除已痊外，现病者六千六百七十人，其已死者数千，尚未查得确数。宁国府城内外，尸骸狼藉，无人收埋。病者无人侍药。甚至一棚之内，无人炊爨。其军中著名猛将如黄庆、伍华瀚等，先后物故。鲍超亦染病甚重。合营将领，因其关系至大，一面禀明臣处，一面用舟送鲍超至芜湖养病。张运兰一军，驻扎太平、旌德等处，病者尤多，即求一缮禀之书识、送信之夫役，亦难其人。张运兰送其弟之椟至祁门，亦自患病，尚难回营。皖南道姚体备至岭外查阅一次，归即染病不起。臣派营务处四品卿衔甘晋至宁国一行，现亦染病回省。杨岳斌自扬州归来，亦抱重病。

天降大戾，近世罕闻。恶耗频来，心胆俱碎。若有大股贼匪扑犯宁国、旌、太等处，鲍超、张运兰两军不特不能出队迎战，并不能坚守城垒；不特不能坚守以待外援，并不能预逃以待再振。若扑犯金陵、徽州，亦深恐病者太多，战守皆无把握。数年来，千辛万苦战争之土地，由尺寸而广至数百里，倘有疏虞，何堪设想！若皖南藩篱一坏，则江西内地空虚，毫无足恃。兴言及此，忧心如焚。而皖北苗、捻两患，时时可虑。袁甲三、李续宜皆将回籍，唐训方新来，诸事且萃于微臣一人之身。疾疫之灾既如彼，责任之重又如此，臣自度薄德不足以挽厄运，菲才不足以支危局。譬诸担夫，力能负百斤者，增至百二十斤则汗流而蹇，增至百五十斤则僵踣矣。臣力本不胜百斤，今且增至数十倍之重，僵踣不足惜，倘遂贻误大局，敢不祗惧！

合无吁恳皇太后、皇上天恩，简派在京亲信大臣，驰赴大江以南，与臣会办诸务，分重大之责任，挽艰难之气数。臣具有天良，断不敢稍存推诿，致误戎机。今年军事甫顺，而疾疫流行，休咎之征，莫可推测。中夜默思，惟求德器远胜于臣者主持东南大局，而臣亦竭力经营而左右之，庶几补救于万一。区区愚忱，伏乞圣慈垂鉴训示。谨奏。

译文：请简派亲信大臣来江南会办军务片

另外，长江南岸各军瘟疫盛行的情况，臣已由八月二十九日的附片禀报。近来秋天的气象已很重，但瘟疫尚未止息。江西宁国府境内最为严重，金陵次之，安徽徽州及浙江衢州又次之。水师以及上海、芜湖各军也都是可怕的疫病横行，死亡相继。鲍超一军，据初二日报来的名单，除开已经痊愈的不算外，现在正病养的为六千六百七十人，已死亡者数千人，目前还未查得确凿的数目。宁国府城内外，尸骸到处摆着，无人收埋。生病者，无人来侍奉汤药。甚至一棚（译者注："棚"大致相当于现在的"班"）之内已无人生火做饭了。鲍超军中著名猛将如黄庆、伍华瀚等都已先后死去。鲍超本人也被感染，病得很重。全营将领因为这桩事关系重大，一面向臣处禀报，一面用船将鲍超送到芜湖养病。张运兰一军驻扎在太平、旌德等处，患病者更多。以至于求一誊抄禀帖的文书及送信的夫役，也难以找到。张运兰送他弟弟的灵柩到祁门，自己也就得病了，眼下还难以回军营。皖南道员姚体备到岭外视察一次，回来后当即被感染患病，卧床不起。臣派营务处的四品卿衔甘晋到宁国去了一趟，现也已经被感染得病回省垣。杨岳斌从扬州回来，也得了重病。

这种天降的大灾大难，近几十年来很少听到，死人的消息频繁传来，令人心胆俱碎。此时若有大股贼匪来攻打宁国、旌德、太平等处，鲍超、张运兰两支军队不但不能列队迎战，而且也不能坚守城池堡垒；不但不能坚守以等待外援，而且也不能事先逃走以求重振。若攻打金陵、徽州，也很担心生病的人太多，战与守都无把握。几年来费了千辛万苦靠打仗所夺回的土地，由一尺一寸而扩大到数百里，倘若有所疏失，怎能设想！假若皖南这道藩篱一旦破坏，则江西内地将成空虚，毫无什么可以依恃。一时想到这点，忧心如焚。而皖北的苗沛霖、捻军两个祸害，又时时可虑。袁甲三、李续宜都将要回原籍，唐训方初来，各种事都会集中在臣一人的身上。瘟疫的灾难是如此的严峻，责任又是如此的重大，臣自度德行凉薄不足以挽救厄运，才力微弱不足以支撑危局。好比担夫，力气只能挑一百斤的，增加到一百二十斤则大汗淋漓而两脚不稳，增加到一百五十斤，则只能倒卧于地了。臣的力气本不能挑百斤，现在却增加到数十倍的重量，倒卧在地不足惜，倘若因此而贻误大局，怎么能不恐惧！

可否请求皇太后、皇上施恩，简派在京师的亲信大臣赶紧来到江南，与臣一道办理各种事情，以求分担臣的重大责任，挽回已成艰难的气数。臣有忠于朝廷的天良，决不敢借此稍稍存推诿之心，以至于耽误军事。今年军事刚刚较为顺利，而又瘟疫流行。上天奖惩的征兆，真是难以推测。半夜里静静思考，唯有请求德行才器远胜过臣的人来主持东南大局，而臣则竭尽全力从旁帮助，或许可以做些微小的补救。这一点愚诚之心，恳求皇太后、皇上鉴察指示。谨奏。

评点

经历过“非典”疫情的当今读者，对这种恶性流行病的恐惧心理或许尚未彻底解除。这种病的确可怕。这道奏折中讲的便是一百五十年前发生在江西、安徽、江苏、浙江一带类似“非典”的流行瘟疫。

由于战争年代造成的医药匮乏和生存环境的恶劣，更由于科技落后，人们缺乏对瘟疫的正确认识和有效的治疗及防预手段，这种瘟疫对人类所造成的危害，要千百倍大于今天的“非典”。

这道折子讲了一些当时瘟疫所造成的人员病亡情况。折中提到的八月二十九日的附片关于疫情是这样说的：“鲍超营中疾疫大作，勇夫病者万余人，死者日数十人。张运兰、朱品隆、唐义训各军，亦十人而病其六七……曾国荃金陵营中病者亦逾万数……左宗棠军中病者亦复过半，每次出队不满五成。”

对曾氏打击沉重的，是他的幺弟曾国葆也死于这场瘟疫中。这年十一月，一直在金陵城外与老九一道指挥吉字营的老幺死在营中。曾氏在《金陵湘军陆师昭忠祠记》一文对这场瘟疫的描述更形象：“我军薄雨花台，未几，疾疫大作，兄病而弟染，朝笑而夕僵，十幕而五不常爨；一夫暴毙，数人送葬，比其返而半殆于途。近县之药既罄，乃巨舰连樯，征药于皖鄂诸省。”

这场瘟疫当然不可能是“非典”，而是因为积尸过多，掩埋不及，又加之天气炎热造成的。战争已经是随时都会将一个活生生的人送到地狱的残酷事了，还要加上这个更为残酷的瘟疫，当时这些企图靠军功升官发财的湘军将士们真是可悲可悯！面对着这个严峻的局面，曾氏更是无可奈何，在汇报疫情之后，提出一个委派亲信大臣会办军务的建议来。曾氏认为自己德才两方面都不足以应付这个局面，请求来一个朝廷所倚重的亲信大臣共担重任。他的心情可以理解。

在当时，有一种普遍的不科学的观点，认为瘟疫是老天爷降下的惩罚。老天爷为什么要降下惩罚呢？主要是因为主事人违背了天意。在八月二十九日的附片中，曾氏就这样检讨过：“皆由臣以菲材妄窃高位，上干鬼神之谴，莫救厄运之灾。”因此，他希望来的人“德器远胜于”他。当然，他也知道朝廷多半不会派人来。派谁呢？慢说没有什么人“德器远胜”，即便有这样的“在京亲信大臣”，他又会愿意以千金之躯来亲踏疫区寻死吗？派不派是一回事，说不说又是一回事。不派人可以，到时候朝廷就不要说我曾某人无能了。笔者揣测，曾氏当时多半是如此想的。果然，京师没有下来人。

这年九月初一日，曾氏收到军机处寄来的上谕：“当此艰危时势，又益以疾疫流行，将士摧折，深虞隳士气而长寇氛。此无可如何之事，非该大臣一人之咎。意者朝廷政事多所阙失，足以上干天和。惟斋心默祷，以祈上苍眷佑，沴戾全消。我君臣当痛自刻责，实力实心，勉图禳救之方，为民请命，以冀天心转移，事机就顺。至天灾流行，必无偏及，各营将士既当厄，贼中亦岂能独无传染？想该大臣郁愤之余，未遑探询。刻下在京固无可简派之人。环顾中外，才气力量如曾国藩者，一时亦难其选。谅该大臣素尝学问，时势艰难，尤当任以毅力，矢以小心，仍不容一息少懈也。”

朝廷不但不怪罪曾氏，反而做起自我批评来，还给曾氏以充分的信赖和极高的评价，想必曾氏当时奉到此折时，心中亦充满暖意。灾害常能让人心靠近。一百四十年前的九五之尊与在外的带兵统领，彼此之心，也因这场突如其来的灾害而靠近了许多。曾氏自领兵以来接到过许多朝廷下发的上谕，但像如此温旨，大概没有几道。这道圣旨还提醒曾氏不要过于担心敌人来攻城，我军有瘟疫，难道敌军就不会染上吗？事实也是这样。太平军中也有不少人感染此疫，故两军暂且对峙着，战事不多。这场瘟疫后来慢慢平息了，但绝不是医药的效果，大概是后来自动形成的免疫屏障，将它给挡住了。人类总还是比细菌坚强些，否则，这个群体岂不早就灭绝了吗？

最后，笔者还想提醒读者注意一个细节。在所选的曾氏奏折中，唯有这道折子出现了“皇太后”三个字。显然，这三个字指的是慈安和慈禧两位太后。从咸丰十一年九月底推翻顾命祖制，实行垂帘听政制以来，第一次在曾氏奏折中出现“皇太后”字样的，是同治元年七月二日的《奏恳豁免江西历案摊捐款项片》。从那以后，便常见“皇太后”三字出现在其奏折中，但也不是每一道折上都有，也有的折中只见“皇上”，不见“皇太后”。这是一个信号，说明两宫太后的权力正在日益巩固，并逐渐被地方文武大员坦然接受。

写作简析

此折花费五十多字讲一个譬喻，其实要说的不过是“力不胜任”四字而已。通常，奏折讲求简洁，把事情说清楚就行了，不需要打譬喻讲故事等等，但偶尔为之，给在枯燥沉闷的阅读氛围中的读折者带来一点生动情趣，或许还更能增加一点效果。

要言妙道

疾疫之灾既如彼，责任之重又如此，臣自度薄德不足以挽厄运，菲才不足以支危局。

休咎之征，莫可推测。中夜默思，惟求德器远胜于臣者主持东南大局，而臣亦竭力经营而左右之，庶几补救于万一。

□ 从学识入手提高官样文章的档次

原折：恳辞曾国荃补授浙抚并谢恩折

同治二年四月二十二日

奏为恭谢天恩，沥陈下情，仰祈圣鉴事。

窃臣接准兵部火票递到同治二年三月十八日内阁奉上谕：“浙江巡抚着曾国荃补授。”钦此。当即恭设香案望阙叩头谢恩讫。又恭读寄谕：“浙省系左宗棠兼辖，既兼署巡抚，尤责无旁贷。曾国荃着仍统前敌之军驻扎雨花台，一意相机进取，以图金陵，毋庸以浙事为念”等因。钦此。

仰见皇上破格录用，委曲培成之至意。惟是受恩愈重，报称愈难。现在发、捻纷乘，苗练复叛，军情反复，世变环生，只贻宵旰之忧，曾乏补苴之术，每与臣弟国荃寓书儆惕，惭悚交并。本年二月臣至雨花台大营，与臣弟共处八日，慨兵事之方殷，感主恩之极渥，中夜奋兴，互相诫勉。

以大局论之，沿江三千里名城要隘，皆为我有。加以浙东列郡，苏、松各属，次第克复，凡山川筋脉之地，米粮百产之源，该逆一无可恃，未尝不托圣朝之威福，冀功绪之可成。而一念夫拓地日广，顿兵坚城，戍守之卒太多，游击之军太少，师老饷竭，士气渐疲，群盗如毛，饥饿四窜，窃号之寇未灭，流贼之患或兴，则又为之蹙额欷歔。愧臣兄弟谬当重任，深恐上辜君恩，下负民望，遂陷于大戾而不自知。忧灼之余，每思避位让贤，稍分责任，又不敢数数陈奏上渎宸聪。

上年正月间，臣密陈金陵未克以前，不再加恩臣家。诚以功名之际，终之始难；则消长之机，盈则必缺，曾蒙寄谕嘉许，俯鉴愚忱。臣弟国荃旋擢藩司，已叨非分。今又特沛恩纶，授以开府之荣，专其治军之责。闻命而后，已阅兼旬，臣与臣弟两次函商，欲固辞，则颇涉矫情，思立异于当世；欲受事，则不自量力，惧贻讥于方来。再四踌躇，诚恐治军无效，倾覆寻至，不如少安愚拙之分，徐图尺寸之功。惟有吁恳天恩收回成命，俯准臣弟以开缺藩司效力行间，与臣随时熟筹战守，相机进取，或者以勤补拙，以恐致福，迅克坚城，殄除丑类，稍答高厚鸿慈于万一。除由臣弟国荃专折沥陈外，所有微臣感激下忱，理合缮折叩谢天恩，伏乞皇太后、皇上圣鉴。谨奏。

译文：恳辞曾国荃补授浙江巡抚一职并谢恩折

为恭谢皇恩，缕陈心曲事宜，请求皇上鉴察。

臣接到由兵部绝密寄来的同治二年三月十八日内阁所奉的上谕：“浙江巡抚由曾国荃补授。”钦此。当时便立即恭设香火几案，遥望宫阙叩头谢恩。又恭读所寄来的上谕：“浙江省系左宗棠所兼辖，既兼代理巡抚，则责任更无旁贷。仍令曾国荃统领前敌军队驻扎雨花台，一心一意地相机进击，以图尽早克复金陵，不要以浙江省内的事情为挂念。”等因。钦此。从中得知皇上破格录用，着意培养的深意。只是受恩愈重，报答愈难。现在长毛、捻军纷纷乘机妄为，苗沛霖的团练再次叛变，军情反复，不测之变四处发生。朝廷更增忧虑，而臣工则缺乏补救的办法。臣与弟国荃每每为此互寄信函予以警惕，惭愧与惶恐交相产生。今年二月臣到雨花台大营，与臣的弟弟一起住了几天，感慨战事正处在关键时刻，感激皇上恩德极为高厚，常在半夜之间兴奋地谈论着，互相勉励。

从大局来说，沿长江三千里的名城要隘都已次第收复，为我所有，加上浙江东部各府以及苏州、松江两府的所属州县相继克复，凡山川中那些冲要之地，谷米粮食百物盛产的区域，逆匪一地一处都不占有。这完全是托圣明朝廷的威福，所盼望的剿逆大功很快就能实现。但一想到开拓的疆土日益宽广，将军队驻扎在重要的城池里，如此则守卫的士兵太多，能游击作战的部队太少，军营战斗力衰退，粮饷竭蹶，士气日渐疲惫，各种盗贼多如牛毛，饥饿者四处流窜，窃取国号的强寇未彻底消灭，流窜之贼匪或许又将兴起。这些事，又令臣愁眉不展而欷歔不已。臣兄弟不称职地担负重任很觉惭愧，深为担心对上辜负了君恩，对下辜负了民望，以至于陷于大灾难而不自知。忧虑焦灼之余，每每想到辞职让贤，稍稍分去一部分责任，又不敢经常上奏此事而麻烦圣上。

去年正月间，臣曾秘密奏陈朝廷，在金陵未克复之前不要再给臣的家族加恩。的确是因为功名场中，好的结局比好的开始要难，消退与上长之间的机奥昭示着盈满之后必是亏缺。曾经因此而幸蒙朝廷的嘉许，体谅为臣的诚意。臣的弟弟国荃刚刚擢升为藩司，已属非分之赏赐了。现在又获得特别的恩命，授予开府建衙的荣誉，而又只有专门带兵的责任。得知这个任命后已过了二十多天，臣与臣的弟弟两次以信函相商：拟坚决推辞，则有点近于矫情，别人会误以为想在世人面前标新立异；拟接受任命，则是不自量力，害怕留下今后被讥笑的把柄。再四踌躇，确实担心治平无成效，失败很快就会到来，不如安于守愚拙的本分，慢慢图谋一尺一寸的战功。唯有恳求天恩收回成命，批准臣的弟弟以一个开缺藩司的身份效力于军营，与臣随时仔细筹划战守之事，相机进取，或许能够借勤奋来弥补愚拙，以恐惧谨慎来招致吉祥，迅速攻克坚城，清除丑类，稍微报答朝廷高天厚土样的宏大慈爱于万分之一。除开臣的弟弟国荃专折缕陈缘由外，微臣本人所有的感激之情，按理也应具折叩谢天恩，请求皇太后、皇上鉴察。谨奏。

评点

老百姓常将那些说得动听而实际上又是另一回事，或者完全是因敷衍应付而为的文字称之为官样文章。这种文章之所以加上一个“官样”的定语，显然，它是产生于官场服务于官场，且为官场所需要的文章。如果我们再挖掘下去，问一问，官场为什么需要这样一种文章呢？笔者想，这应该是一个很有趣的问题。它或许可以由此而能摸到官场某些深层次的弊端，通过研究而加以解决，从而有利于建立一种新型的社会管理体制。笔者缺乏这个方面的专门学问，不能做深刻的研究，只能就事论事。现在就来说说眼下这篇颇具典型意义的官样文章。

曾国荃咸丰六年八月在湖南组建吉字营，到今天不过七年光景，便由一个生员变为封疆大吏。或许真的是这支队伍的名字取得好，大吉大利，吉星高照。我们不妨将他亨通的官运排个简表：咸丰八年八月，以克复峡江、吉水等县城功，以同知归部即选。咸丰九年二月，因克复吉安功，以知府尽先选用，并赏加道衔。咸丰九年七月，因克复景德镇功，以道员用。咸丰十一年八月，因克复安庆功，加布政使衔，以按察使记名遇缺题奏。同年十月，赏头品顶戴。同治元年正月，补授浙江按察使。同年二月，补授江苏布政使。同治二年三月，补授浙江巡抚。最有意思的是，从按察使到布政使到巡抚，时间跨度不过一年零两个月，而这中间曾国荃并无尺寸之功。朝廷这样频繁地给老九升官晋级，无疑是在激励他加快攻克金陵的速度，同时，也欲以此来进一步调动曾氏的积极性。

在人生价值只有功名官爵作为唯一衡量标准的封建时代，升官晋级应是最为直接最为有效的激励机制。曾国荃拉起队伍攻城略地，甘冒矢石，所为何来？还不就是盼望级升得越快越好，官做得越大越好！现在，朝廷任命他做浙江巡抚，而且不要上任，依旧在金陵城下做他的现事。这几多不好，为什么要辞去？这不明摆着是虚伪，是作假吗？

对！当时的官场就需要这种虚伪，也需要这种做假的文章。中国古代的主流文化提倡做谦谦君子，提倡礼让。朝廷要你做巡抚，你说你能力不行，这就是“谦”；你请求辞去，让朝廷再简贤能，这就是“让”。官场既为社会各界所聚焦，又是弘扬主流文化的重要阵地，所以官场人物就必须为“谦让”做出一个表率形象来。哪怕你心里一百个不情愿，你也得为这个“大局”作点贡献。说一堆言不由衷的话，摆出一个作秀的姿态来。如此看来，古代官场多伪，说怪也不怪了。

具体到了曾氏兄弟身上，还有两个原因使得他们不得不要特别这么谦让一下。一是曾国荃由按察使到巡抚的火速上升，时间既快，又无战功可资，难免会引起一些人的嫉妒和不满。二是曾氏自己在同治元年正月二十二日的一道对节制四省并简授协办大学士的谢恩折中说得很明白："自去秋以来，臣一门之内迭荷殊恩，感激之余，继以悚惧。恳求于金陵未克以前，不再加恩于臣家，庶可以保全功名，永承圣眷。"所以无论是为堵天下悠悠之口，还是为自圆其说，曾氏都有必要来一番"恳辞"。

这样的文章确实不好做。因为文章本是"言为心声"，这种文章难就难在笔底之言不是心声，而要把它做好，做得让人相信你说的是真话，这就很不容易。这篇文章虽也是一篇使人一看便知的矫情之作，但还是有它的高明之处。它的高明在于这样几句话："功名之际，终之始难，消长之机，盈则必缺。"细嚼这几句话，很觉有深意存在，它将该文与那些一般的言不由衷的官样文章区别开来。这四句话，前两句讲的是史实，是对数千年官场史的某一个侧面的总结；后两句讲的是哲理，是曾氏所信奉的盈虚消息之说。关于"盈虚消息"，曾氏在初为京官时的一封家信中有解说："兄尝观《易》之道，察盈虚消息之理，而知人不可无缺陷也。日中则昃，月盈则亏，天有孤虚，地阙东南，未有常全而不缺者……君子但知有悔耳。悔者，所以守其缺而不敢求全也。小人则时时求全；全者既得，而吝与凶随之矣。众人常缺，而一人常全，天道屈伸之故，岂若是不公乎？"正是基于这个理论，曾氏宁愿求阙而不求全。因为"阙"是正道，"全"是偶然，正道的"阙"才能长久，偶然的"全"只能稍纵即逝。

一篇谦让之文写到这个份上，便有了思辨的色彩，也便自然而然地走进一个较高的档次。

这篇奏折的背后还有些故事。

同治元年底曾氏因一身而任两江总督、钦差大臣两职觉得担子太重，打算辞去这两个职务，与曾国荃商量。老九回信："来谕云拟新年疏辞钦篆、江督两席，愿以散佚专治军务，冀权势之稍分，庶指摘之较少。弟窃谓此心自不可不存，而此疏似不可上。现值国家多事之时，天子冲龄践祚，悉赖二三重臣辅翼帝室，以天眷之优渥如此，断非再疏三疏所能辞谢两席者。此疏一上，适以坚皇太后、皇上依畀之意，内外权位与为等夷者，且侧目而视之矣。其知之者，则以为此心无他，不能独任东南数省之艰巨而已；不知我者，非谓存固宠之意，即谓别有希冀之心……兄处现在地位，值今日之时事，惟有素位而行之一法，听其自然，全不以荣辱之念蓄于中，斯无入而不自得矣。若疏辞两席，是意中犹有两席之见存也。”

信中之言堂堂正正，道理充足，故而曾氏接受了，不再上疏请辞职务。两个月后，曾国荃得浙江巡抚一职，却又两次去信给乃兄说要辞掉这个职务。老九本不是一个很遵守主流文化规范的人，在官位和功劳面前从不谦让。这次却要请辞浙江巡抚，应该说很合乃兄的一贯作为。于是曾氏马上命手下的幕僚为自己和老九各代拟一道恳辞折。不料，过几天，老九给乃兄寄来的咨文里明明白白地写上了“浙江巡抚曾国荃”的字样，弄得曾氏很不高兴，去函严厉指责弟弟：“今业已换称新衔，一切公文体制为之一变，而又具疏辞官，已知其不出于至诚矣。欺方寸乎？欺朝廷乎？余已决计不辞，即日代弟具折。”

收到这封信后，老九想，还是辞一辞，这对今后自己的立身处世会更有利一些。于是，不顾前后的自相矛盾，还是给朝廷上了一道“恳收回成命”的辞谢折。朝廷接到这两兄弟的折子后，立即下达一道令曾氏昆仲心暖意温的谕旨：“曾国藩奏为伊弟曾国荃恳辞巡抚恩命，并曾国荃奏恳收回成命，以开缺藩司专办军务各一折。曾国荃自统师南下以来，迭复沿江名城要隘，驻军雨花台，连破逆垒，与彭玉麟、鲍超等水陆诸军，为规取金陵之计。朝廷以曾国荃勋绩卓著，擢授浙江巡抚，并令仍统前敌之军驻扎雨花台，一意进取。论功行赏，国家自有权衡。兹览该大臣及该抚所奏，得以金陵未复，兵顿坚城，而该大臣兄弟异数频邀，既荣授以封圻，复令驻军江南，遥领疆寄，深虞陨越，弗克负荷。在该大臣等受宠若惊，固辞恩命，洵属至诚，而朝廷懋赏懋官，权衡悉当。现在军事方亟，时局孔艰，凡在臣工，正宜黾勉效忠，共期宏济。该大臣惟当督率曾国荃忠诚报国，以副委任，正不必渎辞朝命也。”

谦让之形象既公之于世，实际的好处又一样不少地到了手，一举两得。读者诸君于此或许也已悟到了为什么官样文章不能缺少的道理。

写作简析

历史回顾与哲理思索，提升了这篇官样文章的档次，固然是此折写作上的成功之处，但它得建立在平素的学养和胸襟的基础上。

要言妙道

……功名之际，终之始难；消长之机，盈则必缺……

欲固辞，则颇涉矫情，思立异于当世；欲受事，则不自量力，惧贻讥于方来。再四踌躇，诚恐治军无效，倾覆寻至，不如少安愚拙之分，徐图尺寸之功。

□ 平生最为重要的一份报告

原折：奏报攻克金陵尽歼全股悍贼并生俘逆酋李秀成洪仁达折

同治三年六月二十三日

奏为克复金陵，全股悍贼尽数歼灭，恭报详细情形，仰祈圣鉴事。

窃照官军攻克金陵，业经浙江抚臣曾国荃将大概情形，于十六日亥刻会同臣等驰奏在案。兹据曾国荃十九日咨称，此次攻城剿洗老巢之难，与悍贼拼死鏖战之苦，实为久历戎行者所未见。自得天堡城后，城中防守益密。地堡城扼住隘路，百计环攻，无隙可乘。直至五月三十日，始经李祥和、罗逢元、王远和、黄润昌、陈寿武、熊上珍、王仕益等率队攻克，占取龙膊子山阴，居高临下，势在掌握。自六月初一日起，各营轮流苦攻，伤亡极多。李臣典侦知城内米麦尚足支持数月，又见我军地道三十余穴都已无成，官军五万余人筋力将疲，若不趁此攻克，事久变生，深为可惧。李臣典愿率吴宗国等从贼炮极密之处重开地道，萧孚泗、黄润昌、熊登武、王远和愿距城十数丈修筑炮台数十座，通派各营队伍刈割湿芦、蒿草堆捆山积，上复沙土。左路地势甚高，利于声攻，右路地势极低，利于潜攻。如是者半月，未曾一刻稍休，肉薄相逼，损伤精锐不可胜数。总兵陈万胜、王绍义、郭鹏程等素称骁将，数日之内，次第阵亡，尤堪悯恻。十五夜四更，地道装药之时，曾国荃与李臣典正在洞口筹商一切，忠酋李秀成突出死党数百人，由太平门傍城根直犯地道大垒；别从朝阳门东角出数百人，装官军号衣，持火蛋延烧各炮垒及附近湿芦蒿草。官军久劳之后，夜深几为所乘，赖伍维寿、李臣典、黄廷爵、张诗日堵住左路，毙贼无算；彭毓橘、熊上珍、陶立忠等堵杀右路，擒斩亦多，幸克保全洞口。

十六早向明，曾国荃将四路队伍调齐，预饬各军稳站墙濠，严防冲突，惟将太平门龙膊子一带自黎明攻至午刻，李臣典报地道封筑口门安放引线。曾国荃悬不赀之赏，严退后之诛，刘连捷、朱洪章、武明良、伍维寿、熊登武、陈寿武、李臣典、张诗日各率营官席地敬听，愿具军令状，誓死报国，遂传令即刻发火。霹雳一声，揭开城垣二十余丈，烟尘蔽空，砖石满谷。武明良、伍维寿、朱洪章、谭国泰、刘连捷、张诗日、沈鸿宾、罗雨春、李臣典等皆身先士卒，直冲倒口而入，各弁勇蚁附齐进，锐不可当。

而左路城头之贼，以火药倾盆烧我士卒，死者甚众，大队因之稍却。经彭毓橘、萧孚泗、李祥和、萧庆衍、萧开印等以大刀手刃数人，由是弁勇无一退者。而武明良、伍维寿、朱洪章、刘连捷、谭国泰、张诗日等各率队伍登龙广山，与右路太平门之贼排列轰击，移时贼乃却退。李祥和、王仕益从太平门月城攻入。群贼知此次地道缺口，不复似前次之可以堵御矣。

维时官军分四路剿击。王远和、王仕益、朱洪章、罗雨春、沈鸿宾、黄润昌、熊上珍等进击中路，攻伪天王府之北。刘连捷、张诗日、谭国泰、崔文田等进击右路。由台城趋神策门一带，适朱南桂、朱惟堂、梁美材等亦率队从神策门地道之旁梯攻而入，相与会合齐进，兵力益厚，直鏖战至狮子山，夺取仪凤门。其中左一路，则有彭毓橘率罗朝云、赵清河、黄东南与武明良、武明善、武义山等由内城旧址直击至通济门。左路则有萧孚泗、熊登武、萧庆衍、萧开印率萧致祥、周恒礼、李泰山、萧清世、萧恒书、朱吉玉、赵太和、刘长槐、萧上林等分途夺取朝阳、洪武二门，城上守陴、城门守楼之贼及附近一带贼队，悉被杀戮。其抄截疾驰，各路同一神速；其留兵置守，各门同一布置。此十六日地道成功、城中鏖战及东北两路抄剿之情形也。

方我军大队之抵龙广山也，西南守陴之贼犹植立未动，迨夺取朝阳门，贼始乱次。而罗逢元、张定魁、彭椿年、张光明、杨西平、何鸣高、彭光友、熊绍濂、罗兴祥、叶必信等各率所部，从聚宝门之西旧地道缺口仰攻而入，李金洲、胡松江、朱文光、武交清、刘湘南、易孔昭、戴名山、张正荣等率队从通济门月城缘梯而上，而陈湜、易良虎、易良豹、龙清垣率吴隆海、张叶江、晏恭山、冯盛德、陈汝俊、刘定发各营，则猛攻旱西、水西两门月城。伪忠王李秀成方率死党狂奔，将向旱西门夺路冲出，适为陈湜大队所阻遏，乃仍转回清凉山。江南提督黄翼升率许云发等水师各营攻夺中关拦江矶石垒，乘胜猛攻滨江之城，遂与陈湜、易良虎等夺取水西、旱西两门，将守贼歼尽。由是全城各门皆破，大势已定。日色将暝，陈湜、易良虎遥见忠酋贼队隐匿西南房屋如鳞之内，益戒所部严防贼冲。彭毓橘置守聚宝门、通济门，李臣典、李祥和扼守太平门，黄润昌、王远和、朱洪章等见星收队，结为圆阵，站立龙广山，稍资休息。此水陆各军攻克西南两城及分守要隘、预防贼股冲突之情形也。

方朱洪章等与贼搏战于伪天王府城北之时，沈鸿宾、周恒礼、袁大升等率队从左路卷旗疾趋，绕伪城之东，设伏出奇，为擒渠扫穴之计。迨朱洪章战马带伤，悍贼隐扼石桥，我军队伍不能飞越城河绕伪城之西，当日暮苦战之后，正兵收队龙广山，而伏兵深入，由伪城之东逶迤而南，不能收队，时已三更矣。伪忠王传令群贼将天王府及各伪王府同时举火焚烧，伪宫殿火药冲霄，烟焰满城。袁大升、周恒礼、沈鸿宾等见伪殿前南门突出悍贼千余人，执持军器洋炮，向民房街巷而去，知是洪逆窜至民房，遂率队腰截击之，杀贼七百余人，夺伪玉玺二方、金印一方，宽广约七寸，即洪酋僭用之印也。其伪宫殿侍女缢于前苑内者，不下数百人，死于城河者不下二千余人。其时伪城火已燎原，不可向迩，街巷要道，贼均延烧塞衢，官军以暮夜路径生疏，不能巷战，遂收队占城。此十六夜攻破伪天王内城、毙贼极多之情形也。

是夜四更，有贼一股，假装官军号衣号补，手持军器洋枪，约千余人，向太平门地道缺口冲突。经昆字、湘后、左、右各营截击，多用火桶火蛋焚烧，人马死者已多，约尚有六七百人骑马冲出，向孝陵卫定林镇一路而逃。伍维寿、杨钿南、陶立忠等急率马队跟追，曾国荃一闻骑贼装扮官军逃出之信，即加派张定魁、李泰山、黄万鹏、黄廷爵等马队七百骑追之，并飞咨溧水、东坝、句容各守将会合追剿。直至十九日酉刻，伍维寿、黄万鹏等回营面禀，追至淳化镇，生擒伪烈王李万材，带领前进追至湖熟镇，见逃贼在前，当经马队围住，全数斩刈，未留一人。又追至溧阳，据百姓言前路并无贼踪。

经过曾国荃亲讯，李万材供称，城破后，伪忠王之兄巨王、幼西王、幼南王、定王、崇王、璋王乘夜冲出，被官军马队追至湖熟桥边，将各头目全行杀毙，更无余孽。又据城内各贼供称，首逆洪秀全实系本年五月间官军猛攻时服毒而死，瘗于伪宫院内，立幼主洪福瑱重袭伪号。城破后，伪幼主积薪宫殿，举火自焚等语。应俟伪宫火熄，挖出洪秀全逆尸，查明自焚确据，续行具奏。

至伪忠王李秀成一犯，城破受伤，匿于山内民房。十九夜，提督萧孚泗亲自搜出，并搜擒王次兄洪仁达。二十日，曾国荃亲讯，供认不讳。应否槛送京师，抑或即在金陵正法，咨请定夺。其余两广、两湖、江北多年悍贼，十七、十八等日，曾良佐、周光正、邓吉山、刘泰财、聂福厚、谭信高、胡克安、朱连甲、王春华、黎冠湘、彭维祥、陈万合、朱连泗、谢三洪、李臣荣、彭玉堂、刘金兰等分段搜杀，三日之间，毙贼共十余万人。秦淮长河，尸首如麻。凡伪王、伪王将、天将及大小酋目约有三千余名，死于乱军之中者居其半，死于城河沟渠及自焚者居其半。三日夜火光不息，至十九日尚有贼踞高屋之颠以洋枪狙击官军者。此马队穷追逸出之贼及搜剿首逆并群贼之情形也。

现在派营救火、掩埋贼尸、安置难民妇女、料理善后事宜，百绪繁兴。窃念金陵一军围攻二载有奇，前后死于疾疫者万余人，死于战阵者八九千人，令人悲涕，不堪回首，仰赖皇上福威，迄今乃得收寸效等情，由曾国荃咨报前来。

臣等伏查洪逆倡乱粤西，于今十有五年，窃踞金陵亦十二年，流毒海内，神人共愤。我朝武功之盛超越前古，屡次削平大难，焜耀史编。然如嘉庆川楚之役，蹂躏仅及四省，沦陷不过十余城。康熙三藩之役，蹂躏尚止十二省，沦陷亦第三百余城。今粤匪之变，蹂躏竟及十六省，沦陷至六百余城之多，而其中凶酋悍党，如李开芳守冯官屯、林启容守九江、叶芸来守安庆，皆坚忍不屈。此次金陵城破，十万余贼无一降者，至聚众自焚而不悔，实为古今罕见之剧寇。然卒能次第荡平，划除元恶，臣等深维其故，盖由我文宗显皇帝盛德宏谟，早裕戡乱之本：宫禁虽极俭啬，而不惜巨饷以募战士；名器虽极慎重，而不惜破格以奖有功；庙算虽极精密，而不惜屈己以从将帅之谋。皇太后、皇上守此三者，悉循旧章而加之，去邪弥果，求贤弥广，用能诛除僭伪，蔚成中兴之业。臣等忝窃兵符，遭逢际会，既恸我文宗不及目睹献馘告成之日，又念生灵涂炭为时过久，惟当始终慎勉，扫荡余匪，以苏孑黎之困，而分宵旰之忧。

此次应奖应恤人员，另缮清单，吁恳恩施。臣国藩拜折后，即行驰赴金陵。李秀成、洪仁达应否献俘，俟到金陵后察酌具奏。所有金陵克复全股悍贼尽数歼灭缘由，谨会同陕甘总督臣杨岳斌、兵部侍郎臣彭玉麟、江苏巡抚臣李鸿章、浙江巡抚臣曾国荃恭折由驿六百里加紧驰奏，伏乞皇太后、皇上圣鉴训示。谨奏。

译文：奏报攻克金陵全股悍贼一概歼灭并活捉叛逆头领李秀成洪仁达折

为克复金陵，全股凶悍贼匪一概歼灭事，恭谨奏报详细情形，请求圣上鉴察。

关于官军攻克金陵事，已由浙江巡抚曾国荃将大致情况，于十六日亥刻会同臣等飞奏朝廷。现据曾国荃十九日的咨文说，这次攻破城池扫荡老窝的困难，以及与悍贼拼死鏖战之艰苦，实在是久在军营中的人所从未见过。自从我军得到天堡城之后，城中的防守便更加严密。地堡城扼控险隘道路，千方百计环绕攻打，也无隙可乘。直到五月三十日，才由李祥和、罗逢元、王远和、黄润昌、陈寿武、熊上珍、王仕益等人率队攻克，占据龙膊子山北，居高临下，地势之利才由我方掌握。

自六月初一开始，各营轮流苦攻，伤亡很大。李臣典侦察后得知城内的米麦尚足以支撑几个月，又见我军所开挖的三十多条地道都已无成效，官军五万多人精力亦将疲惫，假若不趁此时攻克，事久变故易生，深为可怕。李臣典愿率吴宗国等人从贼匪炮火极密集的地方重新开挖地道，萧孚泗、黄润昌、熊登武、王远和愿在离城十多丈远处修筑炮台几十座，都命令所部各营砍割湿芦苇、蒿草堆捆成山，上面再加沙土。左路地势很高，利于明攻，右路地势很低，则利于暗攻。像这样连续苦战半个月，没有一刻休息，短兵肉搏，损伤精锐兵勇不可胜数。总兵陈万胜、王绍义、郭鹏程等人素称骁将，数日之内先后死于阵地上，特别值得怜悯。

十五夜四更，当往地道装火药的时候，曾国荃与李臣典正在洞口商量事情，敌忠王李秀成突然率死党数百人冲出城墙，由太平门傍着城墙脚根直接扑向地道大堡垒；另一支从朝阳门东角冲出数百人，穿着官军的号衣，拿着火球燃烧各炮垒以及附近的湿芦苇蒿草。官军处在长久疲劳之余，又当夜深，差一点被贼匪所算计，依仗伍维寿、李臣典、黄廷爵、张诗日堵住左路，击毙贼匪无数；彭毓橘、熊上珍、陶立忠等堵杀右路，活捉及砍杀敌人也很多，幸而得以保全洞口。

十六日一早刚刚天明，曾国荃将四路队伍调齐，预先命令各军稳稳守住城墙壕沟，严防冲突，只在太平门、龙膊子一带，从黎明一直攻打到中午，李臣典报告地道已经封好口门，并安放好了引线。曾国荃悬出特别重赏，严厉地规定后退者斩的军令，刘连捷、朱洪章、武明良、伍维寿、熊登武、陈寿武、李臣典、张诗日等各自率本部营官坐在地上敬听命令，甘愿出具军令状，誓死报国，于是曾国荃发布命令立即点火。霹雳一声地道火药炸响，轰开城墙二十多丈，一时间烟尘蔽空，砖石堆满洼谷。武明良、伍维寿、朱洪章、谭国泰、刘连捷、张诗日、沈鸿宾、罗雨春、李臣典等人都身先士卒，从倒口处冲进城内，各营将士如蚂蚁似的附在其后一齐前进，锐不可当。而左路城头上的贼军，以一盆盆的火药倒下来焚烧我军士卒，死者很多，大部队因此而稍稍后退。在彭毓橘、萧孚泗、李祥和、萧庆衍、萧开印等用大刀亲手杀了数人后，于是官军再无一人后退了。而武明良、伍维寿、朱洪章、刘连捷、谭国泰、张诗日等各自率领本部队伍登上龙广山，与右路太平门的贼人排成队列予以轰击。过了一个时辰后，贼人才退却。李祥和、王仕益从太平门的月城攻进。这一批贼人知道这次由地道轰开的缺口，不再像前次那样可以堵御了。

那时官军分成四路予以征剿打击。王远和、王仕益、朱洪章、罗雨春、沈鸿宾、黄润昌、熊上珍等进击中路，攻打伪天王府的北面。刘连捷、张诗日、谭国泰、崔文田等进击右路，由台城往神策门一带，恰好朱南桂、朱惟堂、梁美材等也率队从神策门地道旁边由云梯攀墙攻进城内，相互会合一齐前进，兵力更加雄厚，一直激战到狮子山，夺取仪凤门。至于中左一路，则有彭毓橘率领罗朝云、赵清河、黄东南与武明良、武明善、武义山等由内城旧址一直打到通济门。左路则萧孚泗、熊登武、萧庆衍、萧开印率领萧致祥、周恒礼、李泰山、萧清世、萧恒书、朱吉玉、赵太和、刘长槐、萧上林等分途夺取朝阳、洪武二门，城上守矮墙及城门上守城楼的贼人及附近一带的贼军，一律被杀光。至于抄小道截击之快捷，则各路一样的神速，而留下兵勇把守，则各道城门都是一样的布置。这是十六日地道爆炸成功，城内激战及东北两路抄剿的情形。

当我军刚到龙广山时，西南方城墙上守矮墙的贼人尚站立不动，等到夺取朝阳门后，贼军秩序开始混乱。而罗逢元、张定魁、彭椿年、张光明、杨西平、何鸣高、彭光友、熊绍濂、罗兴祥、叶必信等各率所部人马，从聚宝门之西的旧地道缺口向上攻而进入城内，李金洲、胡松江、朱文光、武交清、刘湘南、易孔昭、戴名山、张正荣等率队从通济门的月门沿着云梯而上，而陈湜、易良虎、易良豹、龙清垣率领吴隆海、张叶江、晏恭山、冯盛德、陈汝俊、刘定发等营，则猛攻旱西、水西两城门的月城。伪忠王李秀成正率领死党狂奔，将往旱西门方向夺路冲出，恰为陈湜的大部队所阻挡，于是依旧折回清凉山。江南提督黄翼升率领许云发等水师各军攻夺中关一带的拦江矶石垒，乘胜猛攻临江的金陵城，于是与陈湜、易良虎等夺取水西、旱西两门，将守门之贼全部歼灭。如此全城的各道城门都已攻破，大势已定。日色将晚，陈湜、易良虎远远地看到伪忠王的军队隐藏在西南方像鱼鳞一样的房屋里，更加告诫所部严防贼军冲出。彭毓橘驻守聚宝门、通济门，李臣典、李祥和扼守太平门，黄润昌、王远和、朱洪章等直到看见了星星才收队，部队组合成一个圆形阵式，站立在龙广山，稍稍借以休息。这是水陆各军攻克西城与南城以及分头把守要隘，预防贼军的一部分突围冲出的情形。

当朱洪章等人与贼军在伪天王府北面巷战的时候，沈鸿宾、周恒礼、袁大升等人率领从左路卷旗快速绕过伪天王府的东面，埋下出奇制胜的伏兵，作擒拿贼首扫荡老巢的准备。等到朱洪章的战马受伤，悍贼悄悄扼控石桥，我军队伍不能飞过护城河绕到伪天王府的西面，在傍晚苦战之后，明里作战的部队收兵聚于龙广山，而埋伏的兵勇则深入前进，由伪天王府的东面曲曲折折地向南行走，不能收队。这时已是半夜三更天了。伪忠王传令众人将天王府及各伪王府同时点火焚烧。伪宫殿里火药味冲达云霄，烟气火焰弥漫全城。袁大任、周恒礼、沈鸿宾等见伪金龙殿前南门突然冲出悍贼千多人，执拿刀枪及洋炮，朝着老百姓的住房街巷方向而去，知道他们是洪秀全的人逃窜到民房，于是率领队伍拦腰截杀，杀贼七百多人，夺来伪玉玺二方、金印一方，长宽约七寸，即洪秀全僭用的王印。那些在伪宫殿里做侍女而上吊于前苑中的，不下数百人，死于护城河里的不下两千余人。那时伪天王府里大火燎原，不可靠近，街巷要道，贼人都燃火阻塞，官军因为天黑道路生疏，不能打巷战，于是收队占据城池。这是十六夜晚攻破伪天王府内城，杀贼极多的情形。

这夜四更时，有一队贼军，穿着官军的号衣号补，手拿刀棒洋枪，大约千多人，向太平门的地道缺口冲去突围，经昆字及湘后、湘左、湘右各营截断击杀，用很多火桶火球去焚烧，人马死者已多，大约还有六七百人骑着马冲出城墙，向孝陵卫定林镇一路奔逃。伍维寿、杨钿南、陶立忠等急忙率领马队跟踪追击。曾国荃一听说有敌军骑兵装扮成官军逃出的消息，立即加派了张定魁、李泰山、黄万鹏、黄廷爵等马队七百骑兵追赶，并飞速发函溧水、东坝、句容等地守将会合追剿。直到十九日酉刻，伍维寿、黄万鹏等人回到军营，当面禀告，说追到淳化镇，活捉伪烈王李万材，由李带领前进追到湖熟镇，看见逃跑的贼人在前面，当即经马队围住，全部杀死，未留下一人。又追到溧阳，据当地百姓说前面并没有贼人的踪迹。

经过曾国荃亲自审讯，李万材供称，城破后，伪忠王之兄巨王、幼西王、幼南王、定王、崇王、璋王乘着夜色冲出，被官军的马队追到湖熟桥边，将各头目全部杀死，再没有剩余者。又据城内各贼人供称，叛逆总头领洪秀全确实在今年五月间官军猛攻时服毒而死，埋在伪王宫院子里，立幼主洪福瑱袭伪王号，城破后，伪幼主在宫殿里堆积干柴，点火自焚等语。应等到伪王宫火熄灭，挖出洪秀全的尸体，查明自焚的确切证据后，继续奏报。

至于伪忠王李秀成，城破后受伤，藏匿在山中百姓的房子里。十九夜，提督萧孚泗亲自搜查出来，并搜捕洪秀全的次兄洪仁达。二十日，曾国荃亲自审讯，李、洪供认不讳。是否该由槛装押送进京，或者就在金陵正法，请由朝廷决定。其余两广、两湖及江北多年悍贼，十七、十八等日，曾良佐、周光正、邓吉山、刘泰财、聂福厚、谭信高、胡克安、朱连甲、王春华、黎冠湘、彭维祥、陈万合、朱连泗、谢三洪、李臣荣、彭玉堂、刘金兰等人分段搜查捕杀。三日之内，杀贼共十余万人。秦淮长河，尸首如麻。其中伪王、伪王将、天将及大小头目约有三千多人，死于乱军之中的有一半，死于护城河沟渠及自焚的有一半。三天三夜，火光不熄，直到十九日，还有贼人占据着高屋的顶部，以洋枪来狙击官军的。这是马队穷追逃出之贼以及搜剿头号叛逆洪秀全与群贼的情形。

现在，委派各军营救火、掩埋贼尸、安置难民及妇女、料理善后等事宜，千头万绪。想起驻扎在金陵城下的这支军队围城已达两年多，前后死于瘟疫的有一万多人，死在阵地的有八九千人，令人悲痛流泪，不堪回首，仰仗着皇上的福威，到今天终于能够收到尺寸功效等情，已由曾国荃具文报告。

臣等人查明，洪秀全在广西作乱，到如今已经十五年，盘踞金陵也已十二年，流毒遍及海内，神人共同愤怒。我大清朝武功的茂盛超越前代古人，多次削平大难，功绩照耀史册。然而，像嘉庆朝四川湖广一带的战乱，叛军亦不过涉及四个省，沦陷的城池不过十多座。康熙朝的三藩之乱，叛军足迹也只涉及十二个省，沦陷的城池也不过三百多座。如今粤匪挑起的动乱，叛军足迹践踏竟达十六个省，沦陷的城池达六百多座，而其中凶恶的头领、剽悍的党羽，如李开芳守冯官屯、林启容守九江、叶芸来守安庆，都坚忍不屈。这次金陵城攻破时，十万多贼人，竟然无一个投降的，以至于聚众自焚而不后悔，确实为古往今来十分少见的顽梗盗寇。最后终于能渐次扫荡平定，剪除元凶，臣等深刻地思考此中的缘故，是因为我文宗显皇帝盛德宏谟，早早地奠定了平乱的根本：宫中虽然极为俭朴节省，却不惜以巨饷来招募兵勇；荣誉职位虽然极为慎重，却不惜破除常规用以奖励有功之人；皇上的决策虽然极为精密，却不惜委屈自己而依从前线将帅的谋划。皇太后、皇上谨守文宗这三个方面的传统，完全遵循着以往的制度并加以扩充，远离邪佞更加果断，访求贤才更加广泛，故而能诛杀清除这批窃国贼匪，蔚然而成就中兴事业。臣等人不称职地掌握兵权，有机会参与了这场风云际会，既伤心我文宗爷来不及亲眼看到献俘告捷的这一天，又感念百姓生灵涂炭的岁月实在太长久，唯有继续保持谨慎勤勉的作风，清除剩余贼匪，苏缓生民的艰苦而为朝廷分忧。

这次应褒奖应抚恤的人员，另外再拟清单，恳求朝廷施行恩德。臣曾国藩拜发此折后立即前往金陵。李秀成、洪仁达应否献俘，等到了金陵后视情形再具折奏请。所有克复金陵，全歼所有悍贼的前前后后，谨会同陕甘总督杨岳斌、兵部侍郎彭玉麟、江苏巡抚李鸿章、浙江巡抚曾国荃恭谨具折，由驿站日行六百里加急发递，请求皇太后、皇上鉴察指示。谨奏。

评点

这是曾氏全部存世的两千多道折片中，文字仅次于汇报刺马案的一道长奏，也是曾氏三十年从政生涯中最为重要的一份报告。曾氏咸丰二年底，以墨绖之身出山来到长沙创办湘军，到如今已整整十二年。这十二年中间，对于他个人来说，有过多次几近全军覆没的惨败，有过两次投水自杀及长达半个月的以刀枕首随时自裁的痛苦，也有过朝廷不信任，官场排挤唾骂，甚至通国不容的耻辱；对于整个湘军来说，更是走过了一条很长时间的遭白眼受冷遇、缺饷缺粮的边缘道路，并在这期间付出了数万兄弟血肉之躯的代价。这支由湖南的落魄书生和贫困农夫所组成的军队，在远离父母妻儿，随时都有生命危险的四千多个沙场上的日日夜夜里，是多么盼望着最后成功的那一天的到来。

这一天终于到了。同治三年六月十六日，湘军吉字营在曾国荃的率领下，从地道缺口冲进金陵城。当天晚上十点多钟，在内城天王府尚未攻破的时候，曾国荃便迫不及待地以八百里特急快递向朝廷报捷。直到十七日凌晨四更，在幼天王及李秀成等人冲出天王府，从太平门缺口突出城后，湘军进入大火燎原的天王府，这时才可以说整座金陵已完全落入了湘军之手。作为太平天国的都城，天京的失落自然成了天国失败的标志，也同时成了清廷及湘军胜利的标志。

十八夜三更三点，住在安庆城内的曾氏接到了前线连夜递来的捷报。他思前想后，喜惧悲欢，万端交集，整个一夜没有合眼。二十四日，曾氏坐火轮船从安庆前往金陵城慰问老九及其军营。这道奏折所署日期为六月二十二日，可知是在安庆两江总督衙门中拜发的。其时，曾氏尚未与老九晤面及亲睹易帜后的金陵城。尽管曾国荃已经以前线司令员的身份向朝廷报了捷，但作为代表朝廷指挥整个东南战争的统帅，曾氏仍有必要较为详细地向朝廷报告攻打金陵这一仗前前后后的相关情况。故而这道三千多字的长报告中用了三分之二的篇幅叙述打仗，其中又分为前后两部分。前部分叙述在先前所挖三十多处地道均告无效后，仍认定唯有借地道埋炸药，炸开城墙为最可行之法，遂由李臣典率部再行开挖地道。在此项工程实施的半个月里，依旧损失惨重，但幸而保全了洞口。后部分叙述在十六日早上炸开城墙缺口形势突变后，湘军各路人马与太平军血战金陵城内城外的情形。

接下来，奏折禀告了城破后两件最大的遗憾事。一是没有抓到太平天国的天王。所谓“擒贼先擒王”，无论是老天王还是幼天王，都没有抓到。对于这桩憾事，奏折是这样写的：老天王洪秀全早已服毒身死，幼天王在城破后积薪自焚。二是有一支人马冲出城外逃跑了。对于此事，奏折说逃跑的首领乃忠王李秀成，已在十九夜由提督萧孚泗亲自搜出，现已在押。洪秀全的哥哥也一道搜获归案。其余的人包括幼西王、幼南王、璋王等重要将领全行杀毙无余。就奏折来看，这两大憾事都不憾了。

文章的最后一部分所写文字不多，其实却是此文的核心。在简略叙述十二年来与太平军交战及此次攻破金陵城的艰难之后，作者为皇家做了一番酣畅淋漓的歌功颂德，将所有的功劳都归之于先皇、皇太后和皇上，而亲手成就这番大业的人反倒没有功劳可言，只有未卸之重任而已。

以上只是表面的概况，其实，这篇奏折的最大高明之处，正是在客观的叙述和理智的分析中，时时处处、字里行间全是在为湘军为吉字营评功摆好。文章的功夫老到得使人感觉不出拙中之巧、绵里之针。

比如在叙述攻城前后的战争时，列举了数十名将领的名字，其用意虽然是让这些将领之名能入圣目，以便于他们的请功邀赏。而一句“曾国荃悬不赀之赏，严退后之诛”，便突出了老九战地司令员的高大形象，其首功之地位自然不是别人所能取代的。

又比如奏折中常见“以火药倾盆烧我士卒，死者甚众”“贼队悉被杀戮”“全数斩刈”“三日之间，毙贼共十余万人”这些话语，由此可见仗打得何等凶狠残酷，至于“十万余贼无一降者，至聚众自焚而不悔”这样的话，更是借敌人的顽强反衬出胜利得来之不易。

再如奏折通过与康熙年间的三藩之乱、嘉庆年间的白莲教起义的对比，得出此次战役实为有清两百年来最大的一次内战，因而它的胜利也自然是最大的胜利。即便是对最高领导的颂辞，也是一面在捧上，一面在扬下。“募战士”“奖有功”“从将帅之谋”等等，都可以让读者从中感受到兵勇的战功、将帅的谋略。

然而，这一切都包裹在一种平淡质朴的氛围中，既不见大功告成后洋洋自得的气焰，也不见报捷文章常有的华丽夸饰的辞藻，与领衔者一贯低调收敛的处世作风浑然一致。

作为一份报喜文书，此折无懈可击，堪称范本。然而，这份文书背后的事实真相，却有不少与其表面文字大不吻合处。

其中最为重要的一点便是关于幼天王洪天贵福的生死下落问题。其实，幼天王根本不是折中所言已自焚于宫中。十六岁的幼主在李秀成等人的护卫下冲出城墙，沿着孝陵卫方向跑出一段路后，李将自己的良马换给幼主。于是李脱离了大部队，幼主由大部队护卫继续前行，一直走到安徽广德后，由堵王黄文金护送到浙江湖州。进入浙江后，被左宗棠的部下所发现。同治三年七月六日，左宗棠给朝廷报告了此事。“昨接孝丰守军飞报，据金陵逃出难民供，伪幼主洪福瑱于六月二十一日由东坝逃至广德。二十六日，堵逆黄文金迎其入湖州府城。”同时，亦将此事函告曾国藩。朝廷得知此消息后，给曾氏下达上谕：“昨据曾国藩奏洪福瑱积薪自焚，茫无实据，似已逃出伪宫。李秀成供曾经挟之出城，后始分散。其为逃出，已无疑义。”但曾氏因不见抓住幼主其人，并不认账。他在七月二十九日给朝廷的奏片中说：“贼情诡谲，或谓洪福瑱实已身死，而黄文金伪称尚存，亦古来败贼常有之事。应俟查明洪福瑱实在下落，续行具奏。”等到九月，席宝田在江西石城县抓住幼天王及干王洪仁玕、昭王黄文英等人后，曾氏才不得不在事实面前承认当时所奏失误。

第二，奏折中说逃出城的一支人马已在湖熟一带全部杀光，显然此说也不对，正是这支人马保护着幼天王安全逃到安徽广德。据左宗棠和宁国守将刘松山所说，逃往广德的人达两三千之多。朝廷据左等人的禀报后，给曾氏下命令：“湖熟防军所报斩杀净尽之说，全不可靠。着曾国藩查明此外究有逸出若干，并将防范不力之员弁从重参办。”

曾氏面对这道谕旨很有委屈。他上折申辩，一则逃出的人没有两三千，仅只数百人；二则左宗棠克复杭州时，守城的太平军十万人马全部逃出，并未纠参。这次只逃走数百人，故请朝廷不要参办失防人员。后来左宗棠对此十分恼火，上疏与曾氏论辩。曾、左不睦，以致老死不相往来，实因此事而起。

第三，说李秀成是由萧孚泗亲自搜出，也与事实不符。事实上是李秀成因换马后与大部队失散，身边只有两三个随兵。李秀成走到方山，在一所破庙中休息，后被当地百姓接到家中休息，但被一个猎人出卖，密告萧孚泗所部军营而被抓获。按奏折中所说，似为萧主动搜出来的。这是有意为吉字营遮丑。

第四，破城后，吉字营上上下下忙着打劫藏在各王府里的金银财宝。正是因为此而放松了防守，让李秀成等人冲出城墙。关于这桩事，不少史册都有记载，最具有权威性的当属曾氏兄弟的心腹幕僚赵烈文在第一时间内的记录："傍晚，闻各军入城后贪掠夺，颇乱伍。余又见中军各勇留营者皆去搜括，甚至各棚厮役皆去，担负相属于道。余恐事中变，劝中丞再出镇压。中丞时乏甚，闻言意颇忤。张目曰：君欲余何往？余曰：闻缺口甚大，恐当亲往堵御。中丞摇首不答。至戌未时，余见龙膊子至孝陵卫一带放炮，知有窜贼。"（《能静居日记》同治三年六月十六日）中丞，即曾国荃。各军皆掠夺，连随军做杂事的夫役都趁此发洋财。谁还有心去堵缺口？赵烈文指明后，曾国荃也不采纳，自己既不带人去堵，也不下令叫别人率部去堵。为什么？或许是老九当时被大胜冲昏了头脑，以为绝不至于有重要人物会冲出去；或许是老九不想扫了部属们趁乱发财的兴头；也或许是老九太累了，不想再辛苦了，赵烈文一走，他便一头倒在床上酣睡起来。

全军合力的掠夺，老九的疏忽，奏折一概不提。过几天，曾氏在给朝廷的奏折中，为掠夺一空的金陵作了掩盖："历年以来，中外纷传洪逆之富，金银如海，百货充盈。臣亦尝与曾国荃论及城破之日查封贼库，所得财物，多则进奉户部，少则留充军饷，酌济难民。乃十六日克复以后捕杀三日，不遑他顾，伪宫贼馆一炬成灰。逮二十日查询，则并无所谓贼库者……克复老巢，而全无货财，实出微臣意料之外，亦为从来罕闻之事。"

但是，这样大的事情，怎么可能一手遮掩得了。后来朝廷不断接到举报，只是怕激变湘军，不便指责。接下来，曾氏以大量裁撤湘军来与朝廷作为私了的交换条件。于是，这事也就不再公开追究了。

写作简析

将功劳隐含于叙事之中，不夸不饰，平淡质朴。将成就归之于皇家，为朝廷歌功颂德，却又不露讨好痕迹。

要言妙道

此次金陵城破，十万余贼无一降者，至聚众自焚而不悔，实为古今罕见之剧寇。然卒能次第荡平，划除元恶，臣等深维其故，盖由我文宗显皇帝盛德宏谟，早裕戡乱之本：宫禁虽极俭啬，而不惜巨饷以募战士；名器虽极慎重，而不惜破格以奖有功；庙算虽极精密，而不惜屈己以从将帅之谋。皇太后、皇上守此三者，悉循旧章而加之，去邪弥果，求贤弥广，用能诛除僭伪，蔚成中兴之业。

□“因病”后面的种种原因

原折：曾国荃因病请开缺回籍调理折

同治三年八月二十七日

奏为据情代奏，仰祈圣鉴事。

窃据臣弟曾国荃咨称，“同治三年七月二十七日奉上谕：据奏，曾国荃于克城之后，心血过亏，困惫殊甚，欲请回籍调理，部勒散勇南归，求所为善始善终之道等语。该抚所见虽合于出处之道，而于荩臣谋国之谊，尚未斟酌尽善。况遣散勇丁，只须分派妥靠之员沿途照料。而现在江宁、安庆等城，均需督兵镇守，该抚正宜驻扎江宁，安心调理。一俟就痊，即可帮同曾国藩分任其劳。即着曾国藩传旨存问，无庸遽请开缺回籍。等因。钦此。跪诵之下，悚感难名。伏念国荃受恩深重，每于荩臣谋国之谊，亦曾刻自惕励，以期仰答鸿慈于万一。只以读书太少，未能斟酌尽善。恭绎圣训，益自觉无地自容。现奉恩谕，准在江宁安心调理，复谕以就痊后分任其劳。国荃正当恪遵谕旨，赶紧医治就痊，于金陵一切善后事宜，有关吏治民瘼者，加意讲求，借资练习，何敢稍耽安逸，自外生成？惟一月以来，延医诊视，日进汤药，病势有增无减。缘怔忡旧患，起于心血先亏，而成于忧劳过甚。从前数月一发，尚可支持，近则一月数发，日增狼狈。每至举发之时，粥饭不能下咽，彻夜不能成眠，始觉气如奔豚，上冲胸际，渐至心神摇动，头晕目眩，平地有颠仆之虞。医者云，症由内伤，必须静养数月，医药方能见功。国荃自揣年力壮盛，及早医治得法，尚可复元；若此勉力支撑，精神不能周到，措置必至乖方。思维再四，惟有吁恳天恩，赏准开缺回籍调理，冀得早就痊愈。国荃以书生从戎，恭膺疆寄，迭沐殊恩，曾未入觐天颜，跪聆圣训。倘得病势稍愈，自当销假入都，泥首宫门，借伸数年犬马恋主之忱。至现在遣散勇丁已近万人，派员照料回籍。其余专俟饷到，次第遣撤。又，派过皖北者一万一千人，交刘连捷、朱南桂、朱洪章统带，已于十二三等日过江，驰援英、霍。其防守金陵城池及附近要隘万余人，业已分段布置，登陴守御。江浙四省，指日可报肃清。修整贡院，九月可以完竣。国荃别无经手事件，惟冀回籍养病，稍息仔肩”等情，恳请代奏前来。

伏查臣弟曾国荃，春夏之交，饮食日减，睡不成寐，臣曾陈奏一次。然以一人而统九十里之围师，与群酋悍贼相持，自无安枕熟睡之理，亦系将帅应尝之苦，臣尚不甚介意。迨克城之后，臣至金陵，见其遍体湿疮，仍复彻夜不眠，心窃虑之。近十数日，不得家书，询之来皖差弁，知其肝火上炎，病势日增，竟不能握管作字。幸值撤勇就绪，军务业经大定，地方又无专责。合无仰恳圣恩，俯如所请，准曾国荃开缺，回籍调理。一俟病体就痊，即令奏请销假入都陛见，跪求圣训。所有臣弟国荃因病吁请开缺缘由，理合据情代奏，伏乞皇太后、皇上圣鉴明示。谨奏。

译文：曾国荃因患病请求免职回原籍调理折

为根据实情代为奏报事宜，请求圣上鉴察。

据臣的弟弟曾国荃所寄来的咨文说，“同治三年七月二十七日奉到上谕：根据所报上来的奏折说，曾国荃于攻克金陵城后，心血过于亏损，困惫很厉害，想请求回原籍调理，组织散勇回归湖南，以求所做的事能善始善终等等。该巡抚的所见虽然合于出处之道，但于忠臣谋国之义，尚未考虑妥善。何况遣散勇丁，只需安排办事稳妥的人员予以沿途照料即可。而现在江宁、安庆等城都应派兵镇守，正需要该巡抚驻扎在江宁以资统辖，暂且安心调理，一旦痊愈，即可帮助曾国藩，分担他的辛劳。由曾国藩立即传达圣旨予以慰问，不要急着请求开缺回籍。等等，钦此。跪诵上谕后，惶恐感激的心情难以表达。臣国荃受恩深重，也常常将忠臣谋国的道理努力激励自己，以求能报答朝廷厚恩的万分之一。只因为读书太少，未能参透做好。恭敬诵读皇上的训词，更加觉得自己无地自容。现在奉到恩谕，批准臣在江宁安心调理，又指示病痊愈后为曾国藩分劳。国荃本应当严格遵照谕旨，赶紧医治好病，加倍用心努力办好金陵的善后事宜及有关吏治民生等等，将此作为对自己的培植训练，岂敢稍稍追求安逸，节外生枝？只因为这一个月来，请医生看病，每天吃药，病情有增无减。这原因是怔忡老病，起源于心血先天亏损，而形成于过度忧劳。从前是几个月发一次，尚可支撑，近来则一月内发几次，弄得更加狼狈不堪。每到病发时，稀饭都不能下咽，通宵不能睡觉，刚开始感觉到一股气在心里像头小猪样奔跑，往上冲向胸部，逐渐心神摇动，头晕目眩，平地走路都担心跌倒。医生说，病症在于内伤，必须静静地休养几个月，吃药才能见效。国荃自思年力尚在壮盛时，赶早医治得法，尚可恢复元气；若像现在这样，勉强支撑，不能全神贯注，处理事情必会错乱。再三再四思考，唯有恳求皇上恩准免职回原籍调理，希望能尽早痊愈。国荃以书生身份投军，一直做到巡抚，屡屡沐浴着特殊的恩泽，还不曾进京拜见皇上，聆听皇上的教训，倘若病势稍微得以好转，自当销假进京，在宫门外叩头，借以抒发多年犬马依恋主人的情怀。到现在遣散的勇丁已近万人，并派人一路照料回原籍。其余的只等饷银一到，便依次遣散撤回。另外，派往皖北的一万一千人，交由刘连捷、朱南桂、朱洪章统领，已于十二三等日渡过长江，迅速援救英山、霍山。其中防守金陵城池及附近险要关隘的万多人，也已分段布置，登上城墙把守。江浙等四省，很快就可以得到肃清。贡院的修整工程，九月份可以竣工。除这些外，国荃再没有别的经手文件，只希望能早日回籍养病，将肩上的担子卸下来”等情形前来告知，恳请代为呈递奏折。

臣弟曾国荃，春夏之交以来，饮食每日减少，睡觉时不能成眠，臣曾查明奏报过一次。以一个人的力量统率包围九十里之长的军队，与众多头领及凶悍贼军相对峙，自然是没有安心熟睡的道理，这也是为将帅者应该吃的苦，臣还不怎么介意。等到克城之后，臣到金陵，见他遍身都是湿疮，依旧彻夜不眠，心里暗暗忧虑了。最近十多天没有接到家书，询问从金陵来到安徽当差的兵员，才知他的肝火往上烧，病势在一天天加重，竟然到了不能握笔写字的地步。幸而撤军一事已经安排就绪，军务也已经大为安定，地方上又没有专门由他负责的事。可否恳求皇上施恩，批准所请，让曾国荃免去职务，回原籍调理。一旦病体痊愈，立即命他奏请进京瞻仰皇上，跪求皇上的教训。所有关于臣弟国荃因病呼吁请求免职的前前后后，按理应当根据实情代为奏报，请皇太后、皇上鉴察指示。谨奏。

评点

打下金陵城，夺得天下第一功的曾氏兄弟及其湘军王牌嫡系吉字营，立即便陷于内外交困的复杂处境中。这一点，即便是笃信盈虚消长学说的曾氏也没有料到，更遑论一贯我行我素的老九和那批骄横跋扈的吉字营将领们。

与大封有功接踵而来的不利形势，其出现之原因，归纳起来大致有如下几点：

第一，放走了幼天王洪天贵福，而在给朝廷的捷报中却称幼天王已积薪自焚。

第二，打下被称为“金银如海，百货充盈”的太平天国都城后，却没有丝毫银两上交国库。这两点在前面的评点已经说及，这里不再赘述了。

第三，违背朝廷命令，没有将李秀成、洪仁达押送北京，而是匆忙在金陵就地正法。在六月二十三日的报捷折中曾氏说过，对李秀成、洪仁达“应否槛送京师，抑或即在金陵正法，咨请定夺”。也就是说，曾氏自己不准备擅自处置李、洪。朝廷接到这道奏折后，即明确指示：“李秀成、洪仁达等……自应槛送京师，讯明后尽法惩治，以泄神人之愤。”同日，又在给东南各省督抚的上谕中交代得更仔细：“着曾国藩遴派妥员，将李秀成、洪仁达押解来京，并咨明沿途督抚，饬地方文武多派兵役小心护送，毋稍大意。”但是，曾氏已自作主张，在七月初四、初六两天分别将洪仁达、李秀成先行在金陵就地处死。接到朝廷的这两道上谕后，曾氏为他已先杀李、洪二人解释道：李秀成善用权术，颇得民心，逃到乡间时，被乡民怜悯而藏匿，被抓后，乡民居然将告密者杀死泄愤。李秀成已关在囚笼里，而部下松王陈德风见到他却长跪请安。既有民心，又有死党，故而决计杀之以绝后患。又说洪仁达被抓后，如醉如痴，只是口喊天父，拒不供认，且已病重，故而也先行处决。

按理说，这都不能成为在接到朝廷指示前就急忙先杀的理由。但人已杀了，朝廷也只得承认这个事实，并补发一个追认的上谕："洪仁达、李秀成二逆，前虽有旨解京，惟此等内地叛民，本与献俘之例不合，且究非洪秀全可比。该大臣于讯明后，即在江宁省城将该二逆极刑处死，免致沿途种种棘手，骚扰地方，所办甚是。惟京外皆知二犯解京，兹忽中止，恐视听不明，转生疑窦，且恐多处逆匪因而造言煽惑。故本日明降谕旨，令该大臣将二逆就地正法，着该大臣仍将洪、李二逆首级传示被扰地方，以快人心而息浮议。"

虽然有了这道上谕，从法律上来说，杀李、洪已是合法了，但无论是朝廷中的决策人还是地方上的官绅，心中对这件事的"浮议"并不会因此而止息。事实上，此事招致议论纷纷。议论最为集中的一点是：曾氏一向办事谨慎，为何这次却要冒着违旨的风险迫不及待地杀掉李秀成呢？比较多的人的看法是：他要灭口。那么，曾氏为何要灭掉李秀成的口呢？或者说，他有什么把柄在李的手中呢？众说纷纭。有的说，李秀成知道金陵城的金银财富有多少，放在哪里，如果押到京师，他会如实说出，不仅将戳穿曾氏奏折中的谎言，也将坏了吉字营将士的好事。有的说，李秀成曾经向曾氏策反，要曾氏放了他，他可以招集金陵城外二十万太平军帮助曾氏夺取皇位。如果李秀成向朝廷招供出这件事来，那曾氏可就跳进黄河也洗不清了。也有的说，李秀成的自供词其实写了许多，但曾氏上报给朝廷的那份却删去不少。若朝廷将此删节供词交给李秀成本人核实，则会节外生枝惹出意想不到的麻烦。所以，曾氏不能把李秀成交给朝廷去"审明"，只能一杀而了百事。这种种议论，无一对曾氏有利，而是加重了朝廷对曾氏兄弟及其湘军的防患之心。至于无视朝廷，恃功妄为，则是不需要任何人检举揭发，便已为天下所共知的事实。

第四，尽管灭掉了李秀成的口，但几万人之口是灭不掉的。金陵城破之后，吉字营官勇疯狂打劫城内的金银财货，并纵火焚烧宫殿房屋来消灭罪迹。这种进行了三天三夜的野蛮残酷的掳掠行为，怎么能遮掩得了？不要说金陵城内还有不少侥幸存活下来的百姓和趁乱潜逃出去的太平军将士，就是在城外附近，也还有许多非吉字营的官方其他部队，如鲍超的霆字营，彭玉麟、杨载福的水师，李鸿章的淮军以及冯子材的绿营等等。他们都是这场金陵浩劫的见证人。而曾老九及其手下抢夺天下第一功的真实目的，也于此暴露无遗。三年后，曾氏与赵烈文有一段对话，很真实地再现了那段历史：“至后园登台而望，少顷师亦至，遽谈问沅帅收城时事。余曰：‘沅帅坐左右之人累之耳，其实子女玉帛无所与也。各员弁自文案以至外差诸人，则人置一簏，有所得则开簏藏纳，客至则倾身障之，丑态可掬。’师狂笑，继又曰：‘吾弟所获无几，而老饕之名遍天下，亦太冤矣。’”（《能静居日记》同治六年七月二十日）

沅帅，即表字沅甫的曾老九，师即赵烈文对曾氏的尊称。从曾氏的“狂笑”中，可见曾氏对吉字营抢掠一事是完全知道的，也并不对此表示多大的憎恨；至于老九当时的恶名，从一句“老饕之名遍天下”便足以证实了。事实上，老九并不冤，他自己从中所得的，绝不会亚于那些抢得最多的将领们。曾纪芬说他的九叔“每克一名城，奏一凯歌，必请假还家一次，颇以求田问舍自晦”。（见《崇德老人自订年谱》）他请假回家的目的，便是带战利品回去求田问舍。克普通名城，尚且收获一大笔，何况打下金陵城？

这种种原因综合起来，便出现了一个令胜利者难以接受的各方交相苛求与指责的场面。朝廷说曾老九“骤胜而骄”，派江宁将军富明阿来金陵，名为慰劳，实为监视。曾氏续报的请功折一个接一个被驳回；江西、湖北的长江码头均设哨卡，对从金陵开出的船只予以严格盘查。深谙历史又熟知现实的曾氏，决定采取“谦退”之策来应付眼下的困难时局。他的谦退之策的主要内容为：撤厘金局，裁湘军，动员老九开缺回籍，修缮贡院立即恢复江南乡试等。

于是，我们知道，老九开缺回籍的背后是有着重大的政治背景的，老九对此是怨气深重的。同治三年七月二十九日，曾氏写给老九的家书中说：“弟肝气不能平复，深为可虑。究之弟何必郁郁！从古有大勋劳者，不过本身得一爵耳。弟则本身既挣一爵，又赠送阿兄一爵……吾弟于国事家事，可谓有志必成，有谋必就，何郁郁之有！”老九内心对开缺是极不满意的。同治六年的某一天，曾氏给赵烈文透露了这一消息：“师曰：‘三年秋，吾进此城行署之日，舍弟甫解浙抚任，不平见于辞色。时会见盈庭，吾直无地置面目。’”

但是，老九也知道，他现在已处于众矢之的的位置，若不解职，则许多事将摆不平，对他本人，对乃兄，以及对吉字营将士都将不利，于是接受大哥之劝，自请开缺回籍。真正的诸多原因都不能形之于笔墨，而可以作为公开又站得住脚的理由便是病重。通篇奏折都讲的一个字：病。大段引用老九信中所言的是“病”，曾氏自己所说的也是一个“病”。

朝廷自然是巴不得曾老九离开军队离开官场的，但对于一个刚建立大功的巡抚，一说开缺便批准，则似乎太缺人情味。当曾氏第一次奏报老九欲开缺时，朝廷还是来了一番慰留。当曾氏再次提及此事后，朝廷便不再挽留了。接到这道折子后，立即颁布上谕：“浙江巡抚曾国荃，自随同曾国藩剿贼以来，迭克名城，勋绩卓著，本年来亲督将士苦战数月，攻拔江宁省城，歼除巨逆，厥功尤伟。乃以连年办理军务，心力交瘁，遂致忧劳成疾，请假开缺回籍调理，情词极为恳挚，若不俯为所请，惟恐为职守所羁，未能从容静摄，转非体恤功臣之道。

曾国荃着准其开缺回籍调理，并着赏给人参六两，交该抚祗领，用资保卫。该抚系有功之臣，朝廷正资倚畀，尚其加意调治，一俟病体痊愈，即行来京陛见。”

此时恰逢老九四十一岁生日，按现在的算法，应是四十岁。曾氏为九弟做寿诗十三首。第一首曰：“九载艰难下百城，漫天箕口复纵横。今朝一酌黄花酒，始与阿连庆更生。”我们从“漫天箕口复纵横”中，便可想象出打下金陵后的曾家老九，处在多么不利的政治局面中。第十首曰：“左列钟铭右谤书，人间随处有乘除。低头一拜屠羊说，万事浮云过太虚。”从“谤书”二字可知老九的开缺回籍，显然不是因病重而不能做官。这十三首诗载入曾氏全集诗文卷中，读者自己可以去找来读读。曾氏公开发表这十三首诗，希望“以征和者”。据说当时真有不少人应和。《能静居日记》中记载了主人当年的十三首和诗。兹录其中三首，以飨不易见到此书的读者。

其一：“东征蹶足已三年，不服才雄服志坚。为语儒人漫操笔，轻将成败说由天。”此首称赞老九心志坚定，并以老九为例，说明事之成败，人的因素极为重要，不能轻易便说天意天命等。笔者认为赵烈文这首诗颇有意思，很乐意将它推荐给青年朋友们。

其二：“露宿兼旬待决机，焦愁何异处严围。巨霆一发千骑骤，亲见归来泪满衣。”笔者欣赏诗中的最后一句。这应是一句实录。它真实地记录了历经千辛万苦而取得胜利的老九，当时喜极而泣的模样。

其三：“双桨安流无险巇，一尊清酒沃群疑。即今小顿扶桑驾，何似当年揽辔时。”诗中的第二句，再次证实当时老九所处的氛围。

写作简析

将真正的深层原因一字不提，而将最不重要的表面原因说得淋漓尽致，令人同情。这是该折的高明之处。

要言妙道

以一人而统九十里之围师，与群酋悍贼相持，自无安枕熟睡之理，亦系将帅应尝之苦，臣尚不甚介意。迨克城之后，臣至金陵，见其遍体湿疮，仍复彻夜不眠，心窃虑之。

□ 科举考试是如何出题的

原折：江南贡院修复工竣拟即举行乡试请简放考官折

同治三年九月十一日

奏为江南贡院建修工竣，定于十一月举行乡试，恳请简放考官，仰祈圣鉴事。

窃江南乡试，自咸丰九年在浙江借闱特开万寿恩科，并补行乙卯正科后，尚有戊午、辛酉、壬戌及本届四科，历经奏请展缓办理。迨本年六月，江宁省城克复，臣亲勘贡院，幸未全毁。当即鸠工庀材，饬派记名臬司黄润昌监视兴修，于八月十三日奏陈大概。旋据该员以要工完竣，绘图呈验，臣于九月初一日自安庆起程，初七日舟抵金陵，初九日至贡院查验工程，所有主考、监临、提调、监试、房官各屋，誊录、对读、弥封、供给各所，新造者十之九，修补者十之一。号舍一万六千余间，新造者十之一，葺补者十之九。又因江南人文荟萃，向虑号舍不敷，酌就闱外圈入隙地，以备将来添建号舍之用。臣逐段勘验，现仅号板未全，牌坊及油饰未毕，约计九月二十日前，一律完竣。工坚料实，焕然一新。两江人士，闻风鼓舞，流亡旋归，商贾云集。现在已通饬各属，出示晓谕，定于十一月举行乡试。

江南监临，向系江苏、安徽两省巡抚分科轮办。本届甲子及补行戊午各正科，系属江苏轮值之年。臣已咨明抚臣李鸿章，请其届时前来，入闱办理监临事务。其提调、监试各官，向例于江、安两省藩、臬、道、府大员中调派。内帘十八房，则于科第出身、实缺州县中考充。如实缺人数不敷，即于两省候补之即用大挑、拣发各班挑选。现值地方多系新复，实缺人员寥寥无几，所有内外帘各执事，应由监临官循例分别调取。

至江南正副考官，向章八月乡试，系于六月二十二日简放主考。礼部于二十日进本。此次十一月举行乡试，似应于九月二十二请旨简放考官。向章江南主考，由徐州、临淮、滁州驿路行走。目下滁州等驿尚未整饬，应改由清江浦、扬州驰驿南来，以免迟误。前此咸丰九年借用浙闱举行己未恩科，并补行乙卯正科。安徽取中正额，因皖北赴考人数较少，奏准先中六成，酌留四成，计两科存留中额三十六名，俟皖北肃清后，于下科乡试补中。目下英、霍贼退，全皖将次肃清，应否将所留三十六名于本科补中之处，请旨敕下礼部核议，知会正副主考查照办理。所有贡院工竣，举行乡试，请旨简放考官缘由，恭折由驿五百里驰奏，伏乞皇太后、皇上圣鉴训示。谨奏。

译文：江南贡院修复竣工准备立即举行乡试请委派考官折

为江南贡院修建工程业已竣工，定于十一月举行乡试，恳切请求委派考官事，请圣上鉴察。

江南乡试，自咸丰九年在浙江借杭州贡院特开万寿恩榜，并补行乙卯年的正科后，尚有戊午、辛酉、壬戌及本届共四科，均经过奏报同意延期办理。到今年六月，江宁省城克复，臣亲自踏勘贡院，幸而没有完全毁坏。当即召集工匠备齐材料，委派记名臬司黄润昌监督兴修，并在八月十三日的奏折中陈述了大致情形。不久，黄润昌因主要工程已完工，绘图禀报请验收。臣于九月初一日自安庆起程，初七日船到金陵，初九日到贡院查验工程，所有主考、监临、提调、监试、房官等官员居住的房屋，誊录、对读、弥封、供给等办公场所，重新建造的占十分之九，修补的占十分之一。号房一万六千多间，重新建造的占十分之一，修缮的占十分之九。又因江南人文荟萃，向来便担心号房不够用，稍微在贡院外面圈入一些空地，以备将来增建号房之用。臣一段一段地踏勘检验，现仅号板未全，牌坊及油漆未完工，大约在九月二十日以前全部竣工。工程坚固材料结实，整个贡院焕然一新。两江地区的读书人，听到这个消息后欢欣鼓舞，流亡在外者很快回到家乡，商人们也纷纷聚集于金陵城。现在已发文通知各有关部门，贴出告示，定于十一月举行乡试。

江南乡式的监临，一向由江苏、安徽两省巡抚分科轮流担任。本届甲子科及补行的戊午各正科，原属江苏省巡抚当值之年。臣已发函给巡抚李鸿章，请他届时前来金陵，进入贡院办理监临事宜。至于提调、监试各官，按比例在江苏、安徽两省中的藩司、臬司、道员、知府这些大员中调派。内帘十八房阅卷官，则从科第出身且为现任州县长官中通过考试而选任。如果现任人员中不够的话，则从两省候补官员中的“大挑”“拣发”两种出身的人中挑选。现在正是州县城镇新近收复的时候，现任人员寥寥无几，所有内帘、外帘各种办事人员，应当由监临官依例分别调取。

至于江南乡试的正副主考，惯例是八月的乡试，则于六月二十二日委派主考，礼部在二十日提出名单。这次是十一月举行乡试，似应是九月二十二日请旨委派考官。按过去的规定，江南乡试的主考官沿着徐州、临淮、滁州这条驿路南下。眼下滁州等驿站尚未整修好，应当改沿清江浦、扬州一路南下，以免迟误。先前在咸丰九年借用了浙江的贡院举行己未年恩科，并且补行过乙卯年正科。按安徽省取中举人的额定人数，因为皖北赴考人员较少，经奏准先中六成，留下四成，总计两科共留下三十六个名额，等皖北肃清后在下科乡试中补入。眼

下英山、霍山的贼军已退出，全安徽即将次第肃清，可否将所留下的三十六个名额在本科补充，请皇上下文给礼部核议，并告知正副两主考按此办理。所有关于贡院竣工、举行乡试、请旨委派考官等事宜，恭谨由驿站以五百里急件奏报，请求皇太后、皇上鉴察指示。谨奏。

评点

中国古代，从隋朝开始实行以考试取士的制度，较之于过去的世袭、举荐来说，既为平民子弟出人头地提供了一个竞争的机会，又让这个竞争具有规范性和可操作性，其进步的一面是绝对不能抹杀的；当然，与天下任何制度一样，科举制的负面影响也不可低估。随着时代的前进，尤其是西学的东渐，它最后废止于一九〇五年。对于这个制度的寿终正寝，也丝毫不需要惋惜。新型的各类学堂，不但为士子提供了更为广阔的实现自身价值的空间，也为中国的教育增添了更为丰富实用的学科，提供了更为健全合理的培养人才的方法。百年来的实践，一再证明了这种诞生在西方的教育及考试体制，对中国社会进步所起的无可比拟的巨大作用。然而，距离一九〇五年还有四十一年的同治三年，科举考试依旧是士人出头露脸的唯一正途。而这次乡试，是停顿十二三年后的首次恢复，社会对它的关注，士子对它的盼望，都是可想而知的。

按照清朝的考试制度，地方上的最高考试为乡试。乡试三年为一科，逢子、午、卯、酉年为正科，遇到新皇登基、皇帝大寿等则加试一科，称之为恩科。乡试考中的称为举人，第二年春可在京师参加礼部举行的会试。会试考中的为贡士。贡士再参加殿试，考中者称为进士。进士再参加朝考，考中者进翰林院学习，散馆及格者在翰林院任职。朝考未中者或翰林院学习后散馆未及格者，分发京师各部任主事或各省县令。

江苏、安徽两省在清初原为一个省，叫江南省。康熙初年析为两省，但乡试并未分开，都在南京举行，依旧称江南乡试。江苏、安徽文化发达，人才茂盛，向为人文荟萃之地。清代自顺治三年开科取士，到咸丰二年为止，共举办会试九十一科，江南出状元五十名，榜眼三十二名，探花四十二名，居全国第一，且远在其他各省之上。故而，江南乡试一向为全国所瞩目。咸丰二年二月太平军占领南京，到同治三年六月为止，这段时间南京已成为太平天国的都城，“清妖”的乡试自然不会让它举办。这中间有乙卯、戊午、辛酉三次正科，又有咸丰九年（己未）为咸丰帝的三十大寿，同治元年（壬戌）为同治帝登基大典的两次恩科。其中，咸丰九年借杭州贡院举行了己未恩科、乙卯正科合并为一次的江南乡试，但还是缺了三科。同治三年为甲子年，按规定是正科乡试年。加上这一次，就是整整的四科未考了。现在，南京重新回到朝廷的手里，四科积压下来够条件的秀才们，是多么盼望江南乡试早日恢复啊！这种现状无疑是促使曾氏早开乡试的一个重要原因。

此外，还有一个原因不能忽视，那就是曾氏要借此德政来笼络两江士人，希望暖着他们的心，对曾氏及其打下南京的老九吉字营感恩戴德；也希望堵住他们的口，尽量不说或少说曾氏兄弟与湘军集团的坏话。在一百多年前那个民智未开的时代，所谓民意，其实就是士人的心意；笼络了士人，也就是控制了民意。

朝廷其实并没有指望克复金陵的当年就举办江南乡试，在曾氏先前的请示报告中曾有明确批示：“如工料一时不能毕集，即缓至来岁补行乡试，亦无不可。”但曾氏坚持要在甲子本年举行甲子科乡试，他要以比朝廷更关心江南士人的姿态，来换取江南两省百姓尤其是士子们对他的拥戴。当然，也不能无视依靠科举考试而进入上层社会的这位农家子弟尊重考试、关心士人的那份真情实感。

那么，曾氏亲自主持的这次停顿了十二三年的江南乡试，其大致情况如何呢？依据史料记载，笔者为诸位作点简单介绍。

甲子科江南乡试的主考官为太仆寺少卿刘昆。刘昆翰林出身，系曾氏的老熟人。咸丰三年曾氏在长沙筹建湘军之初，刘昆时任湖南学政。副主考官平步青，翰林院编修。试场总监督为江苏巡抚李鸿章。第一场为十一月初八入场，考三天；到初十下午，考生开始陆续出场。据曾氏日记记载，这三天雨雪霏霏，天气奇冷，考生白天在寒风中冥思苦想，应付考试，夜晚则睡在狭窄而冰冷的号房里，处境极苦，有年纪大或身体虚弱的，则更是难熬。作为这次乡试的最高主持人，曾氏直到初十考生出场时才知道试题。出题的正副主考对试卷保密到如此地步，颇有点令今人吃惊。

从乾隆五十二年开始，乡试三场分别为：第一场四书文三篇，五言八韵诗一首。所谓四书即《论语》《大学》《中庸》《孟子》四本书。从这四本书中摘取一句话来，考生由此发挥，从而完成一篇按“起、承、转、合”的固定格式的文章。这种文章便叫四书文，通常又被称为八股文。第一场考试中有三篇这样的文章。一篇从《论语》取题，另一篇从《孟子》取题，第三篇则从《大学》或《中庸》取题。其题解，则以朱熹的《四书集注》为准。甲子科江南乡试第一场的首题为《叶公问政二章》。此题取自《论语·子路篇》。所谓“二章”，即两段话，也就是包括叶公问政与子夏问政在内的两段孔子对学生回答如何为政的话。原文为：“叶公问政。子曰：‘近者悦，远者来。’子夏为莒父宰，问政。子曰：‘无欲速，无见小利。欲速而不达，见小利则大事不成。’”次题为《有余不敢尽》。此题取自《中庸》。原文为：“子曰：‘庸德之行，庸言之谨，有所不足，不敢不勉，有余不敢尽。言顾行，行顾言，君子胡不慥慥尔！’”三题为《汤执中立贤无方》。此题取自《孟子·离娄下》。原文为：“孟子曰：‘禹恶旨酒而好善言。汤执中，立贤无方。’”第一场的诗题为：《桂树冬荣(得“风”字)》。这里面包含两层意思，一为围绕着“桂树冬荣”四字做一首五言八韵诗。二为诗要押“风”韵，属于风韵的字有枫、封、峰、烽、锋、丰等。

十一日考生再次进场，参加第二场的考试。此场考经文五篇，即从《易》《书》《诗》《春秋》《礼记》五部经书中各取一句话出来做题目，也考三天。十四日考生第三次进场，参加末场考试。此场考试策问五道，这五道题的范围在经史、时务、政治之中，同样考三天。

三场考试共九天，吃喝拉撒全在一间约一点三平方米的号房内。这不仅是在考学问，也在考身体。故而当年曾纪鸿在十五岁时考中秀才后，曾氏怜儿子年少体弱，“难熬此九日之辛苦”，不要他赶当年的乡试。至于这一科的江南乡试，因为推迟了整整三个月而在冬天举行，则更是对考生的严峻考验。

十二月十五日发榜。先天，曾氏黎明即入贡院，上午八点开始写榜，一直写到傍晚才将金榜写完。此科参考者达一万八千余人，录取正榜二百七十三人，副榜四十八人。第一名为江苏江都籍的江壁。

写作简析

这是一份禀呈工程进展的报告，清楚、周到、简洁是它的基本要素。此折在这几点上都到了位。又于向例中指出今日的特别之处，更显出上折者的思虑细密。

要言妙道

两江人士，闻风鼓舞，流亡旋归，商贾云集。

□ 既看重宗法又顾及人情

原折：副将刘世玉复姓归宗片

同治四年二月十四日

再，据副将刘世玉禀称，“世玉家住衡郡，籍隶清泉。生父颜宗臣、生母李氏现年均臻七十有奇。前因家计赤贫，两胎孪生，世玉兄弟四人，无乳鞠养，遂将世玉抚与刘姓为义子。后抚父刘耀鳌、抚母吴氏得生三子，目下皆已成人。今年抚父母相继弃世，业经安葬守墓，稍酬教育之恩。而生父母风烛堪虞，胞兄弟事养缺乏，恳请复还颜姓，冀尽乌鸟反哺之私，以符水木本源之义”等语前来。臣复查该副将所请复姓归宗，委无别项事故，应请敕部查照，更正施行。谨会同兵部侍郎臣彭玉麟附片具陈，伏乞圣鉴训示。谨奏。

译文：副将刘世玉复姓归宗片

另外，据副将刘世玉的禀报说，“世玉家住衡州府，籍贯隶属清泉县。生父颜宗臣、生母李氏现在年岁都在七十以上。先前因家中特别贫困，接连两胎都是双胞胎，世玉兄弟四人，缺乏奶水喂养，于是将世玉出抚与刘姓人家为养子。后来抚父刘耀鳌、抚母吴氏生得三个儿子，眼下皆已成人。今年抚父母相继去世，已经安葬并守丧完毕，稍稍酬谢教育之恩。而亲生父母如风中之烛，景况堪忧，胞兄弟缺乏能力伺养双亲，恳请复还原来的颜姓，希望能尽到乌鸟反哺其母的私情，也符合水木当归其原本根源的道理”等等，前来报告臣处。臣查实该副将所请复姓归宗之事，的确没有别的缘故，应请交给相关部门知晓，并依此改正。谨会同兵部侍郎彭玉麟附片陈述，请求圣上鉴察指示。谨奏。

评点

这是一道代部下陈述复姓归宗理由的奏折。

中国的文化是一种以血缘家族为基础的亲亲文化，由家而扩及社会、国家及至于万物。这便是孟子所说的："亲亲而仁民，仁民而爱物。"一个人若能通过奋斗为自己的亲人赢来荣耀，则此人不仅让他的亲人感到自豪，同时也是整个家族的光荣。社会提倡此风，政府也着意予以导向；封赠制的设立，更是大为促使此种风尚的昌盛炽烈。官方此举的目的十分明确："遂臣子显扬之愿，励移孝作忠之风。"（《清高宗实录》第四卷）在清代，凡九品以上的文武官员，都可以得到相应的封阶。一品官员可以追赠三代，即便九品小芝麻官，也可以追赠父母亲。这种追赠不但有虚衔虚位，还包括实际的官职。比如曾氏在《台洲墓表》中写道："初，国藩以道光间官京师，恭遇覃恩，封王考暨府君皆为中宪大夫，祖妣暨先母皆为恭人。逮咸丰间，四遇覃恩，又得封赠，三代皆为光禄大夫，妣皆一品夫人。今上嗣位，四遇覃恩，又以战绩，兄弟谬膺封爵，于是曾祖府君儒胜、王考府君玉屏暨府君皆封为大学士、两江总督、一等侯爵，曾祖妣氏彭、祖妣氏王、先妣氏江仍封一品夫人。"

当然，这些长眠于地下的老祖宗，自然不可能到朝廷去做大学士，也不可能去南京做两江总督，即便是活着的老父亲，这些官职对他来说也是虚的，脸上光彩光彩而已，实际的权力一点儿都没有。

不但向上封赠先人，而且也向下荫庇儿孙。二品以上的官员之子可以获得荫生的出身，与举人进士的出身一样同属正途，不必经受十年寒窗和科场的煎熬，也可同样地去做官。有功于国家的大员死后，朝廷可以给其子孙直接送几个官职，或赏"举人出身，一体会试"等。

正因为直系血亲能得到这么多荣誉和实惠，那么理清血缘，便是当时官场中的一桩大事。咸丰、同治年间的这场大战争，给许许多多贫寒子弟、乡间农夫提供了一个广阔的显亲扬名的舞台。这批人中，自然会有一些因种种原因而造成的非正常家庭出身者。先前是草民一个，血缘理清不理清没有多大的实际意义，故不去管它。现在打仗立了功，授职做了官，光宗耀祖了。你光耀的是哪家的祖宗，你封赠的是哪些先人，这可是大事了，必须理个一清二楚。于是，战争打到后期，在曾氏的奏章中，便时常可见这类复姓归宗的折子。

刘世玉的复姓归宗得到了曾氏的同意。是不是所有的复姓归宗都是合情合理，一定都得认同呢？也不一定，这得看具体的情形。比如曾氏奏折中就有不同意的例子，笔者将在稍后选出一个来说说。

由不赞同的例子可以证明，复姓归宗也不仅仅只凭血缘这一条就行了。除血缘外，刘世玉的归宗还有这么几条原因：一、当时颜家贫困，又是双胞胎，无力将他养大，送出去情有可原。二、抚父母有三个儿子，后嗣有人，且抚父母均已过世，刘世玉也已尽人子之责。三、颜家兄弟缺乏赡养父母的能力。

既看重宗法，又顾及人情，这便是当时复姓归宗一类事情的处理原则。

写作简析

转述原件中的重要段落，然后再表明自已的态度，这是代人转达一类报告的通常写法。这种写法的好处是既简洁明了，又让阅读者读到原件。

要言妙道

冀尽乌鸟反哺之私，以符水木本源之义。

□ 对于捻战的厌弃与恐惧

原折：再请收回节制三省成命片

同治四年闰五月十一日

再，臣上次具折力辞节制直隶、山东、河南三省之命，未蒙俞允。在皇上略短取长，不惜假以威柄，而微臣度德量力，实难任此事权。即使贼氛尚在北路，亦将专疏再辞，得请乃已，况现在大股捻逆全趋皖境，刘铭传、周盛波两军均已调回皖北助剿，将来臣之兵力，只能顾及河南之归、陈，山东之兖、沂、曹、济，其余各府，万难兼顾。直隶则远在黄河北岸，臣力恐不能逮。徒冒虚名，全无实际，寸心惴惴，深抱不安。

从前亲王僧格林沁节制直、东、豫三省，每当追贼之际，昼食粗粝，夜宿单棚，勋劳卓著，臣自愧十分不及一二。纵令臣习劳耐苦，效法该亲王之所为，然以封疆大吏，较之勋戚贤王，礼数固当大减，名分岂可齐衡？惟有吁恳天恩，明降谕旨，收回节制三省成命，俾臣不居极大之名，稍安愚拙之分。至于剿捻事宜，凡思虑所能到、才力所能及者，自当殚竭血诚，与三省督抚和衷商办，冀以迅歼逆氛，仰纾宸虑。区区愚诚，伏乞皇太后、皇上圣鉴训示。谨奏。

译文：再次恳请收回节制三省的已发任命片

另外，臣上次具折力辞节制直隶、山东、河南三省的任命，没有得到允准。在皇上的考虑中，是忽略臣之不足而取用臣之所长，不惜以权威之柄授予臣，但微臣本人度量自己的德才，确实难以胜任如此大的权力。即使贼军还在北边，也会专门上疏再次推辞，直到获准为止，何况现在大股逆军全部奔向安徽境内，刘铭传、周盛波两军都调回皖北帮助征剿，将来臣的兵力只能顾及河南的归德、陈州，山东的兖州、沂州、曹州、济宁府，其余各府则很难兼顾。直隶则远在黄河的北岸，臣的力量恐不能到达。只顶着一个虚名，完全没有发挥实际作用，心中惴惴，深感不安。

从前亲王僧格林沁节制直隶、山东、河南三省，每遇到追击贼军的时候，白天食粗劣的食物，夜晚则住在简易的帐篷里，功勋与辛苦都格外出众，臣自愧不及他的十分之一二。纵使臣吃苦耐劳，以僧格林沁为榜样，但以封疆大吏的身份，来与建有功勋的国戚、贤能的亲王相比，礼数上固然大为逊色，名分上又岂能够与他相平齐？唯有恳求皇上天恩，公开颁布谕旨，收回节制三省的已发任命，使臣能不居于极高的名义上，稍微安处于愚拙的本分中。至于剿捻的事宜，凡是臣所能想到的，力量所能办到的，自然应当拼尽血诚之心，与这三个省的总督巡抚和衷共济，协商办理，希望能迅速歼灭贼军，解缓朝廷的忧虑。这一点愚诚心意，请求皇太后、皇上鉴察指示。谨奏。

评点

节制数省文武，在清代官场体制中属特例而不是常规，它是战争年代为地方上的军事统帅统一事权所采取的临时性的非常措施。将这种超越督抚之上的特权授予某一人的做法，说明朝廷对此人的格外信任；同时，这种信任也意味着非比一般的期待和超出常规的责任。对于国家为私人所有的封建专制王朝而言，这份信任后面也便有着相当大的提防和戒备，因而，“大功不赏”“兔死狗烹”的悲剧也就史不绝书。

正因为此，当年曾氏在奉到节制两江及浙江四省文武之旨时，力辞节制浙江军务，其表层理由是“宠遇非常”，自己“实难胜任”，至于这方面的深层顾虑，他当然不便明说。尽管都是节制数省，但那时的情形与今天又有很大的不同。首先，那时战争已进行了八九年，南京久攻不下，太平军在江浙一带依旧力量强大，江南战役旷日持久，各方都盼望这场战争在短期内能够结束。江南远离京师，这个广阔的战场亟需一位资望能力可以服众的统帅来统一指挥，统一调度。其次，江南战场上虽然有着多支部队，但它的主力军却是来自湖南的湘军，而此时的湘军已有一个公认的领袖人物。最后，湘军富有战斗力却长期受压，一旦让他们发舒伸展，将可以激发所潜伏着的巨大活力。所有这些，都使得当时的江南战场是必须拥有而且易于产生节制数省军政的统帅的。故而，在做了一番主要属于礼仪上的谦让之后，洞透军事形势的曾氏更多地出于对大局的考虑，并没有将“辞谢”坚持下去。事实上，“节制四省”的决策对于加快江南战役的进展起了甚为关键的作用。

但，今非昔比。

一是面对着战争的心态大不如从前。这种心态的变化，上自统帅，下至将士们都是一样的。如今的统帅，大功告成，封侯拜相，再无什么激励因子能够调动他的积极性了。又在获得异于常人的荣耀后，亲身感受到了“高处不胜寒”，对于名利功业，他的心已凉了；何况年已五十五岁，体气衰弱，精力日减，早就没有十多年前的豪情热血了！如今的湘军将士，绝大多数人已从打安庆打南京中获得丰足的战利品，从军的目的已经达到，十多年的戎马生涯让他们十分厌倦军营，急于回家做土财主，娶妻讨小，过富裕而安逸的日子。十之八九的被裁遣湘军将士，正在忙着将大包小包财物兴冲冲地运回原籍，这种气氛对留下而又奉命北上剿捻的那部分弟兄们来说，无疑是一帖军心涣散剂。

二是所辖的部队已不像当年那样易于指挥。当年曾氏的嫡系部队是老九的吉字营；已建立屡屡战功的吉字营，在江南战场上具有核心和王牌的地位。曾氏有这支军队在手，别的军队不敢与他叫板，朝廷那些不会打仗的绿营自不待说，即便睥睨一切的左宗棠，也因楚军组建不久，实力不够，尚不敢与曾氏分庭抗礼；至于李鸿章的淮军，则完全是奉曾氏之命而招募的一支新军，翅膀尚未硬，更是唯命是从，不敢有二心。可是现在都不一样了。直隶、山东、河南三省各有自己的军队，先前从未有过战场上的联系，要他们立即完全听命于曾氏本不可能，加之此时的直隶总督刘长佑、山东巡抚阎敬铭、河南巡抚吴昌寿，或是靠血战而取得眼下的地位，或与曾氏毫无瓜葛，其与曾氏之间的状况，都不是过去的四省巡抚与曾氏那种上下师生友朋之间的关系所可比的。

此外，担负这次北上剿捻的主力乃是李鸿章的淮军。今日的李鸿章已经是协办大学士、太子少保、伯爵、署理两江总督，官位与乃师比起来相差无几；今日的淮军，则更是战功累累，兵强马壮，武器精良，且全军保留未经裁撤，早已不将暮气深沉的湘军看在眼里了，就连对曾氏本人，他们也阳奉阴违。他们的真正老板，则是坐镇南京的代理江督李鸿章。有不合自己心意的指令，则发函给李，请李出面致信曾氏来加以干预，以至于曾氏气愤地对李说："目下淮勇各军既归敝处统辖，则阁下当一切付之不管，凡向尊处私有请求，批令概由敝处核夺，则号令一而驱使较灵。"

如果说，当年兴兵向太平军宣战，是曾氏为实现自己人生抱负所乐意为之的事业的话，那么，打下南京后的剿捻，则实在是曾氏被迫而做的痛苦差事，他打心眼里不情愿做这个事。节制三省，在他看来，完全不是位高权重的好事，只是更加重自己的痛苦而已。故而，他的这次"辞谢"与咸丰十一年时的"辞谢"有着质的不同。一个月前的五月十三日，在接到"节制三省"的上谕后，曾氏立即上疏请收回成命，朝廷不允。此为接到"不允"谕旨后的再请收回成命。看到这道

“再请”之折后，朝廷立即颁发上谕：“曾国藩因节制三省任大责重，复恳请收回成命，具见谦抑之忱。第贼气猖獗，时事孔艰，事权不一，则一切调度事宜深恐呼应不灵。该大臣惟当力任艰巨，与三省督抚和衷筹划，将此股贼众克期歼灭。彼时三省军务既平，自可毋庸该督节制。既为其实，毋避其名，万不可稍存顾虑之心，再有渎请。”

曾氏不顾朝廷的厌烦，闰五月二十八日第三次奏请收回成命：“臣自度近日之精神与目前之兵力，苟稍称此重任，亦何敢再三渎请。惟精力实已衰颓，而所带楚勇数千，整肃远不如昔，此外概用李鸿章之淮勇，虽情谊本同一家，而人数不满二万，马队尚无一骑。与各省会办此寇则可以，微臣总揽全纲，则才有不逮；若仅虚与委蛇，姑存其名，又与臣笃实之志趣相乖。臣博览史册，近阅世情，窃见无才而位高于众，则转瞬必致祸灾；无德而权重于人，则群情必生疑忌。臣之德薄才短，自知已久，不敢因曾立寸功而自忘其陋。今尚未开总督两江之缺，而更增节制三省之名，臣何人，斯曷克当此！耿耿寸衷，如负重疚。惟有仍恳天恩，伏准收回成命，但责臣以会办剿捻事宜，自当殚精竭诚，通力合作，不敢稍存畛域之见。如不蒙圣慈俞允，明降谕旨，臣更当累疏渎陈，虽上干严谴，所不敢辞。区区愚忱，伏乞皇太后、皇上圣鉴训示。”

细读这段话，可知曾氏请辞“节制三省”的心志是坚定的，态度是坚决的。但朝廷还是不予俞允。七月初九日就此事第三次下达上谕：“该大臣日久迄无奏报，于近来皖、豫军情及各路如何布置情形均未陈奏，历次所奉谕旨亦未答复，实属疲玩因循。若欲借此获咎，冀卸节制三省仔肩，何以仰副朝廷倚任之重？谅该大臣公忠体国之心，何忍出此！”

天威终于震怒了，不再表扬他的谦抑，而是谴责他“疲玩因循”。曾氏“跪诵之下，惶悚莫名”，只好不再渎陈，而是请朝廷召集九卿科道及与剿捻事宜有关的八省督抚的书面会议，再由朝廷制定一个不可改易的方略，“画分汛地，各专责成”，以此来减轻自己身上的责任。

曾氏剿捻，终究无功而返。为何无功？这道奏折以及前前后后所发生的曾氏与朝廷的分歧，可以为我们提供一些向为研究者所忽视的属于曾氏心态方面的原因。

写作简析

推出僧格林沁，以示自己不敢与皇亲国戚相比，为辞谢“节制三省”增添一条堂堂正正的理由。

要言妙道

纵令臣习劳耐苦，效法该亲王之所为，然以封疆大吏，较之勋戚贤王，礼数固当大减，名分岂可齐衡？

□ 一篇驭下的经典之作

原折：再密陈陈国瑞事状片

同治四年七月二十四日

再，密陈者。臣前于五月二十一日在清江浦密奏陈国瑞之事，言该镇劣迹多端。因其骁勇善战，不肯轻弃，即日给予公牍，历数其过，褒扬其善，与之约法三章，令其痛改前非等语，附片陈明在案。厥后于六月初六日给予批牍，反复开导，多至二千余字，推诚相与，冀其知感知愧，渐就范围，饬令明白禀复。在微臣之意，以谓将才难得，曲意成全。如果该总兵肯受约束，则为国家作育将才，即为该总兵保全末路。盖望之甚殷，不欲操之过蹙也。

顷据该总兵禀复前来，臣详加察阅，其于查询各事则巧为掩饰，绝无由衷之言、悔过之意；其于禁约三端，则故作游移，亦无矢志遵行之语。臣之所指，如该镇为黄开榜养子而反颜成仇，系黄开榜面禀之词；抢李显安之盐，系李世忠函禀之词；余条亦确有实据。乃陈国瑞全不承认，仅于吸食鸦片一节，直认不讳。观其禀复各情，虽词气极为谦谨，而沾染军营油滑习气，并无诚心向善之机，已可概见。臣此次参奏，但将其不能救护僧格林沁一事薄予惩儆，治以应得之公罪；而于其私罪多端并无悔过之诚，尚不列款明参者，因河南实乏良将，稍留陈国瑞体面，冀收鹰犬之才，一策桑榆之效。除将臣批牍一件及陈国瑞呈复一禀抄送军机处备查外，理合缕晰密陈，伏乞皇太后、皇上圣鉴训示。谨奏。

译文：再次秘密陈述陈国瑞犯事情形片

另外，秘密陈述一件事。臣先前于五月二十一日在清江浦秘密奏报陈国瑞的事情，列举该总兵多种劣迹。考虑此人骁勇善战，不想轻易放弃，当即给他发一公函，历数他的过失，褒扬他的优点，与他约法三章，令他痛改前非等等，作为附片陈述，已经上报归档。这以后于六月初六日给他发了一道批牍，反复予以开导，长达两千多字，与他开诚布公，希望他能知道感激，知道惭愧，慢慢地走上正路，命令他就臣所写的作个回答。在微臣看来，好的将领难以求得，宜委曲予以成全。如果该总兵愿意接受约束，则为国家培养一个将才，也就是为该总兵保住晚节。这是因为期望很大，不想操之过急。

刚刚接到该总兵的答复之帖，臣仔细察阅，此人对于臣所查问的各件事则巧为掩饰，绝对没有由衷的言语、悔过的意思。关于禁约的三件事，则故作游移之态，也没有下决心遵照的话。臣批牍中所指的事，如该总兵为黄开榜养子而反目成仇，这是黄开榜当面说的话；抢李显安的盐，是李世忠信中说的。其余的几条也确有实据。但陈国瑞完全不承认，只对吸鸦片一事，直接承认不隐瞒。看他的答复禀帖，虽然语气极为谦谨，但因为沾染军营油滑习气，并没有诚心向善的意思，已可以大致见到。臣这次上奏参劾，只将他没有救护僧格林沁一事给予轻微惩罚。将他在公事上的失职所应得的罪责予以处治，而对于他的多种于私德上的罪责以及并无悔过的诚意，还没有罗列公开参劾。之所以如此，是考虑到河南确实缺乏良将，稍微给陈国瑞留点面子，希望能用他的鹰犬之才，同时也给他一个后期立功的机会。除将臣的批牍一件以及陈国瑞答复的禀帖抄送寄军机处备案外，按理应详细密陈，请皇太后、皇上鉴察指示。谨奏。

评点

在清军与太平军十多年的交战中，有许许多多的太平军将领曾先后反水投降清军。这些降将，大多数命运不好。这是因为不管他们投降后是如何疯狂地残杀过去的兄弟，死心塌地为清方卖命，却总不能洗去先前的所谓“从贼”的那段经历。在清方上上下下的眼里，他们总是不可信赖的异类。这种现象，不只是出现在那个时代。在此之前的数千年，在此之后的百多年都是如此。这是“忠诚”文化所酿造的必然结果，也是古今贰臣的共同悲哀。

但是，在降将中也有几个颇得主管信任的人，他们被授予实职，拥有带兵遣将的实权，其境遇远比别的降将为好。此中最著名的当属程学启。程为安徽桐城人，早年参加太平军，并协助叶芸来死守安庆。后来投降湘军吉字营，颇得曾国荃、曾国葆兄弟的信任，任命他为开字营统领。淮军成立后，程带领开字营加入淮军，又得到了李鸿章的信任，一直做到总兵的高位。同治三年，战死在苏州。清廷予以褒奖，赐“忠烈”谥号，赠太子太保，又将两项世职合并为一个三等男爵。程所得的这种荣誉，为太平军降将中所仅见。排在程之后的受信任者，大概就要数这个陈国瑞了。

陈国瑞是湖北应城人。太平军打到武昌时，他投了军，编在太平军的童子军中。在安徽作战时，兵败投降。陈极受主将黄开榜的赏识。黄也是湖北人，认陈为养子。陈骁勇善战，累立战功，长期在河南一带与捻军周旋，同治二年便做到了浙江处州镇总兵。同治三年，又转为蒙古亲王僧格林沁的前锋，也颇得僧的信任。陈性格暴戾，残忍好斗，舆情对他甚为反感。曾氏对陈，既讨厌他的残暴私斗，又看重他的作战勇敢，希望通过规劝教育而使他走入正途。奏片中所提到的给陈的批牍，向为同人们所称道，堪称曾氏驾驭属下的一篇经典之作，兹全文抄录于此，以供有心者参考。

同治四年六月初六日，曾氏对陈国瑞关于暂驻归德并饷项军火如何筹措之禀的批复：

“本部堂在安庆、金陵时，但闻人言该镇劣迹甚多，此次经过淮扬、清江、凤阳，处处留心察访，大约毁该镇者十之七，誉该镇者十之三。其毁者则谓该镇忘恩负义。黄镇开榜于该镇有收养之恩。袁帅欲拿该镇正法，黄镇夫妇极力营救，得保一命。该镇不以为德，反以为仇。又谓该镇性好私斗，在临淮与袁帅部将屡开明仗，在寿州与李世忠部下开明仗，杀死朱、杜二提督。旋在正阳关捆缚李显安，抢盐数万包。在汜水时，因与米船口角小争，特至湖西调队二千，与米商开明仗。知县叩头苦求，始肯罢兵。又谓该镇骚扰百姓，凌虐州县，往往苛派州县代办军装号衣等件。在泗州殴辱知州，藩司张光第同在一处，躲避床下，旋即告病。在高邮勒索水脚，所部闹至内署抢掠，合署眷属，跳墙逃避，知州叩头请罪乃息。又谓该镇吸食鸦片，喜怒无常，左右拂意，动辄处死，并有一因麻油饼杀厨子之事。藐视各种将帅，信口讥评，每每梗令，不听调度，动称‘我将造反’。郭宝昌之告变，事非无因。本年四月曹南之败，与郭宝昌同一不救主帅，同罪异罚，众论不平。凡此皆言该镇之劣迹者也。其誉者则谓该镇骁勇绝伦，清江、白莲池、蒙城之役，皆能以少胜众，临阵决谋，多中机宜。又谓该镇至性过人，闻人谈古来忠臣孝子，倾听不倦，常喜亲近名儒，讲诵《孟子》。又谓该镇素不好色，亦不甚贪财，常有出世修行、弃官为僧之志。凡此皆言该镇之长处者也。誉该镇者，如漕督吴帅，河南苏藩司，宝应王编修凯泰，山阳丁封君晏，灵璧张编修锡嵘，皆不妄言之君子。毁该镇者，其人尤多，亦皆不妄言之君子，今不复悉举其名。誉该镇者，愿该镇知其名，不忘也。毁该镇者，愿该镇不知其名而忘之也。

本部堂细察群言，怜该镇本有为名将之质，而为习俗所坏。若不再加猛省，将来身败名裂而不自觉。今为该镇痛下针砭，告戒三事：一曰不扰民，二曰不私斗，三曰不梗令。

凡设官所以养民，用兵所以卫民。官吏不爱民，是名蠹也；兵将不爱民，是民贼也。近日州县多与带兵官不睦，州县虽未必皆贤，然带兵者既爱民，不得不兼爱州县。若苛派州县供应柴草夫马，则州县摊派各乡村，而百姓受害矣。百姓被兵勇欺压，诉于州县，州县转诉于军营。若带兵者轻视州县，而不为民申冤，则百姓又受害矣。本部堂带兵十年，深知爱民之道，必先顾惜州县。就一家比之，皇上譬如父母，带兵大员譬如管事之子，百姓譬如幼孩，州县譬如乳抱幼孩之仆媪。若日日鞭挞仆媪，何以保幼孩，何以慰父母乎？闻该镇亦无仇视斯民之心，但素好苛派州县，州县转而派民；又好凌虐弁兵，弁兵转而虐民，焉得不怨声载道？自今以后，当痛戒之。昔杨素百战百胜，官至宰相；朱温百战百胜，位至天子。然二人皆惨杀军士，残害百姓，千古骂之如猪如犬。关帝、岳王，争城夺地之功甚少，然二人皆忠主爱民，千古敬之如天如神。该镇以此为法，以彼为戒，念念不忘百姓，必有鬼神佑助。此不扰民之说也。

至于私相斗争，乃匹夫之小忿，岂有大将而屑为之？本部堂二年以前，即闻该镇有性好私斗之名。此名一出，人人皆怀疑而预防之。闰五月十九之事，铭字营先破长沟，已居圩内，该镇之队后入圩内，因抢夺洋枪，口角争闹，铭营杀伤该队部卒甚多，刘军门喝之而不能止。固由仓猝气忿所致，亦由该镇平日好斗之名有以召之耳。闻该镇好读《孟子》‘养气’之章，须知孟子之养气，行有不慊则馁。曾子之大勇，自反不缩则惴。缩者直也，慊者足也。惴则不壮，馁则不强。盖必理直而后气壮，必理足而后自强。长沟起衅之时，其初则该镇理曲，其后则铭营太甚。该镇若再图私斗以泄此忿，则祸在一身而患在大局；若图立大功，成大名，以雪此耻，则弱在一时，而强在千秋。昔韩信受胯下之辱，厥后功成身贵，召辱己者而官之，是豪杰之举动也。郭汾阳之祖坟被人发掘，引咎自责，而不追究，是名臣之度量也。该镇受软禁之辱，远不如胯下及掘坟之甚，宜效韩公、郭公之所为，坦然置之，不特不报复铭营，并且约束部下，以后永远不与他营私斗，能忍小忿，乃成大勋。此戒私斗之说也。

国家定制，以兵权付之封疆将帅，而提督概归其节制，相沿二百余年矣。封疆将帅虽未必皆贤，然文武咸敬而尊之，所以尊朝命也。该镇好攻人短，讥评各路将帅，亦有伤于大体。当此寇乱未平，全仗统兵大员心存敬畏。上则畏君，下则畏民，中则畏尊长，畏清议，庶几世乱而纲纪不乱。今该镇虐使其下，气凌其上，一似此心毫无畏惮者，殆非载福之道。凡贫家之子，自恃其竭力养亲，而不知敬畏，则孔子比之犬马。乱世之臣，自恃其打仗立功，而不知敬畏，则陷于大戾而不知。嗣后，该镇奉檄征调，务须恪恭听命。凡添募勇丁，支应粮饷，均须禀命而行，不可擅自专主，渐渐养成名将之气量，挽回旧日之恶名。此不梗令之说也。

以上三者，该镇如能细心领会，则俟军务稍松，前来禀见。本部堂于觌面时，更当谆切言之，务令有益于该镇，有益于时局。玉成一名将，亦本部堂之一功也；若该镇不能细心领会，亦有数事当勒令遵从者。第一条，八千勇数，必须大为裁减，极多不许过三千人，免致杂收游勇，饥溃生变。第二条，该军与淮勇及英、康等军，一年之内不准同扎一处。第三条，该镇官衔，宜去‘钦差’字样；各省协饷，均归河南粮台转发，不准别立门户，独树一帜。仰该镇逐条禀复，以凭详晰具奏。至于所述毁誉之事，孰真孰伪，亦仰该镇逐条禀复。其毁言之伪者，尽可剖辨，真者亦可承认。大丈夫光明磊落，何所容其遮掩！其誉言之真者，守之而加勉，伪者辞之而不居。保天生谋勇兼优之本质，改后来傲虐自是之恶习，于该镇有厚望焉。又批。”

写作简析

身为书生，如何驾驭手下的悍将？曾氏对朝廷汇报了他的恩威并施的举措，并特别指明：只参公罪，不及私恶。

要言妙道

臣此次参奏，但将其不能救护僧格林沁一事薄予惩儆，治以应得之公罪；而于其私罪多端并无悔过之诚，尚不列款明参者，因河南实乏良将，稍留陈国瑞体面，冀收鹰犬之才，一策桑榆之效。

□ 效法古人自贬之义

原折：剿捻无功请暂注销封爵片

同治五年十月十三日

再，臣于同治三年七月蒙恩赐封一等侯爵，世袭罔替。祗承恩命，惧弗克胜。维时金陵幸克，初立功绩，皆赖诸将之力。朝廷论功行赏，恩赉有差，各将皆邀殊荣，臣忝居统帅，不敢立异固辞；然自拜命以来，无日不兢兢业业，恐负非常之宠，而贻不称之讥。去岁奉命剿捻，至今已一年零五个月，毫无成效，虽圣主不加谴责，而臣心实觉悚惶，应恳天恩收回成命，敕部将臣所得封爵暂行注销。此后臣效力行间，如果病体全愈，续有微劳，再当乞恩赏还爵秩。谨法古人自贬之义，以明微臣抱歉之忱，不敢稍涉矫激。合附片具陈，伏乞皇太后、皇上圣鉴训示。谨奏。

译文：剿捻无功请暂时注销所封侯爵片

另外，臣于同治三年七月蒙恩赐封一等侯爵，世代承袭不递减。虽恭恭敬敬地领下这道恩命，然时刻担心自己不能承受。那时金陵幸而克复，初次为朝廷建立功绩，全是依赖各位将帅的力量。朝廷论功行赏，这中间的赏赐有差距，各位将帅都获得殊荣，臣居统帅之位，不敢标新立异而固辞。但是，自从拜受这个赏赐以来，无时无刻不兢兢业业，担心辜负了非常的宠信，而留下“不相称”的讥议。去年奉命剿捻，至今已达一年零五个月，却毫无成效，虽然皇上不加以谴责，而臣自己实觉悚惧惶恐，应当恳请天恩收回成命，发文给相关部门，将臣所得的封爵暂时注销。此后臣在军中效力，如果病体痊愈后还能建立些小功劳，再来乞求天恩赏还爵位。恭谨地效法古人自我贬谪的优良传统，以表明微臣抱歉的诚意，决不敢有一点矫情虚伪的想法。按理应当附片陈述，请皇太后、皇上鉴察指示。谨奏。

评点

满人入关之后，为酬劳协助他们夺取关内江山的有大功的汉人，曾经给孔有德、吴三桂、尚可喜、耿仲明、孙可望以封王之赏。后来康熙撤藩，引起吴、尚、耿三藩的不满，激发三藩叛乱。平定三藩之乱后，康熙定下规矩：永不封汉人为王，并慎封汉人五等爵位。在曾氏之前，汉人因军功而封公、侯的仅四人：一为雍正二年以平青海功封三等威信公的岳钟琪，一为乾隆五十三年以平安南功封一等谋勇公的孙士毅，一为康熙十四年以军功封靖逆侯的张勇，一为嘉庆十八年以平白莲教功封二等男、道光五年晋一等侯的杨遇春。曾氏是第五人。物以稀为贵，曾氏这个侯爵之珍贵可想而知。以曾氏之性格，他顶着这个“世袭罔替”的一等毅勇侯爵位在头上，其战战兢兢之心态，也是可以理解的。

天公不作美。当曾氏以侯爷身份再领兵符时，便遇到难以对付的捻军。关于曾氏此次出征的心情，前面的评点已说到了，老九的出任鄂抚及其重新组建的新湘军也未给他帮上一点忙。同治五年六月，他向朝廷提出“河防之策”，即以扼守沙河、贾鲁河及掘壕而守的战略，将捻军围在豫中开封府与许州、陈州府一带而歼灭之。不料八月中旬，捻军突破朱仙镇防线，全军开赴山东。曾氏的“河防之策”宣告失败，气得卧病在床。朝廷赏他两个月的假期，在营养病。十月十三日，曾氏上了一道《病难速痊请开各缺仍留军中效力折》，请求开掉他的协办大学士、两江总督实缺，另简钦差大臣接办军务，他本人以散员身份留营而不主调度赏罚之权，不过维系军心而已。同一天，又附上本片，请注销侯爵。

官职可以开缺，爵位也是可以注销的。比如前面说到的两个公爵都有过注销剥夺的经历。岳钟琪在雍正二年封公，十年四月降为侯，当年七月其侯爵被夺，直到乾隆十四年才予以恢复。孙士毅在乾隆五十三年封公，第二年此爵位便被剥夺，直到嘉庆元年以平息白莲教之功才改封三等男。孙得此爵位后很快便死了。在他死后，朝廷为表示悼念，再将公爵掷还给他。因为有前例在先，曾氏便向朝廷提出注销侯爵的请求，以争取主动。

那么，曾氏此举是不是言不由衷的矫情呢？应该说，有一点这个意思在内，但也不全是。说他有点矫情，是因为他知道朝廷对他倚重甚大，且河防之失的直接责任应由河南巡抚李鹤年而不是由他负，故而朝廷不可能因此而夺去其爵位。说不全是，是因为他们兄弟此番表现都不佳，朝廷上下指责之声颇多，他自觉没有面子，故而上疏自劾也是出于内心的。事实上，朝廷并没有接受他的请求，随即命令他回两江总督本任，授李鸿章为钦差大臣，接办乃师未成之事。结果，捻军最后败于李鸿章之手，李也因此晋升二等侯爵，并为其后半生风光无限的仕途奠下坚实的基础。

写作简析

语言愈是恳切，用心愈是诚挚，“自贬”反而可得“不贬”。这或许正是此片的机巧所在。

要言妙道

朝廷论功行赏，恩赉有差，各将皆邀殊荣，臣忝居统帅，不敢立异固辞；然自拜命以来，无日不兢兢业业，恐负非常之宠，而贻不称之讥。

□ 清廷用人不当

原折：复陈病状艰难请准不回江督本任仍命李鸿章暂行兼署折

同治五年十一月十七日

奏为钦奉谕旨，恭折复陈，仰祈圣鉴事。

窃臣接准兵部火票递到同治五年十一月初一日奉上谕：“曾国藩着回两江总督本任，暂缓来京陛见。江苏巡抚一等肃毅伯李鸿章着授为钦差大臣，专办剿匪事宜。”钦此。

旋准军机大臣字寄同治五年十一月初八日奉上谕：“着曾国藩即

遵前旨，将军务交李鸿章接办。该督即回两江总督本任，办理饷需军火，源源筹解，俾李鸿章得离江境统兵进剿，则筹饷与剿匪之功，均为国家倚重，正不必以开缺赴营，始足为朝廷宣力也。”等因。钦此。

跪诵之下，无任钦感。遵即择于十九日饬派江苏候补道林桐芳、衡州协副将胡正盛谨赍钦差大臣关防驰赴徐州，交李鸿章祗领。

至臣仍回两江总督本任一节，朝廷体恤下情，不责臣以治军，但责臣以筹饷，不令留营勉图后效，但令回署调理病躯，圣恩高厚，感悚交并。惟两江总督公牍之烦，数倍于军营，而疆吏统辖文武，尤以接见僚属为要义。臣精力日衰，用心久则汗出，说话多则舌蹇，不能多见宾客，不能多阅文牍，业经屡次陈奏。数月以来，标病虽除，而此二患者迄未痊可。若非将舌端蹇涩之症医治全愈，实难胜江督之任。且臣屡陈病状，求开各缺。若为将帅则辞之，为封疆则就之，则是去危而就安，避难而就易。臣平日教训部曲，每以坚忍尽忠为法，以畏难取巧为戒。今因病离营，安居金陵衙署，迹涉取巧，与平日教人之言自相矛盾，不特畏清议之交讥，亦恐为部曲所窃笑。臣内度病体，外度大义，减轻事权则可，竟回本任则不可。故前两次奏称，但求开缺，不求离营。盖自抱病以来，反复筹思。必出于此，然后心安而理得也。臣既不能回江督本任，而李鸿章新膺专征之命又难久署，江督之篆亦不可不熟计而兼筹。

查刻下贼分两股：东股任、赖等逆窜至光、固，非西入鄂，即南入皖。李鸿章或仍驻徐州，或移驻六安以剿鄂贼，或移驻颍川以剿皖、豫之贼，皆在两江辖境之内，是李鸿章暂署江督，于剿办东股毫无室碍。至西股张逆在秦，臣现多方筹办粮米，湘军防晋业已起行赴洛，霆军援秦即日亦可入关，似两三月内李鸿章兼署江督尚无损于大局。合无吁恳天恩，敕下李鸿章以钦差大臣暂行兼署两江总督，一面料理出省事宜。两三月后，或请另简两江总督，或请另简钦差大臣，或令李鸿章自荐筹饷大员，布置后路。该大臣出省之宜迟宜速，均听皇上权衡定夺，届时臣再具疏请开江督等缺，目下谨遵谕旨暂缓陛见，仍在周口军营照料一切，维湘、淮之军心，联将帅之情谊。凡臣才力所可勉，精神所能到，必当殚竭愚忱，力图补救，断不因兵符已解，稍涉疏懈，致乖古人尽瘁之义，请释宸廑。所有钦奉谕旨，恭折复奏缘由，理合由驿驰陈，伏乞皇太后、皇上圣鉴训示。谨奏。

译文：再次陈述病状艰难请求批准不回江督本任依旧任命李鸿章暂时兼为代理折

为奉到谕旨恭谨具折再次陈述之事，请求圣上鉴察。

臣接到由兵部火票传来的同治五年十一月初一日所奉上谕："曾国藩着回两江总督本任，暂时缓期来京陛见。江苏巡抚一等肃毅伯李鸿章着授为钦差大臣，专门办理剿匪事宜。"钦此。

紧接着由军机大臣处也寄来同治五年十一月初八日所奉上谕："着曾国藩立即遵照前旨，将军务交给李鸿章接办。该总督立即回到两江总督的本任上，办理粮饷军火，源源不断筹集解送前方，使李鸿章得以放心离开两江境地统兵进剿。筹饷与剿匪一样重要，都是为国家所看重的，不必认为只有开缺奔赴军营，才能够为朝廷尽力。"等等。钦此。

跪地诵读后，无限钦敬感慨。遵照上谕所示，当即定于十九日委派江苏候补道员林桐芳、衡州协副将胡正盛携带钦差大臣印信速去徐州，交给李鸿章恭敬领取。

至于臣依旧"回两江总督本任"这段话，对朝廷来说，这是体恤下情，不以治军之事来责令臣，而是责令臣筹措饷需，不命令臣留在军营勉力图谋后效，只命令臣回官衙调理病体，圣上恩德既高又厚，感激与惶恐之情一道涌出。但是，两江总督公文的烦琐，要多于军营几倍，而疆吏管辖文武官员，尤以接见同僚和下属为主要内容。臣的精力一天天衰弱，心思稍一用久则浑身流汗，话一说得多了则舌头僵硬。不能多见宾客，不能多看文件，这些毛病臣已经多次奏陈过。近几个月以来，臣的表层疾病虽已消除，但这两种病患至今未痊愈。如果不把舌头僵硬干涩的毛病医治好，则实在难以胜任两江总督之职。而且臣已多次陈述病状，请求开除各项实缺。若是做将帅则推辞，做封疆大吏则接受，则是远离危险而就安逸，避开艰难而靠近容易。臣平日教育部属，每每以坚忍尽忠为原则，以畏难取巧为警戒。现在因生病而离开军营，安逸地住在金陵官署里，这种行为颇近投机取巧，与臣平日教训别人的话自相矛盾，不仅惧怕清议的交相讥讽，也担心为部属们所暗中嘲笑。臣揣度自身的病体，考虑到社会对大员的要求，认为减少一些事务和权力则可以，直接回到本任而不行。故而前面两次的奏折中都说只求开除实缺，不求离开军营。这是自生病以来，反反复复思考后得出的想法。只有这样做，才能心安理得。臣既然不能回两江总督本任，而李鸿章新近所负的专征之命又使得他难以长期代理，因而江督一职也不能不仔细计议而同时筹划。

眼下贼军分为两股：东边的一股任化邦、赖文光等逆贼窜至光州、固始，不是向西进入湖北，即向南进入安徽。李鸿章或依旧驻扎徐州，或移驻六安用以剿灭湖北之贼，或移驻颍川用以剿灭安徽河南之贼，都在两江的辖境之内，故而李鸿章暂时代理江督，对于剿办东股捻军毫无障碍。至于西边一股张宗禹在陕西，臣现在多方筹办粮食，湘军防守山西一支部队已经开赴洛阳，鲍超援助陕西的霆军即日也可以进入潼关，这样看来两三个月内李鸿章兼为代理江督尚且无损于大局。可否恳请天恩下达命令，由李鸿章以钦差大臣的身份暂时代理两江总督，一面料理出省事宜。两三个月以后，或是请求另外委派两江总督，或是请求另外委派钦差大臣，或是命令李鸿章自己举荐筹饷大员，布置后路粮草军需。该大臣出省之事或慢或快，均听从皇上的权衡定夺，到时臣再具折请开除江督实缺，眼下谨遵谕旨暂时延缓进京陛见，依旧在周口军营照料一切，维系湘淮两军的军心，联系将帅之间的情谊。凡是臣的才力和精神所能勉为办到的事，必当殚精竭虑，图谋补救，决不会因为兵权已解除而稍稍疏懈，以至于与古人鞠躬尽瘁之义相违背，请圣上释虑。所有关于接奉谕旨，恭谨具折复奏的缘由，按理应当由驿站快速传递到京，请求皇太后、皇上鉴察训示。谨奏。

评点

同治四年五月初二日，曾氏奉到率军赴山东剿捻的上谕，到同治五年十一月初一日奉到回两江本任的上谕，这中间历时一年半。曾氏对北上征捻，极无把握。作为朝廷命官，对于上前线打仗这样的圣旨，曾氏心中尽管一万个不情愿，却不能违抗不领，只能以拖延来作为消极的对抗。接旨后，他即表示“万难迅速”。随即又上疏：“臣精力颓惫，不能再任艰巨，已经五次具奏在案。近则衰态更增，说话至二十句，舌尖则木强蹇涩，不能再说。”请求朝廷另简知兵大员督办此路军务，自己则以闲散人员在营效力，以表示“不敢置身事外，忘尽瘁之大义”。自然，朝廷没有同意，曾氏被迫起程。似乎天意注定他此行将不大吉利似的，他唯一的外孙在送行的船舱中被炮声惊吓而死。此事将无疑给日趋暮年的曾氏心头罩上浓重的阴影。一年半的剿捻，最后以无功为结束。为什么会“无功”，笔者在前面的评点已作了大致分析，此处不再赘述。这一年多的经历，与曾氏咸丰四年至九年间在江西、安徽等地的经历颇为相近，然而细细地考查，这两者之间却有质的不同。

咸丰年间曾氏在与太平军的角逐中，虽也屡屡受挫，进展很慢，但大的态势却是呈上升状的。这种态势既包括总体军事形势，也包括曾氏本人的心态。此外，承平日久后新爆发的大规模战争，对渴望建功立业的有志者的刺激，以及攻城略地给贫穷兵勇所带来的实惠等等，都大为激励着军营中的士气。这一切，使得曾氏和湘军能屡败屡战，虽挫而志不衰。然而，这次却一切都改变了。犹如同一种疾病，青年人得了可能问题不大，老年人得了说不定有致命之忧。捻战的失利，对曾氏的打击是异常沉重的。我们知道，从此以后曾氏也的确没有再雄起过。

与其说捻战失利是曾氏的过失，不如说是清廷的用人不当。当时，朝廷起用曾氏替代阵亡的僧格林沁，是鉴于曾氏所拥有的巨大声望。以为利用他的这种声望，定可节制三省，统率湘、淮军及各省地方绿营，一举围歼力量远不如太平军的捻军。朝廷太高估这个声望而忽略其实力了。其实，曾氏此时已经没有多大的实力。他的实力，已随着湘军的大裁撤而差不多消失殆尽。朝廷对曾氏的健康状况也几乎无知，居然置曾氏“五次具奏”而不顾，硬要起用一个老弱衰颓者来做亲赴前线的统帅，这便注定失利的不可避免。

按理，朝廷完全可以一步到位启用李鸿章为钦差大臣。李鸿章此时刚过四十，年富力强，雄心勃勃；更重要的是，大裁撤的时候，淮军不但没有减人，反而私下将湘军中能征惯战的人马招了进来，军容更强大了。不知下情以及论资排辈、迷信权威等等，成了清朝廷选拔剿捻统帅上的一系列障碍。这便是历史留给我们的前车之鉴。

当然，曾氏性格中的脆弱一面，在剿捻战役中也充分暴露出来。究其实，曾氏此时不过五十五六岁，从今天的标准来看，正处在中老年的交界线上，尚不到退休之年，而这个年龄段的左宗棠还正在意气风发之时。光绪二年，左宗棠亲率西征军出玉门关进兵新疆时，已高龄六十四岁。这中间固然有健康与否的原因在内，但性格的强与弱也是其中的一个重要原因。

若结合这一点来考虑，笔者相信，曾氏在这道奏折中所说的不回江督本任以闲散人员留在军营维系军心等话，应是出自内心的。曾氏此时的确已经厌倦军旅生涯，也厌倦衙门岁月。封侯拜相，这已经是人生的极顶，再也没有什么东西能诱发他的积极性了。战事的失意，再加上身体的衰病，更使得他难以在荣耀和权力中获得属于人生的真正乐趣。笔者想，即便一个普通人都容易出现曾氏此时的心态，更何况曾氏对位高权重而不得善终的历史往事在时刻恐惧着。

当然，曾氏也是一个视“政治生命”为第一重要的官场人物，即便要隐退，他也不想是在打败仗之后的声望低劣时。所以，如果有人说，此刻曾氏请求开缺夺爵等举措，也难免有自找台阶下或是包含以退为进的成分在内，笔者也是赞同的。

写作简析

以发自内心的诚意和令人可信的理由来陈述自己的想法，文章写得坦直平实。

要言妙道

若为将帅则辞之，为封疆则就之，则是去危而就安，避难而就易。臣平日教训部曲，每以坚忍尽忠为法，以畏难取巧为戒。今因病离营，安居金陵衙署，迹涉取巧，与平日教人之言自相矛盾，不特畏清议之交讥，亦恐为部曲所窃笑。

□ 古今难见彭玉麟

原折：兵部右侍郎彭玉麟恳辞奖叙片

同治六年正月二十一日

再，兵部右侍郎彭玉麟报捐养廉银两，由臣具奏。钦奉谕旨：

“彭玉麟所捐养廉银两，着加恩查明该侍郎子弟给予奖叙。该部知道。”钦此。当经恭录咨会去后。

兹据该侍郎咨称：“玉麟只有一子，已得二品荫生，胞弟一人亦已捐纳道员，此皆仰赖圣恩，始得子弟均列仕籍。且察其性质均极朴鲁，现惟饬令安分家居。未能出而图报，方觉昕夕惶愧，何敢再邀奖叙？在皇上天恩，固属有加无已，而玉麟起家寒素，屡沐高厚之恩，未效涓埃之报。藉此廉项，以尽微忱，断不敢再邀议叙，有违初心。”等因请奏前来。臣查彭玉麟淡于荣利，退让为怀。自带水师以来，身居小舟十有五年，从未谋及家室。此次捐助养廉，力辞奖叙，出于至诚。应恳天恩俯如所请，毋庸再给议叙，以遂其报效之诚。理合附片陈明，伏乞皇太后、皇上圣鉴训示。谨奏。

译文：兵部右侍郎彭玉麟恳切辞谢奖励片

另外，兵部右侍郎彭玉麟主动捐献养廉银两之事，由臣上折奏报。恭奉谕旨：“彭玉麟捐献养廉银两一事，着加恩查明该侍郎的子弟情况，予以奖励。该部已经知道此事。”钦此。臣当即恭录谕旨转告。

现在该侍郎寄来咨文，说：“玉麟只有一个儿子，已为二品荫生，胞弟一人也已捐资获得道员衔，这都是仰仗皇家的恩德，才能够使子弟都进入官宦行列。况且，臣考察他们的资质都很鲁钝，现在只有命令他们安守本分居家过日子。未能出来做事报效朝廷，正一天到晚觉得惶恐惭愧，岂敢再求奖励？皇上的恩德，固然是只有不断添加而不会有终限，但是玉麟出身贫寒普通人家，屡次沐浴着高厚的恩德，连小小的报答都没有。不过借这个养廉费来表示自己微薄的感激之心，决不敢再求奖励迁升，以致违背了本意。”等等，请求臣代为奏陈。臣考查彭玉麟，对名誉利益都看得淡薄，向来以谦退抑让为处世态度。自从管带水师以来，在小船上住了十五年，从来没有想过家庭之乐。这次捐助养廉费，而竭力辞谢奖励，乃出于最大的诚意。相应恳请皇上施恩接受他的请求，不要再给他奖励，以成全他的报答朝廷的诚意。按理应附片说明，请皇太后、皇上鉴察教训。谨奏。

评点

借评点这道恳辞片的机会，笔者来给诸位说说彭玉麟。

湘军是曾氏成就事业的根本，但湘军中只有两个部门是他的嫡系，一是其九弟的吉字营，一是他亲手创建的水师。水师有两个统领，一个是外江统领杨载福，另一个便是内湖统领彭玉麟。杨出身行伍，同治三年，以提督授陕甘总督，加太子少傅衔，在有清一代号为异数。杨之有此殊遇，无疑是作为嫡系首领而受到曾氏的格外荐举。若论私交来说，杨与曾氏的关系，则远比不上彭与曾氏的亲密。曾氏与彭不仅是上下级，也是志趣相投的朋友。至于彭的人品，则更为曾氏所钦敬。

彭是湖南衡阳人，但他出生在安徽怀宁。那时他的父亲彭鸣九在怀宁三桥镇做巡检，是个从九品的最低级小官，相当于今天的镇长。十六岁时，祖母在衡阳病逝，父母携带彭兄弟二人回籍奔丧。不久，父亲受族人欺负，忧愤而死。家中无田无房，母亲王氏乃浙江人，在衡阳属无依无靠的外乡人，彭一家陷入贫困中。二十七岁时，彭受衡州知府高人鉴赏识，召入府中读书，不久入学为秀才。直到咸丰三年，彭时已三十八岁，仍为一落拓读书人，身无恒业，家徒四壁。这时曾氏由长沙被排挤到衡阳，大力扩编湘军。衡阳绅士、已故湖北巡抚常大淳之子常豫向曾氏推荐彭，认为彭有胆略可服众，并劝彭拜访曾氏。彭以母丧未及一年，不欲出。曾氏屡次发函给彭，言辞恳切，彭终于走出渣江，投入曾氏弟国葆军营。这年冬天，曾氏招募水师，经国葆力荐，彭与杨载福得曾氏重用，各领一营。湘军水师，由此发轫。

水师为彭玉麟施展才干提供了一个宽广的舞台，彭率领水师屡建奇功，官位也不断迁升。攻打南京时，统率长江水师的彭玉麟与杨载福截断太平军的水上供应，与陆路围城的曾国荃密切配合，为湘军建立“天下第一功”立下了汗马功劳。南京打下后，清廷论功升赏，已为兵部侍郎的彭玉麟获一等轻车都尉世职，并赏加太子少保衔。若论官职和爵位，彭并无特别显赫之处，笔者之所以特别抬出他来，是想说说他的为官与为人。

彭为官的第一大特点：宁为自己所擅长的苦官小官，不为自己所生疏的逸官大官。为此，他有六次辞谢崇职的经历。

第一次。咸丰十年四月，曾氏就任两江总督，从那时开始，他着手组建两江所辖的江苏、安徽、江西的领导班子。曾氏将江苏交给他的学生李鸿章，将江西交给他十分器重且做过他幕僚的沈葆桢。他决定将四战之地安徽委托给彭玉麟，而此时彭的官衔是布政使衔，官职为水师统领。

无论从哪方面来看，曾氏推荐彭为皖抚，都是对彭的重用和提携。首先，布政使衔与巡抚实缺相差甚大。布政使衔只是一个虚的品衔，犹如今天的副省级，它与现任的省长简直没有可比性。其次，清制文重于武，同一品级甚或低一品级的文职，其权限和地位都要高于武职。巡抚乃一方诸侯，掌一省内之人事民政钱粮税收，其风光绝不是一个水师统领所可比拟的。最后，作为一个战时的水师统领，天天得住在逼仄的船上，与枪炮子弹打交道，随时都有死的可能。巡抚住在宽大的衙门里，只需运筹于帷幄。比起前线的司令官来说，其舒适与安逸岂可以道里计！

一个水师统领被擢升为巡抚，真应该弹冠相庆，既感激皇恩浩荡，又感激祖宗积德，若推辞不就，岂不是傻疯了头？但彭玉麟便是这样一个傻子！咸丰十一年九月至十二月间，彭在接到任命他为皖抚的圣旨后，一连三次言辞恳切地辞谢这个职位，其理由便是不熟悉地方事务，当不好巡抚。朝廷拿这个迂腐的书生真没办法，只得接受他的辞职报告，改授他候补兵部侍郎一职，次月正式授予彭兵部侍郎，依旧做他的水师统领实事。

第二次。同治四年二月，朝廷命他署理漕运总督。漕运总督掌鲁、豫、苏、皖、浙、赣、湘、鄂八省漕政，是一个实权很大的衙门，稍一放松，贿赂之银就会源源不断地送上门来，是许多人垂涎欲滴的肥缺，但彭再次辞谢。其理由除不懂漕政外，又加性情褊急，见识迂愚，还有身体衰弱，故而连兵部侍郎之缺也请一道开除。朝廷不同意，彭再次上疏。朝廷只得答应他的请求，不再叫他去做漕运总督。

第三次。同治七年六月，彭上疏请开除兵部侍郎缺。其理由是当年母丧守制未满三年便出山从军，现在应回籍去补满所欠的年月。这次朝廷没有挽留，便一口答应了。

第四次。同治十一年，两宫太后召彭进京，让他以署理兵部侍郎的身份，出任同治帝大婚庆典的宫门弹压大臣。不料，大婚庆典一旦结束，他又请求开缺。朝廷再次同意，让他以散秩大员的身份每年巡阅长江一次。

第五次。光绪七年七月，朝廷任命彭为署理两江总督并兼南洋通商大臣。两江辖地既广，又兼物产丰茂，南洋通商大臣一缺更是权大责重，一向非名宦宿臣不能当此重任。“中兴”名臣曾国藩及左宗棠、曾国荃、刘坤一等人都任过此职。六十六岁的彭玉麟出任江督，表明朝廷对他的倚重。但彭并不领朝廷的情，接旨后即上疏请辞，并密荐曾国荃自代。

第六次。光绪八年正月，朝廷任命彭为兵部尚书。同样，他接旨后即请辞。这次朝廷没有允准他。不久，中法战争发生。朝廷命令彭率领旧部将士并增募新军，迅速前往广东，与两广总督张树声筹办防务。彭认为此时不宜再辞兵部尚书一职，便以六十八岁的病弱之身奉命赴粤，积极投身到抗击外敌的战争中去。光绪十一年三月，中法战争刚一结束，便上奏请开兵部尚书缺；朝廷未准后，又于这年八月及十二年八月、十三年七月、十四年六月接连四次上疏请开缺。朝廷终于予以答应。光绪十六年三月，彭玉麟以平民之身病逝于衡州府，终年七十五岁。

古代官场，有多少人求官、跑官、钻官、买官，又有多少人为了升官，什么卑鄙无耻的事都干得出，还有多少人或颟顸无能，或老迈病弱，却依旧占着一个职位不放。彭玉麟这样一连六次辞掉千万人可望而不可及的高位崇职，甘愿做苦役实事，甘于做平头百姓的人物，衡之于古代官场，实在是凤毛麟角，少之又少！

彭为官的第二大特点：刚正严明，执法峻厉。据所存的彭氏画像来看，此人颇有点冷面汉子的味道。曾国荃也曾向其兄抱怨彭“拒人于千里之外”，可见彭的性格属刚硬一类。朝廷知其为人，在彭卸掉实职后，委托他每年巡阅长江水师一次。彭在巡阅使一职上，充分体现他疾恶如仇、执法峻厉的为官特色。同治八年，彭首次巡阅长江水师，便会同当地督抚特参庸劣总兵副将等将弁一百一十六名，千里长江为之一震。光绪三年巡阅时，他又将诱劫友妻、谋杀其友、淫恶藐法的湖北忠义副营营官副将谭祖纶就地处决，又上奏请将失察之提督刘维桢交部严议。光绪四年巡阅时，又奏请将年近七旬精力衰弱的岳州镇总兵彭昌禧开缺回籍。光绪十年巡阅时，又奏请将江西水师统领万重暄、江西南赣镇总兵王永胜等人革职永不叙用，同时又建议将江苏候补道朱麟成等七人一并革职，以儆官邪而肃吏治。接下来，又参劾江南军需局道员赵继元恃势揽权妄自尊大。光绪八年，参劾提督萧泰来私购房产用兵丁当工役等事，请降萧为副将以示薄惩。同时又奏请革除揽权纳贿之道员王诗正、知县柳葆元。彭玉麟的这些刚正严明的参劾，令长江水师及两岸府县那些不法文武官员提心吊胆，生怕一朝落到他的手里。对当时业已腐败透顶的晚清官场来说，彭的这种为官品格的确有一些震慑作用。彭死后，朝廷谥之曰“刚直”，此一褒奖的确恰如其分。

彭的为官第三大特点：廉洁自律。同治七年六月，彭玉麟在上朝廷的《请开缺回籍补守制折》中说：“臣素无声色之好室家之乐，性尤不耽安逸。治军十余年，未尝营一瓦之覆一亩之殖以庇妻子。身受重伤，积劳多疾，未尝请一日之假回籍调治。终年风涛矢石之中，虽其病，未尝一日移居岸上。”查多种史料对证，可知彭的这些话非自夸之辞，确为实情。从军十多年，身居统帅之位，能做到这个样子，不是常人所能及的。

彭虽然在水师做统领，但一直有职衔，如知府衔、道员衔、按察使衔、布政使衔、兵部侍郎衔等。他尽管没有到职任事，但养廉费每年都照例拨下来。清代的官员，薪水不高，主要的收入是年终的养廉费，如一个知县的年薪只有四十五两，而养廉费可高达四百两至两千两；一个巡抚的年薪只有一百五十五两，而养廉费可高达一万两至一万五千两。彭玉麟十多年来所积累下来的养廉费，其数量当甚为可观，但这笔钱他全部存在公家账簿上，自己的私用不从中开支分毫。他曾经多次将自己的养廉费捐献给粮台作为军用，曾氏这次所提到的不过其中之一罢了。彭玉麟还将自己的收入大量用于地方公益事业，如在衡州城内建立船山书院。百余年来，这所现在名叫衡阳市一中的学校，培养了数以万计的人才。

其为人也颇不一般。彭一生的事业自然是他的军功，但作为秀才，他在戎马刀枪生涯中真正酷爱的却是诗与画。他死后，儿女亲家大学者俞樾为他编定《彭刚直公诗稿》八卷，刻印行世。岳麓书社出版的《彭玉麟集》中的诗词部分即据此为基础，再予以多方搜集，共刊出近五百首，其数量之多，堪称湘军将领之首。更令人叫绝的是，彭一生爱好画画，尤擅长梅花，虽军事危难之际，亦以画梅自娱，并在每幅梅画上都题上诗，借以言志。传说他一生画了万幅梅花，吟了万首咏梅诗。并说他所画的万幅梅画全是为了一个女人，而此女人是他一生永藏心底的至爱。如果此说当真，那么，这位拒人于千里之外的冷面汉子，其实是一位真正的情深似海、矢志不渝的热血男儿。

笔者在历史长篇小说《曾国藩》中曾说过彭玉麟是一位古今难见的奇男子。综上种种，读者诸君当会同意笔者的这个看法。

写作简析

原咨文的段落选得合适，代奏人的话说得极有分量。是此片写作上的突出特色。

要言妙道

……彭玉麟淡于荣利，退让为怀。自带水师以来，身居小舟十有五年，从未谋及家室。此次捐助养廉，力辞奖叙，出于至诚。

□ 什么是人生的最大享受

原折：奉旨补授大学士仍留两江总督之任恭谢天恩折

同治六年六月十八日

奏为恭谢天恩，仰祈圣鉴事。

窃臣接准吏部咨开，同治六年五月初九日内阁奉上谕："曾国藩着补授大学士，仍留两江总督之任。"钦此。

当即恭设香案，望阙叩头谢恩讫。伏念臣材识疏庸，班资尚浅，谬点参知之位，久怀覆餗之虞。比以剿捻无功，回居本位，尤抱惭于衾影，若冒涉于水渊。兹乃钦奉恩纶，晋阶端揆，处人臣之极地，为稽古之至荣。当此时事多艰，讨贼无效，既幸宽于谴责，反洊晋乎台司。恩遇弥隆，悚惶何极！臣自回江南，倏逾三月。精力日减，旧病未痊，文牍惮于详求，宾僚艰于接见。不特军国大计无补丝毫，即论吏事之多疏，已觉斯职之不称。五月初间，本拟具疏陈情，让贤避位，时以亢旱为灾，民心惶惧。今则群贼东窜，军事方殷，自当补效乎艰虞，未敢轻言乎进退。赧颜而拜新命，抚躬而省旧愆，惟有勉竭愚诚，强扶衰疾，更集思而广益，冀补过而尽忠，或以仰答高厚鸿慈于万一。

所有微臣感激下忱，谨缮折叩谢天恩，伏乞皇太后、皇上圣鉴。谨奏。

译文：奉旨晋升大学士依旧留在两江总督任上恭谢皇恩折

为恭谢皇恩事上奏，请求圣上鉴察。

微臣接到吏部寄来的咨文，上录同治六年五月初九日内阁所奉的上谕："曾国藩着晋升大学士，依旧留在两江总督任上。"钦此。

当即恭敬地摆好香案，北望宫阙，叩头谢恩完毕。想臣才识疏陋平庸，资历尚浅，不称职地居于参知政事的高位，早就有着担心误事的忧虑。刚刚因为剿捻无功，回到两江本任，正在独自深怀惭愧之时，心中好比只身泅渡江河似的恐惧。此时奉到载着浩荡皇恩的上谕，晋升为大学士，处于人臣的极顶地位，为从古以来最高的荣耀。在眼下艰难繁多的时候，讨贼既无效果，不但侥幸免获谴责，反而升到三公崇职。皇恩如此的隆厚，令臣惶恐无限！臣自从回到江南，很快便三个月过去了。精力一天天地减弱，旧的病症并未痊愈，公文则害怕详细讲求，宾僚接见则感到困难，不但对军国大计无丝毫补益，即使论及平日政务的很多疏漏，已觉得做江督不称职守。五月初，本打算上疏说明这一情形，让与贤能而避开这个位置，因为当时旱情严重，民心惶恐而未果。现在大批捻军已向东边逃窜，军事正在紧要时，自然应当在此艰难时期尽力补救，不敢轻言个人的进与退。很惭愧地拜受新的任命，反省自己而检讨过去的差池，唯有勉力竭尽愚诚，强扶衰病之体，更加做到集思广益，希望能借此弥补过失而尽忠朝廷，或者可以上答高厚皇恩于万分之一。

所有微臣感激的心情，都通过此折来叩谢天恩，请皇太后、皇上鉴察。谨奏。

评点

曾氏在几次请辞两江总督、协办大学士不允后，于同治五年十二月上奏表示接受朝廷的安排，暂时接下两江总督关防。直到同治六年三月初，曾氏才在一路辗转后回到南京。这就是折中所说的：“臣自回江南，倏逾三月。”在一年多的捻战日子里，曾氏一直没有好心情。到后来因为战事的受挫、御史参劾和老九的不顺，及其与官文的打官司事，一连串的麻烦，弄得曾氏精力衰疲，神志倦怠，一再请辞江督、协揆，除了发泄心中的种种愤懑外，也的确是他厌弃官场的真情表露。

不料，回到南京才三个月，他便意外地晋升大学士。大学士一职，虽然早在雍正朝设立军机处后成了虚位，但它毕竟在名义上依旧是最为崇高的人臣之极限，其荣耀和风光，再无别的官职可比。曾氏这次晋升的是体仁阁大学士。他补的是一个月前去世的周祖培的缺。曾氏做了六年的协办大学士，又为朝廷建立了平定太平天国的大功劳，将他补周祖培的缺，扶正为大学士，也不算什么格外的恩遇。但眼下曾氏的处境不大妙，朝廷不将此缺补给他，或空着，或补给另一位协办大学士蒙古人瑞常，也说得过去。最终决定给他，也可看作是朝廷不忘旧臣，仍然对他特别倚重，所以曾氏很感激。这道谢恩折写得情动于中，不像一般的谢恩折只为注重文采而去着意讲究铺垫排比、炼字用典等等。

但是，就在两天前的家信里，在说起此事时，曾氏却又是另外一番心绪："诸事棘手，焦灼之际，未尝不思遁入眼闭箱子之中，昂然甘寝，万事不视，或比今日人世差觉快乐。乃焦灼愈甚，公事愈烦，而长夜快乐之期杳无音信。且又晋阶端揆，责任愈重，指摘愈多。人以极品为荣，吾今实以为苦恼之境。然时势所处，万不能置身事外，亦惟有做一日和尚撞一日钟而已。"（同治六年六月初六日致澄弟）在私下对老弟却说晋升极品是处苦恼之境，甚至盼望早点死去，以便早日解脱苦境。

这是怎么回事呢？曾氏对朝廷所说的话是真呢，还是对老弟所说的话是真呢？依笔者看，这两说都是真的：他既感激朝廷在他处于困境时的提拔，又从心里觉得做官——哪怕是级别最高的官——的无味。笔者从曾氏的这种心绪中，似乎更能感悟到人生的真谛：人生最大的享受不是功业，更不是财富地位，而是心灵的愉悦。

写作简析

以两相对照的文句，写出自己的抱惭和朝廷的恩遇，让览奏者时时感到具奏者的诚意。

要言妙道

当此时事多艰，讨贼无效，既幸宽于谴责，反洊晋乎台司。恩遇弥隆，悚惶何极！

□ 复姓归宗事当以情谊为重

原折：李朝斌毋庸复姓归宗应于李氏别为一宗片

同治六年十一月初三日

再，江南提督李朝斌本姓王氏，襁褓中为李氏父母抚养鞠育，至于成立，迭遘艰虞，王氏本生父母隔绝不相闻问，李朝斌初不自知为王氏所生也。本年三月间，有善化人王正儒来臣处禀称，李朝斌系所生季子，自幼育于李氏，请饬复姓归宗等语。臣当即询之李朝斌究竟是否有因。李朝斌茫然不解，即寄书至家，询其族叔李传诚等，始据详告颠末。

盖李朝斌未生以前，王氏本生父母已有子三人，世俗之见，以多子为累，王正儒与李朝斌之父相识，故指腹订定堕地后即任听李氏携去。王氏父母固已弃之如遗矣。事隔四十三年，忽有呈请复姓之议。李氏族人谓王氏恩谊已断，寄书详论，极陈不应归宗之义。其言亦颇中肯。臣复加查核，此事关系纲常名义，未可凭空臆断。

查本朝言礼之书，尚书秦蕙田所纂《五礼通考》最为精核。其于异姓为后之事，反复辩论，一以原情为主。所引《金史》张诗一事。张诗本李氏子，育于张氏，阅三十年始知之。初议归宗，终以张氏无子，遂仍其旧。秦蕙田称张诗为孝。今王氏本生之父母有子三人，而李氏抚养之父母别无主后，正与张诗之事相类。伏查定例，出嗣之子归宗，亦以所后父母有无子嗣为断。若令李朝斌归宗，则在王氏本生之父母，不过于三子之外又增一子，而在李氏抚养之父母竟至斩焉不祀。抚子者将抱恫于九泉，为子者将难安于毕世。核诸古礼，参以今律，李朝斌应于李氏别为一宗，但后其抚育之父母，而不祭其以上之祖宗，于王氏则不通婚姻，一以报顾复之深恩，一以别族属之大义，其于王氏之父母则曲尽敬养，庶为两全之道。该提督天性肫挚，未忍自决，臣为之参酌定议，详晰批示，遍告宗人，情义既可兼尽，众论亦已佥同。惟以提督大员异姓为后，必应奏为立案，以昭郑重而垂久远。用敢详陈本末，上达宸听，伏乞皇太后、皇上圣鉴训示。谨奏。

译文：李朝斌无需复姓归宗应在李氏中别立一宗片

另外，江南提督李朝斌本姓王氏，襁褓中即为李氏父母所抚养培育，一直到长大成人，多次遭遇艰难，而王氏父母与之隔绝，从未闻问过，李朝斌原本并不知自己为王氏所生。今年三月间，有善化人王正儒到臣处呈递禀帖，说李朝斌为他所生的小儿子，自小在李家养育，请命他复姓归宗等等。臣当即就此事问李朝斌，是否事出有因。李朝斌对此茫然不解，立刻寄信回家，询问他的族叔李传诚等人，才由族人告知事情的始末。

原来，李朝斌没有出生之前，王氏本生父母已有三个儿子了，世俗的看法是以儿子多为拖累。王正儒与李朝斌的父亲互相认识，故指腹约定落地后即听任李氏抱去。如此说来，王氏父母早已如同丢掉似的将他抛弃了。事隔四十三年，忽然冒出个请复姓归宗的议论来。李氏族人认为王氏恩情已断，寄来的信里详细评论，竭力陈述不应该归宗的道理。他们的说法也颇为中肯在理。臣又加以查核，认为此事关系到纲常名义，不可凭空臆断。

查本朝言及礼制方面的书，尚书秦蕙田所编撰的《五礼通考》最为精当。书中关于异姓后嗣的事，反复辩论，归结为以情谊为主。其中引了《金史》里的张诗一事作为例子。张诗本是李家的儿子，从小抚养于张家，隔了三十年后才知道此事。原议复姓归宗，最后因为张氏无儿子，于是依旧照原样不动。秦蕙田称赞张诗为孝顺。现在王氏本生父母有三个儿子，而李氏抚养父母再无别的儿子嗣后，正好与张诗一事相类似。根据定例，出抚给别人的儿子归宗，也应该以所抚养的父母有无子嗣为判断。如果让李朝斌归宗，则对王氏本生父母而言，不过在三个儿子之外又增加一个儿子，而对于李氏抚养父母而言，则其香火已断无人祭祀。抚养儿子的将在九泉之下受惊吓，作为儿子的也将难以安心于这一辈子。核之于古礼，并参考当今律令，李朝斌应该在所抚的李氏宗族中别立一支，只作为其所抚育的父母的后嗣，而不祭祀养父母之上的祖宗，对于王氏来说则不通婚姻。一方面报答养育的大恩，一方面分别族属的大义，至于对王氏本生父母，则应该尽敬养的孝道，如此方可为两全之道。该提督天性厚道诚挚，自己不忍心作决断，臣为他参考分析而作这样的判断，详晰作出批示，让他遍告李氏王氏两姓宗族，情义上既可以兼为顾及，众人的看法也都相同。只是因为涉及提督大员以异姓为人之后的大事，必须奏报立案，以表示郑重而垂之久远，故而敢于详细陈述此事的本末，让朝廷知道，请求皇太后、皇上鉴察训示。谨奏。

评点

读完这道奏折，笔者不能不佩服曾氏对这桩复姓归宗事的判定细致周到、顺乎人意。在前面，笔者曾选评了一道关于副将刘世玉复姓归宗的奏片。对于刘复归颜姓，曾氏认可；对于李复不复归王姓，曾氏代为参酌，认为不可。对两个人的同一类事的处置虽不同，但其基础是一个，即情谊。曾氏认为刘复姓归宗合乎情谊，故认同；李复姓归宗，曾氏认为不合乎情谊，故建议他不要回归原姓；同时，又给他再提出三个要求。一、只嗣养父母，不祭李氏祖宗。这是因为养父母于李朝斌有恩，嗣其后为报其恩。而于李氏祖宗并无血缘关系，故不祭祀。二、与王氏不通婚姻。中国古代早就知道“男女同姓，其生不蕃”（见《左传·僖公二十三年》）的道理，这是很符合科学的见识。李朝斌本是王氏之后，自然其本人以及他的子女都不能与王氏联姻。三、对王氏生身父母亦应尽敬养之道。不管王氏父母当时出于何种原因抛弃了李朝斌，但毕竟是他们给李朝斌带来了生命。敬养其生命的创造者，此乃天经地义之事，李朝斌理应不计前嫌，尽人子之责。

李朝斌身为提督，乃从一品大官，是湘军中复姓归宗人员中品衔最高的人。但一品大员复姓归宗的也不只李一人。与曾氏私交甚深的黄翼升，也做过水师江南提督，后来更居长江水师提督的高位。黄翼升幼年丧父，随母下堂，从继父姓邓，后复归黄姓。黄在做副将时便将姓改了过来。令人奇怪的是李朝斌早在咸丰六年便做了副将。副将为从二品，也是武官中的大员了，而那时其生父并无提出让他复姓归宗的要求。看来，这一方面说明王家的确与李家断绝了联系，平时没有任何往来；另一方面也说明当时信息闭塞，王氏父母对于自己生出了一个这样有出息的儿子，竟然十余年间毫无所闻。

有趣的是，这个李朝斌便是当代著名学者李泽厚的高祖。李泽厚说，为了与抚养李朝斌的李家相区别，他们这一支李姓以王姓的郡望太原为自己的郡望，称太原李氏。

写作简析

既引前典，又揆时情，判断顺乎人意，奏片也便富有说服力。

要言妙道

伏查定例，出嗣之子归宗，亦以所后父母有无子嗣为断。若令李朝斌归宗，则在王氏本生之父母，不过于三子之外又增一子，而在李氏抚养之父母竟至斩焉不祀。抚子者将抱恫于九泉，为子者将难安于毕世。

□ 晚清时期保护妇女权益的一个例子

原折：补用副将胡开泰殴妻致死恶迹多端按军令就地正法片

同治七年六月十八日

再，准兵部右侍郎彭玉麟咨称，五月初三日道经安庆省城，士兵数百人遮道环禀江西补用副将胡开泰凶暴异常，路人侧目，近更有毒殴继妻王氏身死之事。当经亲提胡开泰研讯，供认不讳。并经署怀宁县知县王鸿飞验讯属实，旋晤皖省司道，面禀情节相同。查该副将强暴绝伦，万民痛恨，亟应立正重典，未便久稽显戮。适署安徽抚臣吴坤修因公回省，会商意见相同，当将胡开泰按照军令就地正法。咨请奏报前来。

查定例，夫殴妻致死者，罪应拟绞，仍就情节轻重，分别实缓办理。胡开泰无故殴妻毙命，据怀宁县知县勘验，尸身遍体鳞伤，情极残忍。就案定罪，已在情实之列。该副将平日横行不法，恶迹多端，至省城数百人公禀请除此害，其凶狠尤可概见。业经彭玉麟、吴坤修会讯按照军法从事，足以警残暴而快人心。所有副将正法缘由，理合附片陈明，伏乞圣鉴。谨奏。

译文：补用副将胡开泰殴打妻子致死恶迹多端按军令就地正法片

另外，据兵部右侍郎彭玉麟在寄来的咨文中说，五月三日，他在途经安庆省城时，有士兵数百人拦住道路四面环绕，向他禀告江西补用副将胡开泰凶暴异常，路人不敢正视，近日更有毒打继妻王氏身亡的事发生。彭玉麟当即亲自提审胡开泰，胡对此事供认不讳。又经代理怀宁县知县王鸿飞检验审讯属实，随即将他所了解的情况当面向安徽按察使和兵备道汇报。经审查，该副将极为强暴，万民痛恨，必须立刻处以重刑，不便长期稽留这种恶名昭著的罪人。恰好代理安徽巡抚吴坤修因公回到安庆，彭与吴会商，两人意见相同，应当将胡开泰按照军法就地正法。彭将此以咨文报到臣处。

查定例，丈夫殴打妻子致死者，其罪应属绞刑，可以视情节的轻重，分别以实办与缓办两种方法办理。胡开泰无故殴打妻子毙命，据怀宁县知县检验，尸体遍体鳞伤，情节极为残忍。依照案情来定罪，已在情况清楚应予实办之列。该副将平日横行不法，恶迹很多，以至于省城数百人公禀请求除掉此害，此人的凶狠当可略知。已经由彭玉麟、吴坤修共同审讯按照军法办理，足可借此给残暴者以警示，从而大快人心。所有关于副将正法的缘由，按理应附片奏明，请求圣上鉴察。谨奏。

评点

自从人类进入父系社会以来，无论中外各国，女性地位都要低于男性，这是因为女性力量上的弱势造成经济上的弱势，最后导致人格尊严上的弱势，的确是极为不合理的社会现象。在中国，有所谓“夫为妻纲”等“三纲”及“在家从父，出嫁从夫，夫死从子”等“三从”，更是从理论上和制度上将女性定格在男性的从属地位，其荒谬性尤令人愤恨。近代以来，人们对数千年来人类社会这种不合理的格局作了彻底的清算，无疑为建构完全平等的两性社会作了极为有益的准备。不过，这些清算也可能给部分人造成一个错觉，以为封建时代的中国完全不把女性当人对待，可以任意歧视虐待。其实，作为一个可以延续下来的社会，必然不会将某项政策极端化，必定会因此而出台一些相关的措施，用来弥缝与协调，如此才能保持平衡。中国文化讲究中庸，故而更注重这种平衡性。在《唐浩明评点曾国藩家书》一书中，笔者曾提出“孝道平衡三从四德”的观点。“孝”，是封建时代从道德层面上平衡两性格局的一个措施，至于法律层面上，那个时代也不是完全无视妇女的。这道奏折便是当时依法执行保障女性权益，严惩违法者的一个案例。

为一百多年前这个可怜的女性主持公道的人，便是笔者在前面说到的古今难见的彭玉麟。彭此时身为兵部侍郎，负有代朝廷巡视长江水师及长江两岸兵营军纪军风重任。彭为人刚正不阿，疾恶如仇，是近代中国封建社会清官中的突出代表。他在途经安徽省垣安庆的时候，被数百名士兵拦路喊控，被控的这个人为副将胡开泰。胡为人凶暴异常，其时竟然将妻子毒打致死。根据大清律令，殴打妻子致死的丈夫，当处以绞刑。数百名士兵要求这位兵部侍郎按照法律办事，为死者伸张正义。彭本就一贯痛恨那些为非作歹的不法之徒，何况眼前所遇到的竟是这样的场面！他接下状纸，亲自提审这个凶残的副将。既委托知县验尸，又与安徽地方高级官员会商此事。大家意见完全一致，应将这个副将就地正法。

按当时的国家制度，总督主管所辖省份的军政，此当事人为驻扎安徽的军事将领，理应报请两江总督。另，当事人为从二品衔的副将，属朝廷直接掌管的大员，有关二品以上文武大员的一切事情都应该奏报朝廷，故而有这道由两江总督曾氏亲自出面上报的奏片。曾氏也一向以执法从严著称，故而他在实办或缓办两种选择中，毫不迟疑地选择实办，即立刻就地正法。这桩凶手为朝廷大官的命案，便在几乎没有任何阻力、任何波折的情况下，得到公允的审判与执行。那么，是不是说当时所有丈夫殴打妻子致死的案件，都能得到这样顺利而公正的处理呢？笔者虽未对晚清命案做过详尽的研究，但依据对当时社会的了解，可以肯定地说，这是绝对不可能的；甚至可以说，像胡开泰这种地位的人，因打死妻子而偿命的，恐怕也是少而又少的。倘若不是胡这个人凶暴成性，使得众人恼怒以致数百士兵拦路喊控，倘若不是遇到彭氏这种正义感特强又极富艺术家情怀的大人物，倘若主持军政的不是曾氏这种铁面无私、执法如山的爵相，总之，只要哪一个环节上出现一点松动，这桩命案的处理就很有可能是另一种结果了。

写作简析

以凛然之气、斩决之辞，具代民请命之奏。短章大义，堪为后世公文法。

要言妙道

该副将平日横行不法，恶迹多端，至省城数百人公禀请除此害，其凶狠尤可概见。业经彭玉麟、吴坤修会讯按照军法从事，足以警残暴而快人心。

□ 清代的官场特权

原折：谢子纪泽授员外郎恩折

同治九年五月初八日

奏为恭谢天恩，仰祈圣鉴事。

窃臣接阅邸抄，四月二十五日考试荫生，二十八日臣子纪泽由吏部带领引见，奉旨：“本日引见之正二品荫生曾纪泽，着加恩以员外郎分部行走。”钦此。臣当即恭设香案，望阙叩头谢恩。

伏念臣猥以疏庸，早承知遇。圣作圣述，累朝沛高厚之恩，懋赏懋官，尽室戴生成之德。臣子纪泽，荷先朝之延赏，已年例之久符。臣以其学殖无成，官常未习，恐滥竽之弗称，遂应试之稍迟。兹乃郎位骤登，迁阶躐晋，邀隆施之逾格，非梦想所敢期。现在直境久旱不雨，二麦业已失收，秋谷未能播种，仍岁灾歉，皆由微臣德薄位高，致此殃咎。臣之目疾固难速痊，眩晕之病也未全愈，以病躯而睹兹凶岁，既补救之无方；以弱息而荷此殊荣，尤悚惭而靡已。臣唯有督教臣子慎守官箴，恒朝乾而夕惕，如履薄而临深，庶以仰答鸿慈于万一。所有微臣感激下忱，谨缮折叩谢天恩，伏乞皇太后、皇上圣鉴。谨奏。

译文：感谢儿子纪泽被授予员外郎之恩折

为恭谢皇恩事，请求圣上鉴察。

微臣接阅邸抄，上载四月二十五日考试荫生，二十八日臣的儿子纪泽由吏部带领引见，奉旨：“本日引见的正二品荫生曾纪泽，着加恩以员外郎分发部里办事。”钦此。臣当即恭设香案，北望宫阙叩头谢恩。

想起微臣以疏散平庸之身份而很早便蒙受知遇之恩，得皇室言行作育，三朝都沐浴高天厚地之恩；蒙特别赏赐擢升崇职，全家都感戴获取作育生成之德。臣的儿子纪泽，受先朝的推恩之赏，年资早已合符要求，臣认为他的学养未成，又不熟悉为官规范，担心他成为充数之滥竽，于是推迟他的吏部应试。现在骤然授予员外郎的官职，越级迁升，蒙非常待遇而出格躐等，臣连做梦都没敢想过。当前直隶境内久旱不雨，二麦已经失收，秋谷又未能播种，连续两年受灾歉收，都是因为微臣德薄而位高，以致遭此灾殃祸咎。臣的眼疾固然难以很快痊愈，眩晕之病也没有完全好，以生病之躯而眼看着凶惨的年景，既没有补救的良方，以衰弱的生命而肩负如此殊荣，尤其惶恐惭愧不已。臣唯有督教臣的儿子谨慎守住为官准则，永远勤勉为政，犹如履薄冰而临深渊，希望以此上答皇上慈爱的万分之一。所有微臣感激的心情，都在此折中，并借此叩谢天恩，请皇太后、皇上鉴察。谨奏。

评点

中国古代，为了奖励替政府效力的官员，也为了让这些官员更加对政府感恩戴德，除对官员本人升官晋级、封爵授勋外，还对他们的家人予以推恩，其推恩手法中最主要的一种为封荫。封，是对官员平辈或上辈的赏赐。在《唐浩明评点曾国藩家书》中笔者谈到了曾氏的祖、父、叔及祖母、母亲、婶母及妻子均因曾氏官职的迁升，而得到相应的品衔尊称。这便是封。荫，则是对子、侄、孙等下辈的赏赐。这道折子中说的就是“荫”的事。

早在汉代时，俸禄为两千石以上的官员，服官一定年限后便可以保举子弟辈一人为郎，当时称这种郎为任子。在清代，或因官位，或因庆典，或因死于王事，其子弟都有可能蒙皇恩受到荫庇，入国子监读书，经过考试后授予一定的官职。这种受到荫庇的人称之为荫生。

显然，荫生制即任子制的延续。

笔者有个观点，认为这种封荫制尽管从总体上来说都不好，但比较起来，“封”比“荫”还是要好一点。受封的人得的是虚品空衔，不过是图个面子上的荣耀罢了，既不可能真的去走马上任，亦不会凭着这个品衔去发号施令，也就是说，受封者不会因此而去耽误或损害政务公事国计民生。但“荫”就不同了。受荫者得到的是实品实衔，补的是实缺，做的是实事，倘若不称职，则将贻误事体，小则于部门不利，大则祸及百姓社会。恰恰又是这些受荫者，从小生在富贵之家，娇生惯养，长大后入国子监读书只是一个形式，考试亦只是一个过场，现成的乌纱帽正在等着他去戴。这种荫生，既不识人间疾苦，又没有扎实求学和严格考试的经历，能有几个真正的人才！所以，“荫”比“封”还要坏十倍百倍！当然，荫生中也不可能个个都是纨绔子弟，间或也会有凤毛麟角出现，曾纪泽便可算得上这中间的凤毛麟角。

曾纪泽之所以能成为荫生中的卓越者，除开他本人的努力外，很大程度上是得力于乃父的家庭教育。曾氏的家教，笔者在《唐浩明评点曾国藩家书》中已谈得很多了，此处不再泛泛而谈，只说一点，即曾氏充分利用“封荫”的特权，为儿子设定正确的读书与成才之途。

曾氏出生在无任何依傍的偏远农家，他要改变环境，要出人头地，唯一的途径便是科举考试；只有顺利地通过科考，他的人生目标才能达到。而要顺利过关，则要把很多时间和精力花费在那些为科考所必须而于实际无益的事情上。对于科举考试的这个严重弊端，曾氏在入京后接触到一批有真才实学的师友时，终于清醒地看出来了。故而他后来在给诸弟的信中，明确地指出科举误人多多，并要诸弟放弃这块敲门砖而一意于先辈大家之文，以便求得真正的学问。正因为有这样清醒的认识，所以在儿子得到荫生待遇，不再需要那块敲门砖便能进入仕途时，曾氏便不要儿子去苦读那些应试书，去苦练所谓代圣贤立言的八股文，而是把更多的时间去读史书，去探讨经济之学，去借陶谢之诗来陶冶性灵。在两个儿子都成年后，曾氏还请了两个英国人住进衙门后院做家庭教师，教习英文。曾氏此举，在当时可谓罕见。曾纪泽的英文便是这样学成的。他后来之所以成为继郭嵩焘之后中国派驻西方的第二位大使，并在大使任上做出骄人的业绩，英文帮了他很大的忙。在许许多多文武大员凭借荫生特权纵溺子弟不学无术的时代，曾氏却充分利用这个大好机会，培养出两个有真才实学的儿子，这不得不让我们佩服他过人的眼光。

写作简析

在感激朝廷推恩儿子的折子中，大写治下的困状，并归咎于自己。这种为文手法，更能彰显作者的敬业和忠诚，而敬业与忠诚，则正是对朝廷的最好答谢。

要言妙道

……以病躯而睹兹凶岁，既补救之无方；以弱息而荷此殊荣，尤悚惭而靡已。

□ 委曲求全以保和局

原折：密陈津郡教案委曲求全大概情形片

同治九年六月二十八日

再，臣正缮折间，承准军机大臣密寄六月二十五日奉上谕：“曾国藩、崇厚奏查明天津滋事大概情形一折，另片奏请将天津府县革职治罪等语，已均照所请明降谕旨宣示矣。曾等此次陈奏各节，固为消弭衅端委曲求全起见，惟洋人诡谲性成，得步进步，若事事遂其所求，将来何所底止？是欲弭衅而仍不免启衅也。该督等现给该使照会于缉凶修堂等事，均已力为应允，想该使自不至再生异词。此后如洋人仍有要挟恫喝之语，曾国藩务当力持正论，据理驳斥，庶可以折敌焰而张国维。至备预不虞，尤为目前至急之务，曾国藩已委记名臬司丁寿昌署理天津道篆，其驻扎张秋之兵，自应调扎附近要隘，以壮声威。李鸿章已于五月十六日驰抵潼关，所部郭松林等军亦已先后抵陕。此时窜陕回匪屡经官军剿败，其焰渐衰，若移缓就急，调赴畿疆似较得力，着曾国藩斟酌情形，赶紧复奏，再降谕旨。日来办理情形若何？能否迅就了结？并着随时驰奏。总之，和局固宜保全，民心尤不可失，曾国藩总当体察人情向背，全局通筹，使民心允服，始能中外相安也。沿江沿海各督抚本日已有寄谕，令其严行戒备。陈国瑞当时是否在场，到津后即可质明虚实，已令神机营饬令该提督赴津听候曾国藩查问矣。将此由五百里各密谕知之。”钦此。

臣查此次天津之案，事端宏大，未能轻易消弭。中国目前之力，断难遽启兵端，惟有委曲求全之一法。臣于五月二十九日复奏折内，曾声明立意不与开衅。匝月以来，朝廷加意柔远，中外臣民亦已共见共闻。臣等现办情形，仍属坚持初议，而罗酉肆意要挟，卒未稍就范围。谕旨所示“洋人诡谲性成，得步进步，若事事遂其所求，将来何所底止？是欲弭衅而仍不免启衅”，确中事理，洞悉敌情，臣等且佩且悚。目下操纵之权主之自彼，诚非有求必应所能潜弭祸机。此后彼所要求，苟在我稍可曲徇，仍当量予转圜。苟在我万难允从，亦必据理驳斥。惟洋人遇事专论强弱，不论是非，兵力愈多，挟制愈甚。若中国无备则势焰张，若其有备和议或稍易定。现令张秋全队九千人拔赴沧州一带，略资防御。李鸿章前在潼关，臣已致函商谕，万一事急，恐须统率所部由秦入燕。此时陕回屡受大创，若令李鸿章入陕之师移缓就急，迅赴畿疆办理，自为得力。英法两国水师提督顷已均在大沽，其请示国主旬日内当有复信。法国若仅与津人为难，则称兵必速；若要求无厌，直与国家为难，则称兵较迟。李鸿章若于近日奉旨移军东指，当不嫌其过缓。

臣于洋务素未研求，昨二十一日眩晕之病又复举发，连日心气耗散，精神不能支持，目光愈蒙。二十六日崇厚来臣处面商一切，亲见臣昏晕呕吐，左右扶入卧内，不能强起陪客，该大臣已有由京另派重臣来津之奏。

臣自咸丰三年带兵，早矢效命疆场之志，今兹事虽急、病虽深，而此志坚实，毫无顾畏。平日颇知持正理而畏清议，亦不肯因外国要挟尽变常度。朝廷接崇厚之奏是否已派重臣前来，应否再派李鸿章东来，伏候圣裁。抑臣更有请者，时事虽极艰难，谋划必须断决。伏见道光庚子以后办理夷务，失在朝和夕战，无一定之至计，遂至外患渐深，不可收拾。皇上登极以来，外国盛强如故，惟赖守定和议，绝无改更，用能中外相安，十年无事。此已事之成效。津郡此案，因愚民一旦愤激，致成大变，初非臣僚有意挑衅。倘即从此动兵，则今年即能幸胜，明年彼必复来，天津即可支持，沿海势难尽备。朝廷昭示大信，不开兵端，此实天下生民之福。虽李鸿章兵力稍强，然以外国之穷年累世专讲战事者尚属不逮，以后仍当坚持一心曲全邻好。惟万不得已而设备，乃取以善全和局。兵端决不可自我而开，以为保民之道；时时设备，以为立国之本。二者不可偏废。臣此次以无备之故，办理过柔，寸心抱疚，而区区愚虑不敢不略陈所见，伏乞皇太后、皇上圣鉴训示。谨奏。

译文：秘密陈述天津府教案委曲求全大致情形片

另外，臣正在誊抄奏折的时候，接到军机大臣的密函，上有六月二十五日所奉的上谕：“曾国藩、崇厚所奏查明天津闹事大致情形一折，另片奏请将天津府、县两级主管官员革职治罪等意见，已都按照所请公开颁发谕旨宣布了。曾国藩等人此次陈奏的各项意见，固然是为消除争端委曲求全考虑，只是洋人诡谲成性，得一步又思进一步，若事事都满足他们的要求，将来什么时候是尽头？这是本想消除争端而依旧不能免除争端。该督等目前给该领事的照会中关于缉拿凶手修复教堂等事，都已努力答应做到，想必该领事不至于再说别的话。此后，若洋人仍出要挟恐吓之言的话，曾国藩务必力持正论，据理驳斥，如此才可以打掉敌人的气焰而张扬我国的原则。至于预先做好准备以防不测，尤为目前最紧要的急事，曾国藩已委派记名臬司丁寿昌代理天津道员，那些驻扎在张秋一带的兵力，自然应该调动而驻扎附近的重要关口，以壮声威。李鸿章已于五月十六日赶到潼关，其部属郭松林等军队也已先后到达陕西。此时窜到陕西的回匪，已多次被官军打败，他们的气焰逐渐衰减，若是从移缓就急这一点来考虑，将陕西的军队调到京城附近，似乎较为得力，令曾国藩就情形仔细考虑，赶紧复奏，以便再降谕旨。近几天的办理情况怎样？能不能很快了结？令随时赶紧奏报。总之，和局固然应当保全，民心尤其不可丧失，曾国藩应该体察人情的向背，全局统一考虑，但使民心允当顺服，才能够中外相安。沿江沿海各省督抚处，本日已经下发谕旨，令他们严行戒备。陈国瑞当时是否在场，到天津后即可以当面查明虚实，已责成神机营命令该提督到天津去听候曾国藩的查问。将此件以五百里快递密告各有关人员。”钦此。

臣所调查的这次天津之案，事情很大，不能轻易平息。依中国目前的实力，绝对不能随便挑起战争，唯有委曲求全这一个办法。臣在五月二十九日的复奏折内，曾声明打定主意不与洋人闹翻。这整整一个月来，朝廷努力实行“柔远”之策，朝野内外的官民都已共见共闻。臣等人现在办理此事的情形，依旧属于坚持初议，而法国公使罗淑亚肆意要挟，最终也没有稍微接受我们的要求。谕旨所说的“洋人诡谲成性，得一步又思进一步，若事事都满足他们的要求，将来什么时候是尽头？这是本想消除争端而依旧难免引发争端”，的确说中了事理，洞悉敌情，臣等又佩服又悚惧。眼下操纵之权，握在他们的手里，确实不是有求必应就能够将灾祸的爆发消除在未发之时。此后他们所要求的，只要对于我方来说稍微可以委曲同意的，仍旧当视情况而应付。如果对我方来说万不可允从，也必定会据理驳斥。只是洋人遇事专讲力量的强与弱，并不去管是与非，兵力愈多，则挟制愈甚。若中国无准备则气焰嚣张，若有备则和议或者稍微容易达成。现在已命令驻扎张秋的全部军队共九千人开拔奔赴沧州一带，略微作为防御用。李鸿章前在潼关时，臣已向他发了一封信商量此事，对他说万一事急，可能需要他统率所部由陕西进入直隶。此时陕西的回乱屡屡遭受大的打击，若是命令李鸿章进入陕西的部队移缓就急，迅速奔赴京师附近办理防务，自然可以得力。英、法两国的水师提督目前都在大沽，他们请示本国领导，十天之内便有复信。法国若仅与天津百姓为难，则调兵必快；若要求无止尽，甚至与我国政府为难，则调兵较为迟缓。李鸿章若在近日内奉旨移军东进，当不会担心军队到来的缓慢。

臣对洋务素来未曾研究，昨天即二十一日眩晕之病又再次发作，连日来心血气力消耗溃散，精神不能支持，目光更加迷蒙。二十六日，崇厚来到臣处当面协商一切，亲眼看见臣昏晕呕吐，左右将臣扶入卧室内，不能勉强起来陪客，该大臣已有一道请求由京师另派重臣来天津的奏折。

臣自从咸丰三年带兵，早就立下效命疆场的志向，当前这桩事虽说急迫，病情虽然沉重，而此志坚实，毫不顾虑恐惧。臣素日也知道秉持正理而畏惮清议，也不肯因为外国的要挟而完全改变日常准则。朝廷接到崇厚的奏折后，是不是已委派重臣前来，应不应当再派李鸿章东来，臣恭候圣上裁定。臣只是请求一点，即时事尽管艰难，但谋划必须果断。回想自道光庚子年以后办理洋务，失误在朝和夕战，没有一个固定的好主意，于是导致外患日渐深重，不可收拾。皇上登极以来，外国依旧像过去一样的强盛，只有依赖守定和议绝不改变，以此才能中外相安，十年无事。这是以往所取得的成效。天津府的这个案子，因愚民一时愤激起来，而酿如此大的变故，本不是官员们有意挑衅。倘若就因此动兵，即使今年侥幸获胜，明年他们必然再来，天津即使可以支持，沿海各地也不可能都有防备。朝廷昭告天下以最大的诚信，不开启兵端，这确实是天下百姓的福祉。李鸿章的兵力虽然稍强，但与那些世代专门研究军事的外国比起来，还是比不上，以后依旧坚持一心一意委曲求全与邻为好。即便万不得已而要陈兵防备，也要以善于保全和局为目的。兵端决不能由我方而开启，将此作为保护百姓的原则；时时严加戒备，将此作为立国的根本。二者不可偏废。臣这次因没有防备的缘故，办理过于柔弱，心中抱有疚意，但小小的一点浅虑又不敢不略为陈述，请皇太后、皇上鉴察训示。谨奏。

评点

曾氏做了近两年的直隶总督，但在近代史上只留下一件事，即办理天津教案。无论是对该事件冲突的双方——法国教会与天津百姓来说，还是对清朝廷与曾氏本人来说，这起教案都是个倒霉事。

鸦片战争后，西方传教士再度来到中国传播他们的教义。这个从内容到形式都与中国传统文化相距甚远的宗教活动，从一开始，便遭到从官方到民间的普遍反感。官方因为格于朝廷的态度，尽管许多官员在骨子里不能接受，却要遵照条约，负有保护责任；至于民间，除开极个别的信教者外，大都以冷淡疏远待之。

同治九年夏天，天津地区遭遇少见的干旱。地里庄稼大幅歉收，为饥饿所迫，许多农民盲目流入城市，天津府秩序失衡，人心浮动。

就在这时，一个惊人的消息在津民中广为传播：法国人办的教堂用迷药迷拐幼童，并将这些幼童挖眼剖心，以眼熬水银，以心和药丸。此消息令天津百姓人心惶惶，家有幼童者更是时刻担心大祸临头，至于法国教堂，更被人视为恶魔聚集的地狱。于是，法国教堂与津民形成水火不容的对立状态。五月二十三日，三口通商大臣崇厚约法国领事丰大业来衙门商量此事。丰大业在衙门里放枪威胁崇厚，然后走出衙门，又开枪击伤天津知县刘杰的家丁。冲突由此迅速激化。津民群情激奋，一哄而上，丰大业当场被打死。愤怒的人群又捣毁法国驻津领事馆，焚烧法国国旗，打死法国人九名、俄国人三名、比利时人两名、美国英国人各一名，另有无名尸十具。毁坏法国教堂一处，仁慈堂一处，洋行一处，英国讲书堂四处，美国讲书堂一处。造成了震惊中外的天津教案。事情之严重及打死外人之多，为历次教案所未见。法国政府当即提出强烈抗议，并有调集兵船的威胁，英、俄、意、比等国亦纷纷抗议。清廷焦急异常，急派直隶总督曾国藩前往天津处理此案。

曾氏此刻正在病假期中。早在四月二十一日，曾氏便因“昏晕欲绝”而请病假一月。五月二十二日，他又以病尚未痊续假一月。晚清官场，最怕与洋人打交道，对于教案，更是避之唯恐不远。曾氏完全可以名正言顺地躲开这个麻烦，但他没有犹豫，临难受命。一方面固然是职分所在，朝廷所望，另一方面也出于来自内心的责任感。他希望能通过自己的努力，将事态以最为稳妥的方式来平息，免得干扰“徐图自强”的大目标。六月初六日，他给两个儿子写了一封类似遗书的家信，抱着以死报效的心态，离开保定前往天津。此时，离事发已近半个月。这期间，曾氏收到三道上谕。这三道上谕，其实就是朝廷为津案处置所定下的基调，大致内容如下：如教堂有人迷拐人口，挖眼剖心，则按律惩办；严惩肇事人员；处置办事不力的地方官；保护教民；向法国政府认错。

六月十日，曾氏抵达天津城。通过实地调查和亲自审讯后，曾氏查明挖眼剖心之说纯属谣传，至于迷拐幼儿一事，皆市井无赖所为，不能坐实是教堂的指使。朝廷为津案定的基调以及曾氏自己的这些认识，是日后他以“柔”办津案的重要依据。但京师以醇王奕譞为首的一批人，却反其道而行之，主张用强硬的态度来对待此案。甚至有人提出，要借助人心的力量，趁此机会，赶走所有在华的洋人，断绝与西洋各国的联系。这些清议派与愤怒的津民情绪相结合，对一线办案的曾氏，无论在行为上，还是在心理上，都有着极大的制约。

六月二十八日这天，曾氏为津案连上一折一片。奏折乃答复朝廷所询的关于教堂内有无人眼人心，迷拐一案有无确据，如何对待法国所提出的以天津道、府、县官员抵命等问题。曾氏将来津后自己亲手获得的情况，向朝廷作了汇报，并认为天津地方官员实无大过，交刑部已属情轻法重，“抵偿”一说，决不能答应。其奏片即前面所抄译的这道。

在这道奏片中，曾氏提出以“委曲求全”作为处理津案的指导思想，同时又主张加强军备以遏洋人之势，并请朝廷迅调李鸿章的淮军由秦入燕。即便如此，曾氏仍强调“兵端决不可自我而开”。

以后的事情是这样的——

崇厚奏请朝廷派员代替旧疾触发的曾氏。于是朝廷调江苏巡抚丁日昌来津帮同办理，丁未到津之前，先派工部尚书毛昶熙前赴天津。又急调李鸿章带兵驰赴畿疆。丁日昌在奉旨后给朝廷上了一折，内中有这样几句颇为著名的话：“自古以来，局外之议论，不谅局中之艰难。然一唱百和，亦足以荧视听而挠大计，卒之事势决裂，国家受无穷之累，而局外不与其祸，反得力持清议之名。臣每读书至此，不禁痛哭流涕。”丁日昌能于旧史中看到这一层，也可谓读书得间，比起那些以唱高调来沽名钓誉者而言，他应该属于对国家和百姓抱有责任心的官吏一类。丁日昌到达天津的当天，即悬赏勒限缉拿凶犯。

八月初四日，因两江总督马新贻被刺杀，朝廷命曾氏重任江督，遗下的直隶总督一职由李鸿章补授。曾氏上奏，仍暂留天津会办教案，等结案后再请开缺养病。八月二十三日，曾氏奏报津案已审明的第一批人犯，计正法者十五名，军流者四人，徒罪者十七人。九月十一日，朝廷判天津知府张光藻、知县刘杰发黑龙江效力赎罪。九月十三日，曾氏奏报所审明的第二批人犯，即增加正法者五名，军徒者四名。这样，因天津教案而正法的人总共达二十人。后来，又赔偿白银五十万两，崇厚还亲往法国代朝廷道歉。天津教案便这样了结了，其换来的结果是兵端未开。但曾氏本人从此便得了一顶“卖国贼”的帽子。他为京师湖南会馆所题的匾额也被砸碎，他自己也一再为津案办理过柔表示歉疚。在“外惭清议，内疚神明”的忧郁中离开人世。

生前死后，曾氏将这顶“卖国贼”的帽子顶了一百多年，直到近十多年来，随着时代的进步，人们的视野大为开阔，思想也大为开放，因而对曾氏办理天津教案的处境，有了越来越多的理解和体谅。看来，从曾氏头上拿下这顶帽子的时候，已为期不远了。

写作简析

委心曲意，向为常人所不愿接受；若为群体为国家而委曲，即便自己不愿意也得硬着头皮接受。要将这层道理说明白，则需委婉道来，曲折尽意。此种文章极不好做。此折在“委婉”“曲折”上颇费了一番心机。

要言妙道

兵端决不可自我而开，以为保民之道；时时设备，以为立国之本。二者不可偏废。

□ 晚年为民族振兴所作的一项大贡献

原折：拟选聪颖子弟赴泰西各国肄业折

同治十年七月初三日

奏为拟选聪颖子弟，前赴泰西各国肄习技艺，以培人才，恭折仰祈圣鉴事。

窃臣国藩上年在天津办理洋务，前任江苏巡抚丁日昌奉旨来津会办，屡与臣商榷，拟选聪颖幼童送赴泰西各国书院学习军政、船政、步算、制造诸书，约计十余年，业成而归，使西人擅长之技中国皆能谙悉，然后可以渐图自强。且谓携带幼童前赴外国者，如四品衔刑部主事陈兰彬、江苏候补同知容闳皆可胜任等语。臣国藩深韪其言，曾于上年九月、本年正月两次附奏在案。臣鸿章复往返函商。窃谓自斌椿及志刚、孙家谷两次奉命游历各国，于海外情形亦已窥其要领。如舆图、算法、步天、测海、造船、制器等事，无一不与用兵相表里。凡游学他国得有长技者，归即延入书院，分科传授，精益求精。其余军政、船政，直视为身心性命之学。今中国欲仿效其意，而精通其法，当此风气既开，似宜亟选聪颖子弟携往外国肄业，实力讲求，以仰副我皇上徐图自强之至意。

查美国新立和约第七条内载，嗣后中国人欲入美国大小官学学习各等文艺，须照相待最优国人民一体优待。又，美国可以在中国指准外国人居住地方设立学堂，中国人亦可在美国一体照办等语。本年春间，美国公使过天津时，臣鸿章面与商及，允俟知照到日，即转致本国妥为照料。三月间，英国公使来津接见，亦以此事有无相询。臣鸿章当以实告，意颇欣许，亦谓先赴美国学习，英国大书院极多，将来亦可随便派往。此固外国人所深愿，似于和好大局有益无损。臣等伏思外国所长，既肯听人共习，志刚、孙家谷又已导之先路，计由太平洋乘轮船径达美国，月余可至，当非甚难之事。或谓天津、上海、福州等处，已设局仿造轮船、枪炮、军火，京师设同文馆选满汉子弟延西人教授，又，上海开广方言馆选文童肄业，似中国已有基绪，无须远涉重洋。不知设局制造，开馆教习，所以图振奋之基也。远适肄业，集思广益，所以收远大之效也。西人学求实济，无论为士、为工、为兵，无不入塾读书，共明其理，习见其器，躬亲其事，各致其心思巧力，递相师授，期于月异而岁不同。中国欲取其长，一旦遽图尽购其器，不惟力有不逮，且此中奥密，苟非遍览久习，则本源无由洞彻，而曲折无以自明。古人谓学齐语者，须引而置之庄岳之间，又曰百闻不如一见，比物此志也。况诚得其法，归而触类引伸，视今日所为，孜孜以求者，不更扩充于无穷耶？惟是试办之难有二：一曰选材，一曰筹费。盖聪颖子弟不可多得，必其志趣远大，品质朴实，不牵于家累，不役于纷华者，方能远游异国，安心学习，则选材难。国家帑项，岁有常额，增此派人出洋肄习之款，更须措办，则筹费又难。凡此二者，臣等亦深知其难，第以成山始于一篑，蓄艾期以三年，及今以图，庶他日继长增高稍易为力。爰饬陈兰彬、容闳等悉心酌议，加以复核，拟派员在沪设局访选沿海各省聪颖幼童，每年以三十名为率，四年计一百二十名，分年搭船赴洋在外国肄习，十五年后按年分起挨次回华。计回华之日，各幼童不过三十岁上下，年力方强，正可及时报效。闻前此闽、粤、宁波子弟亦时有赴洋学习者，但只图识粗浅洋文洋话，以便与洋人交易，为衣食计。此则入选之初，慎之又慎。至带赴外国，悉归委员管束，分门别类，务求学术精到。又有翻译教习，随时课以中国文义，俾识立身大节，可冀成有用之材。虽未必皆为伟器，而人才既众，当有瑰异者出乎其中。此拔十得五之说也。

至于通计费用，首尾二十年需银百二十万两，诚属巨款。然此款不必一时凑拨，分析计之，每年接济六万，尚不觉其过难。除初年盘川发给委员携带外，其余所有定款按年预拨交与银号陆续汇寄，事亦易办。

总之，图事之始，固不能予之甚吝，而遽望之甚奢，况远适异国，储才备用，更不可以经费偶乏浅尝中辍。近年来设局制造，开馆教习，凡西人擅长之技，中国颇知究心，所需经费，均蒙谕旨准拨，亦以志在必成，虽难不惮，虽费不惜，日积月累，成效渐有可观。兹拟选带聪颖子弟赴外国肄业，事虽稍异，意实相同。谨将章程十二条恭呈御览，合无仰恳天恩，饬下江海关于洋税项下按年指拨，勿使缺乏。恭候命下，臣等即饬设局挑选聪颖子弟，妥慎办理，如有章程中未尽事宜，并请敕下总理衙门酌核更改，臣等亦可随时奏请更正。所有拟选聪颖子弟前赴泰西各国肄习技艺缘由，谨合词恭折具奏，伏乞皇太后、皇上圣鉴训示。谨奏。

译文：准备挑选聪颖少年赴西方各国留学折

为准备挑选聪颖少年，前往西方各国学习技艺，借以培养人才事，恭折请求圣上鉴察。

臣曾国藩去年在天津办理洋务时，前任江苏巡抚丁日昌奉旨来天津会办，多次与臣商量，打算挑选聪颖幼童送赴西方各国书院学习军事、船务、数学、机器制造等学问，大约需十余年，学成而归，使西方人擅长的技艺，中国都能熟悉，然后可以逐渐求得自强。并且说携带幼童前往外国者，如四品衔刑部主事陈兰彬、江苏候补同知容闳都可胜任等等。臣国藩深为赞同他的想法，曾经在去年九月、今年正月两次以附片奏报在案。臣鸿章又多次往返信函商议。私下以为自斌椿及志刚、孙家谷两次奉命游历各国，对于海外情形也已窥探到它的要领。如地图、算术、天文、航海、造船、制造机器等技艺，无一不与用兵之事表里相联系。凡是留学别国学到优长技艺者，回国后立即请入书院执教，分科传授，精益求精。其他如军事、船务，简直视为身心性命之学。现在中国想仿效他们的意图，而去精研他们的做法，值此风气既已打开，似乎应该即刻挑选聪颖少年，带着他们前往外国学习，踏踏实实地研究，以此来实现我皇上徐图自强的至诚心愿。

查美国新订立的和约中第七条内载明，以后中国人想进入美国大小官办学校学习各种文艺，必须依照对待最优惠国人民一样的优待。另外，美国可以在中国指定的准许外国人居住之地设立学堂，中国人也可依此规定在美国如此办理等等。今年春间，美国公使路过天津时，臣鸿章当面与他商议这件事。美国公使答应等知照到达时，即转致本国妥为照料。三月间，英国公使来到，接见时也以有没有这件事相询问。臣鸿章当时便以实相告，英国公使心中对此事也表示欣然赞同，也说先到美国学习，英国的大书院极多，将来也可以随便派人前往。看来这件事是外国人所深为希望的，似乎对于和好大局有益无损。臣等人细思外国人所拥有的长处，既然肯听从别人来与他们共同学习，志刚、孙家谷又已经开了先行之路，计算着从太平洋坐轮船直接去美国，一个多月可以到达，应当不是很困难的事。或者有人会说天津、上海、福州等地，已设立制造局仿造轮船、枪炮、军火，京师已设立了同文馆，选拔满汉少年入馆，请西方人给他们上课。另外，上海开办广方言馆，选拔文童入馆学习，看来中国已有基础，不须再远渡重洋去留学。这些人不知道，设局制造枪炮，开馆教习文童，是为了谋求中国振奋的事业。远渡重洋去学习，集思广益，这是为了收到长远宏大的利益。西方人的学问讲求于社会有实际作用，无论是身为士人，身为工人，身为士兵，无不进入学堂读书，大家一道明白学理，熟悉那些器具，亲身参与那些事情，每个人都发挥他的聪明才智，互相传授，以月与月有异、年与年不同为期待。中国想要获取他们的长处，短期内就想将他们机器全部买尽，不只是力量达不到，而且此中的奥妙秘密，若不是都经阅览又久为实习，则它的本源无法清晰地领会，而其中的曲曲折折也无法自己明了。古人说学齐语者，必须引导而且将他安置在庄岳之间，又说百闻不如一见，对照实物而易知其中之理。何况要深入求知其奥妙，回来才能做到触类旁通，看今日的形势，孜孜以求者，难道不应该更加扩充于无穷无尽的学问领域吗？只是试办此事有两个困难：一为挑选人才，二为筹集经费。这是因为聪颖少年不可多得，必须要那些志向远大、品质朴实、无家累牵挂、不热衷奢华者，才能远游异国，安心学习，于是挑选人才难。国家财政收入，每年都有固定的数额，增加这个派人出洋留学的开支，更须设法办理，于是筹集经费更难。对于这两项，臣等人也深知它的难度，但想到堆土成山则要从第一筐开始，积蓄艾条则要做好三年的准备，至于今日所努力做的事，则希望因他日的继续发展能够稍微容易办到。故而令陈兰彬、容闳等人用心斟酌计议，并加以复核，准备派员在上海设局，访查挑选沿海各省的聪颖儿童，每年以三十人为限，四年共一百二十名，分年搭船渡洋去外国学习，十五年后按照出国的年份依次序回国。以此计算回国之日，每个当时的儿童也不过三十岁上下，年富力强，正可及时报效国家。听说在此前福建、广东、宁波子弟也有赴外洋学习的，但只求知道粗浅的洋文洋话，以便于与洋人做生意。他们考虑的只是衣食问题。这一次，则是入选之初，谨慎又谨慎。至于带到外国后，全都归委员管束，分门别类，务求所学的学问技术要精到。另外还有翻译教习中国学问，随时以中国的文化义理相课求，使他们能知道立身的大节，可以期望日后成为有用之才。虽未必都为伟器，但人才既然众多，自然会有瑰丽奇异者出于其中。这就是拔取十人而得五人之说也。

至于总共的费用，首尾二十年需银一百二十万两，的确是一笔巨款。但此款不必一时凑齐拨出，分开计算，每年接济六万两，尚不觉太为难。除第一年的路费发给委员携带外，其余则将固定的款项按年预先拨给银号，陆续汇齐，事情也容易办理。

总之，事情谋划的开端，固然不能给予甚少，而一下子期望又甚多，何况远赴异国，储才备用，更不能以经费偶尔缺乏而中途停辍。近年来设局制造船炮，开馆教习学生，凡是西方人所擅长的技艺，中国都知道用心研究，所需经费，都蒙谕旨准予拨给，也是因为志在必成，虽然困难但不害怕，虽然花费但不吝惜，日积月累，渐渐地有可观的成效。这次准备选带聪颖少年赴外国学习，事情虽然稍有点不同，而意义确实相同。谨将章程十二条恭呈圣上御览，是否可请求天恩，下令江海各关在洋税项下按年指定拨出，勿使经费缺乏。恭候命令下达后，臣等人即令设局挑选聪颖少年，凡事妥慎办理，章程中如有未尽事宜，并请令总理衙门斟酌审核更改，臣等人也可随时奏请更正。所有准备挑选聪颖少年前赴西方各国学习技艺的缘由，谨合词恭折具奏，请皇太后、皇上鉴察训示。谨奏。

评点

曾氏一生所做的几桩大事，在中国近代史上究竟起着何种作用，百余年来一直聚讼纷纭，莫衷一是，即便在今天，也很难取得完全的一致。但有一件事的后世评价，或许会较为接近，那便是这道折子中所说的公派留学生之事。

从奏折看来，这件事情的创意者为丁日昌。关于丁日昌，笔者在前两篇评点中都提到了，这里再多说几句。

丁为广东丰顺人，字禹生，贡生出身。咸丰九年出任江西万安知县，不久即入曾氏幕府，被派往广东办厘金。同治二年，由李鸿章调到上海专办军工。同治四年，任江苏苏松太道兼江南制造局总办，很快升两淮盐运使。同治六年升江苏布政使，同治七年升江苏巡抚。从这个简历中，可知出身并不过硬的丁日昌，短短九年工夫，便从七品县令升到从二品方面大员，这在当时的官场中极为少见。丁为何官运如此好？一则他与当时的实权大人物曾、李关系密切。然则与曾、李密切的人很多，唯独他升得快，这说明他得到曾、李的特别器重。曾、李都是做实事的人，可见丁擅长办事。他所办的事主要在两个方面：办厘务与盐务，为湘淮军筹集军饷；办洋务，将曾、李"徐图自强"的设想落到实处。但丁的口碑不好，很多人讨厌他，说他利用职权为自家聚敛了大批钱财，又说他崇洋媚外，甚至骂他为丁鬼子。王家璧之所以上疏朝廷密告那则传闻，也是因为对丁本人很反感。这样看来，丁日昌这个人大概是一个极为能干的人，既能于办公事，也能于办私事。

曾氏的奏折中说，丁日昌在天津会办教案时，多次与他商讨公派留学生的事，并提出了一套较为完整的计划。丁的这个设想是怎么来的呢？是他自己脑子里冒出来的吗？不是，这个设想来自另外一个人。这个人在近代中外交往史上地位十分重要，很值得我们尊敬。此人名叫容闳。

容闳也是广东人，道光八年出生于距澳门只有四英里的香山县南屏镇。七岁时随父亲到澳门，并进入英国人所办的小学读书。不久又回到南屏镇读传统私塾。十二岁时再入澳门教会学堂。十八岁随校长美国人勃朗赴美求学。二十六岁毕业于美国耶鲁大学，获学士学位。容于是成为第一个在美国获得学位的中国人。就在那时，他就萌生让更多中国人去美国接受西方教育的心愿。大学毕业后，容即回国，先后在香港、上海等地做事。

咸丰十年，容闳来到太平天国的都城南京，见到主持天国朝政的干王洪仁玕。容向洪提出办学校、建人才政府等七条建议。正在忙于打仗夺江山的天国自然无意于此，只是在几天后送容一个长方形的官印和一个四等爵位。容对太平天国很失望。

三年后，受曾氏的数次相招，容在安庆两江总督衙门里会见曾氏。曾氏问他，身为今日中国谋最有益最重要的事情，当从何处着手。容知道曾氏想建军事工厂，遂将办教育一事暂不提，而答以建机器厂为最紧要之务。曾氏立即请容去外国代为购买机器。同治四年，容把机器买回。位于上海的江南机器制造局，就是据此批机器而建立的。

容的教育计划，后来得到江苏巡抚丁日昌的大力赞许。丁要容写出一个关于国是意见的书面材料，代为呈递给大学士文祥。据容闳著的《西学东渐记》一书所载，其第二款说的便是公派留学生事，且其设想与此折所说的几乎完全一样："政府宜选派颖秀青年，送之出洋留学，以为国家储蓄人才。派遣之法，初次可先定一百二十名学额以试行之。此百二十人中，又分为四批，按年递派，每年派送三十人。留学年限定为十五年。学生年龄，须以十二岁至十四岁为度。视第一、第二批学生出洋留学著有成效，则以后即永定为例，每年派出此数。派出时并须以汉文教习同往，庶幼年学生在美仍可兼习汉文。至学生在外国膳宿入学等等，当另设留学生监察二人以管理之。此项留学生经费，可于上海关税项下提拨数成以充之。"

如此看来，公派留学生一事的最初创意者应是容闳。是他，最先提出了这个在中国教育史上具有划时代意义的伟大设想。当然，容闳无位无力，这个伟大的设想又只有通过丁日昌，再经过曾氏与李鸿章会衔奏准皇太后、皇上后才能成为事实。从这个层面来说，此事仍可算得上是曾氏晚年对民族振兴所作出的一项重大贡献。

同治十一年七月，第一批三十名赴美幼童，由陈兰彬、容闳率领，自上海启航。同治十二年五月，第二批三十名幼童，由出洋局委员黄平甫率领赴美。同治十三年八月、光绪元年九月，第三批、第四批各三十名幼童从上海出发赴美。四批一百二十名幼童虽然按期派出，但此事并没有达到当初预计的目标。由于一些人担心这批幼童完全被美国文明所同化，而不能做驯服的清朝子民，光绪七年经朝廷批准，所有留美学生无条件地一律回国。而那时他们中只有两人已获大学毕业，六十余人还正在大学里读书，其他的不过是中学生而已。回国后，他们的境遇大多不好，辛辛苦苦在国外多年所学得的西学，几乎没有施展的机会。但即便如此，这一百多名留美学生中仍出现了一些杰出人士，如铁道建筑专家詹天佑、北洋大学校长蔡绍基、清末外务部尚书梁敦彦、民国第一任总理唐绍仪等。至于它开辟公派留学生先河的历史意义，则更为重大。

写作简析

对于一项没有先例的大事，在中国这样一个又习惯依旧例办事的古老国度里，要让它获得通过，是相当艰难的。创议者必须将此事的必要性、可行性及具体操作方法等都要考虑得仔仔细细，说得清清楚楚。本折乃此类报告中的范文。

要言妙道

……拟选聪颖幼童送赴泰西各国书院学习军政、船政、步算、制造诸书，约计十余年，业成而归，使西人擅长之技中国皆能谙悉，然后可以渐图自强。